L'histoire *de* Pi

Du même auteur

The Facts behind the Helsinki Roccamatios, Knopf Canada, 1993. Traduction française: *Paul en Finlande*, Boréal, 1994.

Self, Knopf Canada, 1994. Traduction française: *Self*, XYZ éditeur, 1998.

Life of Pi, Knopf Canada, 2001. Traduction française: *L'histoire de Pi*, XYZ éditeur, 2003.

Mais que lit Stephen Harper? Suggestions de lectures à un premier ministre et aux lecteurs de toutes espèces, Montréal, Les Éditions XYZ, 2009.

Yann Martel

L'histoire *de* Pi

traduit de l'anglais par Nicole et Émile Martel

XYZ
éditeur

Catalogage avant publication de Bibliothèque et Archives nationales du Québec et Bibliothèque et Archives Canada

Martel, Yann

[Life of Pi. Français]

L'histoire de Pi

Nouv. éd.

Traduction de: Life of Pi.

ISBN 978-2-89261-587-6

I. Martel, Nicole. II. Martel, Emile, 1941-   . III. Titre. IV. Titre: Life of Pi. Français.

PS8576.A765L5314 2010   C813'.54   C2010-940892-6
PS9576.A765L5314 2010

Les Éditions XYZ bénéficient du soutien financier des institutions suivantes pour leurs activités d'édition:

– Conseil des Arts du Canada;
– Gouvernement du Canada par l'entremise du Programme d'aide au développement de l'industrie de l'édition (PADIÉ);
– Société de développement des entreprises culturelles du Québec (SODEC);
– Gouvernement du Québec par l'entremise du programme de crédit d'impôt pour l'édition de livres.

Nous remercions le gouvernement du Canada de son soutien financier pour nos activités de traduction dans le cadre du Programme national de traduction pour l'édition du livre.

Mise en pages: Édiscript enr.
Maquette de la couverture: Zirval Design
Illustration de la couverture: Andy Bridge
Photographie de l'auteur: Christine Bourgier

ISBN 978-2-89261-587-6

Dépôt légal: 2e trimestre 2010
Bibliothèque et Archives Canada
Bibliothèque et Archives nationales du Québec

Distribution/diffusion au Canada:
Distribution HMH
1815, avenue De Lorimier
Montréal (Québec)
H2K 3W6
Téléphone: 514.523.15.23
Télécopieur: 514.523.99.69
www.distributionhmh.com

Distribution/diffusion en Europe:
DNM-Distribution du Nouveau Monde
30, rue Gay-Lussac
75005 Paris, France
Téléphone: 01.43.54.49.02
Télécopieur: 01.43.54.39.15
www.librairieduquebec.fr

Imprimé au Canada
www.editionsxyz.com

à mes parents et à mon frère

Ce livre est né quand j'avais faim. Je vais vous expliquer. Au printemps 1996, mon deuxième livre, un roman, est sorti au Canada. Il n'a pas bien marché. Les critiques sont restés perplexes, ou bien ils en ont débattu les mérites sous couleur d'éloges. Puis les lecteurs l'ont ignoré. Malgré mes efforts pour faire le clown ou jouer le trapéziste, l'arène médiatique n'a pas fait son effet. Le livre ne s'est pas vendu. Les exemplaires étaient alignés sur les tablettes des librairies comme des enfants attendant pour jouer au base-ball ou au foot, et le mien était le maigrichon que personne ne voulait dans son équipe. Rapidement, discrètement, il a disparu.

Ce fiasco ne m'a pas trop affecté. J'étais déjà engagé dans une autre histoire, un roman qui se passait au Portugal en 1939. Mais j'avais besoin de bouger. Et j'avais un peu d'argent.

Alors j'ai pris un vol pour Bombay. Ce geste n'est pas sans logique si on se souvient de trois choses: d'abord, qu'un séjour en Inde soulage tout être vivant de son agitation; ensuite, qu'un peu d'argent y dure très longtemps; enfin, qu'un roman situé au Portugal en 1939 n'a pas forcément beaucoup à voir avec le Portugal en 1939.

J'avais déjà séjourné en Inde, dans le nord, pendant cinq mois. Cette première fois, j'étais arrivé sur le sous-continent sans préparation aucune. Ou, plutôt, ma préparation tenait en un seul mot. Quand j'avais parlé de mon projet de voyage à un ami qui connaissait bien le pays, il avait dit en passant: «Les gens parlent un drôle d'anglais en Inde. Ils aiment les mots comme "bamboozle" – embobiner.» Je me suis rappelé ses paroles au moment où l'avion commençait à descendre vers Delhi, et embobiner a donc été le sésame qui m'a donné accès à la folie foisonnante, bruyante et fonctionnelle de l'Inde. Il m'est arrivé d'utiliser le mot et, à vrai dire, il m'a été utile. J'ai dit à un employé des chemins de fer : «Je ne pensais pas que le tarif serait si élevé. Vous ne seriez pas en train de m'embobiner, par hasard?» Il sourit et il entonna: «Non monsieur! Il n'y a pas d'embobinage du tout! Je vous ai donné le tarif exact.»

Pour ce deuxième voyage en Inde, je savais mieux à quoi m'attendre et je savais ce que je voulais: j'allais m'installer dans une station de montagne et écrire mon roman. Je me voyais déjà, assis à une table sur une grande véranda, mes notes étalées devant moi et, tout à côté, une tasse de thé fumant. De vertes collines couronnées de brouillard ondoieraient à mes pieds et les cris perçants des singes me rempliraient les oreilles. La température serait parfaite, je porterais un pull léger pour le matin et le soir, et quelque chose à manches courtes pendant la journée. Ainsi installé, le stylo bien en main, au nom d'une vérité supérieure, j'irais changer le Portugal en ouvrage de fiction. Car la fiction, c'est bien ça, n'est-ce pas? Transformer sélectivement la réalité. La presser pour en tirer l'essence. Pourquoi diable serais-je allé au Portugal?

La dame de l'auberge me raconterait des histoires au sujet de la lutte pour expulser les Anglais. On se mettrait d'accord sur ce que je mangerais au déjeuner et au dîner le soir du lendemain. Après ma journée d'écriture, j'irais marcher longuement dans les collines vallonnées des plantations de thé.

Malheureusement, le roman a fait du surplace, il a toussé et il est mort. C'est arrivé à Matheran, près de Bombay, une petite station de montagne où il y avait bien quelques singes mais aucune plantation de thé. C'est une souffrance connue de ceux qui veulent devenir écrivains. Votre sujet est bon, et les phrases que vous avez écrites aussi. Vos personnages débordent tellement de vie qu'ils ont presque besoin d'un certificat de naissance. Le scénario que vous leur avez inventé est grandiose, il est simple, il est saisissant. Vous avez fait la recherche qu'il fallait, rassemblé les données – historiques, sociales, climatiques, culinaires – qui donneraient son goût d'authenticité à votre histoire. Le dialogue file à toute allure, il crépite de tension dramatique. Les descriptions pétillent de couleurs, de contrastes et de détails révélateurs. Bref, votre histoire ne peut qu'être parfaite. Mais au total, ça ne donne rien. Malgré d'évidentes et séduisantes promesses, il arrive un moment où la petite voix qui du fond de votre esprit vous agace depuis le début prononce la bête, l'épouvantable vérité: ça ne va pas marcher. Il manque quelque chose, l'étincelle qui donne sa vie à une vraie histoire, quelle que soit l'intrigue, quelle que soit la cuisine. Votre histoire est émotivement morte, c'est la vérité vraie. Cette découverte est dévastatrice, croyez-moi. Ça vous laisse sur une faim douloureuse.

De Matheran, j'ai mis à la poste les notes de mon roman raté. Je les ai postées à une adresse fictive en Sibérie, avec une adresse de retour, tout aussi fictive, en Bolivie. Après que le commis eut collé les timbres sur l'enveloppe et l'eut lancée dans le bac, je me suis assis, morose et démoralisé. «Et maintenant, Tolstoï? Tu as d'autres brillantes idées pour faire ta vie?» me suis-je demandé.

Eh bien, j'avais encore un peu d'argent et j'avais toujours besoin de bouger. Je me suis levé, je suis sorti du bureau de poste, je suis parti explorer le sud de l'Inde.

J'aurais aimé pouvoir dire à ceux qui me demandaient ce que je faisais «Docteur», puisque les docteurs sont de nos jours ceux qui distribuent magie et miracle. Mais je suis sûr que nous aurions eu un accident d'autobus au tournant suivant et, tous les yeux tournés vers moi, il aurait fallu que j'explique, dans le bruit des larmes et des gémissements des victimes, que je voulais dire docteur en droit; puis ils m'auraient demandé de les aider à poursuivre le gouvernement en raison de l'accident et j'aurais dû confesser que j'avais en fait un baccalauréat en philosophie; et ensuite, quand ils m'auraient réclamé de rendre intelligible une tragédie aussi sanglante, il aurait fallu que j'avoue avoir à peine touché Kierkegaard; et ainsi de suite. Je me résolus à m'en tenir à l'humble vérité toute meurtrie.

En route, ici et là, on me répondait: «Écrivain? Ah oui? J'ai une histoire à vous raconter.» La plupart du temps, ces histoires étaient à peine plus que des anecdotes – peu de souffle, peu de vie.

Je suis arrivé dans la ville de Pondichéry, un tout petit territoire autonome de l'Union, au sud de Madras, sur la côte du Tamil Nadu. Quant à sa population et à sa dimension, c'est une partie minuscule de l'Inde – en comparaison, l'Île-du-Prince-Édouard est un géant à l'intérieur du Canada – mais l'histoire l'a mise à part. Car Pondichéry a été en son temps la capitale du plus modeste des empires coloniaux, l'Inde française. Les Français auraient bien aimé concurrencer les Britanniques, oh oui!, mais le seul empire sur lequel ils ont réussi à mettre la main s'est limité à une poignée de petits ports auxquels ils se sont accrochés pendant près de trois cents ans. Ils ont quitté Pondichéry en 1954, laissant derrière eux de beaux immeubles blancs, de larges rues à angles droits, des noms comme rue de la Marine et rue Saint-Louis, et des képis pour les policiers.

J'étais à la Indian Coffee House, dans la rue Nehru. C'est une grande pièce aux murs verts et au plafond élevé. Des éventails tournent au-dessus des têtes pour déplacer l'air chaud et humide. L'endroit déborde de tables carrées identiques, chacune avec ses quatre chaises. On s'assoit là où on peut, avec qui se trouve déjà à la table. Le café est bon et on sert des French toasts. La conversation s'engage aisément et alors, tout naturellement, un vieux monsieur plein d'entrain, aux yeux vifs, avec de grandes mèches de cheveux blancs, me parlait. Je lui confirmais que le Canada était un pays froid, qu'en effet il y avait des endroits où on parlait français, et que, oui, oui, j'aimais l'Inde, et ainsi de suite – l'échange inoffensif habituel entre des Indiens amicaux et curieux et des routards étrangers. En entendant quelle était ma profession, il a fait de grands yeux et il a dodeliné de la tête. Il était temps que je parte. J'avais déjà levé la main pour attirer l'attention du garçon et obtenir mon addition.

Et le vieux monsieur a dit: «Je connais une histoire qui va vous faire croire en Dieu.»

J'ai arrêté de bouger la main. J'avais un doute. Avais-je affaire à un Témoin de Jéhovah qui frappait à ma porte? «Est-ce que votre histoire se déroule il y a deux mille ans dans un coin éloigné de l'Empire romain?» lui demandai-je.

« Non. »

C'était peut-être une sorte d'évangéliste musulman. « Est-ce qu'elle a lieu en Arabie au septième siècle ?

– Non, non. Elle commence ici, à Pondichéry, il y a tout juste quelques années, et elle se termine, je suis heureux de vous le dire, dans le pays même d'où vous venez.

– Et elle va me faire croire en Dieu ?

– Oui.

– C'est tout un programme.

– Pas tant que ça. »

Le garçon est apparu. J'ai hésité un instant. J'ai commandé deux cafés. Nous nous sommes présentés. Il s'appelait Francis Adirubasamy. « S'il vous plaît, racontez-moi votre histoire », ai-je dit.

« Il faut que vous soyez bien attentif », répliqua-t-il.

« Je vais l'être » et je sortis crayon et cahier.

« Dites-moi, êtes-vous allé au Jardin botanique ? » me demanda-t-il.

« J'y suis allé hier.

– Avez-vous remarqué les rails du petit train ?

– Oui, je les ai remarqués.

– Il y a encore un train qui circule le dimanche pour le plaisir des enfants. Mais dans le temps, il circulait deux fois l'heure tous les jours. Avez-vous remarqué le nom des gares ?

– Il y en a une qui s'appelle Roseville. C'est celle qui est à côté de la roseraie.

– C'est ça. Et l'autre ?

– Je ne m'en souviens pas.

– Ils ont enlevé le panneau. L'autre gare s'appelait "Zootown". Le petit train faisait la navette entre les deux arrêts : Roseville et Zootown. Il y eut un temps où il y avait un jardin zoologique dans le Jardin botanique de Pondichéry. »

Et il a continué. J'ai pris des notes, les grandes lignes de l'histoire. « Il faut que vous lui parliez », dit-il, au sujet du personnage principal. « Je l'ai connu très, très bien. C'est un adulte maintenant. Il faut que vous lui posiez des questions, toutes les questions que vous voulez. »

Plus tard, à Toronto, dans les neuf colonnes de Patel du bottin télé-phonique, je l'ai trouvé, le personnage principal. Mon cœur bondis-sait quand j'ai composé son numéro. La voix qui répondit avait un accent canadien teinté d'un rien d'indien, léger mais indubitable, comme un reste d'encens dans l'air. «C'était il y a bien longtemps», dit-il. Mais il acceptait une rencontre. Nous nous sommes vus plu-sieurs fois. Il m'a montré le journal qu'il avait tenu pendant les évé-nements. Il m'a montré les coupures de presse jaunies qui prouvaient qu'il avait été brièvement, obscurément fameux. Il m'a raconté son histoire. Pendant tout ce temps, je prenais des notes. À peu près un an plus tard, après de nombreuses difficultés, j'ai reçu une bande magné-tique et un rapport écrit du ministère des Transports du Japon. C'est en écoutant cet enregistrement que j'ai pensé que M. Adirubasamy avait raison; c'était, en effet, une histoire à vous faire croire en Dieu.

Il m'a paru normal que l'histoire de M. Patel soit racontée princi-palement à la première personne – avec sa voix, avec ses yeux. Mais toute imprécision et toute erreur sont de mon fait.

Je dois remercier quelques personnes. Bien sûr, je suis d'abord rede-vable envers M. Patel. Ma reconnaissance à son endroit n'a pas plus de limites que l'océan Pacifique et j'espère que ma manière de raconter son histoire ne le décevra pas. Puisqu'il m'a donné le point de départ dans cette affaire, je dois aussi dire merci à M. Adirubasamy. De plus, pour m'avoir aidé à la compléter, je dois ma gratitude à trois fonction-naires au professionnalisme exemplaire: M. Kazuhiko Oda, naguère de l'Ambassade du Japon à Ottawa; M. Hiroshi Watanabe, de la Oika Shipping Company; et tout spécialement M. Tomohiro Okamoto, maintenant retraité du ministère des Transports du Japon. Quant à l'étincelle de vie, je la dois à M. Moacyr Scliar. Finalement, je voudrais manifester ma sincère reconnaissance à la grande institution qu'est le Conseil des Arts du Canada, sans une bourse duquel je n'aurais pu ras-sembler les pièces de cette histoire qui n'a rien à voir avec le Portugal en 1939. Si nous, citoyens, n'aidons pas nos artistes, nous sacrifions alors notre imagination sur l'autel de la réalité brute et nous finissons par ne plus croire en rien et par ne plus avoir que des rêves sans valeur.

PREMIÈRE PARTIE

Toronto et Pondichéry

CHAPITRE 1

Mes souffrances m'ont laissé triste et morose.

Les études et la pratique constante, consciente de la religion m'ont lentement ramené à la vie. J'ai maintenu ce que certains considéreraient comme mes étranges pratiques religieuses. Après une année d'école secondaire, je suis allé à l'Université de Toronto, où j'ai entrepris un baccalauréat à double spécialisation : les études religieuses et la zoologie. Mon mémoire de quatrième année en études religieuses portait sur certains aspects de la théorie cosmogonique d'Isaac Luria, le grand kabbaliste du seizième siècle, originaire de Safed. Mon mémoire en zoologie était une analyse fonctionnelle de la glande thyroïde du paresseux à trois orteils. J'ai choisi le paresseux parce que son comportement – calme, silencieux et introspectif – aidait à apaiser mon esprit dévasté.

Il y a des paresseux à deux orteils et des paresseux à trois orteils, qu'on reconnaît par les pattes antérieures de l'animal, car tous les paresseux ont trois orteils aux pattes postérieures. Un été, j'ai eu la grande chance d'étudier le paresseux à trois orteils *in situ*, dans la jungle équatoriale brésilienne. C'est une créature extrêmement fascinante. Sa seule habitude est l'indolence. En moyenne, elle dort ou se repose vingt heures par jour. Notre équipe étudiait les habitudes de sommeil de cinq paresseux sauvages à trois orteils : on plaçait sur leur tête, tôt en soirée, quand ils venaient de s'endormir, une assiette de plastique rouge vif pleine d'eau. On la retrouvait encore bien en place tard dans la matinée du lendemain, l'eau grouillante d'insectes. Le paresseux est à son plus actif au coucher du soleil, si on emploie le mot *actif* dans son sens le plus décontracté qui soit. Il se déplace sur la branche d'un arbre à sa manière typique, soit la tête en bas, à une vitesse horaire approximative de quatre cents mètres. Sur le sol, il se traîne d'un arbre à l'autre au rythme de deux cent cinquante mètres à l'heure quand il est motivé, ce qui est quatre cent quarante fois plus lent qu'un guépard motivé. Quand rien ne le stimule, il met une heure pour parcourir de quatre à cinq mètres.

Le paresseux à trois orteils n'est pas très bien renseigné sur le monde extérieur. Sur une échelle de deux à dix, où deux représente une inhabituelle lourdeur réactionnelle des sens et dix une extrême acuité, Beebe (1926) accorda aux sens du goût, du toucher, de la vue et de l'ouïe du paresseux la note de deux, et de trois à son sens de l'odorat. Si vous rencontrez un de ces paresseux endormi dans la nature, deux ou trois petits coups devraient suffire à l'éveiller ; il jettera alors un regard endormi dans toutes les directions sauf celle où vous vous trouvez. La raison pour laquelle il se donne la peine de regarder est incertaine, car le paresseux voit tout à travers un brouillard flou. Quant à son ouïe, le paresseux n'est pas tant sourd que peu intéressé aux sons. Beebe racontait que des coups de fusil éclatant près de paresseux en train de dormir ou de manger suscitaient chez eux peu de réactions. Et son sens de l'odorat, légèrement meilleur, ne doit pas être surestimé. On dit qu'il est capable de renifler et d'éviter les branches pourries, bien que Bullock (1968) ait signalé que des paresseux tombaient « souvent » sur le sol accrochés à une branche pourrie.

Comment survit-il ? demanderez-vous.

Justement en étant aussi lent. Somnolence et paresse le mettent à l'abri du danger, loin des jaguars, des ocelots, des harpies et des anacondas. Le poil du paresseux abrite une algue qui est brune pendant la saison sèche et verte pendant la saison des pluies ; l'animal se confond donc avec l'environnement de mousse et de feuillage et ressemble à un nid de fourmis blanches ou d'écureuils, ou il ne ressemble à rien d'autre qu'à l'arbre lui-même.

Le paresseux à trois orteils mène une vie pacifique, végétarienne, en parfaite harmonie avec son environnement. «Il a toujours un sourire bienveillant aux lèvres», déclarait Tirler (1966). J'ai vu ce sourire de mes propres yeux. Je n'ai pas l'habitude de prêter des traits humains et des sentiments aux animaux, mais souvent pendant ce mois-là au Brésil, à contempler des paresseux au repos, j'ai eu l'impression d'être en présence de yogis à l'envers, profondément plongés dans leur méditation, ou d'ermites intensément retirés dans la prière, des êtres sages dont la vie imaginative profonde était hors de l'atteinte de ma poursuite scientifique.

Il m'arrivait de confondre mes deux champs de spécialité. Un certain nombre de mes camarades en études religieuses – des agnostiques confus qui confondaient tout, pris dans les griffes de la raison, ce miroir aux alouettes des gens brillants – me rappelaient le paresseux à trois orteils; quant à moi, le paresseux à trois orteils, si bel exemple du miracle de la vie, me rappelait Dieu.

Je n'ai jamais eu de problème avec mes collègues scientifiques. Les scientifiques sont des types chaleureux, athées, gros travailleurs et buveurs de bière dont l'esprit est occupé par le sexe, les échecs et le base-ball quand ils ne sont pas captivés par la science.

J'étais un très bon étudiant, si je peux me permettre de le dire moi-même. Je me suis classé premier au collège St. Michael's quatre années de suite. J'ai reçu toutes les récompenses étudiantes attribuées par le Département de zoologie. Si je n'en ai reçu aucune du Département d'études religieuses, c'est simplement parce qu'on ne décerne pas de prix aux étudiants dans ce département (tout le monde sait que les gratifications liées aux études religieuses ne sont pas de ce monde). N'eût été d'un costaud rose au cou de tronc d'arbre et au tempérament insupportablement joyeux, on m'aurait accordé la Médaille académique du Gouverneur général, le plus grand honneur accordé aux étudiants de premier cycle de l'Université de Toronto, qu'un bon nombre de Canadiens illustres ont reçu.

Je ressens encore le coup de cet affront. Quand on a beaucoup souffert dans la vie, chaque douleur additionnelle est à la fois insupportable et insignifiante. Ma vie est comme un *memento mori* d'art européen : il y a toujours un crâne souriant à mes côtés pour me rappeler la futilité de l'ambition humaine. Je m'en moque. Je le regarde et je lui dis : « Tu te trompes d'homme. Tu ne crois peut-être pas à la vie, mais moi, je ne crois pas à la mort. Va-t'en ! » La tête de mort ricane et s'approche un peu plus, mais cela ne m'étonne pas. La raison pour laquelle la mort reste collée d'aussi près à la vie ne vient pas d'une nécessité biologique – c'est plutôt de l'envie. La vie est si belle que la mort en est tombée amoureuse, d'une passion jalouse, sans partage, qui s'accroche à tout ce qu'elle peut. Mais la vie bondit délicatement au-dessus du néant en perdant seulement quelques parcelles sans importance, et la tristesse n'est que l'ombre d'un nuage qui passe. Le garçon rose a aussi obtenu l'appui du comité des bourses Rhodes. Je l'aime et j'espère que son passage à Oxford aura été enrichissant. Si Laksmi, la déesse de la richesse, me comble un jour de ses dons, Oxford est la cinquième sur la liste des villes que j'aimerais visiter avant de mourir, après La Mecque, Varanasi, Jérusalem et Paris.

Je n'ai rien à dire de ma vie professionnelle, sauf qu'une cravate est un nœud coulant et que, même à l'envers, elle peut encore pendre un homme si celui-ci ne fait pas attention.

J'aime le Canada. La chaleur de l'Inde me manque, sa cuisine, les lézards domestiques sur les murs, les comédies musicales à l'écran, les vaches qui déambulent dans les rues, les corneilles qui croassent, même les conversations sur les matchs de cricket, mais j'aime le Canada. C'est un grand pays où il fait un froid sans bon sens, habité par des gens compatissants, intelligents, avec d'atroces coupes de cheveux. Et de toute façon, je n'ai plus rien qui ressemble à un chez-moi à Pondichéry.

Richard Parker est resté auprès de moi. Je ne l'ai jamais oublié. Oserais-je dire que je m'en ennuie ? Oui, j'ose. Il me manque. Je le vois encore dans mes rêves. Ce sont surtout des cauchemars, mais des cauchemars nuancés d'une touche d'amour. Le cœur de l'homme est bien étrange. Je continue de ne pas comprendre comment Richard Parker a pu m'abandonner sans cérémonie, sans aucune espèce d'au revoir, sans même se retourner une seule fois. Cette douleur est comme une lame qui me cisaille le cœur.

À l'hôpital, au Mexique, les médecins et les infirmières ont été incroyablement gentils à mon endroit. Et les patients aussi : victimes du cancer ou accidentés de la route, une fois qu'ils eurent entendu mon histoire, ils boitillaient ou ils roulaient jusqu'à moi, eux et leur famille, même si aucun d'entre eux ne parlait l'anglais et que je ne parlais pas l'espagnol. Ils me souriaient, ils me serraient la main, ils me touchaient la tête gentiment, ils déposaient de la nourriture ou des vêtements sur mon lit. Ils me poussaient à d'incontrôlables crises de rire ou de larmes.

Après quelques jours, j'ai pu me tenir debout et même faire deux ou trois pas, malgré les nausées, le vertige et ma faiblesse générale. Des tests sanguins indiquèrent que j'étais anémique, que mon niveau de sodium était trop haut et celui de potassium trop bas. Mon corps faisait de la rétention de liquides et mes jambes enflèrent monstrueusement. On aurait dit qu'on m'avait greffé une paire de pattes d'éléphant. Mon urine était d'un jaune profond, foncé, presque brun. Après une semaine environ, je pouvais marcher à peu près normalement et porter des chaussures si je ne les attachais pas. Ma peau guérissait, quoique j'aie toujours des cicatrices sur les épaules et dans le dos.

La première fois que j'ai ouvert un robinet, l'eau a jailli bruyamment et avec une telle surabondance et un tel gaspillage que j'en ai ressenti un grand choc ; j'en suis devenu incohérent, mes jambes sous moi m'ont lâché et je me suis évanoui dans les bras d'une infirmière.

La première fois que je suis allé à un restaurant indien au Canada, j'ai utilisé mes doigts. Le garçon m'a regardé d'un œil critique et il a dit : « Alors, on débarque ? » J'ai pâli. Mes doigts qui, un instant plus tôt, étaient des papilles gustatives qui savouraient les mets juste avant ma bouche, devinrent sales sous son regard. Ils se figèrent comme des criminels pris en flagrant délit. Je n'osais pas les lécher. Avec un air coupable, je les essuyai sur ma serviette. Il n'avait pas idée de la profondeur de la blessure qu'il m'infligeait. C'était comme des clous plantés dans ma chair. Je saisis couteau et fourchette. Je n'avais à peu près jamais utilisé pareils instruments. Mes mains tremblaient. Mon *sambar* ne goûtait plus rien.

CHAPITRE 2

Il vit à Scarborough. C'est un homme petit, mince – il ne fait pas plus d'un mètre soixante-cinq. Des yeux foncés, des cheveux foncés qui grisonnent aux tempes. Il ne peut avoir plus de quarante ans. Un agréable teint couleur café. Le temps d'automne est doux, mais pour aller jusqu'au restaurant il endosse quand même un gros parka d'hiver paré d'un capuchon de fourrure. Un visage expressif. Il parle rapidement, gesticulant des mains. Pas de bavardage. Il se lance dans le vif du sujet.

CHAPITRE 3

On m'a donné le nom d'une piscine. C'est plutôt étonnant si on pense que mes parents n'ont jamais aimé l'eau. L'une des relations d'affaires les plus anciennes de mon père était Francis Adirubasamy. Il était devenu un bon ami de la famille. Je l'appelais Mamaji, *mama* voulant dire *oncle* en tamoul, et *ji* étant un suffixe utilisé en Inde pour marquer le respect et l'affection. Quand il était jeune, bien longtemps avant ma naissance, Mamaji avait été champion de natation, le champion de tout le sud de l'Inde. C'est l'allure qu'il conserva toute sa vie. Mon frère Ravi m'a dit un jour qu'à sa naissance Mamaji ne voulait pas arrêter de respirer dans les eaux amniotiques et que le docteur, pour lui sauver la vie, avait dû le prendre par les pieds et le faire tourner encore et encore au-dessus de sa tête.

«Ça a marché!» dit Ravi en faisant tournoyer ses mains en l'air au-dessus de sa tête. «Il a toussé, craché de l'eau et il a commencé à respirer l'air, mais ça a poussé sa chair et son sang vers le haut de son corps. C'est pour ça que sa poitrine est si imposante, et ses jambes si maigres.»

Je l'ai cru. (Ravi était un taquin impénitent. La première fois qu'il a appelé Mamaji «M. Poisson» devant moi, j'ai mis une peau de banane dans son lit.) Même dans la soixantaine, alors qu'il était un peu courbé et que toute une vie de gravité contrariée commençait à faire descendre ses chairs vers le bas, chaque matin Mamaji nageait trente longueurs dans la piscine de l'ashram Aurobindo.

Il a bien essayé d'apprendre la natation à mes parents, mais il n'a réussi qu'à les amener à la plage et à les faire entrer dans l'eau, jusqu'aux genoux, en effectuant avec les bras des gestes circulaires ridicules qui, s'ils imitaient les mouvements de la brasse, leur donnaient l'air d'être en train de traverser une jungle en séparant les hautes herbes devant eux ou bien, si c'était au crawl qu'ils s'entraînaient, leurs gestes les faisaient ressembler à des gens qui descendent d'une montagne en battant des bras pour ne pas tomber. Ravi n'était pas plus enthousiaste.

Mamaji dut attendre que j'apparaisse sur la scène pour se trouver un disciple non récalcitrant. Au grand désespoir de ma mère, le jour où, selon Mamaji, j'ai eu l'âge de nager, soit sept ans, il m'a amené à la plage, a étendu les bras vers la mer et a dit: «Voici le cadeau que je te fais.»

«Puis il t'a presque noyé», a prétendu ma mère.

Je suis demeuré fidèle à mon gourou marin. Sous son regard vigilant, je me suis étendu sur la plage et j'ai battu des jambes et labouré le sable de mes mains, tournant la tête à chaque mouvement pour respirer. On aurait pu croire que j'étais un enfant qui piquait une surprenante colère au ralenti. Dans l'eau, tandis qu'il me maintenait à la surface, je faisais de mon mieux pour nager. C'était beaucoup plus difficile que sur la plage. Mais Mamaji était patient et m'encourageait.

Quand il a cru que j'avais fait suffisamment de progrès, nous avons tourné le dos aux cris et aux rires, aux courses et aux grands ploufs, aux vagues bleu-vert et à l'écume des eaux déferlantes et nous avons opté pour le rectangle normatif et l'aplat aquatique de la piscine de l'ashram – en plus de l'entrée payante.

J'y suis allé avec lui trois fois par semaine pendant toute mon enfance, un rituel du petit matin des lundis, mercredis et vendredis qui avait la régularité d'un bon mouvement de crawl. J'ai des souvenirs très nets de ce digne vieil homme qui se mettait nu à côté de moi, laissant lentement apparaître son corps tandis qu'il disposait soigneusement chaque vêtement, et qu'il sauvait la décence au dernier instant en se retournant légèrement et en enfilant un superbe maillot de bain professionnel importé. Il se tenait droit et il était prêt. C'était d'une simplicité épique. Les cours de natation, qui allaient plus tard devenir les pratiques de natation, étaient éreintants, mais ils offraient le profond plaisir de pouvoir faire un mouvement de plus en plus facilement et de plus en plus vite, encore et encore, presque jusqu'à l'hypnose, alors que l'eau se transformait de plomb fondu en lumière liquide.

C'est de moi-même, attiré par une sorte de plaisir coupable, que je suis retourné à la mer, séduit par les énormes vagues qui s'écrasaient et parvenaient jusqu'à moi en modestes ondulations, de doux lassos qui attrapaient leur gentil petit Indien.

Vers l'âge de treize ans, j'offris à Mamaji pour l'un de ses anniversaires deux longueurs de piscine de respectable brasse papillon. J'étais tellement épuisé à la fin que j'eus peine à le saluer de la main.

En plus de nager, nous parlions de la natation. C'était la conversation que mon père affectionnait. Plus il résistait à la natation elle-même, plus il aimait en causer. Parler de natation était pour lui comme une conversation de vacances par rapport aux échanges liés à son travail de directeur d'un jardin zoologique. De l'eau sans hippopotame était tellement plus facile à gérer que de l'eau avec un hippopotame.

Mamaji avait étudié à Paris pendant deux ans, aux frais de l'administration coloniale. Il s'y était follement amusé. C'était au début des années trente, alors que les Français essayaient encore de rendre Pondichéry aussi française que les Anglais tentaient de rendre britannique le reste de l'Inde. Je ne me souviens pas exactement de ce que Mamaji étudiait, quelque discipline touchant le commerce, je suppose. C'était un merveilleux conteur d'histoires, mais oublions ses études, la tour Eiffel, le Louvre ou les cafés des Champs-Élysées. Il ne racontait que des histoires sur les piscines et les concours de natation. Il y avait, par exemple, la piscine Deligny, la plus ancienne de la ville, qui remontait à 1796, une barge en plein air amarrée au quai d'Orsay et où eurent lieu les compétitions de natation des Jeux olympiques de 1900. Mais la Fédération internationale de natation n'avait reconnu aucun des temps chronométrés, car la piscine avait six mètres de long en trop. L'eau de la piscine venait directement de la Seine, sans être filtrée ni chauffée. « Elle était froide et sale, disait Mamaji. L'eau, qui avait déjà traversé tout Paris, était plutôt dégoûtante. Et en plus les baigneurs la rendaient totalement infecte. » D'un air entendu, Mamaji murmurait des détails choquants qui étayaient son propos. Il nous confiait que les Français avaient de très mauvaises habitudes d'hygiène personnelle. « La piscine Deligny, de ce côté-là, était déjà plutôt mauvaise. Le Bain Royal, un autre lieu d'aisance sur la Seine, était pire. À Deligny, au moins, on recueillait les poissons morts. » Quoi qu'il en soit, une piscine olympique est une piscine olympique, effleurée par une gloire immortelle. Mamaji parlait toujours de Deligny avec un sourire attendri, même si c'était un cloaque.

On était mieux dans les piscines Château-Landon, Rouvet et celle du boulevard de la Gare. C'étaient des piscines intérieures protégées par un toit, érigées sur la terre ferme et ouvertes à longueur d'année. Leur eau venait de la condensation de machines à vapeur d'usines voisines et elle était donc plus propre et plus chaude. Mais ces piscines étaient quand même un peu miteuses et elles étaient souvent bondées. «Il y avait tellement de crachats et de bave qui flottaient sur l'eau que j'avais l'impression de nager dans une mare de méduses», disait Mamaji en rigolant.

Les piscines Hébert, Ledru-Rollin et Butte-aux-Cailles étaient bien éclairées, modernes, spacieuses, approvisionnées par des puits artésiens. Elles ont servi à établir les standards de qualité des piscines municipales. Il y avait la piscine des Tourelles, bien sûr, l'autre grande piscine olympique de la ville, inaugurée pendant les deuxièmes jeux tenus à Paris, en 1924. Et il y en avait d'autres, plusieurs autres.

Aux yeux de Mamaji, aucune piscine n'atteignit la gloire de la piscine Molitor. C'était le joyau de la gloire aquatique de Paris, ou même de tout le monde civilisé.

«C'était une piscine où les dieux auraient pris plaisir à nager. Et puis Molitor possédait le meilleur club parisien de natation de compétition. Elle comptait deux bassins, l'un à l'intérieur, l'autre à l'extérieur. Chacun avait les dimensions d'un petit océan. À l'intérieur, il y avait toujours deux allées réservées aux nageurs qui voulaient faire des longueurs. L'eau était si propre et si claire qu'on aurait pu l'utiliser pour faire son café du matin. Les cabines des vestiaires étaient en bois, peintes en bleu et blanc, et elles entouraient la piscine sur deux étages. On pouvait regarder d'en haut et voir tout, et tout le monde. Les préposés qui marquaient la porte des cabines avec une craie pour indiquer qu'elles étaient occupées étaient des vieillards boiteux, amicaux mais d'une façon bougonne. Ni les cris ni les pitreries ne les dérangeaient jamais. Des douches jaillissait une eau chaude et relaxante. Il y avait un sauna et une salle d'exercice. En hiver, le bassin extérieur devenait une patinoire. Il y avait un bar, une cafétéria, une grande terrasse où prendre le soleil, et même deux petites plages faites de vrai sable. C'était… c'était…»

C'était la seule piscine qui, à certains moments, laissait Mamaji sans parole, ses souvenirs faisant trop de longueurs pour qu'il puisse les mentionner tous.

Mamaji évoquait son passé. Papa rêvait.

Et c'est comme ça qu'on m'a donné mon nom quand je suis venu au monde, un dernier-né bienvenu dans la famille, trois ans après Ravi : Piscine Molitor Patel.

CHAPITRE 4

Notre bon vieux pays était une république d'à peine sept ans quand il s'agrandit d'un petit territoire : Pondichéry se joignit à l'Union indienne le premier novembre 1954. Une réalisation civique d'importance en appelait une autre. Une partie des terrains du Jardin botanique de Pondichéry fut rendue disponible, sans frais de location, pour une excitante affaire et, allez donc y croire, l'Inde eut un tout nouveau zoo, aménagé et dirigé selon les méthodes les plus modernes et les principes biologiques les plus sains.

C'était un zoo immense, qui s'étendait sur un nombre infini d'hectares, assez grand pour qu'il fallût un train pour l'explorer, quoiqu'il semblât se rapetisser, y inclus le train, à mesure que je grandissais. Il est maintenant si petit qu'il tient dans ma tête. Il faut imaginer un lieu humide et chaud, baigné de soleil et de couleurs vives. L'extravagance des fleurs y est constante. Il y a des arbres, des buissons et des plantes grimpantes partout – des figuiers des pagodes, des flamboyants, des fleurs de paradis, des kapokiers rouges, des jacarandas, des manguiers, des jaquiers et bien d'autres qui resteraient sans nom pour les visiteurs si ce n'était d'une petite plaque au pied de chacun. Il y a des bancs. Sur ces bancs, on voit des hommes endormis, allongés de tout leur long, ou des couples assis, des couples jeunes, qui se lancent des regards furtifs et timides et dont les mains gesticulent, se touchant comme par hasard. Soudain, au milieu des grands arbres maigres devant vous, vos yeux croisent deux girafes qui vous observent tranquillement. Et ce n'est pas la dernière de vos surprises. L'instant d'après, vous sursautez en entendant les éclats furieux qui viennent d'une grande bande de singes et, plus bruyants encore, les cris stridents d'étranges oiseaux. Vous vous arrêtez à un tourniquet. Distraitement, vous déboursez quelque menue monnaie. Vous repartez. Vous voyez un muret. À quoi s'attendre derrière un petit mur? Sûrement pas à une fosse peu profonde habitée par deux rhinocéros indiens. Et pourtant c'est ce que vous y trouvez. Et quand vous tournez la tête, vous voyez un éléphant qui se tenait là depuis le début, tellement gros que vous ne l'aviez pas remarqué. Dans l'étang, vous découvrez que ce sont des hippopotames qui flottent. Plus vous regardez, plus vous voyez! Vous êtes à Zooville!

Avant de déménager à Pondichéry, papa dirigeait un grand hôtel à Madras. Un intérêt durable pour les animaux l'avait entraîné à se lancer dans l'acquisition et la gestion d'un zoo. Vous pourriez croire que c'était une transition naturelle, d'hôtelier pour les humains à hôtelier pour les bêtes. Pas du tout. À bien des titres, mener un zoo serait le pire cauchemar d'un hôtelier. Voyez par exemple: les clients ne quittent jamais leur chambre; ils ne s'attendent pas seulement au logement mais aussi à la pension complète; ils reçoivent un flot ininterrompu de visiteurs, dont quelques-uns sont bruyants et indisciplinés. On doit attendre qu'ils veuillent bien sortir faire quelques pas sur leur balcon, pour ainsi dire, avant de pouvoir nettoyer leur chambre, et puis attendre qu'ils daignent se lasser de la vue et rentrent avant de nettoyer leur balcon; et il y en a du nettoyage à faire! car les pensionnaires sont aussi malpropres que des ivrognes. Et chacun, chacune exige beaucoup quant à son alimentation, se plaint continuellement de la lenteur du service, et jamais, au grand jamais, ne laisse de pourboire. Pour être franc, un bon nombre de ces clients sont des pervertis sexuels, soit qu'ils sont horriblement refoulés et sujets à des explosions de lasciveté effrénée, soit qu'ils sont ouvertement dépravés et, dans les deux cas, ils offensent fréquemment le personnel par leurs grossières scènes sexuelles tous azimuts, relations incestueuses comprises. Est-ce le genre de clients que vous souhaiteriez avoir dans votre hôtel? Le Zoo de Pondichéry était certes une source de plaisir, mais aussi d'énormes maux de tête pour M. Santosh Patel, fondateur, propriétaire, directeur, chef d'un personnel de cinquante-trois personnes, et mon père.

Pour moi, c'était le paradis sur terre. J'ai les souvenirs les plus attendris d'avoir grandi dans un zoo. J'ai vécu la vie d'un prince. Quel fils de maharajah jouissait d'un terrain de jeu aussi immense, aussi luxuriant ? Quel palais était doté d'une telle ménagerie ? Mon réveille-matin, pendant mon enfance, était une troupe de lions. Ce n'étaient pas des horloges suisses, certes, mais on pouvait compter sur les lions pour rugir à tue-tête entre cinq heures trente et six heures chaque matin. Le petit déjeuner était ponctué des cris et des invectives de singes hurleurs, de passereaux de Malaisie et de cacatoès des Moluques. Je partais pour l'école sous le regard bienveillant non seulement de maman, mais aussi d'otaries aux yeux vifs et de massifs bisons américains et d'orangs-outans qui s'étiraient en bâillant. Je regardais vers le haut, en courant sous certains arbres, de peur que quelque paon ne me fasse ses besoins sur la tête. C'était mieux de passer près des arbres qui accueillaient les grandes colonies de roussettes ; la seule agression de ce côté, si tôt dans la journée, c'était le concert discordant de ces chauves-souris qui glapissaient et jacassaient. En route vers la sortie, je pouvais m'arrêter au terrarium pour regarder des grenouilles reluisantes, comme vernies d'un vert éclatant, ou bien jaunes et bleu foncé, ou bien encore brunes et vert pâle. Ou c'étaient des oiseaux qui attiraient mon attention : des flamants roses, des cygnes noirs ou des casoars à caroncule, ou quelque chose de plus petit, des tourterelles diamant, des merles métalliques du Cap, des inséparables à face rose, des aras de Nanday, des conures de Petz. Ce n'était pas très probable qu'à cette heure les éléphants, les phoques, les grands chats ou les ours aient été réveillés, mais les babouins, les macaques, les mangabeys, les gibbons, les chevreuils, les tapirs, les lamas, les girafes, les mangoustes étaient des lève-tôt. Chaque matin, avant de franchir l'entrée principale, j'avais une dernière impression qui était à la fois ordinaire et inoubliable : une pyramide de tortues ; le museau iridescent d'un mandrill ; le silence majestueux d'une girafe ; la grosse gueule, jaune et béante, d'un hippopotame ; un ara en train de grimper, en utilisant bec et pattes, le long d'une clôture métallique ; les claquements d'accueil du bec d'une spatule ; l'expression sénile et lubrique d'un chameau. Je profitais de ces richesses qui se dévoilaient à moi à toute vitesse, tandis que je courais vers l'école. C'est seulement après l'école que je découvrais à loisir comment on se sent quand un éléphant fouille vos vêtements avec l'espoir amical d'y trouver une noix cachée, ou quand un orang-outan vous cherche des tiques dans les cheveux pour son goûter et qu'il soupire de déception quand il constate à quel point votre tête est un piètre garde-manger. J'aimerais pouvoir décrire la perfection d'un phoque qui glisse dans l'eau ou celle d'un singe-araignée qui se balance d'un point à un autre, ou encore d'un lion qui tourne simplement la tête. Mais le langage sombre dans un tel océan. Mieux vaut s'imaginer ces choses dans sa tête si on veut les sentir.

Dans les zoos, comme dans la nature, le meilleur moment pour faire une visite est au lever ou au coucher du soleil. C'est à ces moments-là que la plupart des animaux s'animent. Ils s'activent, ils abandonnent leur abri et ils marchent sur la pointe des pieds vers le bord de l'eau. Ils montrent leurs livrées. Ils chantent leurs chansons. Ils se tournent les uns vers les autres et ils pratiquent leurs rituels. La récompense est grande pour qui a l'œil ouvert et l'oreille tendue. J'ai passé un temps infini en témoin discret de l'extraordinaire diversité des formes de la vie qui enchantent notre planète. C'est quelque chose de si brillant, de si bruyant, de si étrange et délicat que cela stupéfie tous les sens.

J'ai entendu presque autant de bêtises au sujet des zoos que j'en ai entendues au sujet de Dieu et de la religion. Des gens bien intentionnés mais mal informés pensent que les animaux dans la nature sont «heureux» parce qu'ils sont «libres». Ces personnes ont habituellement à l'esprit un grand et beau prédateur, un lion ou un guépard – la vie d'un gnou ou d'un oryctérope suscite peu d'exaltation. Ils voient dans leur imagination cet animal sauvage faisant des promenades digestives dans la savane après avoir dévoré une proie qui avait généreusement accepté son sort ou bien faisant un peu de footing pour rester mince après tant de gourmandise. Ils imaginent cet animal supervisant fièrement et tendrement ses rejetons, tandis que la famille entière regarde le coucher de soleil, installée sur les branches d'un arbre, en soupirant de plaisir. La vie d'un animal sauvage est simple, noble et pleine de sens, pensent-ils. Puis il est capturé par des hommes méchants et jeté dans de minuscules prisons. Son «bonheur» est détruit. Il aspire fortement à sa «liberté» et fait tout pour s'échapper. S'il a perdu sa «liberté» depuis longtemps, l'animal devient alors l'ombre de lui-même, son âme est brisée. Cela, c'est ce que croient certaines personnes.

Ce n'est pas ce qui se passe.

Les animaux dans la nature vivent une vie basée sur leurs compulsions et leurs besoins dans le cadre d'une hiérarchie sociale intraitable et dans un environnement où l'approvisionnement en peur est grand, et l'approvisionnement en nourriture est petit; il faut continuellement défendre son territoire et supporter sans répit des parasites. Que signifie la liberté dans un tel contexte? Dans la nature, les animaux ne sont en réalité libres ni dans l'espace ni dans le temps, non plus qu'en ce qui touche leurs relations personnelles. En théorie – c'est-à-dire en tant que simple possibilité physique – un animal pourrait faire sa malle et partir, faisant fièrement un signe d'adieu à toutes les conventions sociales et aux limites propres à son espèce. Mais une telle attitude est moins probable que si un membre de notre propre espèce, un commerçant, disons, qui aurait tous les liens habituels – famille, amis, milieu social – laissait tout tomber et larguait sa propre vie en emportant seulement la monnaie qu'il avait en poche et les vêtements qu'il portait. Si un homme, la plus audacieuse et la plus intelligente des créatures, ne va pas errer d'un endroit à un autre, étranger aux yeux de tous, redevable à personne, pourquoi est-ce qu'un animal le ferait, lui qui est par tempérament bien plus conservateur? Car c'est ainsi que sont les animaux, conservateurs, pour ne pas dire réactionnaires. Les plus petits changements les troublent. Ils veulent que les choses restent comme elles sont jour après jour, mois après mois. Les surprises leur sont intensément désagréables. On le constate dans leurs relations avec l'espace. Un animal habite son espace, que ce soit dans un zoo ou dans la nature, de la même façon qu'une pièce d'échecs se déplace sur un échiquier – avec un sens. Il n'y a pas plus de hasard, pas plus de «liberté», dans le lieu où se trouve un lézard ou un ours ou un cerf que dans le lieu où se trouve un cavalier sur l'échiquier. Dans les deux cas, il y a un schéma et un but. Dans la nature, les animaux suivent les mêmes sentiers pour les mêmes raisons pressantes, saison après saison. Dans un zoo, si un animal n'est pas à sa place normale dans sa position régulière à l'heure habituelle, cela veut dire quelque chose. Cela peut n'être que le signe d'un changement mineur du milieu: un tuyau d'arrosage enroulé sur le sol et oublié par un gardien a provoqué une impression de menace; une flaque s'est créée et elle préoccupe l'animal; une échelle fait de l'ombre. Mais cela pourrait vouloir dire davantage. À la limite, ça pourrait être le pire qui puisse arriver à un directeur de zoo: ce pourrait être un *symptôme*, un signe avant-coureur de problèmes à venir et une raison d'inspecter les excréments, d'interroger le gardien, de faire venir le vétérinaire. Tout ça parce qu'une cigogne ne se tient pas là où elle se tient habituellement!

Laissez-moi poursuivre un instant un seul aspect de cette question.

Si vous alliez chez des gens, défonciez leur porte à coups de pied, les jetiez à la rue et leur disiez: «Allez-vous-en! Vous êtes libres! Libres comme l'air! Libres comme des oiseaux! Allez! Partez!» – croyez-vous qu'ils éclateraient de joie? Non, ils n'en feraient rien. Les oiseaux ne sont pas libres. Les personnes que vous viendriez évincer resteraient sur place et s'indigneraient: «De quel droit nous mettez-vous à la porte? Ici, c'est chez nous. Cette maison nous appartient. Nous vivons ici depuis des années. Nous allons appeler la police, espèce de crapule. »

Est-ce que nous ne disons pas : « On n'est nulle part si bien que chez soi » ? C'est en tout cas ce que ressentent les animaux. Les animaux ont un instinct territorial. C'est la clé de leur mentalité. Il n'y a qu'un territoire familier qui leur permette de répondre aux deux impératifs inexorables de la vie sauvage : l'un, éviter les ennemis ; l'autre, se nourrir et s'abreuver. Un enclos de zoo qui est biologiquement sain – qu'il s'agisse d'une cage, d'une fosse, d'une île entourée de fossés, d'un corral, d'un terrarium, d'une volière ou d'un aquarium – n'est qu'un territoire, différent simplement par sa dimension et par sa proximité du territoire humain. Il est raisonnable qu'il soit bien plus petit qu'il ne le serait dans la nature. Les territoires sauvages sont grands par nécessité et non par goût. Dans un zoo, nous faisons pour les animaux ce que nous avons fait pour nous-mêmes, les humains, en construisant nos maisons : nous rapprochons dans un espace restreint ce qui dans la nature est éloigné. Alors qu'il y a des lustres, pour nous, la caverne était ici, la rivière là-bas, le terrain de chasse deux kilomètres plus loin, le point de guet tout proche, les fruits sauvages ailleurs – tout cela infesté de lions, de serpents, de fourmis, de sangsues et d'herbe à puce –, maintenant la rivière coule des robinets, à portée de main, et on peut se laver près de là où on dort, on peut manger là où on prépare la nourriture, et on peut dresser des murs protecteurs autour de soi et garder son foyer propre et chaud. Une maison est un territoire comprimé où nos besoins fondamentaux peuvent être satisfaits tout proche et en sécurité. Un enclos de zoo adéquat en est l'équivalent pour un animal (avec l'absence notoire d'une cheminée ou de ce qui en tient lieu et que l'on trouve dans tout habitat humain). Une fois qu'il aura découvert dans cet enclos tous les endroits dont il a besoin – un point d'observation, une place où se reposer, où manger, où boire, où se baigner et faire sa toilette, etc. – et qu'il découvrira qu'il n'a pas besoin d'aller chasser, la nourriture apparaissant devant lui six jours par semaine, un animal prendra possession de son espace dans un zoo de la même façon qu'il le ferait d'un nouvel espace dans la nature, en l'explorant et en le marquant selon les normes de son espèce, par exemple de jets d'urine. Une fois accompli ce rituel d'emménagement et que l'animal se sera installé, il ne se sentira pas comme un locataire nerveux, et encore moins comme un prisonnier, mais plutôt comme un occupant, et il va se comporter dans cet espace comme il le ferait dans le territoire sauvage, y inclus en le défendant farouchement s'il est envahi. Un tel enclos n'est, subjectivement, ni meilleur ni pire pour un animal que sa condition dans la nature ; aussi longtemps qu'il comble les besoins de l'animal, un territoire, qu'il soit naturel ou construit, ne fait qu'*être*, sans jugement porté, une donnée neutre, comme les taches sur la peau d'un léopard. Il serait même possible d'affirmer que si un animal pouvait choisir de manière intelligente, il choisirait de vivre dans un zoo, car la plus grande différence entre un zoo et la nature est l'absence de parasites et d'ennemis et l'abondance de nourriture dans le premier cas, et exactement tout le contraire dans le deuxième cas. Pensez-y vous-même. Préféreriez-vous vivre au Ritz avec service aux chambres gratuit et accès illimité à un médecin, ou bien être un sans-logis n'ayant personne qui s'occupe de vous ? Les animaux par ailleurs n'ont pas ce discernement. À l'intérieur des limites de leur nature, ils font ce qu'ils peuvent avec ce qu'ils ont.

Un bon zoo est un lieu de coïncidences soigneusement concertées : exactement là où l'animal nous dit : « Restez dehors ! » avec son urine ou une autre sécrétion, avec nos barrières nous lui disons : « Reste à l'intérieur ! » Dans de telles conditions de paix diplomatique, tous les animaux sont heureux et nous pouvons nous détendre et nous regarder les uns les autres.

Dans la littérature sur le sujet, il y a un grand nombre d'exemples d'animaux qui auraient pu s'échapper mais n'ont pas souhaité le faire, ou qui se sont évadés et sont revenus. Il y a le cas du chimpanzé dont la porte de la cage avait été laissée déverrouillée et qui s'était ouverte. De plus en plus anxieux, le chimpanzé a commencé à crier et puis à claquer la porte à plusieurs reprises – avec un bruit assourdissant chaque fois – jusqu'à ce que le gardien, averti par un visiteur, vienne rapidement régler le problème. Un troupeau de chevrettes dans un zoo européen est sorti de son corral quand la porte en avait été laissée ouverte. Effrayées par les visiteurs, les chevrettes bondirent vers la proche forêt, qui abritait son propre troupeau de chevrettes sauvages et qui pouvait en accommoder davantage. Malgré cela, les chevrettes du zoo revinrent rapidement à leur corral. Dans un autre zoo, un employé allait à son travail à pied tôt le matin en transportant des planches quand, à sa grande peur, un ours apparut dans le brouillard matinal, trottinant allègrement vers lui. L'homme laissa tomber ses planches et prit la poudre d'escampette. Les employés du zoo commencèrent immédiatement à chercher l'ours qui s'était échappé. Ils le retrouvèrent dans son enclos, auquel il était retourné comme il en était sorti, en se servant d'un arbre qui s'était cassé. On crut que le bruit des planches de bois qui tombaient par terre l'avait effrayé.

Mais je ne veux pas insister. Je ne veux pas défendre les zoos. Fermez-les tous si vous voulez (et espérons que ce qui reste de la vie sauvage pourra survivre dans ce qui reste de la nature). Je sais que les zoos ne sont plus dans les bonnes grâces des gens. La religion fait face au même problème. Dans les deux cas, certaines illusions sur la liberté les affligent.

Le Zoo de Pondichéry n'existe plus. Ses fosses ont été remplies, les cages ont été démontées. Je l'explore maintenant dans le seul espace qui lui reste, ma mémoire.

CHAPITRE 5

Mon nom ne dit pas tout de l'histoire de mon nom. Si vous vous appelez Bob, personne ne vous dira : « Comment épelez-vous ça ? » Ce n'est pas le cas quand on se nomme Piscine Molitor Patel.

Il y en avait qui pensaient que c'était P. Singh et que j'étais sikh et ils s'étonnaient de me voir sans turban.

Quand j'étudiais à l'université, je suis allé visiter Montréal avec des amis. Un soir, c'était à mon tour de commander des pizzas. Je ne pouvais supporter l'idée qu'un autre francophone s'esclaffe en entendant mon nom, alors quand l'homme au téléphone m'a demandé : « C'est à quel nom ? », j'ai répondu : « Je suis qui je suis. » Une demi-heure plus tard, deux pizzas ont été livrées pour « Méchoui qui Méchoui ».

Il est bien vrai que ceux qu'on rencontre peuvent nous marquer à un tel point que nous ne sommes plus pareils ensuite, même notre nom peut en être changé. Prenez Simon appelé Pierre, Mathieu aussi nommé Lévi, Nathanaël qui est également Bartholomé, Judas, pas l'Iscariote, qui a pris le nom de Thadée, Siméon, qui passait pour Niger, Saül qui est devenu Paul.

Mon soldat romain à moi, il était dans la cour de l'école un matin quand j'avais douze ans. Je venais tout juste d'arriver. Il m'a vu et un éclair de méchanceté géniale a éclairé son esprit débile. Il a levé le bras, il l'a pointé vers moi et il a crié : « V'là *Pisse* Patel ! »

En un instant, tout le monde rigolait. Le rire disparut tandis que nous formions des rangs et entrions en classe. Je marchais le dernier, portant ma couronne d'épines.

La cruauté des enfants n'a rien de nouveau. Le mot pouvait flotter à travers la cour jusqu'à mes oreilles, sans provocation, sans raison : « Où est Pisse, il faut que j'y aille. » Ou bien : « Tu fais face au mur, est-ce que tu Pisses ? » Ou quelque chose du genre. Je me figeais sur place ou, au contraire, je continuais ce que je faisais comme si je n'avais rien entendu. La voix disparaissait, mais la douleur restait, un peu comme l'odeur de la pisse longtemps après qu'elle s'est évaporée.

Les professeurs ont commencé à le dire aussi. C'était la chaleur. À mesure que la journée avançait, la leçon de géographie, qui le matin avait été dense comme une oasis, commençait à s'allonger comme le désert du Thar ; le cours d'histoire, si vivant quand la journée était jeune, devenait aride et poussiéreux ; la leçon de mathématiques, si précise au début, devenait confuse. Dans leur fatigue de l'après-midi, tandis qu'ils s'essuyaient le front et la nuque avec leur mouchoir, sans vouloir m'offenser ou faire rire, même les professeurs oubliaient la rafraîchissante promesse aquatique de mon nom et l'abrégeaient d'une manière honteuse. Je pouvais entendre le changement grâce à des modulations à peine perceptibles. C'était comme si leur langue conduisait un char de chevaux sauvages. Ils n'avaient pas de problème avec la première syllabe, *Pi*, mais la chaleur finissant par les affecter, ils perdaient contrôle de leur monture emportée et ils ne pouvaient plus la maîtriser sur le chemin de la deuxième syllabe, le *scine*. Ils plongeaient inexorablement dans la sifflante, et le malheur était fait. J'avais la main en l'air pour répondre à une question et j'étais accueilli par un «Oui, Pisse ?» Souvent le professeur ne se rendait même pas compte du nom qu'il venait tout juste de me donner. Il me regardait après un instant, d'un air las, se demandant pourquoi je ne répondais pas. Et parfois la classe elle-même, aussi écrasée par la chaleur que lui, ne réagissait pas non plus. Ni un gloussement ni un sourire. Mais moi, j'entendais toujours l'affront.

J'ai passé ma dernière année à l'école Saint-Joseph à me sentir comme le prophète Mahomet à La Mecque, que la paix soit avec lui. Et de la même façon qu'il préparait sa sortie vers Médine, l'Héjira qui allait marquer le début de l'ère musulmane, je préparais mon évasion et le début d'un nouvel âge pour moi.

Après Saint-Joseph, je suis allé au Petit Séminaire, la meilleure école secondaire anglaise et privée de Pondichéry. Ravi y était déjà et, comme tous les frères cadets, j'allais souffrir de suivre les traces d'un aîné populaire. Ravi était l'athlète de sa génération au Petit Séminaire, un redoutable lanceur et un puissant frappeur, le capitaine de la meilleure équipe de cricket en ville, notre propre Kapil Dev. Le fait que j'étais un nageur ne faisait aucune vague ; on dirait que c'est une loi de la nature que ceux qui vivent près de la mer se méfient des nageurs, tout comme ceux qui vivent dans la montagne se méfient des alpinistes. Mais de me trouver dans l'ombre de quelqu'un n'allait pas constituer mon salut, quoique j'eusse accepté n'importe quel autre nom que «Pisse», même celui de «frère de Ravi». J'avais un meilleur plan.

Je l'ai mis à exécution le tout premier jour d'école, dans la toute première classe. Il y avait autour de moi d'autres élèves venus de Saint-Joseph. La classe a commencé comme toutes les nouvelles classes commencent, chacun déclarant son nom. On le disait à voix haute, de notre pupitre, selon l'ordre où on s'était assis.

«Ganapathy Kumar», dit Ganapathy Kumar.

«Vipin Nath», dit Vipin Nath.

«Shamshool Hudha», dit Shamshool Hudha.

«Peter Dharmaraj», dit Peter Dharmaraj.

En entendant chaque nom, le professeur le cochait sur sa liste et jetait sur l'élève un bref regard mnémonique. J'étais terriblement nerveux.

«Ajith Giadson», dit Ajith Giadson, à quatre pupitres de moi...

«Sampath Saroja», dit Sampath Saroja, à trois pupitres...

«Stanley Kumar», dit Stanley Kumar, à deux pupitres...

«Sylvester Naveen», dit Sylvester Naveen, juste devant moi.

Mon tour était venu. Le moment d'en finir avec Satan. Médine, à nous deux.

Je me levai de mon pupitre et je me rendis vite au tableau noir. Avant que le professeur n'ait eu le temps de dire un mot, je pris un bout de craie et je dis, tout en écrivant :

Mon nom est

Piscine Molitor Patel

connu de tous sous le nom de

– je soulignai en double les deux premières lettres de mon prénom –

Pi Patel

Pour faire bonne mesure, j'ajoutai

$$\Pi = 3{,}14$$

et je traçai un grand cercle, que je divisai ensuite en deux d'un trait, pour évoquer la leçon de base de la géométrie.

Il y eut un silence. Le professeur fixait le tableau. Je retenais mon souffle. Il dit alors : « Très bien, Pi. Assieds-toi. La prochaine fois, tu demanderas la permission avant de quitter ton pupitre.

– Oui, monsieur. »

Il cocha mon nom et regarda le garçon suivant.

« Mansoor Ahamad », dit Mansoor Ahamad.

J'étais sauvé.

« Gautham Selvaraj », dit Gautham Selvaraj.

Je pouvais respirer.

« Arun Annaji », dit Arun Annaji.

Un nouveau départ.

Je répétai la manœuvre avec chaque professeur. La répétition est importante dans l'entraînement non seulement des animaux mais aussi des humains. Entre un garçon au nom ordinaire et un autre, je me lançais et j'enjolivais, parfois avec un terrible grincement, les détails de ma renaissance. C'en vint au point que, après quelques cours, des garçons se joignaient à moi en un crescendo qui aboutissait, une fois qu'ils avaient repris leur souffle un instant pendant que je soulignais la note appropriée, à une présentation chorale tellement enthousiaste de mon nouveau nom qu'un maître de chœur en aurait été enchanté. Et quelques garçons poursuivaient, en un murmure pressant : « Trois ! Point ! Un ! Quatre ! » tandis que j'écrivais aussi vite que je le pouvais et que je terminais en tranchant le cercle avec une vigueur telle que des bouts de craie s'envolaient.

Quand je levais la main, ce jour-là, ce que je faisais à chaque occasion possible, les professeurs m'accordaient la parole d'une monosyllabe qui était la plus belle des mélodies. Et les étudiants faisaient de même. Jusqu'aux diables de Saint-Joseph. En fait, le nom a créé une mode. Nous sommes vraiment un peuple d'ingénieurs en herbe : peu après, il y a eu un garçon nommé Omprakash qui s'appelait lui-même Omega, et un autre qui se faisait passer pour Upsilon, et il y a eu pendant un temps un Gamma, un Lambda et un Delta. Mais j'ai été le premier et le plus persistant des Grecs du Petit Séminaire. Même mon frère, le capitaine de l'équipe de cricket, ce dieu local, a donné son accord. La semaine suivante, il m'a emmené à l'écart.

« Qu'est-ce que j'entends ? Tu as un surnom maintenant ? » dit-il.

Je me suis tu. Car s'il devait y avoir une moquerie, je n'y pouvais rien. Il n'y avait pas moyen de l'éviter.

« Je ne savais pas que tu aimais autant le lait. »

Aimer le lait ? Je regardai tout autour. Il ne fallait pas que qui que ce soit entende ce qu'il allait dire, surtout pas l'un de ses larbins. « Qu'est-ce que tu veux dire, Ravi ? murmurai-je.

– Moi, je n'ai pas d'objection, mon frère. Tout est mieux que "Pisse". Même "Pis… de vache". »

Et en s'éloignant nonchalamment il sourit et dit : « Tu rougis un peu. »

Mais il garda le silence.

Et c'est ainsi que, dans cette lettre grecque qui a l'allure d'un abri au toit de tôle ondulée, dans ce nombre indéfinissable et irrationnel grâce auquel les scientifiques tentent de comprendre l'univers, je trouvai mon refuge.

CHAPITRE 6

C'est un excellent cuisinier. Sa maison surchauffée baigne toujours dans l'arôme de quelque plat délicieux. Son étagère d'épices ressemble à une boutique d'apothicaire. Quand il ouvre son réfrigérateur ou ses armoires, il y a de nombreuses étiquettes de produits que je ne reconnais pas; en fait, je ne peux même pas dire en quelle langue elles sont écrites. Nous nous retrouvons en Inde. Mais il s'en tire tout aussi bien avec les mets occidentaux. Il me prépare le plus piquant et pourtant le plus subtil des macaronis au fromage que j'aie jamais mangés. Et ses tacos végétariens rendraient jaloux le Mexique tout entier.

Quelque chose d'autre me frappe: ses armoires sont pleines à capacité. Derrière chaque porte, sur chaque tablette, il y a des montagnes de boîtes de conserve et de paquets soigneusement rangés. Assez de provisions pour survivre au siège de Leningrad.

CHAPITRE 7

J'ai eu la chance d'avoir dans mon enfance quelques bons professeurs, des hommes et des femmes qui sont entrés dans ma tête obscure et y ont allumé une étincelle. L'un d'entre eux était M. Satish Kumar, mon maître de biologie au Petit Séminaire et un communiste militant qui espérait toujours que le Tamil Nadu cesserait d'élire des stars de cinéma et suivrait la route tracée par l'État de Kerala. Il avait une apparence tout à fait particulière. Le dessus de son crâne était chauve et pointu, il avait les bajoues les plus impressionnantes que j'aie jamais vues, et ses épaules étroites reposaient sur un estomac massif qui ressemblait à la base d'une montagne, sauf que la montagne restait en l'air, car elle s'interrompait abruptement pour se perdre horizontalement dans son pantalon. Je ne comprends pas comment ses jambes maigres comme des allumettes pouvaient supporter son poids; et pourtant, c'est ce qu'elles faisaient, même si elles bougeaient parfois de manière surprenante, comme si ses genoux pouvaient se plier dans toutes les directions. Il avait une forme géométrique: il ressemblait à deux triangles, un petit et un plus grand, en équilibre sur deux lignes parallèles. Mais organiques, pourtant, avec beaucoup de verrues et des touffes de poil noir qui lui sortaient des oreilles. Et amical. Son sourire semblait occuper toute la base de sa tête triangulaire.

M. Kumar a été le premier athée déclaré que j'aie rencontré. Je n'ai pas découvert cela à l'école mais plutôt au zoo. C'était un visiteur assidu qui lisait au complet les affiches et les notices descriptives et qui acquiesçait à l'existence de chaque animal qu'il voyait. Chacun d'entre eux était à ses yeux un triomphe de la logique et de la mécanique, et la nature, dans son ensemble, était une illustration exceptionnellement réussie de la science. Selon lui, quand un animal sentait le besoin de s'accoupler, c'était comme s'il disait «Gregor Mendel», du nom du père de la génétique, et quand il voulait faire ses preuves, c'était comme s'il disait «Charles Darwin», le père de la sélection naturelle, et ce que nous considérions comme de simples beuglements, glapissements, grognements, piaillements, mugissements, hurlements, vagissements, braiments, coassements étaient en fait de forts accents étrangers. Quand M. Kumar visitait le zoo, c'était pour prendre le pouls de l'univers, et son esprit stéthoscopique lui confirmait chaque fois que tout était en ordre, que tout *était* ordre. Il quittait le zoo scientifiquement revigoré.

La première fois que j'ai vu sa forme triangulaire chanceler de-ci de-là dans le zoo, j'ai été trop timide pour m'approcher de lui. J'avais beau l'aimer comme professeur, il représentait l'autorité et moi, j'étais un sujet. Je le craignais un peu. Je l'observai à distance. Il venait d'arriver à l'enclos des rhinocéros. Les deux rhinos indiens étaient l'une des grandes attractions du zoo à cause des chèvres. Les rhinocéros sont des animaux sociables et quand Sommet est arrivé, un jeune mâle sauvage, il semblait souffrir d'isolement et il mangeait de moins en moins. Comme solution provisoire, pendant qu'il lui cherchait une femelle, papa s'est demandé si Sommet ne pourrait pas s'habituer à vivre avec des chèvres. Si ça marchait, ça sauverait un animal précieux. Si ça ne marchait pas, ça ne coûterait que quelques chèvres. L'astuce a merveilleusement marché. Sommet et le troupeau de chèvres sont devenus inséparables et le sont restés même après l'arrivée de Crête, sa promise. Quand les rhinocéros se baignaient, les chèvres se tenaient autour de la mare boueuse, et quand les chèvres mangeaient dans leur coin, Sommet et Crête se tenaient près d'elles comme des gardes. Ces arrangements de bon ménage plaisaient beaucoup au public.

M. Kumar leva les yeux et me vit. Il sourit et, une main tenant le garde-fou, me saluant de l'autre, il me fit signe d'approcher.

« Bonjour, Pi, dit-il.

– Bonjour, monsieur. C'est gentil à vous de venir au zoo.

– J'y viens souvent. On pourrait même dire que c'est mon temple. Voici quelque chose d'intéressant… » Il pointait la main vers l'enclos. « Si nous avions des politiciens comme ces chèvres et ces rhinocéros, nous aurions moins de problèmes dans notre pays. Malheureusement, nous avons une première ministre qui a le blindage d'un rhinocéros mais qui n'a rien de son bon sens. »

Je ne connaissais pas grand-chose à la politique. Papa et maman se plaignaient fréquemment de Mme Gandhi, mais ça signifiait peu pour moi. Elle vivait loin dans le nord, et non dans le zoo, ni à Pondichéry. Mais j'ai pensé que je devais répondre quelque chose.

« La religion va nous sauver », ai-je dit. Jusque dans mes souvenirs les plus lointains, la religion avait été tout près de mon cœur.

« La religion ? » M. Kumar fit un large sourire. « Je ne crois pas à la religion. La religion, c'est l'obscurité. »

L'obscurité ? J'étais confus. Je me suis dit que l'obscurité était la dernière des choses qui puisse décrire la religion. La religion est lumière. Est-ce qu'il me défiait ? Était-il en train de dire : « la religion est obscurité » comme il disait parfois en classe « les mammifères pondent des œufs » pour voir si quelqu'un allait le corriger ? (« Rien que les ornithorynques, monsieur. »)

« Il n'y a aucun motif pour aller au delà d'une explication scientifique de la réalité et pas de raison valable de croire en quoi que ce soit d'autre que l'expérience de nos sens. Un esprit clair, un souci des détails et une modeste connaissance scientifique démontreront que la religion est un ramassis de superstitions. Dieu n'existe pas. »

Est-ce bien ce qu'il a dit? Ou s'agit-il de mots prononcés par des athées que j'ai connus plus tard? De toute façon, c'était quelque chose comme ça. Je n'avais jamais entendu de semblables paroles.

« Pourquoi tolérer l'obscurité? Tout est ici, tout est clair, si nous observons avec attention. »

Il montrait Sommet. J'avais naturellement une grande admiration pour Sommet, mais je ne l'avais jamais imaginé comme une lumière.

Il continua. « Il y a des gens qui disent que Dieu est mort lors de la Partition en 1947. Il est peut-être mort en 1971 pendant la guerre. Ou peut-être est-il mort ici hier, à Pondichéry, dans un orphelinat. C'est ce que certaines personnes disent, Pi. Quand j'avais ton âge, je vivais cloué au lit, torturé par la polio. Chaque jour, je me demandais "Où est Dieu? Où est Dieu? Où est Dieu?" Il n'est jamais venu. Ce n'est pas Dieu qui m'a sauvé – c'est la médecine. La raison est mon prophète et elle me dit que comme une montre s'arrête, ainsi on meurt. C'est la fin. Si la montre marche mal, il faut la réparer nous-mêmes, ici et maintenant. Un jour, nous prendrons le contrôle des moyens de production et la justice triomphera sur la terre. »

C'était un peu beaucoup pour moi. Le ton était le bon – aimant et courageux – mais le détail de son discours me semblait sombre. Je suis resté silencieux. Ce n'était pas par crainte de fâcher M. Kumar. C'était plutôt parce que j'avais peur que si je ripostais, en quelques mots il détruirait quelque chose que j'aimais. Et si ses paroles devaient avoir sur moi l'effet de la polio? Quelle horrible maladie ce doit être si elle peut tuer Dieu en l'homme!

Il s'éloigna en tanguant et en ondulant dans la mer emportée que la terre ferme représentait pour lui. « N'oublie pas l'examen de mardi. Étudie fort, 3,14!

– Oui, monsieur Kumar. »

Il est devenu mon professeur préféré au Petit Séminaire et la raison pour laquelle j'ai étudié la zoologie à l'Université de Toronto. Je me sentais une affinité avec lui. Il m'a donné le premier indice qui me ferait comprendre que les athées étaient des frères et des sœurs d'une foi différente, et que chaque mot qu'ils prononçaient parlait de foi. Tout comme moi, ils vont jusqu'où les mènent les jambes de la raison – puis ils sautent.

Je vais être honnête. Ce ne sont pas les athées qui me restent en travers de la gorge, ce sont les agnostiques. Le doute est utile pour un temps. Tout le monde doit passer par le jardin de Gethsémani. Si le Christ a jonglé avec le doute, ainsi devons-nous le faire nous aussi. Si le Christ a passé une nuit d'angoisse à prier, s'il a crié de la Croix : « Mon Dieu, mon Dieu pourquoi m'as-tu abandonné ? », nous avons sûrement nous aussi le droit de douter. Mais il nous faut aller de l'avant. Choisir le doute comme philosophie de vie, c'est comme choisir l'immobilité comme mode de transport.

CHAPITRE 8

Dans le métier, nous avons l'habitude de dire que l'animal le plus dangereux dans un zoo, c'est l'homme. En termes généraux, nous voulons dire par là que l'espèce excessivement prédatrice que nous sommes a fait sa proie de la planète entière. Plus spécifiquement, nous pensons aux personnes qui donnent des hameçons à manger aux otaries, des rasoirs aux ours, des pommes truffées de petits clous aux éléphants et d'autres objets divers comme des stylos à bille, des trombones, des épingles de sûreté, des bandes élastiques, des peignes, des cuillères à café, des fers à cheval, des débris de verre, des bagues, des broches et autres bijoux (et pas seulement de la camelote en matière synthétique : des alliances en or aussi), des pailles, des ustensiles de plastique, des balles de ping-pong, des balles de tennis et d'autres choses encore. La liste nécrologique des animaux de zoo morts d'avoir avalé des corps étrangers inclurait des gorilles, des bisons, des cigognes, des nandous, des autruches, des phoques, des morses, des fauves, des ours, des chameaux, des éléphants, des singes et à peu près chacune des espèces de cervidés, de ruminants et d'oiseaux chanteurs. Chez les gardiens de zoo, la mort de Goliath est fameuse ; c'était un éléphant de mer mâle, une formidable et vénérable grosse bête de deux tonnes, star de son zoo européen, adoré de tous les visiteurs. Il est mort d'hémorragie interne après que quelqu'un lui eut donné à manger un tesson de bouteille de bière.

La cruauté est parfois plus active, plus directe. Les sources documentaires rapportent bien des tourments infligés à des animaux de zoo : une spatule morte pour avoir eu le bec brisé à coups de marteau ; un élan ayant perdu la barbiche et une lanière de peau de la grosseur d'un doigt aux mains d'un visiteur armé d'un couteau (le même élan mourut empoisonné six mois plus tard) ; le bras d'un singe fracturé après qu'il l'eut tendu pour recevoir les noix qu'on lui offrait ; les bois d'un chevreuil entamés au moyen d'une scie à métaux ; un zèbre transpercé d'une épée ; et d'autres agressions contre d'autres animaux avec des cannes, des parapluies, des épingles à cheveux, des aiguilles à tricoter, des ciseaux, ainsi de suite, souvent pour blesser les parties génitales ou en visant un œil pour éborgner l'animal. Les animaux se font aussi empoisonner. Il y a en outre des indécences encore plus étranges : des masturbateurs qui s'excitent devant des singes, des poneys, des oiseaux ; un fanatique religieux qui tranche la tête d'un serpent ; un homme perturbé qui urine dans la gueule d'un élan.

À Pondichéry, nous avons plutôt eu de la chance. Les sadiques qui affligent les zoos d'Europe et d'Amérique nous ont été épargnés. Néanmoins, notre agouti abricot a disparu, volé par quelqu'un qui a dû le manger, selon papa. Divers oiseaux – des faisans, des paons, des macaques – ont perdu des plumes arrachées par des personnes envieuses de leur beauté. Nous avons arrêté un homme, un couteau à la main, en train de grimper dans l'enclos des chevrotains ; il a dit qu'il allait punir le méchant Ravana (c'est lui qui dans le *Ramayana* prend la forme d'un cerf afin d'enlever Sita, la compagne de Rama). On a pincé un autre homme au moment où il allait voler un cobra. C'était un charmeur de serpents et le sien était mort. Tous les deux ont été sauvés, le cobra d'une vie de servitude et de mauvaise musique, et l'homme d'une éventuelle et fatale morsure. Nous avons eu de temps en temps à faire face à des lanceurs de pierres qui trouvaient les animaux trop placides et qui cherchaient à les provoquer. Et puis il y a eu la dame dont le sari a été agrippé par un lion. Elle a tourné comme un yo-yo, choisissant un embarras mortel plutôt qu'une mort certaine. L'affaire est que ce n'était même pas un accident. Elle s'était penchée, avait glissé la main dans la cage et elle avait brandi la pointe de son sari à la face du lion, nous n'avons jamais su vraiment pourquoi. Elle n'a pas été blessée; un grand nombre d'hommes, fascinés, ont couru à son aide. Essoufflée, elle a expliqué à papa: «Qui aurait cru qu'un lion mangerait un sari de coton? Je pensais que les lions étaient carnivores.» Nos pires fauteurs de troubles étaient ceux qui donnaient à manger aux animaux. Malgré notre vigilance, le Dr Atal, le vétérinaire du zoo, pouvait juger, par le nombre d'animaux souffrant de problèmes digestifs, quels étaient les jours où il y avait eu foule. Il appelait «grignotite» les cas d'affections entériques ou gastriques causées par des excès de glucides, surtout de sucre. Nous aurions parfois préféré que les visiteurs s'en tiennent aux friandises. Les gens ont l'impression que les animaux peuvent manger n'importe quoi sans conséquence pour leur santé. C'est faux. Un de nos ours à lunettes est tombé gravement malade d'une hémorragie intestinale après qu'un homme qui croyait bien faire lui eut donné du poisson pourri.

Tout près du kiosque de l'entrée, sur un mur, papa avait fait peindre en grandes lettres rouges la question suivante: SAVEZ-VOUS QUEL EST L'ANIMAL LE PLUS DANGEREUX DU ZOO? Une flèche pointait vers un petit rideau. Tellement de mains avides et curieuses tiraient le rideau que nous devions le remplacer fréquemment. Derrière, il y avait un miroir.

Mais j'ai appris à mes dépens que papa estimait qu'il y avait un animal encore plus dangereux que nous, un animal qui d'ailleurs était extrêmement commun, présent sur tous les continents, dans chaque milieu : la redoutable espèce *Animalus anthropomorphicus*, l'animal tel que perçu par les yeux de l'homme. Nous en avons tous rencontré un, peut-être même en avons-nous possédé un. C'est un animal qui est « mignon », « amical », « aimant », « fidèle », « joyeux », « compréhensif ». Ces animaux sont tapis dans chaque boutique de jouets et dans chaque zoo pour enfants. Les histoires à leur sujet sont innombrables. Ils sont le contrepoids des animaux « vicieux », « sanguinaires », « dépravés » qui soulèvent la rage des maniaques que je viens de mentionner et qui déchargent leur agressivité à coups de cannes et de parapluies. Dans les deux cas, nous regardons un animal qui nous renvoie notre image. C'est le fléau des zoologistes autant que des théologiens que cette obsession de vouloir mettre l'homme au centre de tout.

Par deux fois, j'ai appris la leçon que l'animal est un animal, essentiellement et pratiquement distinct de nous : une fois de papa, et une fois de Richard Parker.

C'était un dimanche matin. Je jouais tranquillement tout seul. Papa a lancé :

« Les enfants, venez ici. »

Quelque chose n'allait pas. Le ton de sa voix a déclenché une sonnette d'alarme dans ma tête. J'ai fait un rapide tour d'horizon de ma conscience. Elle était claire. Ce devait être Ravi qui était fautif. Je me demandais quel mauvais coup il avait encore fait. Je suis allé dans le séjour. Maman était là, ce qui était inhabituel. Discipliner les enfants tout comme soigner les animaux revenaient habituellement à papa. Ravi arriva le dernier, un air coupable inscrit sur son visage de criminel.

« Ravi, Piscine, j'ai une leçon très importante à vous donner aujourd'hui.

– Ah, mais vraiment… Est-ce bien nécessaire ? » interrompit maman. Son visage était rouge d'émotion.

J'avalai ma salive. Si maman, habituellement si imperturbable, si calme, était préoccupée, c'est qu'il y avait un *vrai* problème. J'échangeai un regard avec Ravi.

«Oui, c'est nécessaire», dit papa, courroucé. «Ça pourrait leur sauver la vie.»

Sauver notre vie! Ce n'était plus une sonnette d'alarme qui tintait dans ma tête – c'était maintenant d'énormes cloches, comme celles de l'église du Sacré-Cœur-de-Jésus que nous entendions tout près du zoo.

«Mais Piscine? Il n'a que huit ans, insista maman.

– C'est lui qui me préoccupe le plus.

– Je suis innocent! lançai-je. Quoi que ce soit, c'est la faute de Ravi. C'est lui!

– Quoi! dit Ravi. Je n'ai rien fait de mal.» Et il me jeta le mauvais œil.

«Silence!» dit papa en levant la main. Il regardait maman. «Gita, tu as vu Piscine. Il est à l'âge où les garçons courent partout et se fourrent le nez dans tout.»

Moi? Courir partout? Le nez fourré dans tout? C'est pas vrai! C'est pas vrai! Défends-moi, maman, défends-moi, l'implorais-je dans mon cœur. Mais elle se limita à soupirer et à opiner, un signe que l'horrible affaire pouvait aller de l'avant.

«Venez avec moi», dit papa.

Nous nous sommes mis en marche comme des prisonniers vers le gibet.

Nous sommes sortis de la maison, avons franchi la grille de l'entrée du zoo. C'était tôt et le zoo n'était pas encore ouvert au public. Les gardiens des animaux et les préposés à l'entretien travaillaient. J'ai remarqué Sitara, le responsable des orangs-outans, mon gardien préféré. Il s'arrêta pour nous regarder et nous suivit des yeux. Nous sommes passés devant des oiseaux, des ours, des singes, des grands singes, des ongulés, le terrarium, les rhinocéros, les éléphants, les girafes.

Nous sommes arrivés chez les fauves, les tigres, les lions et les léopards. Babu, leur gardien, nous attendait. Nous avons fait le tour en suivant le sentier et il a déverrouillé la porte des fauves, qui se trouvait au milieu d'une île entourée de fossés. Nous nous sommes glissés à l'intérieur. C'était une vaste et obscure caverne de béton, circulaire, chaude et humide où régnait une odeur d'urine de chat. Tout autour, il y avait d'immenses cages divisées par de grosses barres de fer vertes. Une lumière jaunâtre descendait des lucarnes. Les sorties des cages laissaient voir la végétation sur l'île qui nous entourait, inondée de soleil. Les cages étaient vides – sauf une : Mahisha, notre patriarche des tigres du Bengale, une imposante et maigre bête de deux cent cinquante kilos, y était resté. Aussitôt que nous sommes entrés, il a bondi vers les barreaux de sa cage et il a lancé à pleine gorge un grondement féroce, les oreilles à plat sur la tête et les yeux ronds fixés sur Babu. Le son était si puissant et sauvage qu'on aurait dit que toute la construction en était secouée. Mes genoux ont commencé à trembler. Je me suis approché de maman. Elle tremblait, elle aussi. Même papa a paru faire une pause et se composer. Seul Babu était indifférent à l'explosion sonore et au regard pénétrant qui le traversait comme une flèche. Il faisait totalement confiance aux barreaux de fer. Mahisha a commencé à faire les cent pas à la limite de sa cage.

Papa s'est tourné vers nous. « Quel est cet animal ? » hurla-t-il en tentant de couvrir le grondement de Mahisha.

« C'est un tigre », avons-nous répondu à l'unisson, Ravi et moi, pour confirmer docilement l'évidence absolue.

« Est-ce que les tigres sont dangereux ?

– Oui, papa, les tigres sont dangereux.

– Les tigres sont *très* dangereux, cria papa. Je veux que vous compreniez que vous ne devez jamais – dans *quelque circonstance que ce soit* – toucher un tigre, caresser un tigre, glisser votre main à travers les barreaux d'une cage, et même vous approcher d'une cage. Est-ce bien clair ? Ravi ? »

Ravi opina vigoureusement de la tête.

« Piscine ? »

J'opinai encore plus vigoureusement.

Il continuait de fixer son regard sur moi.

J'ai fait oui avec une telle force que je m'étonne que mon cou ne se soit pas cassé net et que ma tête ne soit pas tombée par terre.

Je tiens à dire, pour ma propre défense, que même si j'avais anthropomorphisé les animaux jusqu'à ce qu'ils parlent couramment l'anglais, les faisans, par exemple, le nez en l'air, se plaignant avec un accent tout *british* que leur thé était froid, ou les babouins planifiant leur fuite après le cambriolage qu'ils préparaient avec le ton sourd et menaçant de gangsters américains, je n'avais jamais été dupe de mes fantaisies. J'habillais consciemment les animaux sauvages des costumes dociles de mon imagination. Mais je ne me faisais jamais d'illusions quant à la vraie nature de mes compagnons de jeu. Mon nez fourré partout était plus intelligent que cela. Je ne sais pas d'où mon père tenait que son plus jeune fils avait envie d'entrer dans la cage d'un féroce carnivore. Mais quelle qu'ait été l'origine de son inquiétude étrange – et papa *était* de nature inquiète –, il avait la ferme intention de s'en débarrasser ce matin-là.

« Je vais vous montrer à quel point les tigres sont dangereux », continua-t-il. « Je veux que vous vous souveniez de cette leçon jusqu'à la fin de vos jours. »

Il se tourna vers Babu et fit un signe de la tête. Babu sortit. Les yeux de Mahisha le suivirent et ne quittèrent pas la porte qu'il avait franchie. Il revint quelques secondes plus tard en portant une chèvre aux pattes attachées. Maman me saisit contre elle. Le grondement de Mahisha devint un rugissement venu du fond de la gorge.

Babu déverrouilla et ouvrit une cage à côté de celle du tigre, puis il y entra et la verrouilla de nouveau. Des barreaux et une trappe coulissante séparaient les deux cages. Immédiatement, Mahisha s'approcha tout près des barreaux, les frappant de ses pattes. À ses grondements, il ajoutait maintenant des *woofs* saccadés et explosifs. Babu plaça la chèvre sur le sol; ses flancs haletaient avec violence, la langue lui pendait de la gueule et elle avait les yeux révulsés. Babu lui détacha les pattes. La chèvre se leva. Babu sortit de la cage avec la même précaution qu'il avait mise pour y entrer.

La cage comptait deux niveaux, l'un à notre hauteur, l'autre, vers l'arrière, plus élevé d'environ trois pieds, et qui menait dehors sur l'île. La chèvre grimpa jusqu'à ce deuxième étage. Dans sa propre cage, en un mouvement aisé et fluide, Mahisha fit de même, devenu indifférent à la présence de Babu. Il s'accroupit et resta immobile, le seul signe de tension se voyant à sa queue qui remuait lentement.

Babu s'approcha de la trappe entre les deux cages et commença à l'ouvrir. Voyant venir son plaisir, Mahisha se tut. À ce moment-là, j'entendis deux choses : d'abord papa qui disait « N'oubliez jamais cette leçon » tandis qu'il observait la scène d'un air grave ; et les bêlements de la chèvre. Peut-être qu'elle bêlait depuis le début, mais nous ne l'avions pas entendue jusqu'alors.

Je pouvais sentir la main de maman pressée contre mon cœur qui battait.

La trappe résistait en crissant. Mahisha était hors de lui – on aurait dit qu'il allait bondir à travers les barreaux. Il semblait hésiter entre rester où il était, là où sa proie était la plus proche mais sûrement hors d'atteinte, ou descendre au niveau inférieur, plus éloigné mais là où se trouvait la trappe. Il se leva et reprit ses grondements.

La chèvre commença à bondir. Elle s'élançait à des hauteurs étonnantes. J'ignorais que les chèvres pouvaient sauter aussi haut. Mais l'arrière de la cage était formé d'un mur de ciment haut et lisse.

Avec une étonnante facilité, la trappe finit de glisser et s'ouvrit. Le silence revint, sauf pour les bêlements et le claquement sec des sabots de la chèvre sur le plancher.

Un jet de noir et d'orange flotta d'une cage à l'autre.

Habituellement, on faisait jeûner les fauves une journée par semaine, afin de reproduire les conditions de la nature sauvage. Nous avons découvert plus tard que papa avait donné l'ordre de ne pas nourrir Mahisha pendant trois jours.

Je ne sais pas si j'ai vu du sang avant de me retourner vers les bras de maman ou si j'en ai peint plus tard dans ma mémoire à grands coups de pinceau. Mais j'ai bien entendu. C'était assez pour provoquer la plus grande terreur chez le végétarien que j'étais. Maman nous poussa dehors. Nous étions en pleine crise de nerfs. Elle était révoltée.

«Comment as-tu pu faire ça, Santosh? Ce sont des enfants. Ils vont être marqués pour le reste de leurs jours.»

Sa voix était échauffée et tremblante. Je pouvais voir les larmes dans son regard. Je me sentis mieux.

«Gita, mon oiseau, c'est pour leur bien. Et si Piscine avait passé le bras à l'intérieur de la cage un bon jour pour toucher la belle fourrure orange? Mieux vaut une chèvre que lui, non?»

Sa voix était douce, à peine un murmure. Il semblait penaud. Il ne l'appelait jamais «mon oiseau» devant nous.

Nous étions blottis contre elle. Il se joignit à nous. Mais la leçon n'était pas finie, quoiqu'elle ait été plus douce par la suite.

Papa nous mena vers les lions et les léopards.

«Il y a eu un fou en Australie qui était ceinture noire de karaté. Une fois, il a voulu confronter sa force à celle des lions. Il a perdu. Lamentablement. Au matin, les gardiens n'ont trouvé que la moitié de son corps.

– Oui, papa.»

Les ours de l'Himalaya et les ours paresseux.

«Un coup de griffe de l'une de ces mignonnes créatures et elles vont évider vos entrailles et les répandre sur le sol.

– Oui, papa.»

Les hippopotames.

«Avec leur gueule à la chair douce et flasque, ils peuvent vous écraser le corps en un magma sanguinolent. Sur terre, ils courent plus vite que vous.

– Oui, papa.»

Les hyènes.

«Les mâchoires les plus puissantes de la nature. N'allez pas croire qu'elles sont craintives ou qu'elles ne mangent que de la charogne. Elles ne manquent pas de courage et elles mangent autre chose! Elles vont commencer à vous dévorer alors que vous êtes encore vivants.

– Oui, papa.»

Les orangs-outans.

«Forts comme dix hommes. Ils vont vous casser les bras comme des branchettes. Je sais que quelques-uns d'entre eux ont été vos animaux favoris et que vous avez joué avec eux quand ils étaient petits. Mais maintenant ils ont grandi, ils sont sauvages et ils sont imprévisibles.

– Oui, papa.»

L'autruche.

«Elle a un air agité et bête, n'est-ce pas? Écoutez bien: c'est l'un des animaux les plus dangereux dans un zoo. Un seul coup de patte et votre dos est brisé et votre torse est écrasé.

– Oui, papa.»

Les chevreuils tachetés.

«Ils sont ravissants, n'est-ce pas? Si le mâle pense qu'il doit le faire, il va foncer vers vous et ses jolies petites cornes vont vous transpercer comme des couteaux.

– Oui, papa.»

Le chameau d'Arabie.

«Une morsure baveuse et vous avez un morceau de chair en moins.

– Oui, papa.»

Les cygnes noirs.

«De leur bec, ils peuvent vous fêler le crâne. De leurs ailes, ils peuvent vous fracturer les bras.

– Oui, papa.»

Les oiseaux plus petits.

«Ils vont vous couper les doigts comme si c'était du beurre.»

– Oui, papa.»

Les éléphants.

«L'animal le plus dangereux de tous. Il y a plus de gardiens et de visiteurs qui sont tués par des éléphants dans les zoos que par n'importe quel autre animal. Un jeune éléphant va sans doute vous démembrer puis vous piétiner complètement. C'est ce qui est arrivé dans un zoo européen à une autre femme qui était entrée par une fenêtre dans l'abri de l'animal. Un éléphant plus âgé, plus patient, pourrait vous écraser contre un mur ou s'asseoir sur vous. Ça semble drôle – mais pensez-y bien !

– Oui, papa.

– Il y a des animaux près desquels nous ne nous sommes pas arrêtés. N'allez pas croire qu'ils sont inoffensifs. Tout ce qui est vivant sait se défendre, quelle que soit sa taille. Chaque animal est féroce et dangereux. Il ne va peut-être pas vous tuer, mais il peut certainement vous blesser. Il vous griffera ou vous mordra, et vous pourrez vous attendre à une blessure enflée, purulente, à une forte fièvre et à un séjour d'une bonne dizaine de jours à l'hôpital.

– Oui, papa. »

Nous sommes arrivés aux cobayes, les seuls animaux en plus de Mahisha qui avaient été affamés à la demande de papa ; on ne leur avait pas donné à dîner la veille. Papa ouvrit la cage. Il sortit un sac de nourriture de sa poche et le vida sur le sol.

« Vous voyez ces cobayes ?

– Oui, papa. »

Les petites bêtes tremblaient de faiblesse et grignotaient frénétiquement les grains de maïs.

« Eh bien… » Il se pencha et prit un cobaye dans sa main. « Ils ne sont pas dangereux. » Les autres cobayes s'éloignèrent immédiatement.

Papa rit. Il me passa le cobaye qui couinait. Il voulait finir sur une note légère.

Le cobaye reposait dans mes bras, crispé. Il était jeune. Je suis allé à la cage et je l'ai délicatement déposé sur le sol. Il a couru vers sa mère. Si ces cobayes n'étaient pas dangereux – et n'infligeaient pas de blessure avec leurs dents et leurs griffes – c'était seulement parce qu'ils étaient pratiquement domestiqués. Sinon, prendre à mains nues un cobaye sauvage est comme saisir un couteau par la lame.

La leçon était terminée. Ravi et moi avons fait la gueule et ignoré papa pendant une semaine. Maman l'a traité de la même façon. Quand je passais près de la fosse des rhinocéros, je m'imaginais qu'ils avaient la mine basse à cause de la perte de l'une de leurs chères compagnes.

Mais que peut-on faire quand on aime son père ? La vie se poursuit et on ne touche surtout pas aux tigres. Sauf qu'après avoir accusé Ravi d'un crime qu'il n'avait pas commis, j'étais pour ainsi dire mort. Dans les années qui ont suivi, quand il avait envie de me terroriser, il me murmurait, «Attends que nous soyons seuls. *Ce sera toi la prochaine chèvre!*»

CHAPITRE 9

Habituer les animaux à la présence humaine est au cœur de l'art et de la science de la tenue des zoos. Le but principal est de réduire, le plus possible, la distance minimale qu'un animal veut maintenir entre lui et tout être qu'il perçoit comme un ennemi. Par exemple, un flamant dans la nature sauvage n'aura pas objection à ce que vous vous teniez à trois cents mètres. Réduisez cette distance et il devient tendu. Rapprochez-vous encore plus et vous déclenchez une fuite que l'oiseau n'interrompra pas tant que les trois cents mètres n'auront pas été rétablis ou que son cœur ou ses poumons ne flancheront pas. Différents animaux exigent des distances sécuritaires distinctes et ils les jaugent de diverses manières. Les fauves regardent, les chevreuils écoutent, les ours sentent. Les girafes vous laisseront vous approcher à trente mètres en voiture, mais elles vont partir à courir si vous êtes à cent cinquante mètres à pied. Le crabe violoniste file quand vous êtes à dix mètres; les singes hurleurs s'agitent sur leurs branches si vous êtes à vingt mètres; les buffalos africains réagissent si vous êtes à soixante-quinze mètres.

Nous disposons d'outils pour diminuer ces périmètres de sécurité: la connaissance que nous avons de l'animal, la nourriture et l'abri que nous lui offrons ainsi que la protection que nous lui accordons. Quand tout cela réussit, le résultat est tangible : un animal sauvage à l'équilibre émotionnel stable, libéré du stress et qui non seulement est bien dans sa peau, mais est en santé, vit très vieux, mange sans problèmes, se comporte et établit des contacts sociaux de manière naturelle et – le meilleur des signes – se reproduit. Je ne peux pas dire que notre zoo se comparait aux zoos de San Diego ou de Toronto ou de Berlin ou de Singapour, mais vous ne pouvez décourager un bon directeur de zoo. Papa avait un talent naturel. Il a compensé son manque de préparation formelle par un don d'intuition et un œil perçant. Il avait un génie pour regarder un animal et deviner ce qu'il avait à l'esprit. Il prenait bien soin de ses pensionnaires et eux, en retour, se multipliaient, quelques-uns même de manière exagérée.

CHAPITRE 10

Pourtant, il y aura toujours des animaux qui voudront s'échapper des zoos. Ceux qui sont gardés dans des enceintes inappropriées en sont l'exemple le plus évident. Chaque animal a des besoins particuliers d'habitat qui doivent être satisfaits. Si son espace est trop ensoleillé ou trop humide ou trop vide, si son perchoir est trop haut ou trop exposé, si le sol est trop sablonneux, s'il y a trop peu de branches pour faire son nid, si la mangeoire est trop basse, s'il n'y a pas assez de boue pour s'y vautrer – et bien d'autres *si* encore –, alors l'animal ne sera pas serein. Ce n'est pas tant qu'il faille reproduire les conditions existant dans la nature qu'une question de saisir *l'essence* de ces conditions. Tout dans un enclos doit être exactement au point – en d'autres mots, aucun élément ne doit dépasser la limite des capacités d'adaptation de l'animal. La peste soit des zoos qui ont de mauvais enclos ! Ils donnent une mauvaise réputation à tous les zoos.

Les animaux sauvages capturés quand ils ont déjà atteint leur pleine maturité sont un autre exemple de bêtes qui ont tendance à vouloir s'échapper ; il arrive souvent qu'ils soient trop ancrés dans leurs habitudes pour pouvoir restructurer leur monde subjectif et s'adapter à un nouvel environnement.

Mais même des animaux ayant été élevés dans des zoos, n'ayant jamais connu la nature sauvage, et qui sont donc parfaitement adaptés à leur enclos et ne ressentent pas de tension en présence des humains, connaîtront des moments d'agitation qui les amèneront à chercher à s'évader. Tous les êtres vivants ont en eux une mesure de folie qui les pousse dans des directions étranges, parfois inexplicables. Cette folie peut être salutaire ; elle est intimement liée à la capacité d'adaptation. Sans elle, aucune espèce ne pourrait survivre.

Quelle que soit la raison de vouloir s'échapper, saine ou folle, les détracteurs des zoos devraient se souvenir que les animaux ne se sauvent pas pour *aller vers* un lieu mais plutôt pour *fuir* un lieu. Quelque chose dans leur propre espace leur a fait peur – l'intrusion d'un ennemi, l'agression d'un animal dominateur, un bruit surprenant – et a déclenché une réaction de fuite. L'animal s'évade ou il essaie de s'évader. J'ai été surpris d'apprendre au zoo de Toronto – un excellent zoo, par ailleurs – que les léopards peuvent faire des bonds allant jusqu'à six mètres de hauteur. Notre enclos pour les léopards à Pondichéry avait un mur arrière de *cinq* mètres de haut ; j'en conclus que Rosie et Copycat n'ont jamais sauté au delà de cette paroi, non pas parce qu'ils en étaient incapables physiquement mais simplement parce qu'ils n'avaient pas de raison de le faire. Les animaux qui s'enfuient passent du connu à l'inconnu – et s'il y a une chose qu'un animal déteste par-dessus tout, c'est bien l'inconnu. Les animaux qui s'évadent se cachent habituellement dans le premier endroit qu'ils trouvent où ils éprouvent un sentiment de sécurité, et ils ne sont dangereux que pour ceux qui se placent entre eux et ce qu'ils tiennent alors pour un lieu sûr.

CHAPITRE 11

Prenons par exemple le cas d'une femelle léopard noire qui s'échappa du zoo de Zurich pendant l'hiver de 1933. Elle était arrivée depuis peu au zoo et semblait bien s'entendre avec le léopard mâle. Mais différentes marques de griffes laissaient croire à des conflits matrimoniaux. Avant qu'une décision ne fût prise sur la question, la femelle se glissa dans une brèche entre les barres du plafond de sa cage et elle disparut dans la nuit. La nouvelle de la présence d'un carnivore sauvage libre au beau milieu de la ville provoqua un grand émoi dans la population de Zurich. Des pièges furent mis en place, des chiens de chasse furent lancés. Ils réussirent tout juste à libérer la région de ses quelques chiens misauvages. On ne découvrit aucune trace du léopard pendant *dix semaines*. Finalement, un travailleur saisonnier le trouva sous une grange à trente-cinq kilomètres de la ville et l'abattit. Il y avait tout près les restes d'un chevreuil. Qu'un grand fauve tropical noir ait pu réussir à survivre pendant plus de deux mois en plein hiver suisse sans que personne le voie, et sans attaquer qui que ce soit, indique bien que les animaux des zoos en maraude ne sont pas des criminels dangereux mais simplement des créatures sauvages qui cherchent à se faire leur propre place.

Et ce n'est qu'un cas parmi d'autres. Si vous preniez la ville de Tōkyō, la tourniez à l'envers et la brassiez un peu, vous vous étonneriez des animaux que vous verriez en tomber. Il y aurait bien plus qu'une averse de chiens et de chats, je peux vous en assurer. Des boas constrictors, des dragons Komodo, des crocodiles, des piranhas, des autruches, des loups, des lynx, des wallabies, des lamantins, des porcs-épics, des orangs-outans, des sangliers sauvages – c'est le genre de pluie à laquelle votre parapluie pourrait s'attendre. Et il y eut des gens pour s'attendre à retrouver… ah! En plein milieu de la jungle tropicale mexicaine, vous vous rendez compte? Ah! Ah! C'est ridicule, c'est à mourir de rire. À quoi pensaient-ils?

CHAPITRE 12

Il lui arrive parfois de s'agiter. Ce n'est pas à cause de quelque chose que j'ai dit (je parle très peu). C'est sa propre histoire qui provoque cette réaction. La mémoire est un océan et il flotte à sa surface. J'ai peur qu'il ne veuille s'arrêter. Mais il veut me raconter son histoire. Il continue. Après toutes ces années, Richard Parker continue de hanter son esprit.

C'est un homme doux. Chaque fois que je lui rends visite, il prépare un festin végétarien du sud de l'Inde. Je lui ai dit que j'aimais les plats épicés. Je ne sais pas pourquoi j'ai dit une chose aussi stupide. C'est tout à fait faux. J'ajoute des cuillerées et des cuillerées de yogourt. Rien à faire. C'est chaque fois la même chose: mes papilles gustatives se ratatinent et meurent, ma peau tourne au rouge betterave, mes yeux se remplissent de larmes, j'ai l'impression que ma tête est une maison en feu et mes boyaux commencent à se tordre et à gémir de douleur comme un constrictor qui aurait avalé une tondeuse.

CHAPITRE 13

Alors vous voyez, si vous tombez dans la fosse d'un lion, la raison pour laquelle il vous déchiquette n'est pas qu'il a faim – soyez assuré que les animaux des zoos sont suffisamment nourris – ou parce qu'il est sanguinaire, mais parce que vous avez envahi son territoire.

Par ailleurs, c'est la raison pour laquelle un dompteur de cirque doit toujours entrer le premier sur la piste et au vu des lions. Ce faisant, il déclare que le cercle est son territoire, non le leur, un concept qu'il renforce en criant, en martelant lourdement le sol, en faisant claquer son fouet. Les lions en sont impressionnés. Leur position désavantageuse les conditionne énormément. Voyez-les entrer: ils ont beau être de redoutables prédateurs, «les rois des animaux», ils rampent, la queue basse, et ils restent à la périphérie de la piste, qui est toujours ronde, pour qu'ils n'aient aucun endroit où se cacher. Ils sont en présence d'un mâle fort, supérieur et dominateur, un mâle super-alpha, et ils doivent se soumettre à son rituel de domination. Ils ouvrent donc grand la gueule, ils s'assoient, ils bondissent à travers des cerceaux de papier, ils rampent dans des cylindres, ils marchent à reculons, ils se roulent par terre. «C'est un drôle de type», se disent-ils confusément. «J'ai jamais vu un lion en charge comme lui. Mais il mène une bonne troupe. Il y a toujours assez de bouffe et puis – soyons francs, les copains – ses bouffonneries nous gardent occupés. Somnoler tout le temps finit par ennuyer. Au moins, on n'est pas obligés de se balader en vélo comme les ours bruns ou d'attraper des assiettes volantes comme les chimpanzés.»

Sauf que le dompteur a intérêt à toujours rester le super-alpha. Il va le payer cher s'il se laisse glisser involontairement vers bêta. Une grande partie du comportement hostile et agressif des animaux est liée à l'expression d'une insécurité sociale. L'animal qui est devant vous doit savoir où il se situe, que ce soit au-dessus ou au-dessous de vous. Son rang social est central en ce qui concerne sa façon de mener sa vie. Son rang détermine avec qui il peut s'associer, et de quelle manière, où et quand il peut manger, où il peut se reposer, où il peut boire, et tout le reste. Jusqu'à ce qu'il connaisse vraiment son rang, l'animal vit une vie d'une insupportable anarchie. Il reste nerveux, irascible, dangereux. Heureusement pour le dompteur de cirque, les décisions quant au rang social chez les animaux de rang élevé ne sont pas toujours basées sur la force brute. Hediger (1950) dit: «Quand deux créatures se rencontrent, celle qui est capable d'intimider l'autre est reconnue comme socialement supérieure, ce qui fait qu'une position sociale ne dépend pas toujours d'une bataille; dans certaines circonstances, une rencontre peut suffire.» Ce sont les paroles d'un sage sur les animaux. M. Hediger a pendant longtemps été directeur de zoo, d'abord de celui de Bâle, puis de celui de Zurich. C'était un homme très expérimenté en ce qui a trait au comportement animal.

C'est une question de jugeote et non de force musculaire. La nature de l'ascendant du dompteur de cirque est psychologique. Un environnement étranger pour l'animal, la position debout du dompteur, son attitude calme, son regard assuré, ses pas fermes, les sons étranges qu'il émet (par exemple, le bruit de son fouet ou celui de son sifflet) – voilà autant d'éléments qui vont emplir l'esprit de l'animal de doute et de crainte et définir clairement là où est sa place ; ce qui est exactement ce qu'il veut savoir. Satisfait, le Numéro Deux va reculer et le Numéro Un pourra se tourner vers le public et crier : « Que le spectacle continue ! Et maintenant, mesdames et messieurs, à travers des cerceaux *enflammés*… »

CHAPITRE 14

Il est intéressant de noter que le lion qui se prête le mieux aux tours du dompteur de cirque est celui qui a le statut social le plus bas dans la troupe, l'animal oméga ; car c'est celui qui a le plus à gagner d'une bonne relation avec le dompteur super-alpha. Ce n'est pas seulement une question de gâteries additionnelles. Une relation plus intime pourra signifier pour lui une meilleure protection des autres membres de la troupe. C'est cet animal docile, pour le public impossible à distinguer des autres quant à sa taille ou à sa férocité apparente, qui sera l'étoile du spectacle, tandis que le dompteur laisse les lions bêta et gamma, des serviteurs plus irascibles, assis sur leur baril coloré au bord de la piste.

Les mêmes principes s'appliquent aux autres animaux de cirque, ainsi qu'à ceux des zoos. Les animaux qui sont au bas de l'échelle sociale sont ceux qui font le plus d'efforts et qui manifestent le plus d'imagination pour mieux connaître leur gardien. Ils finissent par leur être les plus loyaux, avoir le plus besoin de leur compagnie, être les moins sujets à défier leur autorité ou à leur faire des difficultés.

Ce phénomène a été observé chez les fauves, les bisons, les chevreuils, les moutons sauvages, les singes et de nombreux autres animaux. C'est une affaire bien connue dans le métier.

CHAPITRE 15

Sa maison est un temple. Dans le hall d'entrée est accrochée une image encadrée de Ganesha, le dieu à tête d'éléphant. Ganesha est assis de face – tout rose, il a un petit ventre, une couronne et un sourire –, trois de ses mains tiennent des objets, et la quatrième est dressée, la paume tournée dans un geste de bénédiction et de salutation. C'est le seigneur qui surmonte les obstacles, le dieu de la chance, le dieu de la sagesse, du savoir et de l'intelligence. Tout ce qu'il y a de plus sympathique. Il amène un sourire à mes lèvres. À ses pieds, il y a un rat attentif. C'est son véhicule; car quand le Seigneur Ganesha voyage, il se déplace sur le dos d'un rat. Sur le mur qui fait face, la gravure d'une simple croix de bois.

Dans le séjour, sur une table près du sofa, il y a une petite image encadrée de la Vierge de Guadalupe, des fleurs tombent en cascade de sa cape ouverte. Juste à côté, on voit une photo dans un passe-partout qui représente la Kaaba, drapée de tissu noir, le plus saint des lieux de l'Islam, entourée par un mouvement giratoire de dizaines de milliers de fidèles. Sur la télé, un bronze de Shiva en Nataràja, le roi cosmique de la danse, celui qui contrôle les mouvements de l'univers et le déroulement du temps. Il danse sur le démon de l'ignorance, ses quatre bras brandis en un geste chorégraphié, un pied sur le dos du démon et l'autre dressé en l'air. Quand Nataràja posera son pied, il est dit que le temps s'arrêtera.

Dans la cuisine, il y a un sanctuaire placé dans une armoire dont il a enlevé la porte pour la remplacer par une arche en bois chantourné. L'arche cache en partie une ampoule jaune qui éclaire le sanctuaire le soir. Il y a deux images derrière un petit autel: sur un côté, Ganesha une fois de plus, et au milieu, dans un cadre plus grand, souriant, la peau bleue, Krishna qui joue de la flûte. Tous les deux ont des traces de poudre rouge et jaune sur la vitre devant leur front. Dans une assiette de cuivre sur l'autel il y a trois murtis d'argent, des représentations. Il me les identifie en les désignant du doigt: Laksmi; Shakti, la déesse mère, sous la forme de Parvati; et Krishna, cette fois-ci sous la forme d'un bébé enjoué qui marche à quatre pattes. Entre les déesses, il y a un yoni linga de Shiva en pierre, qui ressemble à un avocat coupé en deux et avec un bout phallique qui se dresse au centre, symbole hindou des énergies mâle et femelle de l'univers. D'un côté de l'assiette, il y a une petite coquille placée sur un piédestal; de l'autre côté, une clochette en argent. Il y a des grains de riz répandus, ainsi qu'une fleur qui commence à faner. Plusieurs de ces objets sont saupoudrés d'un peu de jaune et de rouge.

Sur la tablette au-dessous, il y a divers articles de dévotion: une éprouvette pleine d'eau; une cuillère en cuivre; une lampe à la mèche trempée dans l'huile; des bâtonnets d'encens; et de petits bols pleins de poudre rouge, de poudre jaune, de grains de riz et de morceaux de sucre.

Il y a une autre Vierge Marie dans la salle à manger.

À l'étage, dans son bureau, il y a un Ganesha de cuivre assis, les jambes croisées, à côté de l'ordinateur; sur le mur, un Christ en croix, en bois du Brésil, et un tapis de prière vert dans un coin de la pièce. Le Christ est expressif – Il souffre. Le tapis de prière repose dans un espace qui est clairement le sien. À côté, sur un petit lutrin, il y a un livre recouvert d'un morceau de tissu. Au centre du tissu, un seul mot en arabe, aux quatre lettres finement entrelacées: un alif, deux lam et un ha. Le mot Dieu en arabe.

Le livre sur la table de chevet est une bible.

CHAPITRE 16

Nous sommes tous nés comme chez les catholiques, n'est-ce pas – dans les limbes, sans religion, jusqu'à ce que quelqu'un nous fasse connaître Dieu? Après cette rencontre, l'affaire est réglée pour la plupart d'entre nous. S'il y a un changement, c'est habituellement à la baisse plutôt qu'à la hausse; bien des gens semblent perdre Dieu sur le chemin de la vie. Ça n'a pas été mon cas. La personne en question, en ce qui me concerne, a été une sœur aînée de maman, à la mentalité plus traditionnelle, qui m'a amené à un temple quand j'étais un petit bébé. Tante Rohini était enchantée de rencontrer son neveu nouveau-né et elle pensa engager la Mère Déesse dans sa joie. «Ce sera sa première sortie symbolique», dit-elle. «C'est un *sam-sâra*!» Symbolique, en effet. Nous étions à Madurai; je venais de survivre à un périple de sept heures de train. Qu'importe. Nous sommes partis accomplir cette initiation hindoue, maman me portant et la tante la poussant. Je n'ai pas de mémoire consciente de ce premier tour dans un temple, sauf que les odeurs d'encens, un certain jeu de lumière et d'ombre, une certaine flamme, un certain éclat de couleur, quelque chose de la chaleur moite et du mystère du lieu ont dû rester en moi. Une graine d'exaltation religieuse, pas plus grosse qu'un grain de moutarde, a été semée en moi jusqu'à ce qu'elle germe. Elle n'a jamais cessé de croître depuis.

Je suis hindou à cause de cônes sculptés de curcuma rouge et de paniers de pépites de safran des Indes, à cause de guirlandes de fleurs et de morceaux de noix de coco brisées, à cause des cloches qui carillonnent en annonçant qu'on arrive devant Dieu, à cause de la plainte du pipeau *nadaswaram* et du battement des tambours, à cause du petit bruit des pieds nus sur le sol de pierre de longs corridors obscurs traversés de rayons de soleil, à cause du parfum de l'encens, à cause des flammes des lampes d'*arati* qui font des cercles dans la noirceur, à cause des *bhajans* chantés doucement, à cause des éléphants qui attendent de bénir la tête des fidèles, à cause des murales multicolores qui racontent des histoires pittoresques, à cause des fronts qui portent, en signes variés, le même mot – *foi*. J'ai été loyal à ces impressions sensorielles bien avant de savoir ce qu'elles voulaient dire ou ce à quoi elles servaient. C'est mon cœur qui m'y porte. Je me sens chez moi dans un temple hindou. Je suis sensible à la Présence, non pas de la manière personnelle de sentir habituellement une présence, mais quelque chose de plus vaste. Mon cœur s'arrête d'émotion un instant quand j'aperçois le *murti*, la représentation d'un Dieu en Résidence, dans le saint des saints d'un temple. Je me retrouve vraiment dans une matrice cosmique sacrée, un lieu où tout vient à naître, et c'est mon merveilleux bonheur d'en contempler le centre vital. Mes mains se joignent naturellement en prière fervente. J'ai faim de *prasad*, cette offrande sucrée faite à Dieu qui nous revient en friandise sanctifiée. Mes paumes ont besoin de sentir la chaleur de la flamme sainte dont je porte la bénédiction jusqu'à mes yeux et mon front.

Mais il y a plus dans la religion que rites et rituels. Il y a le sens des rites et des rituels. En cela aussi, je suis hindou. L'univers a un sens pour moi grâce à un regard hindou. Il y a Brahma, l'âme du monde, le cadre où est ourdi et tramé le tissu de l'être, avec tous ses éléments décoratifs d'espace et le temps. Il y a Brahma *nirguna*, sans qualificatifs car il dépasse l'entendement humain, et qui réside dans l'indescriptible et l'inaccessible; avec nos pauvres mots, nous lui tissons un costume – Un, Vérité, Unité, Absolu, Ultime Réalité, Fondement de l'Être – et nous tentons de le lui ajuster, mais Brahma *nirguna* fait toujours sauter les coutures. Nous restons muets. En revanche, il y a aussi Brahma *saguna*, avec ses qualités, et auquel, là oui, le costume sied bien. Maintenant nous l'appelons Shiva, Krishna, Shakti, Ganesha; nous pouvons nous en approcher et le comprendre un peu; nous pouvons distinguer certains de ses attributs – il est tendre, indulgent, effrayant – et nous sentons le doux appel d'un lien. Brahma *saguna*, c'est Brahma rendu perceptible à nos pauvres sens, donnant des signes de son existence non seulement par l'intermédiaire de dieux mais d'humains, d'animaux, d'arbres, dans une poignée de terre, car en tout il y a une manifestation de la divinité. La vérité de la vie est que Brahma n'est pas distinct d'*atman*, le souffle vital, la force spirituelle qu'il y a en nous, ce qu'on pourrait appeler l'âme. L'âme individuelle établit un lien avec l'âme de l'univers comme un puits s'alimente à la nappe phréatique. Ce qui soutient l'univers au delà de la pensée et du langage, et ce qui est en notre cœur et cherche à s'exprimer, c'est la même chose. Le fini dans l'infini, l'infini dans le fini. Si vous me demandez comment Brahma et *atman* établissent précisément un lien entre eux, je vous répondrai que c'est de la même façon que le Père, le Fils et l'Esprit Saint ont un lien : mystérieusement. Mais une chose est claire : *atman* cherche à rendre Brahma réel, à s'unir avec l'Absolu, et il passe à travers cette vie en un pèlerinage où il naît et il meurt, et il naît à nouveau et il meurt à nouveau, et encore, et encore, jusqu'à ce qu'il arrive à se dépouiller des enveloppes qui l'emprisonnent ici-bas. Les chemins de la libération sont multiples, mais les banques qu'on trouve le long de la route sont toujours les mêmes, succursales de la Banque de Karma, où le compte de la libération de chacun de nous est maintenu avec ses dépôts et ses retraits, selon ses actions.

Voici, en quelques mots profanes, l'hindouisme, et j'ai été hindou toute ma vie. En gardant à l'esprit ses notions, je vois où est ma place dans l'univers.

Mais il ne faut pas s'agripper à ces choses ! Malheur soit aux fondamentalistes et aux tenants du pied de la lettre ! Je me souviens d'une histoire du maître Krishna, quand il était vacher. Chaque soir, il invitait les jeunes filles qui trayaient les vaches à danser avec lui dans la forêt. Elles venaient et ils dansaient. La nuit était noire, le feu au milieu de la place grondait et crépitait, le rythme de la musique s'accélérait – les filles dansaient et dansaient et dansaient avec leur doux maître, qui s'était fait si généreux qu'il se trouvait dans les bras de toutes et de chacune des jeunes filles. Mais au moment où les jeunes filles devenaient possessives, au moment où chacune s'imaginait que Krishna était son compagnon exclusif, il disparaissait. La morale de cette histoire est que nous ne devons jamais être jaloux de Dieu.

Je connais une femme ici à Toronto qui est très près de mon cœur. Elle a été ma marraine. Je l'appelle Tanteji et elle aime ce nom. Elle est québécoise. Même si elle vit à Toronto depuis plus de trente ans, il arrive encore à son esprit de francophone de trébucher dans la compréhension de sons anglais. Et alors, quand elle entendit pour la première fois parler des Hare Krishnas, elle n'a pas bien saisi. Elle a compris «Hairless Christians», et pendant des années, c'est ce qu'ils ont été pour elles, des «chrétiens chauves». Quand je l'ai corrigée, je lui ai dit qu'en fait elle ne faisait pas erreur tant que ça: que les Hindous, dans leur aptitude à l'amour, sont des chrétiens sans cheveux, tout comme les musulmans, par la façon qu'ils voient Dieu en tout, sont des hindous barbus, et les chrétiens, dans leur dévotion à Dieu, des musulmans à chapeau.

CHAPITRE 17

Le premier émerveillement est le plus profond; l'émerveillement qui suit s'inscrit dans l'impression créée par le premier. Je dois à l'hindouisme le premier paysage de mon imagination religieuse, les villes et rivières, les champs de bataille et les forêts, les montagnes sacrées et les mers profondes où dieux, saints, méchants et gens ordinaires se côtoient et, ce faisant, définissent qui et pourquoi nous sommes. J'ai pour la première fois entendu parler de la puissance immense, cosmique de la tendresse affectueuse en cette terre hindoue. C'est le Seigneur Krishna qui parlait. Je l'ai entendu et je l'ai suivi. Et dans sa sagesse et son amour parfait, le Seigneur Krishna m'a fait connaître un homme.

J'avais quatorze ans – j'étais un hindou heureux – quand j'ai rencontré Jésus-Christ pendant les vacances.

Papa ne s'absentait pas souvent du zoo, mais à l'occasion de l'un de ses rares congés, nous sommes allés à Munnar, juste de l'autre côté de la péninsule, dans le Kerala. Munnar est une petite station de montagne entourée de quelques-unes des plus hautes plantations de thé au monde. On était début mai et la mousson n'avait pas encore commencé. Les plaines du Tamil Nadu étaient horriblement chaudes. Nous sommes arrivés à Munnar après un sinueux voyage de cinq heures depuis Madurai. L'air frais était aussi plaisant qu'une feuille de menthe dans la bouche. Nous nous sommes comportés en touristes. Nous avons visité une fabrique de thé Tata, fait une agréable promenade sur un lac, fait le tour d'un centre d'élevage de bétail. Nous avons donné du sel à manger à des tahrs des Nilgiri – une espèce de chèvre sauvage – dans un parc national. («Nous en avons quelques-unes dans notre zoo. Vous devriez venir à Pondichéry», a dit papa à des visiteurs suisses.) Ravi et moi allions faire des promenades dans les plantations de thé près de la ville. Ce n'étaient que des prétextes pour éviter la léthargie complète. En fin d'après-midi, papa et maman étaient déjà installés dans le salon de thé de notre confortable hôtel, comme deux chats qui prennent le soleil sur le rebord d'une fenêtre. Maman lisait et papa conversait avec les autres clients.

Il y a trois collines à Munnar. Elles n'ont rien à voir avec les collines élevées – les montagnes, pourrait-on dire – qui entourent la ville, mais le premier matin j'ai remarqué, au moment du petit déjeuner, qu'elles se distinguaient d'une manière spéciale : sur chacune d'entre elles, il y avait une Maison de Dieu. Sur la partie supérieure du côté de la colline de droite, au delà de la rivière par rapport à l'hôtel, était planté un temple hindou ; sur la colline du milieu, plus loin, s'élevait une mosquée ; tandis que la colline de gauche était couronnée par une église chrétienne.

Le quatrième jour à Munnar, vers la fin de l'après-midi, je me trouvais sur la colline de gauche. Même si j'allais à une école qui était en principe chrétienne, je n'étais encore jamais entré dans une église – et je n'allais pas avoir l'audace de le faire à ce moment-là. Je savais très peu de choses sur cette religion. Elle avait la réputation d'avoir peu de dieux et d'être marquée par beaucoup de violence ; mais d'avoir de bonnes écoles. J'ai fait le tour de l'église. C'était un édifice implacablement secret de ce qu'il cachait au-dedans, avec de hauts murs épais et neutres de couleur bleu pâle, des fenêtres étroites par lesquelles il était impossible de jeter un regard. Une forteresse.

Je suis arrivé au presbytère. La porte était ouverte. Je me suis caché dans un coin pour observer le lieu. À gauche de la porte, il y avait une petite plaque avec les mots *Curé* et *Vicaire*. Près de chacun, il y avait une planchette à glissière. Le curé et le vicaire étaient tous les deux *présent*, m'indiquait la plaque en lettres dorées parfaitement visibles. L'un des prêtres travaillait dans son bureau, le dos tourné aux grandes fenêtres, tandis que l'autre était assis sur un banc, à une table ronde dans le grand vestibule qui était évidemment une salle d'accueil pour les visiteurs. Il était installé face à la porte et aux fenêtres, un livre à la main ; j'ai présumé que c'était une bible. Il lisait un peu, levait le regard, lisait encore un peu, levait une fois de plus les yeux. C'était fait de façon tranquille mais attentive et posée. Après quelques minutes, il referma le livre et le mit de côté. Il se croisa les mains sur la table et il resta dans la même position, l'air serein qui n'indiquait ni attente ni résignation.

Les murs du vestibule étaient propres et blancs ; la table et les bancs étaient faits de bois foncé et le prêtre portait une soutane blanche – tout était net, sobre et simple. J'étais habité par un sentiment de paix. Plus que le décor, ce qui me frappa fut ma compréhension intuitive qu'il était là – ouvert, patient – au cas où quelqu'un, n'importe qui, voudrait lui parler : un problème de l'âme, une lourdeur du cœur, une ombre dans la conscience, et il écouterait avec amour. C'était un homme dont la profession était d'aimer, et il accorderait réconfort et conseils dans toute la mesure de ses moyens.

J'étais ému. Ce que j'avais devant moi m'a envahi le cœur et m'a transporté.

Il s'est levé. J'ai pensé qu'il allait faire glisser la planchette, mais il ne l'a pas fait. Il s'est tout simplement retiré plus loin à l'intérieur du presbytère, laissant la porte entre le vestibule et la pièce adjacente ouverte, comme celle de la sortie. Ça m'a frappé : que les deux portes restaient grandes ouvertes. De toute évidence, son collègue et lui continuaient d'être disponibles.

Je me suis éloigné un peu puis j'ai osé. Je suis entré dans l'église. J'avais l'estomac noué. J'étais terrorisé à l'idée de rencontrer un chrétien qui me crierait: «Qu'est-ce que tu fais ici? Comment oses-tu entrer dans ce lieu sacré, espèce de profanateur? Sors d'ici immédiatement!»

Il n'y avait personne, et pas grand-chose à comprendre. Je me suis avancé et j'ai observé le sanctuaire. Il y avait un tableau. Représentait-il un *murti*? C'était quelque chose au sujet d'un sacrifice humain. Un dieu en colère que seul le sang apaisait. Des femmes stupéfiées qui regardaient en l'air et des bébés joufflus avec de petites ailes qui volaient par-ci, par-là. Un oiseau charismatique. Lequel était le dieu? Sur le côté du sanctuaire, il y avait une sculpture polychrome. C'était la victime, encore une fois, blessée, en sang, peinte en couleurs crues. J'ai regardé ses genoux. Ils étaient sérieusement écorchés. On aurait dit que la peau rosée était pelée, elle était comme des pétales de fleurs, laissant voir les rotules ensanglantées de la couleur des camions d'incendie. C'était difficile de relier cette scène de torture avec le prêtre dans le presbytère.

Le lendemain, à peu près à la même heure, je me suis rendu *présent*.

Les catholiques ont la réputation d'être sévères et de porter de durs jugements. Ma relation avec le père Martin a été complètement différente. Il a été très gentil. Il m'a offert du thé et des biscuits dans un service à thé qui tintait dès qu'on y touchait; il m'a traité comme un adulte; et il m'a raconté une histoire. Ou plutôt, puisque les chrétiens aiment tellement les majuscules, une Histoire.

Et quelle histoire. Ce qui m'a d'abord saisi, c'est qu'elle était incroyable. Quoi? L'humanité pèche, mais c'est le fils de Dieu qui en paie le prix? J'ai essayé de m'imaginer papa qui me disait: «Piscine, il y a un lion qui s'est glissé dans l'enclos des lamas aujourd'hui et il en a tué deux. Hier, un autre a massacré une antilope. La semaine dernière, il y en a deux qui ont mangé le chameau. La semaine précédente, c'étaient des tantales et des hérons gris. Et personne ne peut dire qui a dévoré notre agouti abricot? La situation est devenue intolérable : il faut faire quelque chose. J'ai décidé que de te donner à manger aux lions était la seule façon pour eux de racheter leurs péchés.

– Oui, papa, c'est ce qui serait le mieux et le plus logique. Donne-moi seulement un moment pour me laver.

– Alléluia, mon fils.

– Alléluia, mon père. »

Quelle histoire franchement bizarre. Quelle étrange psychologie.

Je l'ai pressé de me raconter une autre histoire, une histoire qui saurait mieux me satisfaire. Cette religion avait sûrement plus d'une histoire dans son sac – les religions regorgent d'histoires – mais le père Martin m'a fait comprendre que les histoires qui précédaient celle qu'il m'avait racontée – et elles étaient nombreuses – ne formaient que le prologue pour les chrétiens. Leur religion tenait véritablement à une seule Histoire. Ils y revenaient tout le temps, sans cesse. Cette unique histoire leur suffisait.

Je suis resté silencieux, à l'hôtel, ce soir-là.

Qu'un dieu doive faire face à l'adversité, je pouvais le comprendre. Les dieux de l'hindouisme ont leur lot de vols, de violence, de rapts et d'usurpations. Le Ramayana est-il autre chose qu'une très longue, très mauvaise journée pour Rama ? L'adversité, je veux bien. Les revers de fortune, oui. La trahison, ça peut aller. Mais *l'humiliation*? *La mort*? Je ne pouvais pas m'imaginer le Maître Krishna acceptant d'être dévêtu, d'être flagellé, d'être méprisé, d'être traîné dans les rues et, pour comble, d'être crucifié – et, en plus, aux mains d'ordinaires humains. Je n'avais jamais entendu parler d'un dieu hindou qui serait mort. Le Brahma Révélé n'avait jamais choisi la mort. Les diables et les monstres oui, tout comme les mortels, par milliers et par millions – c'était leur raison d'être. Et la matière aussi disparaissait. Mais la divinité ne devrait pas être compromise par la mort. Cela serait mal. L'âme du monde ne pouvait pas mourir, même dans une seule de ses particules. Ce n'était pas bien de la part de ce Dieu chrétien de laisser Son avatar mourir. Cela équivalait à abandonner une partie de Lui-même à la mort ; car si le Fils devait mourir, ça ne pouvait être une mort feinte. Si Dieu sur la Croix était Dieu simulant une tragédie humaine, alors la Passion du Christ devenait la Farce du Christ. La mort du Fils devait être réelle. Le père Martin m'assura qu'elle était vraie. Mais une fois qu'un Dieu est mort, Il reste un Dieu mort, même après sa résurrection. Le Fils doit avoir pour toujours le goût de la mort dans la bouche. La Trinité doit être entachée par cela ; il doit y avoir comme une odeur nauséabonde à la droite de Dieu le Père. L'horreur doit être réelle. Comment Dieu pourrait-il souhaiter cela pour Lui-même ? Pourquoi ne pas laisser la mort aux mortels ? Pourquoi salir ce qui est beau, gâter ce qui est parfait ?

L'Amour. C'était la réponse du père Martin.

Et que dire de la conduite de son Fils ? Il y a bien cette histoire du bébé Krishna, accusé faussement par ses amis d'avoir mangé un peu de terre. Sa mère adoptive, Yashoda, s'approche de lui en brandissant un doigt réprobateur : « Tu ne dois pas manger de terre, vilain garçon ! » « Je n'en ai pas mangé », répond le seigneur reconnu de toute chose, déguisé pour s'amuser en un enfant humain effrayé. « Allons ! Allons ! Ouvre la bouche », lui ordonne Yashoda. Krishna s'exécute. Il ouvre la bouche. Yashoda en a le souffle coupé. Elle voit dans la bouche de Krishna la totalité de l'univers, intemporel, entier, complet, et toutes les étoiles, toutes les planètes de l'espace et la distance qui les sépare, tous les continents et toutes les mers de la Terre, et la vie qui les habite ; elle voit tous les jours passés et tous les jours à venir ; elle voit toutes les idées et toutes les émotions, toute la pitié et tout l'espoir, et les trois aspects fils de la matière ; pas un caillou, une bougie, une créature, un village ou une galaxie qui manque ; elle y est elle-même et chaque petit morceau de terre est à sa place. « Maître, vous pouvez fermer la bouche », dit-elle avec respect.

Il y a l'histoire de Vishnu incarné en Vamana, le nain. Il demande au roi démon Bali un territoire juste assez grand pour qu'il puisse le parcourir en trois enjambées. Bali se gausse de cet avorton de propriétaire potentiel et de son insignifiante requête. Il donne son accord. Immédiatement, Vishnu reprend son entière dimension cosmique. En un pas, il couvre la Terre ; en un deuxième, les cieux, et avec le troisième il envoie d'un coup Bali en enfer.

Même Rama n'était pas un lourdaud, lui, le plus humain des avatars, auquel on dut rappeler sa divinité quand il fit la gueule parce qu'il devait lutter pour reprendre Sita, sa femme, enlevée par Ravana, le méchant roi de Lanka. Aucune maigre croix de bois ne l'aurait retenu. Quand le moment fut venu, il transcenda sa nature humaine aux capacités limitées avec une force qu'aucun homme ne pouvait posséder et des armes qu'aucun homme ne pouvait manier.

Voilà des dieux comme les dieux se doivent d'être. Brillants, puissants et forts. Tels qu'ils puissent secourir, sauver et écraser le mal.

Ce Fils, par ailleurs, qui a faim, qui a soif, qui est las, qui est triste, qui est anxieux, qui est chahuté et harcelé, qui doit supporter des fidèles qui ne comprennent rien et des ennemis qui ne Le respectent pas – quelle sorte de dieu est-Il ? C'est un dieu bien trop humain, voilà ce que c'est. Il a accompli des miracles, d'accord, de type plutôt médical, dans la plupart des cas, et quelques-uns au profit d'estomacs vides ; au mieux, il a apaisé une tempête, quelqu'un a brièvement marché sur l'eau. Si c'est de la magie, c'est de la petite magie, du niveau des tours de cartes. N'importe quel dieu hindou peut faire cent fois mieux. Voilà un Fils de dieu qui a passé le plus clair de Son temps à raconter des *histoires*. Ce Fils est un dieu qui marchait, un dieu piéton – et, qui plus est, dans une région chaude – avec le pas de n'importe quel humain, dans des sandales tout juste bonnes à le protéger des cailloux du chemin ; et pour le transport, quand Il se payait une folie, c'était tout bêtement sur un âne ordinaire. Ce Fils est un dieu qui est mort en trois heures, en soupirant, en haletant, en se lamentant. Quelle sorte de dieu est-ce cela ? Qu'y a-t-il d'inspirant chez Lui ?

L'Amour, dit le père Martin.

Et dans l'histoire, ce Fils n'apparaît qu'une fois, il y a très long-temps, et fort loin ? Dans une tribu isolée d'un arrière-pays d'Asie de l'Ouest, aux frontières d'un empire depuis longtemps disparu ? On Le supprime avant qu'il n'ait un seul cheveu gris sur la tête ? Il ne laisse pas la moindre descendance, rien que des témoignages épars et partiels, ses œuvres complètes se limitant à quelques gri-bouillages dans le sable ? Attendez un instant : c'est bien pire que Brahma pris d'un épouvantable trac. C'est Brahma égoïste. C'est Brahma dur et injuste. C'est Brahma qui ne se manifesterait prati-quement pas. Si Brahma ne doit avoir qu'un fils, il devrait être aussi généreux que Krishna avec les vachères, non ? Comment jus-tifier cette mesquinerie divine ?

L'Amour, répéta le père Martin.

Je m'en tiendrai à mon Krishna, Dieu merci. Je trouve sa divi-nité absolument indiscutable et fascinante. Vous pouvez garder pour vous votre Fils bavard et suant. C'est ainsi que j'ai réagi à ce rabbin fauteur de troubles des temps anciens : avec incrédulité et irritation.

J'ai pris le thé en compagnie du père Martin trois jours de suite. Chaque fois, tandis que la tasse et la soucoupe s'entrechoquaient, et que la cuillère frappait le bord de la tasse, je posais des ques-tions.

La réponse était toujours la même.

Il me dérangeait, ce Fils. Chaque jour, je brûlais un peu plus d'indignation à Son endroit, et je Lui trouvais plus de défauts.

Il est *irascible*! On est le matin à Béthanie et Dieu a faim ; Dieu veut Son petit déjeuner. Il s'approche d'un figuier. Ce n'est pas la saison des figues, le figuier ne porte donc pas de fruits. Dieu est en rogne. Le Fils marmonne «Fasse que tu ne portes plus jamais de fruits », et immédiatement le figuier se flétrit. C'est ce que Mathieu a écrit et que Marc a confirmé.

Je vous le demande : est-ce que c'est la faute du figuier si la saison des figues est passée ? Qu'est-ce que ce geste contre un innocent figuier, de le flétrir instantanément ?

Je ne pouvais Le chasser de mon esprit. J'en suis encore incapable. J'ai passé trois journées complètes à penser à Lui. Plus Il me dérangeait, moins je pouvais L'oublier. Et plus j'en apprenais à Son sujet, moins je voulais L'abandonner.

Le dernier jour de notre séjour, quelques heures avant de quitter Munnar, j'ai rapidement grimpé la colline de gauche. La scène me paraît maintenant typiquement chrétienne. Le christianisme est une religion toujours pressée. Voyez le monde créé en sept jours. Même au plan symbolique, c'est une création à folle allure. Pour celui qui est né dans une religion où la bataille pour une seule âme peut être une course à relais menée pendant plusieurs siècles par d'innombrables générations qui se passent le témoin, les solutions rapides du christianisme sont étourdissantes. Si l'hindouisme coule doucement comme le Gange, alors le christianisme s'affaire comme Toronto à l'heure de pointe. C'est une religion rapide comme une alouette, urgente comme une ambulance. Elle fait volte-face et réagit instantanément. En un moment, on est sauvé ou damné. Le christianisme remonte loin en arrière dans les siècles, mais essentiellement il n'existe qu'en un temps : le moment présent.

J'ai gravi la colline. Même si le père Martin n'était pas *présent* – hélas, sa planchette était glissée –, il était, grâce à Dieu, présent.

À bout de souffle j'ai dit : « Père, je voudrais être chrétien, s'il vous plaît. »

Il a souri. « Tu l'es déjà, Piscine, dans ton cœur. Quiconque rencontre le Christ de bonne foi est chrétien. Ici, à Munnar, tu as rencontré le Christ. »

Il m'a donné de petites tapes sur la tête. En fait, c'étaient plus des coups. Sa main a fait BOUM BOUM BOUM sur ma tête.

J'ai pensé exploser de joie.

« Quand tu reviendras, nous reprendrons une tasse de thé, mon fils.

– Oui, mon père. »

C'est un beau sourire qu'il m'a fait. Le sourire du Christ.

Je suis entré dans l'église, cette fois-ci sans crainte, car maintenant c'était aussi ma maison. J'ai offert des prières au Christ, qui est vivant. Puis j'ai descendu la colline de gauche à la course et j'ai couru jusqu'au sommet de la colline de droite – pour remercier maître Krishna d'avoir placé sur mon chemin Jésus de Nazareth, dont je trouvais l'humanité si fascinante.

CHAPITRE 18

L'islam a suivi de près, à peine un an plus tard. J'avais quinze ans et j'explorais ma ville. Le secteur musulman n'était pas éloigné du zoo. Un petit quartier tranquille avec des mots en arabe et des croissants inscrits sur la façade des maisons.

Je suis arrivé à la rue Mullah. J'ai jeté un coup d'œil sur la Jamia Masjid, la Grande Mosquée, en faisant bien attention de rester à l'extérieur, bien sûr. L'islam avait une réputation encore pire que celle du christianisme – moins de dieux, plus de violence, et je n'avais jamais entendu qui que ce soit dire du bien d'une école musulmane –, alors je n'allais certainement pas mettre les pieds à l'intérieur, même si l'endroit était complètement vide. L'édifice, propre et blanc sauf pour quelques bordures peintes en vert, était un bâtiment ouvert, construit autour d'une grande pièce centrale, vide. De longs tapis de paille tressée couvraient tout le sol. Au-dessus, deux minarets minces et cannelés se dressaient devant un fond de cocotiers. Il n'y avait rien de clairement religieux ni même d'intéressant dans cet endroit, mais c'était plaisant et tranquille.

J'ai continué. Juste au delà de la mosquée, il y avait une série de petites habitations d'un étage attenantes les unes aux autres, chacune avec son petit porche qui donnait de l'ombre. Elles étaient décrépites et pauvres, leurs murs de stuc d'un vert délavé. L'une d'entre elles était une petite échoppe. J'ai remarqué un casier de bouteilles poussiéreuses de Thums Up et quatre pots de plastique transparent à moitié pleins de friandises. Mais l'article principal était quelque chose d'autre, plat, rond, blanc. Je me suis approché. Cela avait l'apparence d'une sorte de pain sans levain. J'en ai touché un du doigt. Il a résisté à la pression. On aurait dit des nans vieux de trois jours. Qui voudrait en manger ? me suis-je demandé. J'en ai pris un et je l'ai agité pour voir s'il se briserait.

Une voix a dit : « Veux-tu en goûter un ? »

J'ai fait un énorme saut. Ça nous est arrivé à tous : il y a la lumière du soleil et l'ombre, il y a des taches et des zones de couleurs, on est distrait – et on ne voit pas ce qu'on a directement devant soi.

À un mètre, assis en tailleur devant ses pains, il y avait un homme. J'ai été si surpris que mes mains se sont lancées en l'air et le pain s'est retrouvé au milieu de la rue. Il est tombé sur une bouse de vache toute fraîche.

« Je m'excuse, monsieur, je ne vous avais pas vu ! » ai-je clamé. J'étais sur le point de fuir en courant.

« Ne t'en fais pas, dit-il calmement. Ça va nourrir une vache. Prends-en un autre. »

Il en déchira un en deux. Nous l'avons mangé ensemble. C'était dur et caoutchouteux, un vrai boulot pour les dents, mais nourrissant. Je me suis détendu un peu.

« Alors c'est vous qui les faites ? dis-je pour dire quelque chose.

– Oui. Tiens, je vais te montrer comment. » Il descendit de la plate-forme où il se trouvait et m'emmena dans sa maison.

C'était une masure de deux pièces. La plus grande, occupée principalement par un four, était la boulangerie, et l'autre, séparée par un mince rideau, était sa chambre. Le fond du four était couvert de cailloux ronds. Il était en train de m'expliquer comment cuisait le pain sur ces cailloux chauffés quand l'appel nasillard du muezzin traversa l'air venant de la mosquée. Je savais que c'était l'appel à la prière, mais je ne savais pas ce que cela impliquait. Je supposais que c'était une invitation pour convier les fidèles à la mosquée, tout comme les cloches appellent les chrétiens à l'église. Ce n'était pas le cas. Le boulanger s'interrompit au milieu de sa phrase et il dit : « Excuse-moi. » Il passa à l'autre pièce et en revint une minute plus tard avec un tapis roulé, qu'il étendit sur le sol de sa boulangerie, créant une petite tempête de farine. Et juste là, devant moi, chez lui, en plein dans son lieu de travail, il pria. C'était incongru, mais c'est moi qui me sentais mal à l'aise. Heureusement qu'il priait les yeux fermés.

Il se tenait droit. Il marmonnait en arabe. Il se plaçait les mains près des oreilles, les pouces touchant les lobes, ayant l'air de tendre l'oreille comme pour entendre la réplique d'Allah. Il se pencha vers l'avant. Il se redressa. Il tomba à genoux et posa ses mains et son front sur le sol. Il s'assit. Il se courba une seconde fois vers le sol. Il se remit debout. Il recommença toute l'affaire.

Eh bien l'islam n'est rien d'autre qu'une sorte d'exercices faciles, pensai-je. Du yoga de canicule pour les Bédouins. Des *asanas* sans sueur, le ciel sans effort.

Il réalisa le même rituel quatre fois, sans cesser de murmurer. Quand il eut terminé – par un geste de la tête vers la droite, puis vers la gauche et un petit moment de méditation –, il ouvrit les yeux, sourit, se retira du petit tapis, le roula en un tournemain qui indiquait une vieille habitude. Il alla le ranger dans l'autre pièce. Il revint à moi. « Qu'est-ce que je disais ? » demanda-t-il.

C'est de cette façon que j'ai vu un musulman prier pour la première fois – rapidité, nécessité, mobilité du corps, marmonnements ; frappant. La fois suivante où j'ai prié dans une église – agenouillé, immobile, silencieux devant le Christ en croix –, l'image de la communion gymnastique avec Dieu au milieu des sacs de farine me revenait sans cesse à l'esprit.

CHAPITRE 19

Je suis retourné le voir.

«Votre religion, c'est à quel sujet?» lui demandai-je.

Son regard s'éclaira. «C'est au sujet du Bien-aimé», répondit-il.

Je mets au défi qui que ce soit de comprendre l'islam, son esprit, et de ne pas l'aimer. C'est une superbe religion de fraternité et de dévotion.

La mosquée était vraiment un lieu ouvert, à Dieu et à la brise. Nous nous sommes assis en tailleur et avons écouté l'imam jusqu'à ce que vienne le moment de prier. C'est alors que les fidèles qui s'étaient placés au hasard en arrivant se levèrent pour s'aligner, épaule contre épaule, chaque espace libre étant rempli par quelqu'un venu de l'arrière jusqu'à ce que toutes les files soient complètes et que nous formions des rangées et des rangées de fidèles. Je me sentis bien quand je portai mon front jusqu'au sol. C'était comme si se créait immédiatement un profond contact religieux.

CHAPITRE 20

C'était un soufi, un mystique musulman. Il cherchait *fana*, l'union avec Dieu, et sa relation avec lui était personnelle et aimante. «Si tu marches deux pas vers Dieu, avait-il l'habitude de me dire, Dieu accourt vers toi!»

C'était un homme à l'allure tout à fait anodine; il n'y avait absolument rien dans son apparence ni dans ses vêtements qui marquât vivement la mémoire. Je ne suis pas surpris de ne pas l'avoir remarqué le premier jour que nous nous sommes rencontrés. Même quand j'en fus venu à bien le connaître, rencontre après rencontre, j'avais de la difficulté à le reconnaître. Il s'appelait Satish Kumar. C'est un nom commun dans le Tamil Nadu, la coïncidence n'était donc pas si étonnante. Mais je prenais plaisir au fait que ce boulanger pieux, aussi ordinaire qu'une ombre et à la santé solide, ait le même nom que le communiste professeur de biologie adepte de la science, la montagne ambulante sur ses échasses, triste victime d'une paralysie infantile. M. et M. Kumar m'enseignaient, l'un la biologie et l'autre l'islam. M. et M. Kumar m'ont mené à l'étude de la zoologie et des religions à l'Université de Toronto. M. et M. Kumar ont été les prophètes de ma jeunesse indienne.

Nous priions ensemble et nous pratiquions *dhikr*, la récitation des quatre-vingt-dix-neuf noms révélés de Dieu. C'était un *hafiz*, quelqu'un qui connaît par cœur le Coran, et il le chantait dans une psalmodie simple et lente. Mon arabe n'a jamais été bien bon, mais j'en adorais la musique. Ses éclats gutturaux et ses longues voyelles fluides ondoyaient juste en deçà de ma compréhension comme un doux ruisseau. Je contemplais ce ruisseau pendant de longs moments. Il n'était pas large, c'était tout juste la voix d'un homme, mais elle avait la profondeur de l'univers.

J'ai dit de la maison de M. Kumar que c'était une masure. Et pourtant, il n'y a jamais eu de mosquée, d'église ou de temple qui m'aient semblé aussi sacrés. Il m'est arrivé de sortir de cette boulangerie rempli de joie. J'enfourchais mon vélo et je pédalais toute cette joie dans l'atmosphère.

À l'une de ces occasions, je suis sorti de la ville et en rentrant, sur une hauteur où je voyais la mer à gauche et un long bout de la route devant moi, je me suis soudainement senti au ciel. En fait, le lieu n'était pas différent de celui que j'avais traversé plus tôt, mais ma manière de le voir avait changé. La sensation, un mélange paradoxal d'énergie vibrante et de profonde paix, était intense et me comblait de bonheur. Alors qu'avant le chemin, la mer, les arbres, l'air, le soleil me parlaient chacun différemment, ils s'exprimaient maintenant d'une seule voix. L'arbre reconnaissait la route, qui était sensible à l'air, qui tenait compte de la mer, qui partageait tout avec le soleil. Chaque élément était en harmonie avec son voisin, tout était apparenté, comme une famille. J'étais un mortel quand je me suis agenouillé; je me suis levé immortel. J'ai eu le sentiment d'être le centre d'un petit cercle qui correspondait au centre d'un cercle beaucoup plus grand. Atman rencontrait Allah.

Une autre fois, j'ai senti de nouveau Dieu venir aussi près de moi. C'était au Canada, beaucoup plus tard. J'étais allé faire une visite chez des amis à la campagne. C'était l'hiver. J'avais fait une promenade en solitaire sur leur grande propriété et je revenais vers la maison. C'était une journée claire et ensoleillée après une nuit de chute de neige. Toute la nature était couverte de blanc. Au moment d'approcher de la maison, j'ai tourné la tête. Il y avait un bois et, dans ce bois, une petite clairière. Un coup de vent, ou peut-être était-ce un animal, avait secoué une branche. Une neige fine traversait l'air, réfléchissant le soleil. Dans cette poudre dorée qui tombait, dans cette clairière inondée de soleil, j'ai vu la Vierge Marie. Je ne sais pas pourquoi c'était elle. Ma dévotion à Marie était secondaire. Mais c'était bien elle. Son teint était pâle. Elle portait une robe blanche et une cape bleue ; je me souviens d'avoir remarqué leurs souples drapés. Quand je dis que je l'ai *vue*, je ne veux pas dire tout à fait littéralement, quoiqu'elle eût eu corps et couleur. J'ai *senti* que je la voyais, une vision au delà de la vision. Je me suis arrêté et j'ai plissé les yeux. Elle avait l'air très belle et suprêmement royale. Elle me souriait avec une aimable tendresse. Après quelques secondes, elle m'a quitté. Mon cœur battait de peur et de joie.

C'est auprès de Dieu qu'est la plus belle récompense.

CHAPITRE 21

Ensuite, je reste assis dans un café du centre-ville, à réfléchir. Je viens de passer le plus clair d'un après-midi avec lui. Nos rencontres me laissent toujours las de la satisfaction morose qui caractérise ma vie. Quels sont les mots qu'il a utilisés, déjà, et qui m'ont frappé ? Ah oui : « le factuel sec et sans levain », « la meilleure histoire ». Je sors mon stylo et mon papier et j'écris :

Des mots de conscience divine: exaltation morale, des sentiments d'élévation, d'allégresse, de joie qui perdurent; une accélération du sens moral, qui frappe comme étant plus important qu'une compréhension intellectuelle des choses; un alignement de l'univers sur des positions morales et non intellectuelles; une prise de conscience que le principe de base de l'existence est ce que nous appelons amour, dont le cheminement est souvent peu clair, peu net, peu immédiat, et pourtant inéluctable.

Je m'arrête. Qu'en est-il du silence de Dieu? J'y réfléchis un peu plus. J'ajoute:

Un esprit confus, et pourtant un sens confiant de présence et de but ultime.

CHAPITRE 22

Je m'imagine fort bien les derniers mots d'un athée: «Blanc! blanc! A-A-Amour! Mon Dieu!» et sur son lit de mort, le saut dans la foi. Alors que l'agnostique, lui, s'il reste fidèle à la raison qui le caractérise, s'il reste épris du factuel sec et sans levain, pourrait très bien tenter d'expliquer la douce lumière qui l'inonde en disant: «C'est p-p-peut-être une oxygénation défaillante du c-c-cerveau» et jusqu'à la dernière seconde manquer d'imagination et rater ainsi la meilleure histoire.

CHAPITRE 23

Hélas, le sentiment de communauté qu'une foi commune apporte à un groupe m'a causé des ennuis. Avec le temps, mes pratiques religieuses ont d'abord été remarquées par ceux qui s'en fichaient et en étaient amusés, puis par ceux pour qui c'était important – et qui n'ont pas trouvé ça drôle.

«Que fait votre fils au temple?» demanda le prêtre.

«On a vu votre fils à l'église et qui faisait le signe de la croix», dit l'imam.

«Votre fils est devenu musulman», dit le pandit.

Oui, tout a été rapporté avec une certaine véhémence à mes parents déconcertés. Car vous savez, ils n'étaient pas au courant. Ils ne savaient pas que j'étais un hindou, un chrétien et un musulman pratiquant. Est-ce que les adolescents ne cachent pas toujours certaines choses à leurs parents? Tous les jeunes de seize ans n'ont-ils pas leurs secrets? Mais le sort a voulu que mes parents et moi et les trois sages, comme je vais les appeler, nous nous rencontrions un jour sur la promenade du bord de mer Goubert Salai et que mon secret soit révélé. C'était un superbe après-midi chaud du dimanche, agrémenté d'une brise, et la baie du Bengale scintillait sous un ciel bleu. Les gens de la ville se baladaient. Les enfants criaient et riaient. Des ballons de couleur flottaient en l'air. Les ventes de crème glacée allaient bon train. Pourquoi penser au boulot par une journée pareille? je me le demande. Pourquoi n'ont-ils pas poursuivi leur promenade, se contentant d'un sourire et d'un salut? Il allait en être autrement. Nous n'allions pas rencontrer un seul sage, nous les rencontrerions tous les trois, et pas l'un après l'autre mais les trois ensemble, et chacun d'entre eux prendrait la décision, en nous voyant, que c'était là l'occasion parfaite de rencontrer le notable de Pondichéry, le directeur du zoo, celui dont le fils était un modèle de piété. Quand j'ai vu le premier, j'ai souri, mais au moment où mes yeux se sont posés sur le troisième, mon sourire était devenu un masque d'horreur. Quand il fut devenu clair que tous trois convergeaient vers nous, mon cœur sursauta avant de sombrer au plus bas.

Les sages ont paru agacés de constater qu'ils s'approchaient tous les trois des mêmes personnes. Chacun a dû croire que les deux autres étaient là pour une raison autre que pastorale et avaient impoliment choisi cet instant pour traiter de leur affaire. Ils échangèrent des regards contrariés.

Mes parents ont semblé décontenancés en voyant leur chemin poliment bloqué par trois religieux inconnus au large sourire. Il faut vous dire que ma famille était loin d'être orthodoxe. Papa se percevait comme un citoyen de l'Inde Nouvelle – riche, moderne et aussi laïque qu'une crème glacée. Il n'avait pas une once de religion en lui. C'était un homme d'affaires, et dans son cas, c'était *affaires* comme dans *affairé*, un travailleur acharné, un professionnel les pieds sur terre, plus préoccupé du degré de consanguinité des lions que de n'importe quel concept d'ordre moral ou existentiel. C'est bien vrai qu'il faisait bénir tous les nouveaux animaux par un prêtre et qu'il y avait deux petits sanctuaires dans le zoo, l'un dédié au seigneur Ganesha, l'autre à Hanuman, des dieux dont on comprend qu'ils plaisent à un directeur de zoo puisque le premier a une tête d'éléphant et le deuxième est un singe, mais mon père calculait que c'était bon pour les affaires, pas pour son âme, que c'était une question de relations publiques plus que de salut personnel. Il ne connaissait pas la préoccupation spirituelle ; c'étaient les soucis d'ordre financier qui lui torturaient l'âme. «Une seule épidémie chez les animaux, avait-il coutume de dire, et nous finirons aux travaux forcés.» Maman ne pipait mot, indifférente et neutre sur la question. Son éducation, hindoue à la maison et baptiste à l'école, avait entièrement neutralisé son sens de la religion et l'avait laissée sereinement impie. Je soupçonne qu'elle pensait que j'avais une approche différente à ce sujet, mais elle ne m'a jamais rien dit quand, encore enfant, je dévorais les bandes dessinées du *Ramayana* et du *Mahabharata*, ou une bible illustrée pour enfants et d'autres histoires sur les dieux. Elle était elle-même une grande lectrice. Elle était heureuse de me voir le nez dans un livre, quel que soit le livre, pour autant qu'il n'était pas osé. Quant à Ravi, si le seigneur Krishna avait eu en main une batte de cricket plutôt qu'une flûte, si le Christ lui était apparu clairement sous la forme d'un arbitre, si le prophète Mahomet, la paix soit avec lui, avait manifesté quelques notions de bowling, il aurait peut-être ouvert un œil sur la religion, mais ils n'en ont rien fait et il n'est pas sorti de sa léthargie.

Après les salutations et les «bonjours», il y eut un silence gênant. C'est le prêtre qui l'a rompu en disant, d'un ton fier : «Piscine est un bon chrétien. J'espère qu'il pourra bientôt se joindre à la chorale.»

Mes parents, le pandit et l'imam ont paru surpris.

«Vous vous trompez sûrement. C'est un bon musulman. Il vient sans faute à la prière tous les vendredis, et sa connaissance du Saint Coran progresse allègrement.» C'est ce qu'a rétorqué l'imam.

Mes parents, le prêtre et le pandit eurent l'air sceptique.

Le pandit parla. «Vous vous trompez tous les deux. C'est un bon hindou. Je le vois souvent au temple pour le *darshana* et faire la *puja*.»

Mes parents, l'imam et le prêtre semblèrent stupéfaits.

«On ne peut se tromper, dit le prêtre. Je connais ce garçon. C'est Piscine Molitor Patel, et il est chrétien.

– Je le connais aussi et je vous dis que c'est un musulman, affirma l'imam.

– Bêtise! déclara le pandit. Piscine est né hindou, vit comme un hindou et mourra hindou!»

Les trois sages se fixèrent les uns les autres, le souffle coupé et incrédules.

Seigneur, protège-moi de leur regard, murmurai-je en mon for intérieur.

Tous les regards se tournèrent vers moi.

«Piscine, est-ce que c'est vrai?» demanda l'imam, sérieux. «Les hindous et les chrétiens sont des idolâtres. Ils ont plusieurs dieux.»

«Et les musulmans ont plusieurs femmes», répliqua le pandit.

Le prêtre considéra les deux autres d'un air soupçonneux. «Piscine, murmura-t-il, il n'y a de salut qu'en Jésus.

– Balivernes! Les chrétiens ne connaissent rien à la religion, objecta le pandit.

– Ils se sont éloignés depuis longtemps du chemin tracé par Dieu, renchérit l'imam.

– Où est Dieu dans votre religion? lança le prêtre. Vous n'avez pas un seul miracle qui en fasse foi. Qu'est-ce que c'est qu'une religion sans miracles?

– Ce n'est pas un cirque avec des morts qui jaillissent de leur sépulcre à tout moment! Nous, les musulmans, nous nous en tenons au miracle essentiel de la nature. Les oiseaux qui volent, la pluie qui tombe, les récoltes qui poussent, voilà les miracles qui nous suffisent.

– Des plumes et de la pluie, c'est bien joli, mais nous voulons savoir que Dieu est vraiment avec nous.

– Ah vraiment? Regardez le bien que ça lui a fait, à Dieu, d'être avec vous! Vous avez tenté de le tuer! Vous l'avez crucifié sur une croix avec de gros clous. Est-ce que c'est une manière civilisée de traiter un prophète? Le prophète Mahomet – la paix soit avec lui – nous a apporté la parole divine sans indignité et sans bêtise et il est mort à un âge avancé.

– La parole de Dieu? Confiée à votre marchand illettré au milieu du désert? C'étaient des convulsions épileptiques provoquées par la cadence des pas de chameau, pas des révélations divines. Ça, ou bien le soleil qui lui faisait frire les méninges!

– Si le prophète – l.p.s.a.l. – était vivant, il aurait quelques mots bien choisis à vous adresser, rétorqua l'imam, les yeux courroucés.

– Eh bien, il ne l'est pas! Le Christ est vivant, tandis que votre vieux "l.p.s.a.l." est mort, mort, mort!»

Le pandit les interrompit calmement. Il dit en tamoul: «La vraie question est de savoir pourquoi Piscine s'amuse avec ces religions *étrangères*!»

Les yeux du prêtre et de l'imam ont failli leur sortir de la tête. Ils étaient tous les deux tamouls de naissance.

«Dieu est universel», bredouilla le prêtre.

L'imam acquiesça fortement de la tête. «Il n'y a qu'un Dieu.

– Et avec leur dieu unique les musulmans causent toujours des problèmes et provoquent des émeutes. La preuve que l'islam est mauvais, c'est que les musulmans ne sont pas civilisés, déclara le pandit.

– C'est ce que dit l'esclavagiste du système des castes, souffla l'imam. Les hindous réduisent les gens à la servitude et rendent un culte à des poupées costumées.

– Ils adorent le veau d'or. Ils se prosternent devant les vaches, interrompit le prêtre.

– Entre-temps, les chrétiens s'agenouillent devant un homme blanc! Ils sont les laquais d'un dieu étranger. Ils sont le cauchemar de tous les non-blancs.

– Et puis ils mangent du cochon et ce sont des cannibales, renchérit l'imam pour en rajouter un peu.

– En fin de compte, siffla le prêtre dans sa rage, la question est de savoir si Piscine veut une *vraie* religion ou bien des mythes tirés d'une bande dessinée.

– Dieu... ou bien des idoles, entonna gravement l'imam.

– Nos dieux... ou bien des dieux coloniaux», jeta le pandit.

On aurait difficilement pu dire quel regard était le plus enflammé. Il ne paraissait pas impossible qu'ils en viennent aux coups.

Papa leva les mains. «Messieurs, messieurs, s'il vous plaît! lança-t-il. Je tiens à vous rappeler que nous jouissons dans ce pays de la liberté de culte.»

Trois visages convulsés se tournèrent vers lui.

«Oui, culte, au singulier!» s'écrièrent les trois sages à l'unisson. Et trois index, comme autant de points d'exclamation, se pointèrent pour souligner l'affirmation.

Ils n'étaient pas contents de l'effet choral involontaire ou de l'unité spontanée de leur geste. Ils baissèrent vite le doigt et chacun grommela et soupira de son côté. Papa et maman continuaient de regarder, médusés.

Le pandit parla en premier. «Monsieur Patel, la piété de Piscine est admirable. En ces temps agités, il est réconfortant de voir un garçon qui tient tant à Dieu. Nous sommes tous d'accord là-dessus.» L'imam et le prêtre approuvèrent. «Mais il ne peut pas être hindou, chrétien *et* musulman. C'est impossible. Il faut qu'il choisisse.

– Je ne pense pas que ce soit un crime, mais je suppose que vous avez raison», répondit papa.

Les trois murmurèrent leur approbation et, tout comme mon père, tournèrent les yeux vers le ciel, d'où ils attendaient que vienne la réponse. Maman, elle, me regardait.

Le silence tomba lourdement sur mes épaules.

«Alors, Piscine?» Ma mère me poussa légèrement. «Qu'est-ce que tu penses de cette question?

– Bapu Gandhi a dit "toutes les religions sont vraies". Je veux simplement aimer Dieu», ai-je laissé tomber et j'ai regardé le sol, le visage empourpré.

Mon embarras était contagieux. Personne ne parlait. Il se trouvait que nous n'étions pas loin de la statue de Gandhi sur l'esplanade. Un bâton à la main, un sourire malicieux sur les lèvres, une étincelle dans les yeux, le Mahatma marchait. Je m'imaginais qu'il entendait notre conversation, mais qu'il prêtait encore plus attention à mon cœur. Papa s'éclaircit la gorge et dit à mi-voix: «Je suppose que c'est ce que nous tentons tous de faire – aimer Dieu.»

Je trouvai assez drôle qu'il dise une chose pareille, lui qui, aussi loin que remontaient mes souvenirs, n'avait pas mis les pieds dans un temple. Mais ça a réussi. On ne peut réprimander un garçon parce qu'il veut aimer Dieu. Les trois sages se retirèrent, un sourire rigide aux lèvres, l'air vexé.

Papa me regarda un instant, comme s'il allait dire quelque chose, puis il se ravisa et demanda: «Qui veut une crème glacée?» Il se dirigea vers le poste le plus rapproché avant que nous ne puissions répondre. Maman me contempla un peu plus longtemps, avec une expression à la fois tendre et perplexe.

Ce fut mon initiation au dialogue inter-religieux. Papa acheta trois crèmes glacées. Nous les mangeâmes dans un silence inhabituel tout en poursuivant notre promenade dominicale.

CHAPITRE 24

Quand il a su ce qui s'était passé, Ravi s'est bien marré.

«Alors, Swami Jésus, pars-tu pour le hadj cette année?» disait-il en joignant les paumes de ses mains devant son visage en un *namaskar* déférent. «Est-ce que La Mecque t'interpelle?» Il faisait le signe de la croix. «Ou bien est-ce que ce sera un voyage à Rome pour ton couronnement comme prochain pape Pie?» Il dessinait en l'air la lettre grecque pour bien montrer le graphisme de sa blague. «As-tu déjà trouvé le temps de faire couper le bout de ton zizi et de devenir juif? Au rythme où tu progresses, si tu vas au temple le jeudi, à la mosquée le vendredi, à la synagogue le samedi et à l'église le dimanche, il ne te reste plus qu'à te convertir à trois autres religions pour être en vacances le reste de tes jours.»

Et d'autres rigolades du même genre.

CHAPITRE 25

Et ça n'a pas été tout. Il y en a toujours pour assumer le rôle de défenseur de Dieu, comme si la Réalité Ultime, comme si ce qui soutient le cadre même de l'existence était faible et vulnérable. Ces gens passent à côté d'une veuve lépreuse qui quête quelques sous, ils marchent près d'enfants de la rue vêtus de lambeaux, et ils pensent «tout est normal». Mais s'ils sentent un affront à Dieu, c'est une tout autre histoire. Leur visage s'empourpre, leur poitrine se soulève de colère, ils crachent des mots méchants. Le niveau de leur indignation est étonnant. Leur détermination est effrayante.

Ces gens ne se rendent pas compte que c'est à l'intérieur que Dieu doit être défendu, pas à l'extérieur. Ils doivent tourner leur colère vers eux-mêmes. Car le mal qui paraît n'est que le mal d'en dedans qu'on a laissé sortir. Le principal champ de bataille pour le bien n'est pas la grande arène du débat public, mais plutôt la petite clairière de chaque cœur. Entre-temps, le sort des veuves et des enfants sans abri est très pénible, et c'est pour les protéger eux, et non Dieu, que les pharisiens devraient s'emporter.

Un jour, un malotru m'a chassé de la Grande Mosquée. Quand je suis allé à l'église, le prêtre m'a fixé de telle manière que je n'ai pas senti la paix du Christ. Il est arrivé qu'un brahmane m'expulse d'un *darshana*. Mon comportement religieux était rapporté à mes parents avec le ton étouffé, urgent, qu'on utilise pour rapporter une trahison.

Comme si cette mesquinerie servait Dieu d'une quelconque manière.

Pour moi, la religion est une affaire de dignité, et non de dépravation.

J'ai arrêté d'aller à la messe à Notre-Dame-de-l'Immaculée-Conception et j'ai plutôt assisté à celle de Notre-Dame-des-Anges. Je ne m'attardais plus avec mes frères après la prière du vendredi. J'allais au temple quand il y avait foule, quand les brahmanes étaient trop occupés pour se glisser entre Dieu et moi.

CHAPITRE 26

Quelques jours après la rencontre sur l'esplanade, j'ai pris mon courage à deux mains et je suis allé voir papa dans son bureau.

« Papa ?

– Oui, Piscine.

– Je voudrais être baptisé et je voudrais avoir un tapis de prière. »

Mes mots pénétrèrent son esprit lentement. Il leva les yeux de ses documents après quelques secondes.

« Un quoi ? Quoi ?

– Je voudrais pouvoir prier à l'extérieur sans salir mes pantalons. Et je vais à une école chrétienne sans avoir reçu le baptême du Christ.

– Pourquoi veux-tu prier dehors? En fait, pourquoi veux-tu prier, point?

– Parce que j'aime Dieu.

– Ha.» Il sembla décontenancé par ma réponse, et même plutôt embarrassé. Il y eut une pause. J'ai pensé qu'il allait encore m'offrir de la crème glacée. «Eh bien, le Petit Séminaire n'est chrétien que de nom. Il y a de nombreux garçons hindous qui ne sont pas chrétiens à cette école. Tu recevras une éducation tout aussi bonne même si tu n'es pas baptisé. Prier Allah ne va rien changer non plus.

– Mais je veux prier Allah. Je veux être un chrétien.

– Tu ne peux pas être les deux. Il faut que tu sois l'un ou l'autre.

– Pourquoi est-ce que je ne peux pas être les deux?

– Ce sont des religions séparées! Elles n'ont rien en commun.

– Ce n'est pas ce que les fidèles disent! Les deux se réclament d'Abraham. Les musulmans disent que le Dieu des Hébreux et des chrétiens est le même que le Dieu des musulmans. Ils reconnaissent David, Moïse et Jésus comme prophètes.

– Qu'est-ce que cela a à voir avec nous, Piscine? Nous sommes *Indiens*!

– Il y a des chrétiens et des musulmans en Inde depuis des siècles! Il y a des gens qui disent que Jésus est enterré au Cachemire.»

Il ne dit rien, se contentant de me regarder, le sourcil froncé. Tout à coup, le travail prit le dessus.

«Parles-en à maman.»

Elle était en train de lire.

«Maman?

– Oui, chéri.

– Je voudrais être baptisé et je voudrais un tapis de prière.

– Parles-en à papa.

– Je l'ai fait. Il m'a dit de t'en parler.

– Ah oui?» Elle déposa son livre. Elle tourna son regard vers le zoo. Je suis sûr qu'à ce moment-là papa dut sentir un courant d'air glacé sur sa nuque. Elle se tourna vers la bibliothèque. «Il y a ici un livre qui te plaira beaucoup. » Elle tendait déjà le bras vers un livre. Un roman de Robert Louis Stevenson. C'était sa tactique habituelle.

« Je l'ai déjà lu, maman. Trois fois.

– Oh. » Son bras se déplaça vers la gauche.

« La même chose pour Conan Doyle », dis-je.

Son bras alla vers la droite. « R. K. Narayan ? Tu n'as sûrement pas lu tout R. K. Narayan ?

– Ces choses sont importantes pour moi, maman.

– *Robinson Crusoe* !

– Maman !

– Mais Piscine ! » dit-elle. Elle se réinstalla dans son fauteuil, un air de résignation sur le visage, ce qui voulait dire que je devrais mener un dur combat aux coups précis. Elle ajusta un coussin. « Papa et moi trouvons ton zèle religieux plutôt mystérieux.

– C'est un Mystère.

– Hmm. Ce n'est pas ce que je veux dire. Écoute, mon chéri, si tu veux être religieux, il faut que tu sois soit hindou, soit chrétien, soit musulman. Tu as entendu ce qu'ils ont dit sur l'esplanade.

– Je ne vois pas pourquoi je ne peux pas être les trois. Mamaji a deux passeports. Il est indien et français. Pourquoi est-ce que je ne peux pas être hindou, chrétien et musulman ?

– C'est différent. La France et l'Inde sont des nations sur la Terre.

– Combien y a-t-il de nations dans le ciel ? »

Elle réfléchit un instant. « Une. C'est la question. Une nation, un passeport.

– Une nation dans le ciel ?

– Oui. Ou bien aucune. Il y a aussi cette possibilité, tu sais. Tu t'intéresses à des choses franchement très démodées.

– S'il n'y a qu'une nation dans le ciel, est-ce que tous les passeports ne devraient pas être valides pour y avoir accès ? »

Un nuage d'incertitude envahit son visage.

« Bapu Gandhi a dit…

– Oui, je sais ce que Bapu Gandhi a dit.» Elle porta une main à son front. Elle avait l'air bien préoccupée, maman. «Grands dieux», soupira-t-elle.

CHAPITRE 27

Plus tard ce soir-là, j'ai entendu mes parents qui se parlaient.

«Tu as dit oui? s'étonna papa.

– Je pense qu'il te l'a demandé aussi. Tu lui as dit de s'adresser à moi, répondit maman.

– Ah oui?

– Oui.

– J'ai eu une journée très occupée…

– Tu n'es pas occupé maintenant. D'après ce que je peux voir, tu ne fais rien du tout. Si tu veux foncer dans sa chambre et lui retirer le tapis de prière de sous les pieds et discuter avec lui la question du baptême chrétien, ne te gêne pas, tu es parfaitement libre de le faire. Je ne vais pas m'y opposer.

– Non, non.» Je pouvais sentir par la voix de mon père qu'il se calait encore plus dans son fauteuil. Il y eut une pause.

«On dirait qu'il attire les religions comme les chiens attirent les puces, continua-t-il. Je ne comprends pas. Nous sommes une famille indienne moderne; nous vivons d'une façon moderne; l'Inde est en train de devenir une vraie nation moderne et avancée – et voici que nous produisons un fils qui pense être la réincarnation de Sri Ramakrishna.

– Si Mme Gandhi représente ce que c'est d'être moderne et avancé, je ne suis pas sûre d'aimer ça, dit maman.

– Mme Gandhi va partir un jour! On ne peut arrêter le progrès. C'est un mouvement auquel il faut tous nous adapter. La technologie est utile et les bonnes idées se répandent – ce sont deux lois de la nature. Si on ne laisse pas la technologie nous aider, si on résiste aux bonnes idées, on se condamne à devenir un dinosaure!

Je suis profondément convaincu de ça. Mme Gandhi et ses folies vont passer. L'avènement de la Nouvelle Inde est sûr. »

(Elle allait passer, en effet. Et la Nouvelle Inde, ou, en tout cas, l'une de ses familles, déciderait de déménager au Canada.)

Papa continua : « L'as-tu entendu quand il a dit : "Bapu Gandhi a dit : 'Toutes les religions sont vraies'" ?

– Oui.

– *Bapu* Gandhi ? Ce garçon est à tu et à toi avec Gandhi ? Papi Gandhi, et quoi d'autre ? Tonton Jésus ? Et qu'est-ce que c'est que cette histoire – est-il vraiment devenu *musulman* ?

– On dirait bien.

– Musulman ! Un hindou dévot, ça peut aller, je comprendrais. Et un chrétien en plus, ça devient un peu étrange, mais je peux aller jusque-là. Les chrétiens sont ici depuis longtemps – saint Thomas, saint François Xavier, les missionnaires et tout. C'est grâce à eux que nous avons de bonnes écoles.

– Oui.

– Alors tout ça, disons que je peux à peu près l'accepter. Mais *musulman* ? Les musulmans ne font pas partie de notre tradition. Ce sont des étrangers.

– Ils sont ici depuis très longtemps aussi. Et ils sont cent fois plus nombreux que les chrétiens.

– Ça n'y change rien. Ce sont des étrangers.

– Peut-être que Piscine est motivé par une autre perception du progrès.

– Tu défends ce garçon ? Tu n'as pas objection à ce qu'il se prenne pour un musulman ?

– Que pouvons-nous faire, Santosh ? Il prend la chose à cœur, et ça ne fait de mal à personne. Peut-être que ce n'est qu'une phase. Peut-être que ça lui passera – comme Mme Gandhi.

– Pourquoi est-ce qu'il n'a pas les intérêts habituels d'un garçon de son âge ? Regarde Ravi. Les seules choses auxquelles il pense sont le cricket, le cinéma et la musique.

– Tu crois que c'est mieux ?

– Non, non. Oh, je ne sais plus quoi penser. J'ai eu une longue journée.» Il soupira. «Je ne sais pas jusqu'où il va aller avec ces goûts.»

Maman eut un petit rire. «La semaine dernière, il a fini de lire un livre intitulé *L'imitation du Christ*.»

– *L*'imitation *du Christ*! Eh bien je le redis: je me demande jusqu'où vont le mener ces intérêts!» s'écria papa.

Ils s'esclaffèrent.

CHAPITRE 28

J'adorais mon tapis de prière. Il avait beau être de qualité médiocre, il brillait d'une grande beauté à mes yeux. Je regrette beaucoup de l'avoir perdu. Partout où je le déroulais, j'avais une affection particulière pour le bout de terrain qu'il y avait en dessous et pour l'espace tout autour; c'est une indication que c'était un bon tapis de prière puisqu'il m'aidait à me souvenir que la terre est la création de Dieu et qu'elle est partout sacrée. Le dessin, des lignes dorées sur fond rouge, était simple: un rectangle étroit avec un bout en pointe pour indiquer la *qibla*, l'orientation de La Mecque, et de petites fioritures qui flottaient, comme des volutes de fumée ou des accents dans une langue étrange. Les poils étaient doux. Quand je priais, les glands de la courte frange étaient à quelques centimètres à peine du haut de mon front à une extrémité du tapis, et à la même distance de mes orteils à l'autre bout, une dimension assez intime pour que je me sente à la maison n'importe où sur cette vaste planète.

Je priais dehors parce que j'aimais ça. Le plus souvent, je déroulais mon tapis dans un coin de la cour derrière la maison. C'était un endroit isolé à l'ombre d'un arbre corail, tout près d'un mur couvert de bougainvilliers. Le long du mur, il y avait une rangée de poinsettias en pots. Les bougainvilliers s'élevaient jusque dans les branches de l'arbre. Le contraste entre leurs bractées pourpres et les fleurs rouges de l'arbre était très joli. Et quand cet arbre était en fleurs, c'était une volière pour les corneilles, les mainates, les cratéropes, les étourneaux roselins, les soui-mangas et les perroquets. Le mur était sur ma droite, formant un angle ouvert. Devant moi, à gauche, au delà de l'ombre laiteuse, marbrée de l'arbre, s'ouvrait l'espace brûlé par le soleil de la cour. L'apparence des choses changeait, bien sûr, selon la température, selon l'heure du jour, le moment de l'année. Mais tout est clair dans ma mémoire comme si rien n'avait jamais changé. Je faisais face à La Mecque grâce à une ligne que j'avais tracée dans la terre jaune pâle et que je maintenais soigneusement.

Parfois, au moment de terminer mes prières, je me retournais et voyais papa ou maman ou Ravi qui m'observaient, jusqu'à ce qu'ils se soient habitués à la scène.

Mon baptême fut une cérémonie un peu étrange. Maman joua bien son rôle, papa observait d'un air glacial, et Ravi était heureusement absent pour cause de match de cricket, ce qui ne l'a pas empêché de commenter abondamment l'événement. L'eau me coula sur le visage et le long du cou ; même s'il n'y en avait qu'une burette, elle eut sur moi l'effet rafraîchissant d'une mousson.

CHAPITRE 29

Pourquoi est-ce que les gens déménagent ? Qu'est-ce qui les fait se déraciner et abandonner tout ce qu'ils ont jamais connu pour le grand inconnu au delà de l'horizon ? Pourquoi grimper cet Everest de démarches qui vous donne l'impression d'être un mendiant ? Pourquoi pénétrer dans cette jungle inexplorée où tout est nouveau, étrange et difficile ?

La réponse est la même partout au monde : les gens déménagent dans l'espoir d'une vie meilleure.

L'Inde connaissait des temps difficiles au milieu des années soixante-dix. Je tirais cette conclusion des sillons qui traversaient le front de papa quand il lisait les journaux. Ou bien des bribes de conversations surprises entre lui et maman et Mamaji et d'autres. Ce n'était pas que je ne comprenais pas le sens de leurs références – je n'étais simplement pas intéressé. Les orangs-outans n'étaient pas moins friands de galettes chapati; les singes n'exigeaient aucune information venue de Delhi; les rhinocéros et les chèvres continuaient de vivre en paix; les oiseaux gazouillaient; les nuages apportaient la pluie; le soleil était chaud; la terre respirait; Dieu existait – aucune Urgence n'affectait mon univers.

Mme Gandhi a finalement gagné contre mon père. En février 1976, le gouvernement du Tamil Nadu a été destitué par Delhi. Il avait été l'un des critiques les plus acerbes de Mme Gandhi. La prise du pouvoir s'est faite sans heurt – le gouvernement du premier ministre Karunanidhi disparut en silence grâce à des «démissions» ou à des assignations à résidence – et quelle différence est-ce que la chute d'un gouvernement régional peut représenter quand la constitution de tout le pays a été suspendue depuis huit mois? Mais pour papa, cela a représenté la touche finale de la mainmise dictatoriale de Mme Gandhi sur la nation. Le chameau du zoo n'a pas eu plus soif pour autant, mais c'est la goutte d'eau qui a fait déborder le vase pour papa.

Il s'écria: «Un de ces jours, elle va venir au zoo et nous dire que ses prisons sont pleines et qu'elle a besoin de nos cages. Pourrions-nous mettre Desai avec les lions?»

Morarji Desai était un politicien de l'opposition. Pas un ami de Mme Gandhi. Les préoccupations continuelles de papa m'attristaient. Mme Gandhi aurait bien pu venir personnellement bombarder le zoo, je ne m'en serais pas soucié si j'avais vu que papa s'en réjouissait. J'aurais bien aimé qu'il ne s'angoisse pas tant. C'est dur pour un fils de voir son père malade d'inquiétude.

Et il se tracassait en effet! Toute affaire est un risque, et une petite affaire encore plus, là où l'on joue jusqu'à la chemise qu'on a sur le dos. Un zoo est une institution culturelle. Comme une bibliothèque publique ou un musée, il est au service de l'éducation populaire et de la vulgarisation scientifique. Et à ces titres-là, ce n'est pas une entreprise qui rapporte beaucoup d'argent, car le Bien Commun et le Profit Raisonnable ne sont pas des buts compatibles, au grand regret de papa. Le fait est que nous n'étions pas une famille riche ; sûrement pas en termes canadiens, en tout cas. Nous étions une famille pauvre qui se trouvait être propriétaire d'un grand nombre d'animaux, mais pas du toit qu'ils avaient sur la tête (ou par ailleurs au-dessus de la nôtre). La vie d'un zoo, comme celle de ses pensionnaires dans la nature, est précaire. C'est une affaire qui n'est ni assez grande pour se placer au-dessus des lois ni assez petite pour survivre en marge. Pour prospérer, un zoo a besoin d'un gouvernement élu, d'élections démocratiques, de liberté d'expression, de liberté de presse, de liberté d'association, de l'État de droit et de tout le reste qui est garanti par la constitution de l'Inde. Impossible de jouir autrement de la présence des animaux. Une mauvaise situation politique prolongée nuit aux affaires.

Les gens déménagent à cause de l'usure qui vient à la longue de l'anxiété. À cause de l'impression insidieuse que, quel que soit l'effort qu'on y mettra, le résultat sera négatif, que ce qu'on a mis un an à construire pourrait être détruit en un jour par quelqu'un d'autre. À cause de la conviction que l'avenir est bouché, qu'eux-mêmes, les parents, s'en tireront peut-être, mais pas leurs enfants. À cause du sentiment que rien ne changera jamais, que le bonheur et la prospérité ne peuvent se trouver qu'ailleurs.

Dans l'esprit de papa, l'Inde Nouvelle éclata en miettes et s'effondra. Maman était d'accord. Nous allions ficher le camp.

La décision nous a été annoncée un soir, au dîner. Ravi et moi sommes restés stupéfaits. *Le Canada !* Si l'Andhra Pradesh, la province juste au nord, nous était étrangère, si le Sri Lanka, à un jet de pierre de l'autre côté du détroit, était la face obscure de la lune, imaginez ce qu'était le Canada ! Le mot Canada ne voulait absolument rien dire pour nous. C'était comme Tombouctou : un endroit qui était, par définition, irrémédiablement lointain.

CHAPITRE 30

Il est marié. Je suis penché, en train d'enlever mes chaussures, quand j'entends dire : « Je voudrais te présenter ma femme. » Je lève le regard et là, à côté de lui, se tient... Mme Patel. « Bonjour », dit-elle, souriante, en me tendant la main. « Piscine m'a beaucoup parlé de vous. » Je ne pouvais en dire autant à son sujet. Je n'avais aucune idée. Elle était sur le départ, nous n'avons donc parlé que quelques instants à peine. Elle est indienne aussi, mais son accent est plus canadien. Elle doit être de la seconde génération. Elle est un peu plus jeune que lui, elle a la peau légèrement plus foncée, de longs cheveux noirs rassemblés en une tresse. Des yeux noirs brillants et de superbes dents blanches. Elle porte sur le bras un sarrau de laboratoire encore enveloppé dans la pellicule plastique de la blanchisserie. Elle est pharmacienne. Quand je lui dis : « Heureux de vous connaître, madame Patel », elle répond « Appelle-moi Meena, je t'en prie. » Après une bise d'au revoir entre mari et femme, elle part travailler, même si on est samedi.

La maison est plus qu'un coffre plein d'icônes. Je commence à remarquer de petits signes de vie conjugale. Ils étaient là depuis le début, mais je ne les avais pas vus parce que je ne les cherchais pas.

C'est un homme timide. La vie lui a appris à ne pas exhiber ce qui lui est le plus précieux.

Est-ce qu'elle est le bourreau de mon système digestif ?

« Je t'ai fait un chutney spécial », dit-il. Il sourit.

Non, c'est lui.

CHAPITRE 31

Ils se sont rencontrés une fois, M. et M. Kumar, le boulanger et le professeur. Le premier M. Kumar avait manifesté le désir de voir le zoo. « Pendant toutes ces années je ne l'ai jamais vu. Et c'est si proche. Est-ce que tu me le ferais visiter ? demanda-t-il.

– Oui, bien sûr. Ce serait un honneur pour moi. »

Nous avons convenu de nous retrouver à l'entrée principale du zoo, le lendemain après l'école.

J'ai été inquiet toute la journée. Je m'en voulais, « Imbécile ! Pourquoi as-tu dit l'entrée principale ? À toute heure il y a foule à cet endroit-là. As-tu oublié comme il a l'air ordinaire ? Tu ne le reconnaîtras jamais ! » Si je passais à côté de lui sans m'arrêter, cela le blesserait. Il penserait que j'avais changé d'idée et que je ne voulais pas être vu à côté d'un pauvre boulanger musulman. Il partirait sans dire un mot. Il ne serait pas fâché – il accepterait l'excuse que j'avais le soleil dans les yeux –, mais il ne voudrait jamais revenir au zoo. Je voyais bien que cela pourrait se passer ainsi. Il *fallait* que je le reconnaisse. J'allais me cacher et attendre d'être absolument certain que c'était lui, voilà ce que je ferais. Mais j'avais déjà remarqué que c'était quand je faisais le plus grand effort pour le reconnaître que j'avais le moins de chances de le retrouver. J'étais aveuglé par l'effort même.

À l'heure convenue, j'étais planté au beau milieu de la grande entrée du zoo et j'ai commencé à me frotter les yeux des deux mains.

« Qu'est-ce que tu fais ? »

C'était Raj, un ami.

« Je suis occupé.

– Tu es occupé à te frotter les yeux ?

– Va-t'en.

– Allons boulevard Beach.

– J'attends quelqu'un.

– Eh bien, tu vas le rater si tu continues de te frotter les yeux comme ça.

– Merci de l'information. Amuse-toi bien sur le boulevard Beach.

– Et si on allait plutôt à Government Park ?

– Je te dis que je ne peux pas.

– Allons.

– S'il te plaît, Raj. Dégage.»

Il partit. J'ai recommencé à me frotter les yeux.

«Peux-tu m'aider à faire mon devoir de maths, Pi?»

C'était Ajith, un autre ami.

«Plus tard. Circule.»

«Bonjour, Piscine.»

C'était Mme Radhakrishna, une amie de ma mère. En quelques mots, je réussis à l'éloigner.

«Excusez-moi. Où est la rue Laporte?»

Un étranger.

«Par là.»

«Combien coûte l'admission au zoo?»

Un autre étranger.

«Cinq roupies. La billetterie est juste là.»

«Est-ce que tu as du chlore dans les yeux?»

C'était Mamaji.

«Bonjour, Mamaji. Non.

– Est-ce que ton père est là?

– Oui, je pense.

– Je te revois demain matin.

– Oui, Mamaji.»

«Je suis ici, Piscine.»

Mes mains se sont figées sur mes yeux. Cette voix. Étrange mais familière, familière d'une étrange façon. J'ai senti un sourire monter en moi.

«*Salaam alaykum*, monsieur Kumar! Quel plaisir de vous voir.

– *Wa alaykum as-salaam*. Tu as un problème aux yeux?

– Non, rien. Juste un peu de poussière.

– Ils sont tout rouges.

– Ce n'est rien.»

Il se dirigea vers la billetterie, mais je le rappelai.

«Non, non. Pas vous, maître.»

C'est avec fierté que j'ai indiqué au contrôleur de billets de retirer sa main et que j'ai accueilli M. Kumar dans le zoo.

Il s'émerveillait de tout, du fait qu'à de grands arbres corres-
pondaient de grandes girafes, que des carnivores se nourrissaient
d'herbivores qui se nourrissaient d'herbe, que certaines créatures
vivaient le jour et d'autres la nuit, que ceux qui avaient besoin d'un
bec pointu avaient un bec pointu et que ceux qui avaient besoin de
membres souples avaient des membres souples. J'étais heureux de
le voir si impressionné.

Il citait le saint Coran : « Ce sont là des signes pour quiconque
réfléchit. »

Nous sommes alors arrivés chez les zèbres. M. Kumar n'avait
jamais entendu parler de telles créatures, et encore moins vu un
zèbre. Il fut sidéré.

« On les appelle zèbres, dis-je.

– Est-ce qu'on les a peints avec un pinceau ?

– Non, non. Ils sont comme ça naturellement.

– Qu'est-ce qui arrive quand il pleut ?

– Rien.

– Les rayures ne fondent pas ?

– Non. »

J'avais apporté des carottes. Il en restait une, une grosse carotte
solide. Je l'ai sortie du sac. À ce moment-là, j'ai entendu un léger
glissement sur le gravier à ma droite. C'était M. Kumar, s'approchant du garde-fou de son habituelle démarche ondulante et boi-
teuse.

« Bonjour, monsieur.

– Bonjour, Pi. »

Le boulanger, un homme timide et digne, fit un signe de la tête
vers le professeur, qui en fit un en retour.

Un zèbre astucieux avait vu ma carotte et s'était déplacé jusqu'à
la clôture basse. Il bougeait les oreilles et frappait légèrement le sol
du pied. J'ai cassé la carotte en deux et j'en ai donné une moitié à
M. Kumar et l'autre à M. Kumar. « Merci, Piscine », dit l'un.
« Merci, Pi », dit l'autre. M. Kumar s'est avancé le premier, tendant
la main au-dessus de la clôture. Les lèvres fortes, noires et épaisses

du zèbre saisirent la carotte avec empressement. M. Kumar ne lâchait pas prise. Le zèbre planta ses dents dans la carotte et la brisa en deux. Il mâcha bruyamment la gâterie pendant quelques secondes, puis il chercha à atteindre le morceau qui restait, ses lèvres chatouillant les doigts de M. Kumar. Celui-ci laissa aller la carotte et caressa le museau doux du zèbre.

C'était le tour de M. Kumar. Il n'en exigea pas autant du zèbre. Aussitôt que l'animal eut saisi la moitié de la carotte, il la laissa aller. Les lèvres aspirèrent aussitôt la carotte dans la gueule.

M. et M. Kumar paraissaient enchantés.

« Un *zèbre*, dis-tu ? interrogea M. Kumar.

– C'est ça, répliquai-je. Il appartient à la même famille que l'âne et le cheval.

– La Rolls-Royce des équidés, déclara M. Kumar.

– Quelle merveilleuse créature, dit M. Kumar.

– Celui-ci est un zèbre de Grant », dis-je.

M. Kumar dit : « *Equus burchelli boehmi.* »

M. Kumar dit : « *Allahu akbar.* »

Je dis : « Il est magnifique. »

Et nous avons continué à l'observer.

CHAPITRE 32

Il y a de nombreux exemples d'animaux qui en viennent à des accommodements étonnants dans leur vie quotidienne. Ce sont des manifestations de zoomorphisme, l'équivalent animal de l'anthropomorphisme, et cela se produit quand l'animal tient un humain, ou un animal d'une autre espèce, pour l'un des siens.

Le cas le plus connu est aussi le plus courant : le chien de compagnie qui a tellement intégré les humains dans son monde animal qu'il en vient à souhaiter s'accoupler avec eux, un fait que confirmeraient bien des propriétaires de chien qui ont eu à arracher leur bête amoureuse de la jambe d'un visiteur profondément embarrassé.

Notre agouti abricot et notre paca tacheté s'entendaient très bien, heureux de se serrer l'un contre l'autre et de dormir ainsi blottis jusqu'à ce que le premier soit volé.

J'ai déjà expliqué la convivialité dans laquelle vivaient nos rhinocéros avec des chèvres, et mentionné le cas des lions de cirque.

Il y a des incidents confirmés de marins qui étaient en train de se noyer et que des dauphins ont poussés et maintenus à la surface, exactement de la même façon qu'ont ces mammifères marins de s'aider entre eux.

Dans les écrits spécialisés, un cas est rapporté d'une hermine et d'un rat qui vivaient en compagnons alors qu'en revanche l'hermine dévorait tout autre rat qu'on lui présentait, comme le font typiquement les hermines.

Nous avons eu nous aussi notre propre phénomène de trêve bizarre de la relation entre prédateur et proie : une de nos souris a vécu pendant *des semaines* avec les vipères. Alors que les autres souris que nous déposions dans le terrarium disparaissaient dans les deux jours, ce petit Mathusalem brun s'est construit un nid, puis entreposait les grains que nous lui donnions dans différentes cachettes et se promenait allègrement au vu et au su des serpents. Nous étions stupéfaits. Nous avons mis une affichette pour attirer l'attention du public sur la souris. Elle mourut finalement d'une étrange manière : une jeune vipère l'a mordue. Est-ce que cette vipère n'était pas au courant de son statut spécial ? Peut-être n'en avait-elle pas été saisie ? Quoi qu'il en soit, la souris a été mordue par la jeune vipère et une adulte l'a immédiatement mangée. S'il y avait un enchantement, il avait été brisé par la plus jeune. Les choses sont retournées à la normale après cet incident. Toutes les souris ont disparu dans la gueule des vipères au rythme habituel.

Dans le métier, on utilise parfois des chiennes comme mères adoptives pour des lionceaux. Même si les petits deviennent avec le temps plus gros que leur bienfaitrice, et beaucoup plus dangereux, ils ne causent jamais d'ennui à leur mère et elle ne perd jamais son comportement placide ou son sens de l'autorité face à sa portée. Il faut planter des panneaux pour expliquer au public que le chien n'est pas une nourriture vivante fournie aux lions (tout comme il nous a fallu installer une pancarte pour souligner que les rhinocéros sont herbivores et ne mangent pas les chèvres).

Comment expliquer le zoomorphisme? Est-ce qu'un rhinocéros ne peut pas faire la différence entre gros et petit, entre peau épaisse et soyeuse fourrure? Ce à quoi ressemble un dauphin n'est-il pas évident pour un dauphin? Je crois que la réponse se trouve dans quelque chose que j'ai mentionné plus tôt, cet élément de folie qui fait avancer la vie de manières étranges mais salutaires. L'agouti abricot, tout comme le rhinocéros, avait besoin de compagnie. Les lions du cirque ne tiennent pas à savoir que leur maître est un faible gringalet humain; leur relation avec lui assure leur bien-être en société et prévient une violente anarchie. Quant aux lionceaux, ils tourneraient sûrement de l'œil tant ils auraient peur s'ils savaient que leur mère est une chienne, car cela voudrait dire qu'ils n'ont pas de mère, la pire condition imaginable pour n'importe quel être jeune à sang chaud. Je suis sûr que même la vipère adulte, pendant qu'elle avalait la souris, dut sentir quelque part dans son esprit sous-développé un pincement de regret, un sentiment que quelque chose de remarquable venait d'être raté, un saut créatif par-delà la réalité brute et solitaire d'un reptile.

CHAPITRE 33

Il me montre des souvenirs de famille. D'abord, des photos de mariage. Un mariage hindou avec le Canada très en vue en fond de scène. C'est lui, c'est elle, en plus jeunes. Ils sont allés aux chutes Niagara pour leur lune de miel. Ça a été très plaisant. Des sourires en attestent. Nous reculons dans le temps. Des photos de l'époque où il était à l'Université de Toronto: avec des amis; devant le collège St. Michael; dans sa chambre; pendant le festival Diwali dans la rue Gerrard; lisant l'office à l'église Saint-Basile, vêtu d'une aube blanche; portant une autre sorte de sarrau blanc dans un laboratoire du département de zoologie; le jour de la collation des grades. Toujours un sourire, mais ses yeux racontent une autre histoire.

Des photos du Brésil montrant in situ *tout plein* de paresseux à trois orteils.

Puis en tournant la page, on franchit le Pacifique – et après, il n'y a presque rien. Il me dit que l'appareil photo a cliqué régulièrement – à toutes les occasions traditionnelles importantes – mais qu'à peu près tout a été perdu. Ce qui reste est ce que Mamaji a pu rassembler et lui poster après les événements.

Il y a une photo prise au zoo pendant la visite d'une personnalité importante. En noir et blanc, un autre univers m'est révélé. L'instantané fourmille de monde. Un membre du cabinet de l'Union est le centre d'attention. Il y a une girafe à l'arrière-plan. À la périphérie du groupe, je reconnais M. Adirubasamy plus jeune.

« Mamaji? dis-je en pointant le doigt.

– Oui » répond-il.

Il y a un homme près du ministre, avec des lunettes en corne et des cheveux très soigneusement peignés. Ce serait plausible qu'il s'agisse de M. Patel, le visage plus rond que celui de son fils.

Je l'interroge: « Est-ce que c'est ton père? »

Il secoue la tête. « Je ne sais pas qui c'est. »

Il y a un silence de quelques secondes. Il ajoute: « C'est mon père qui a pris la photo. »

Sur la même page, il y a une autre pose d'un groupe, formé surtout d'enfants d'école. Il touche le cliché du doigt.

« C'est Richard Parker », dit-il.

Je suis stupéfait. Je regarde de près, essayant de saisir la personnalité à partir de l'apparence. Malheureusement, c'est encore en noir et blanc et un petit peu flou. Un instantané pris à l'époque des beaux jours, comme ça, au hasard. Richard Parker regarde ailleurs. Il ne réalise même pas qu'on est en train de prendre sa photo.

Une seule photo en couleur remplit la page opposée: on y voit la piscine de l'ashram Aurobindo. C'est une belle grande piscine extérieure avec une eau claire, scintillante, et un fond bleu propre ; un deuxième bassin, pour les plongeons, l'avoisine.

La page suivante fait voir une image de la grille d'entrée de l'école du Petit Séminaire. Sur un arc est peinte la devise de l'école : Nil magnum nisi bonum. Il n'y a pas de grandeur sans bonté.

Et c'est tout. Toute une enfance résumée en quatre photographies à peu près sans importance.

Il devient plus sombre.

« Le pire, dit-il, c'est qu'à présent je me souviens à peine de l'apparence de ma mère. Je peux la voir en pensée, mais c'est vague. Aussitôt que j'essaie de la regarder de près, elle disparaît. C'est la même chose pour sa voix. Si je la rencontrais aujourd'hui dans la rue, tout cela reviendrait. Mais il n'y a pas grand chance que ça arrive. C'est très triste de ne pas se souvenir de quoi sa mère avait l'air. »

Il referme le livre.

CHAPITRE 34

Papa dit : « Nous allons prendre la mer comme Christophe Colomb !

– Il cherchait l'Inde », fis-je remarquer d'un air maussade.

Nous avons vendu le zoo et tout le bataclan. À un nouveau pays correspondrait une nouvelle vie. En plus d'assurer notre quête d'un avenir heureux, la transaction allait défrayer notre émigration et nous laisser une somme rondelette pour recommencer notre vie à neuf au Canada (quoique maintenant, si j'y pense bien, la somme était dérisoire – comme l'argent nous aveugle). Nous aurions pu vendre nos animaux à des zoos indiens, mais des zoos américains étaient prêts à payer davantage. La CCIEM – la Convention sur le commerce international des espèces menacées – venait d'entrer en vigueur, et le créneau commercial pour des animaux sauvages fraîchement capturés avait disparu. Pour leurs acquisitions, les zoos allaient désormais dépendre les uns des autres. Le zoo de Pondichéry ferma ses portes juste au bon moment. On se battait au portillon pour acheter nos animaux. Il y eut finalement un certain nombre d'acquéreurs ; les principaux étaient le Lincoln Park Zoo de Chicago et le zoo du Minnesota qui allait ouvrir peu après, mais certains animaux étaient destinés à Los Angeles, à Louisville, à Oklahoma City et à Cincinnati.

Et on envoyait deux animaux au Zoo Canada. C'était comme ça que nous nous sentions, Ravi et moi. Nous ne voulions pas partir. Nous ne voulions pas vivre dans un pays aux vents violents et aux hivers à deux cents degrés sous zéro. Le Canada n'apparaissait pas sur la carte du cricket. Le départ a été facilité – pour ce qui a été de nous habituer à l'idée – par le temps qu'il a fallu pour ses prépara-tifs ; pas mal plus d'un an. Je ne veux pas dire pour nous, je veux dire pour les animaux. Si l'on tient compte des faits suivants : que les animaux n'ont pas besoin de vêtements, de chaussures, de lite-rie, de meubles, d'ustensiles, d'objets de toilette ; que le concept de nationalité n'a aucun sens pour eux ; qu'ils se fichent complète-ment des passeports, de l'argent, des perspectives d'emploi, des écoles, du coût de l'habitation, des services de santé – bref, si l'on tient compte, en deux mots, de leur légèreté d'être, c'est étonnant de constater à quel point il est difficile de les déplacer. Déménager un zoo, c'est comme déménager une ville.

La paperasserie a été gigantesque. Des litres d'eau pour humec-ter les timbres. *Monsieur Untel* écrit des centaines de fois. Des offres faites. Des soupirs entendus. Des doutes exprimés. Des mar-chandages conclus. Des décisions envoyées pour approbation au niveau supérieur. Des prix convenus. Des ententes réglées. Des lignes en pointillés paraphées. Des félicitations échangées. Des cer-tificats d'origine demandés. Des certificats de santé sollicités. Des permis d'exportation requis. Des permis d'importation formulés. Des règlements de quarantaine clarifiés. Des arrangements de transport complétés. Des fortunes envolées en appels téléphoni-ques. Il y a une blague, dans le monde des affaires de zoos, une plaisanterie éculée, qui dit que les documents nécessaires à la vente d'une musaraigne pèsent plus lourd qu'un éléphant, que les documents nécessaires à la vente d'un éléphant pèsent plus lourd qu'une baleine, et qu'il ne faut jamais, au grand jamais, tenter de vendre une baleine. On aurait juré qu'il y avait une queue ininterrompue de bureaucrates tatillons de Pondichéry à Minneapolis, en passant par Delhi et Washington, chacun avec son formulaire, avec son problème, son hésitation. Même envoyer les animaux sur la Lune n'aurait pas été plus compliqué. Papa s'est arraché à peu près tous les cheveux et il a failli abandonner à plusieurs reprises.

Il y a eu des surprises. La plupart de nos oiseaux, de nos reptiles, et de nos lémurs, rhinocéros, orangs-outans, mandrills, macaques à queue de lion, girafes, fourmiliers, tigres, léopards, guépards, hyènes, zèbres, ours de l'Himalaya, ours paresseux, éléphants de l'Inde et chèvres tahrs des Nilgiri, parmi d'autres, étaient en demande, mais d'autres, comme Elfie, n'ont pas trouvé preneurs. «Une opération de cataracte!» cria papa en brandissant la lettre. «Ils vont la prendre si nous la faisons opérer de la cataracte à l'œil droit! Un hippopotame! Qu'est-ce que ce sera la prochaine fois? Une chirurgie du nez pour les rhinocéros?» Quelques-uns de nos autres animaux étaient considérés comme «trop communs», les lions et les babouins, par exemple. Papa échangea habilement ces derniers contre un orang-outan additionnel du zoo de Mysore et un chimpanzé du zoo de Manille. (Quant à Elfie, elle a vécu jusqu'à la fin de ses jours au zoo de Trivandrum.) Un zoo demanda «une authentique vache brahmane» destinée à son zoo pour enfants. Papa partit à pied dans la jungle urbaine de Pondichéry et acheta une vache aux sombres yeux humides, avec une belle bosse grasse et des cornes si raides, et plantées à un angle si droit par rapport à sa tête qu'on aurait dit qu'elle avait léché un fil électrique. Papa fit peindre ses cornes en orange vif et ajuster des petites cloches de plastique à la pointe des cornes pour rendre le tout encore plus authentique.

Une délégation de trois Américains est venue. J'étais très curieux. Je n'avais jamais vu d'Américains en chair et en os. Ils étaient roses, gras, amicaux, très compétents et ils suaient abondamment. Ils examinèrent nos animaux. Dans la plupart des cas, ils les endormirent puis appliquèrent leur stéthoscope sur les cœurs, examinèrent les urines et les fèces comme des horoscopes, effectuèrent avec des seringues des prises de sang puis en firent l'analyse, pressèrent les bosses et les protubérances, tapotèrent les dents, leur éblouirent les yeux avec des lampes de poche, pincèrent les peaux, caressèrent et arrachèrent les poils. Pauvres animaux. Ils durent penser qu'on les recrutait dans l'armée américaine. Quant à nous, les Américains nous firent de grands sourires et nous donnèrent des poignées de main qui nous brisaient les os.

Finalement, les animaux, tout comme nous, reçurent le feu vert. Ils étaient de futurs Amerloques et nous de futurs Canadiens.

CHAPITRE 35

Nous sommes partis de Madras le 21 juin 1977, sur le *Tsimtsum*, un cargo japonais enregistré à Panama. Les officiers étaient japonais, l'équipage était taïwanais et c'était un gros navire impressionnant. Le dernier jour à Pondichéry, j'ai dit au revoir à Mamaji, à M. et à M. Kumar, à tous mes amis et même à plusieurs étrangers. Maman portait son plus beau sari. Sa longue natte, élégamment repliée et retenue à l'arrière de la tête, était parée d'une guirlande de jasmin frais. Elle était superbe. Et triste. Car elle quittait l'Inde, l'Inde de la chaleur et de la mousson, des rizières et du fleuve Cauvery, des côtes maritimes et des temples de pierre, des charrettes à bœufs et des camions aux couleurs vives, des amis et des commerçants habituels, de la rue Nehru et de Goubert Salai, de ceci et de cela, une Inde qui lui était si familière, qu'elle aimait tant. Alors que ses hommes – je me prenais déjà pour l'un d'entre eux, même si je n'avais que seize ans – avaient hâte de se mettre en route, étaient déjà dans leur cœur des habitants de Winnipeg – elle, elle prenait son temps.

La veille de notre départ, elle indiqua un vendeur de cigarettes ambulant et elle dit sérieusement : « Est-ce que nous ne devrions pas lui en prendre un paquet ou deux ? »

Papa répondit : « Il y a du tabac au Canada. Et pourquoi veux-tu acheter des cigarettes ? Nous ne fumons pas. »

Oui, il y a du tabac au Canada, mais est-ce que ce sont des cigarettes Gold Flake ? Est-ce qu'il y a de la crème glacée Arun ? Est-ce que les vélos sont des Heroes ? Est-ce que les téléviseurs sont des Onidas ? Les voitures des Ambassadors ? Les librairies s'appellent-elles Higginbotham's ? Je suppose que c'était le genre de questions qui tournaient dans la tête de maman quand elle pensait peut-être acheter des cigarettes.

Les animaux furent mis sous sédatifs, on remplit les cages et on les ancra, on entreposa la nourriture, on attribua les couchettes, les amarres furent lâchées et les sirènes sifflèrent. Tandis que le cargo quittait le quai et qu'on le pilotait jusqu'à la mer, j'agitais furieusement les deux mains pour faire mes adieux à l'Inde. Le soleil brillait, le vent était stable et des mouettes criaient au-dessus de nous. J'étais très excité.

Ensuite, les choses ne se sont pas passées comme il était prévu. Que peut-on y faire ? Il faut prendre la vie comme elle vient et en tirer le meilleur parti.

CHAPITRE 36

Les villes de l'Inde sont grandes et remarquablement bondées, mais quand on les quitte, on traverse de longues étendues de pays où il n'y a guère âme qui vive. Je me souviens de m'être demandé où se cachaient les 950 millions d'Indiens.

Je pourrais dire la même chose de sa maison.

Je suis un peu en avance. Je viens à peine de poser le pied sur la première marche qui mène à la porte d'entrée quand un adolescent en sort en trombe. Il a un uniforme de base-ball, emporte avec lui le reste de l'équipement et il est pressé. Quand il me voit, il s'arrête net, surpris. Il se retourne vers la maison et crie « Papa! L'écrivain est ici. » À moi, il dit « salut » et il part en vitesse.

Son père arrive à la porte d'entrée. « Bonjour », fait-il.

Je lui demande, incrédule : « C'était ton fils ?

– Oui. » Il a un sourire aux lèvres en confirmant le fait. « Je regrette que vous ne vous soyez pas rencontrés formellement. Il est en retard pour la pratique. Son nom est Nikhil. On l'appelle Nick. »

Je suis dans le hall d'entrée. « Je ne savais pas que vous aviez un fils… » dis-je. On entend un aboiement. Un petit cabot de race indéfinissable, brun et noir, court jusqu'à moi en haletant et en me flairant. Il me saute sur les jambes. J'ajoute : « … ou que vous aviez un chien.

– Il est gentil. Tata, couche ! »

Tata fait à sa tête. J'entends « Bonjour. » Mais cet accueil n'est pas aussi court et énergique que celui de Nick. C'est un Bonjououououour long, rond et glissant sur un ouououou qui cherche à me toucher comme un petit tapotement du bout des doigts sur l'épaule, ou comme si on me tirait doucement par le pantalon.

Je me retourne. Appuyée sur le sofa dans le salon, le regard timide levé vers moi, il y a une petite fille brune, très jolie en rose, tout à fait chez elle. Elle a dans les bras un chat orange. Deux pattes dressées et une tête aplatie sont tout ce qui paraît au-dessus des bras croisés. Le reste du chat pend jusqu'au plancher. L'animal semble absolument relax dans cette position de torture.

« Et voici ta fille, dis-je.

– Oui. Usha. Usha, ma chérie, es-tu bien sûre que Mocassin est confortable étiré comme ça ? »

Usha lâche Mocassin. Imperturbable, il tombe tranquillement sur le plancher.

« Bonjour, Usha », dis-je.

Elle s'approche de son père et me jette un coup d'œil furtif, blottie derrière l'une de ses jambes.

« Qu'est-ce que tu fais, ma petite ? dit-il. Pourquoi tu te caches ? »

Elle ne répond pas, mais elle me regarde en souriant et elle se cache le visage.

Je lui demande : « Quel âge as-tu, Usha ? »

Elle ne répond toujours pas.

Alors Piscine Molitor Patel, connu de tous sous le nom de Pi Patel, se penche et prend sa fille dans ses bras.

« Tu connais la réponse à cette question. Hmmm. Tu as quatre ans. Un, deux, trois, quatre. »

À chaque chiffre, de l'index, il presse doucement le bout de son nez. Elle trouve cela extrêmement drôle. Elle éclate de rire et elle s'enfouit le visage dans le creux du cou de son papa.

Cette histoire finit bien.

DEUXIÈME PARTIE

L'océan Pacifique

Le cargo a coulé. Il a fait un bruit comme un monstrueux rot métallique. Des choses sont montées à la surface, puis elles ont disparu. Tout tempêtait : la mer, le vent, mon cœur. Du bateau de sauvetage, j'ai vu quelque chose dans l'eau.

J'ai crié : « Richard Parker, est-ce toi ? C'est tellement difficile de voir. Oh, si cette pluie pouvait cesser ! Richard Parker ? Richard Parker ? Oui, c'est toi ! »

J'arrivais à voir sa tête. Il luttait pour se maintenir à flot.

« Jésus-Marie-Mahomet-Vishnu, quel plaisir de te voir, Richard Parker ! N'abandonne pas, je t'en prie. Viens jusqu'au bateau de sauvetage. Entends-tu ce sifflet ? *Triiiiii ! Triiiiii ! Triiii !* Tu as bien entendu. Nage, nage ! Tu es un bon nageur. Tu es à moins de trente mètres. »

Il m'avait vu. Il paraissait saisi de panique. Il commença à nager vers moi. L'eau autour de lui tournoyait follement. Il semblait petit et sans défense.

« Richard Parker, peux-tu croire ce qui nous est arrivé ? Dis-moi que c'est un cauchemar. Dis-moi que ce n'est pas vrai. Dis-moi que je suis encore dans ma couchette sur le *Tsimtsum* et que je me tourne et me retourne sur moi-même et que je vais bientôt sortir de ce mauvais rêve. Dis-moi que je suis encore heureux. Maman, mon tendre ange gardien de sagesse, où es-tu ? Et toi, papa, mon cher anxieux. Et toi, Ravi, éblouissant héros de mon enfance ? Que Vishnu me garde, qu'Allah me protège, que Jésus me sauve, je ne peux pas supporter cela ! *Triiiiii ! Triiiiii ! Triiii !* »

Je n'étais blessé nulle part, mais je n'avais jamais éprouvé une aussi grande douleur, un tel déchirement des nerfs, un tel tiraillement du cœur.

Il n'y arriverait pas. Il allait se noyer. C'est tout juste s'il progressait et ses gestes étaient faibles. Il arrivait difficilement à garder la tête hors de l'eau. Seul son regard me fixait constamment.

« Qu'est-ce que tu fais, Richard Parker ? N'aimes-tu pas la vie ? Alors nage, nage ! *Triiiiii ! Triiiiii ! Triiii !* Allez ! Allez ! Un, deux, un, deux ! »

Il bougeait dans l'eau et faisait un effort pour nager.

« Et qu'est-il arrivé à ma grande famille élargie – les oiseaux, les bêtes, les reptiles ? Eux aussi, ils se sont noyés. Chacun des êtres auxquels je tenais dans ce monde a été détruit. Et je n'ai droit à aucun éclaircissement ? Dois-je souffrir cet enfer sans aucune explication du ciel ? Dans ce cas, à quoi sert la raison, Richard Parker ? Est-ce que ça ne doit servir que pour les choses pratiques – se nourrir, se vêtir, se loger ? Pourquoi la raison ne nous donne-t-elle pas de réponses plus élevées ? Pourquoi nos questions sont-elles si vastes, et si petites les réponses que nous obtenons ? Pourquoi cet immense filet et si peu de poissons à pêcher ? »

C'est à peine si sa tête affleurait au-dessus de l'eau. Il levait les yeux, jetait un dernier regard vers le ciel. Il y avait une bouée de sauvetage dans la chaloupe, attachée à un câble. Je l'ai prise dans mes mains et je l'ai brandie en l'air.

« Tu vois cette bouée, Richard Parker ? La vois-tu ? Attrape-la ! *HUMPF !* Je vais essayer à nouveau. *HUMPF !* »

Il était trop loin. Mais à la vue de la bouée lancée vers lui, il a repris espoir. Il s'est ressaisi et a commencé à battre l'eau avec des mouvements vigoureux, désespérés.

« C'est ça ! Un, deux. Un, deux. Un, deux. Respire quand tu le peux. Fais attention aux vagues. *Triiiiii ! Triiiiii ! Triiii !* »

Mon cœur était de glace. Le chagrin me rendait malade. Mais il n'y avait pas de temps pour rester figé sous le choc. J'agissais malgré lui. Quelque chose en moi voulait que je n'abandonne pas la vie, que je ne lâche pas, que je me batte jusqu'au bout. Je ne sais pas où cette parcelle de moi prenait son énergie.

« N'est-ce pas ironique, Richard Parker ? Nous sommes en enfer et pourtant nous avons peur de l'immortalité. Regarde comme tu es proche ! *Triiiiii ! Triiiiii ! Triiii !* Bravo ! Bravo ! Tu y arrives, Richard Parker, tu y arrives. Attrape ! *HUMPF !* »

Je lançai la bouée de toutes mes forces. Elle tomba dans l'eau juste devant lui. Grâce à ce qui lui restait d'énergie, il put s'étirer et s'en emparer.

« Tiens bien. Je vais te tirer à bord. Ne laisse pas aller. Tire de tes yeux pendant que je tire de mes mains. Dans quelques secondes, tu vas être à bord et nous serons ensemble. Attends un instant. Ensemble ? Nous allons être *ensemble* ? Est-ce que je suis devenu fou ? »

Je me suis rendu compte de ce que je faisais. J'ai tiré sur le câble.

« Laisse aller cette bouée, Richard Parker ! Laisse-la, j'ai dit. Je ne veux pas de toi ici, comprends-tu ? Va-t'en ailleurs. Laisse-moi tranquille. Fous le camp. Tu peux te noyer, allez, tu peux te noyer ! »

Il se débattait vigoureusement. J'ai attrapé une rame. Je l'ai pointée vers lui, en tentant de l'éloigner. J'ai raté mon coup et j'ai perdu la rame.

J'en ai pris une autre. Je l'ai placée dans un tolet et j'ai ramé aussi fort que j'ai pu, en espérant éloigner l'embarcation. J'ai tout juste réussi à faire tourner un peu la chaloupe et à en approcher un bout plus près de Richard Parker.

J'allais le frapper sur la tête ! J'ai brandi la rame en l'air.

Il a été trop rapide. Il s'est dressé et a réussi à monter à bord.

« Ah ! Mon Dieu ! »

Ravi avait raison. J'allais véritablement être la prochaine chèvre. J'avais sur mon bateau de sauvetage, toussant, haletant, à moitié noyé, tremblant, trempé, un tigre du Bengale adulte de trois ans. Richard Parker se leva en chancelant sur la toile goudronnée, les yeux furieux fixant mon regard, les oreilles collées au crâne, toutes armes dehors. Sa tête avait la dimension et la couleur de la bouée, avec des dents.

J'ai fait demi-tour, j'ai enjambé le zèbre et je me suis jeté à l'eau.

CHAPITRE 38

Je ne comprends pas. Pendant des jours, le cargo avait poursuivi son bonhomme de chemin, placidement indifférent au cadre ambiant. Le soleil brillait, la pluie tombait, les vents soufflaient, les courants couraient, la mer faisait des montagnes, la mer faisait des vallées – le *Tsimtsum* s'en fichait. Il se déplaçait avec la confiance lente et massive d'un continent.

Pour le voyage, j'avais acheté une carte du monde; je l'avais épinglée sur un tableau de liège dans notre cabine. Chaque matin, j'obtenais de la passerelle notre position et je l'indiquais sur la carte avec une punaise orange. De Madras, nous avons navigué à travers le golfe du Bengale jusqu'au détroit de Malacca, puis autour de Singapour et jusqu'à Manille. J'ai adoré chaque instant de ce voyage. C'était un vrai plaisir d'être sur un navire. Nous étions très occupés à prendre soin des animaux. Chaque soir nous nous couchions totalement épuisés. Nous sommes restés à Manille deux jours, histoire de nous réapprovisionner en aliments frais, de prendre un nouveau pensionnaire et, d'après ce qu'on nous a dit alors, de procéder à l'entretien de routine des moteurs. Je ne me suis intéressé qu'aux deux premières choses. La nourriture fraîche incluait une tonne de bananes, et le nouveau passager était une passagère, un chimpanzé congolais femelle, qui faisait partie des arrangements réalisés par papa. Une tonne de bananes, ça grouille d'un gros kilo de grasses araignées noires. Un chimpanzé est comme un gorille en plus petit, plus mince, mais il a un air plus méchant; on lui voit moins la douceur mélancolique de son gros cousin. Un chimpanzé frissonne et grimace quand il touche une grosse araignée noire, comme vous et moi le ferions, avant de l'écraser furieusement avec ses jointures, ce que vous et moi ne ferions pas. Je pensais que des bananes et un chimpanzé étaient plus intéressants qu'un énorme machin mécanique, bruyant et sale, dans les entrailles d'un cargo. Ravi, lui, y passait ses journées, à regarder les hommes travailler. Il y a un truc qui ne marche pas dans les moteurs, disait-il. Est-ce qu'ils ont eu des difficultés à résoudre le problème? Je ne sais pas. Je pense qu'on ne le saura jamais. La réponse est un mystère qui gît sous des milliers de mètres d'eau.

Après avoir quitté Manille, nous sommes entrés dans l'océan Pacifique. Le quatrième jour, à mi-chemin vers les Midway, nous avons fait naufrage. Le bateau s'est enfoncé dans un trou de la grosseur d'une pointe d'aiguille sur ma carte. Une montagne s'est affaissée devant mes yeux et a disparu sous mes pieds. Il y avait tout autour de moi les vomissures d'un navire malade. J'avais mal au cœur. J'étais sous le choc. Un grand vide m'a envahi, que le silence est venu ensuite remplir. La douleur et la peur m'ont fait mal à la poitrine pendant des jours.

Je pense qu'il y a eu une explosion. Mais je n'en suis pas sûr. C'est arrivé pendant que je dormais. Ça m'a réveillé. Le bateau n'était pas un luxueux paquebot. C'était un cargo crasseux, un travailleur de la mer qui n'était pas fait pour recevoir des passagers payants ni pour leur offrir du confort. Il y avait toujours toutes sortes de bruits. C'est justement parce que le niveau de bruit était si constant que nous dormions comme des bébés. C'était une sorte de silence que rien ne venait déranger, ni les ronflements de Ravi ni le fait que je parlais tout haut dans mon sommeil. Alors l'explosion, s'il y en a eu une, n'était pas un nouveau bruit. C'était un bruit différent. J'ai été réveillé en sursaut, comme si Ravi avait fait éclater un ballon près de mon oreille. J'ai regardé ma montre. C'était juste après quatre heures et demie du matin. Je me suis penché et j'ai regardé dans la couchette du dessous. Ravi dormait toujours.

Je me suis habillé et je suis descendu. Habituellement, je dors profondément. Normalement, je me serais vite rendormi. Je ne sais pas pourquoi je me suis levé cette nuit-là. C'était plutôt le genre de chose que Ravi aurait faite. Il aimait le mot *interpeller*; il aurait dit «l'aventure m'interpelle» et il serait parti rôder sur le cargo. Le niveau de bruit était maintenant revenu à la normale, mais avec une qualité distincte, peut-être un peu assourdi.

J'ai brassé Ravi. J'ai dit: «Ravi! Il y a eu un drôle de bruit. Allons voir ce que c'est.»

Il m'a regardé d'un air endormi. Il a secoué la tête et s'est retourné, en remontant le drap sur sa tête. Oh, Ravi!

J'ai ouvert la porte de la cabine.

Je me souviens d'avoir marché dans la coursive. De jour ou de nuit, elle avait la même allure. Mais il y avait la nuit en moi. Je me suis arrêté devant la cabine de papa et maman et j'ai pensé frapper à leur porte. Je me rappelle avoir regardé ma montre et avoir préféré ne pas le faire. Papa tenait à son sommeil. J'ai décidé de monter sur le pont principal et d'aller contempler l'aube. Peut-être que je verrais une étoile filante. C'est ce à quoi je pensais, à une étoile filante, en grimpant les escaliers. Nous étions deux ponts en dessous du pont principal. J'avais déjà oublié le drôle de bruit.

Ce n'est qu'après avoir poussé la lourde porte qui menait au pont principal que je me suis rendu compte du temps qu'il faisait. Est-ce qu'on pouvait dire que c'était une tempête? C'est bien vrai qu'il pleuvait, mais ce n'était pas une pluie très forte. Ce n'était pas, en tout cas, une pluie battante comme on en voit pendant la mousson. Et il y avait du vent. Je suppose que certaines rafales auraient pu renverser des parapluies. Moi, je le traversais sans grande difficulté. Quant à la mer, elle semblait agitée; mais, pour un marin d'eau douce, la mer est toujours impressionnante et menaçante, belle et dangereuse. Les vagues étaient hautes et leur écume blanche, poussée par le vent, était projetée contre le flanc du navire. Mais j'avais vu ça d'autres jours et le bateau n'avait pas coulé. Un cargo est une structure énorme et stable, un triomphe d'ingénierie. C'est fait pour rester à flot dans les circonstances les plus adverses. Un tel temps n'allait sûrement pas faire couler un navire ? En fait, je n'avais qu'à fermer la porte et la tempête disparaissait. J'ai avancé sur le pont. J'ai attrapé le garde-fou et j'ai fait face aux éléments. Ça, c'était de l'aventure.

« Canada, me voilà ! » criai-je sous l'inondation et le froid. Je me sentais très brave. Il faisait encore noir, mais on pouvait quand même distinguer les choses. Un peu de lumière sur un chahut monstre. La nature peut offrir un spectacle très excitant. La scène est vaste, l'éclairage est dramatique, les extras innombrables, et le budget d'effets spéciaux est tout à fait illimité. Ce que j'avais devant les yeux, c'était un spectacle de vent et d'eau, une secousse sismique pour les sens, quelque chose que même Hollywood n'aurait pas pu mettre en scène. Mais le tremblement de terre s'arrêtait sous mes pieds. La surface sous mes pieds était solide. J'étais un spectateur bien installé, en toute sécurité dans son fauteuil.

C'est au moment où j'ai levé les yeux et vu un bateau de sauvetage au-dessus de la passerelle que j'ai commencé à me préoccuper. Le bateau ne pendait pas droit. Il était incliné et s'approchait de ses bossoirs. Je me suis tourné et j'ai regardé mes mains. Mes jointures étaient blanches. J'ai réalisé que je ne m'agrippais pas si fort au garde-fou à cause de la température mais plutôt parce qu'autrement je serais tombé dans le navire. Il penchait à bâbord, vers l'autre côté. Ce n'était pas une inclinaison très marquée, mais elle était suffisante pour me surprendre. Quand j'ai regardé par-dessus bord, le vide n'était plus abrupt, je pouvais voir le grand flanc noir du cargo.

Un frisson glacé me traversa. Je décidai que c'était une tempête, après tout. Le moment était venu de me retrouver en sécurité. Je laissai aller le garde-fou et déboulai jusqu'à la paroi, avançai de quelques pas et ouvris la porte.

À l'intérieur du navire, il y avait des bruits. D'énormes grincements des structures. Je trébuchai et tombai. Ce n'était pas grave. Je me levai. En me tenant à la rampe, je descendis les marches quatre à quatre. J'avais à peine atteint le deuxième niveau quand je vis de l'eau. Beaucoup d'eau. Elle m'empêchait de passer. Elle surgissait du fond comme une foule emportée, enragée, bouillonnante. L'escalier disparaissait dans les eaux obscures. Je n'en croyais pas mes yeux. Qu'est-ce que cette eau faisait là ? D'où était-elle venue ? Je restai cloué sur place, effrayé, incrédule, ne sachant plus que faire. C'était en bas que se trouvait ma famille.

Je me suis précipité vers le haut des marches. Je me suis rendu jusqu'au pont principal. Le climat n'était plus un spectacle. J'avais très peur. C'était maintenant parfaitement clair : le navire gîtait dangereusement. Et il n'était pas au niveau dans l'autre sens non plus. Il y avait une nette inclinaison de la proue vers la poupe. Je regardai par-dessus bord. L'eau ne semblait pas à vingt-cinq mètres. Le cargo coulait. Mon esprit pouvait à peine y croire. C'était aussi inimaginable que si la lune avait pris feu.

Où étaient les officiers et l'équipage ? Qu'est-ce qu'ils faisaient ? Près de la proue, j'ai vu quelques hommes qui couraient dans l'obscurité. J'ai cru distinguer des animaux aussi, mais j'ai rejeté cette vision comme une illusion inventée par la pluie et les ombres. Nous laissions ouvertes les écoutilles qui donnaient sur leurs soutes quand il faisait beau, mais les animaux étaient gardés dans leur cage en tout temps. C'étaient des bêtes sauvages dangereuses que nous transportions, non des animaux de ferme. Au-dessus de moi, sur la passerelle, j'ai cru entendre des hommes qui criaient.

Le cargo frémissait et il y a eu ce bruit, cet énorme rot métallique. Qu'est-ce que c'était ? Le cri commun des humains et des bêtes contre leur mort imminente ? Le navire lui-même qui rendait l'âme ? Je suis tombé. Je me suis relevé. J'ai regardé encore une fois par-dessus bord. L'eau montait. Les vagues s'approchaient. Nous coulions rapidement.

J'ai clairement entendu des cris perçants de singes. Quelque chose secouait le pont. Un gaur – un bœuf sauvage de l'Inde – surgit soudainement de la pluie et passa en tonnerre à côté de moi, terrifié, hors de contrôle, dément. Je l'ai regardé, stupéfait, incrédule. Qui avait bien pu le libérer de sa cage ?

J'ai couru vers les marches qui menaient à la passerelle. C'est là que se trouvaient les officiers, les seules personnes sur le navire à parler anglais, les maîtres de notre destinée, ceux qui allaient corriger cette erreur. Ils expliqueraient tout. Ils prendraient soin de ma famille et de moi. J'ai grimpé jusqu'à la passerelle intermédiaire. Il n'y avait personne à tribord. J'ai couru vers bâbord. J'ai vu trois hommes, des membres de l'équipage. Je suis tombé. Je me suis relevé. Ils regardaient par-dessus bord. J'ai crié. Ils se sont tournés vers moi. Ils m'ont regardé puis se sont regardés les uns les autres. Ils ont dit quelques mots. Ils sont venus vers moi rapidement. J'ai senti une énorme reconnaissance, un grand soulagement monter en moi. J'ai dit : « Grâce à Dieu je vous ai trouvés ! Qu'est-ce qui se passe ? J'ai très peur. Il y a de l'eau dans le fond du bateau. Je suis préoccupé pour ma famille. Je ne peux me rendre au niveau où se trouvent nos cabines. Est-ce normal ? Pensez-vous que... »

L'un des hommes m'a interrompu en me poussant brusquement un gilet de sauvetage dans les bras et en me criant quelque chose en chinois. J'ai remarqué un sifflet de couleur orange qui pendait du gilet. Les hommes me faisaient de vigoureux signes de la tête. Quand ils m'ont pris et m'ont soulevé de leurs bras forts, ça m'a paru normal. Je pensais qu'ils m'aidaient. J'avais une telle confiance en eux que je leur étais reconnaissant de me transporter en l'air. C'est seulement quand ils m'ont jeté par-dessus bord que j'ai commencé à avoir des doutes.

CHAPITRE 39

J'ai atterri une douzaine de mètres plus bas, en rebondissant, comme si j'avais sauté sur un trampoline, sur la bâche goudronnée à demi déroulée qui couvrait un bateau de sauvetage. Un miracle que je ne me sois pas blessé. J'ai perdu le gilet de sauvetage, sauf pour le sifflet, qui est resté dans ma main. La chaloupe avait été descendue une partie du chemin et restait suspendue. Elle était à angle par rapport aux bossoirs et balançait dans la tempête, à peu près six mètres au-dessus de l'eau. J'ai regardé vers le haut. Deux hommes me fixaient et faisaient des gestes excités en pointant du doigt la chaloupe et en criant. Je ne comprenais pas ce qu'ils voulaient que je fasse. Je pensais qu'ils allaient venir me rejoindre en sautant. Au contraire, ils ont tourné la tête, ont eu l'air terrifié, et une créature est apparue dans les airs, s'élançant avec la grâce d'un cheval de course. Le zèbre a raté la bâche. C'était un Grant mâle de plus de deux cent trente kilos. Il est tombé dans un fracas assourdissant sur le dernier banc, le faisant éclater et secouant toute l'embarcation. L'animal a crié. J'aurais pu m'attendre au braiment d'un âne ou au hennissement d'un cheval. Rien de pareil. Les seuls mots appropriés seraient une rafale d'aboiements aigus, des *kwa-ha-ha, kwa-ha-ha, kwa-ha-ha* venus de la plus stridente détresse. Les lèvres de l'animal étaient ouvertes, droites et vibrantes, laissant voir des dents jaunes et des gencives rose foncé. Puis le bateau de sauvetage a terminé sa chute et nous avons percuté l'eau bouillonnante.

CHAPITRE 40

Richard Parker ne sauta pas dans l'eau pour m'attraper. La rame dont j'avais voulu me servir comme gourdin flottait. Je m'accrochai à elle au moment où j'atteignis la bouée de sauvetage, maintenant libérée de son premier occupant. C'était terrifiant d'être dans l'eau. Elle était noire, froide et déchaînée. J'avais l'impression d'être au fond d'un puits qui s'affaissait. Je continuais d'être aspergé de trombes d'eau. Cela me piquait les yeux, me tirait vers le fond. Je pouvais à peine respirer. N'eût été de la bouée, je n'aurais pas survécu une minute.

Je vis à quatre mètres un triangle qui fendait l'eau. C'était l'aileron d'un requin. Un frisson épouvantable, liquide et froid, me parcourut la colonne vertébrale de haut en bas. Je nageai le plus vite que je pus vers une extrémité du bateau de sauvetage, celle qui était encore recouverte de toile goudronnée. M'aidant de mes bras, j'arrivai à monter sur la bouée. Je ne pouvais pas voir Richard Parker. Il n'était pas sur la toile ni sur un banc. Il était au fond du bateau. Je me soulevai encore plus haut. Tout ce que je pus distinguer brièvement, à l'autre bout, ce fut la tête du zèbre qui se débattait. Quand je retombai dans l'eau, un autre aileron de requin glissa juste devant moi.

La toile goudronnée de couleur orange vif était attachée par un solide câble de nylon qui traversait successivement des œillets de métal dans la toile et des crochets en coude sur le côté du bateau. Je me trouvai à nager sur place à la hauteur de la proue. La toile n'était pas fixée aussi serrée quand elle passait sur l'étrave qu'elle l'était autour du reste du bateau – car ce n'était qu'une très courte proue, ce qu'on appellerait un nez retroussé dans un visage. La toile était un peu lâche là où le câble passait d'un crochet d'un côté de l'étrave au suivant de l'autre côté. Je levai la rame en l'air et poussai son manche dans cet endroit plus lâche ; c'est ce détail qui me sauva la vie. Je fis entrer la rame aussi loin qu'elle pouvait aller. Le bateau de sauvetage avait maintenant une proue, un peu crochue, certes, qui se projetait au-dessus des vagues. Je me soulevai à force de bras et plaçai mes jambes autour de la rame. Le manche de la rame poussait la toile vers le haut, mais la toile tint bon, tout comme le câble et la rame. J'étais hors de l'eau, à moins d'un mètre de la surface. La crête des plus grosses vagues me frappait.

J'étais seul, orphelin au milieu du Pacifique, suspendu à une rame, un tigre adulte devant moi, des requins sous moi, au centre d'une violente tempête. Si j'avais appliqué ma raison à juger de mes chances de survie, j'aurais sûrement abandonné et détaché mes bras de la rame, dans l'espoir de me noyer avant d'être dévoré. Mais je ne me souviens pas d'avoir eu la moindre idée pendant ces premières minutes de relative sécurité. Je n'ai même pas remarqué l'aube. Je m'accrochais à la rame ; je ne faisais que ça, Dieu sait pourquoi.

Après un moment, je fis bon usage de la bouée. Je la soulevai de l'eau et la glissai sur la rame par le trou central. Je la tirai jusqu'à ce qu'elle m'étreigne. Je n'avais plus besoin de me tenir que par les jambes. Si Richard Parker apparaissait, ce serait plus difficile de me laisser tomber de la rame, mais une terreur à la fois; d'abord le Pacifique, ensuite le tigre.

CHAPITRE 41

Les éléments m'ont permis de continuer à vivre. Le bateau de sauvetage n'a pas sombré. Richard Parker est resté caché. Les requins continuaient de rôder mais ne passaient pas à l'attaque. Les vagues m'éclaboussaient, mais elles ne m'emportaient pas.

J'ai regardé le cargo tandis qu'il coulait avec des borborygmes et des éructations. Les lumières ont clignoté, puis elles se sont éteintes. Du regard, je cherchais ma famille, des survivants, un autre bateau de sauvetage, n'importe quoi qui me donnerait un peu d'espoir. Rien. Rien que de la pluie, des vagues d'océan noir en maraude et les débris flottants de la tragédie.

Le ciel laissa fondre l'obscurité. La pluie s'arrêta.

Je ne pouvais pas rester sans fin dans la position où je me trouvais. J'avais froid. J'avais mal à force de tenir la tête droite et de tendre le cou. Mon dos était endolori de tant m'appuyer contre la bouée. Et il fallait que je me place plus haut si je voulais pouvoir déceler d'autres chaloupes de sauvetage.

Petit à petit, je progressai le long de la rame jusqu'à ce que mes pieds touchent le rebord avant du bateau. Il fallait procéder avec précaution. J'avais l'impression que Richard Parker était au fond de l'embarcation, sous la toile goudronnée, me tournant le dos, face au zèbre qu'il avait fort probablement déjà tué. Des cinq sens, c'est sur la vue que les tigres comptent le plus; elle est perçante, surtout pour détecter le mouvement. Leur ouïe est fine, leur odorat moyen. Je veux dire par rapport aux autres animaux, bien sûr.

Comparativement à Richard Parker, j'étais sourd, aveugle et mon nez n'avait aucun flair. Mais à ce moment-là, il ne pouvait pas me voir, et comme j'étais tout mouillé, il ne devait pas détecter mon odeur. Grâce au sifflement du vent et au bruit des flots qui se brisaient, il ne pourrait peut-être pas m'entendre si je faisais attention. De ce côté-là, j'avais une chance aussi longtemps qu'il ne percevait pas ma présence. Sinon, il me tuerait sur-le-champ. Je me demandais s'il était capable de bondir à travers la toile.

Le débat s'est fait entre la peur et la raison. La peur a dit : Oui. C'est un carnivore féroce de deux cents kilos. Chacune de ses griffes est aiguisée comme un couteau. La raison a dit : Non. La toile est faite d'un canevas solide, ce n'est pas un mur de papier japonais. J'étais tombé dessus d'assez haut. Richard Parker pourrait la déchirer avec ses griffes en peu de temps et sans grand effort, mais il ne pourrait pas la transpercer tout d'un coup comme un diable à ressort. Et il ne m'avait pas vu. Il n'avait donc aucune raison de déchirer la toile pour pouvoir passer.

Je glissai le long de la rame. Je ramenai les deux jambes du même côté et je plaçai les pieds sur le plat-bord. Le plat-bord, c'est le plus haut niveau d'un bateau, comme la margelle pour un puits. Je me déplaçai un petit peu plus jusqu'à ce que mes jambes soient sur le bateau. Je gardais les yeux fixés juste au delà de la toile. À chaque instant, je m'attendais à voir Richard Parker surgir pour m'attraper. À plusieurs reprises, j'ai été secoué d'un tremblement apeuré. Je tressaillais exactement là où je voulais être le plus stable, dans les jambes. Elles martelaient la toile. On n'aurait pu frapper de façon plus évidente à la porte de Richard Parker. Le frémissement gagna mes bras et je réussis tout juste à tenir bon. Chaque crise passa.

Quand une partie suffisante de mon corps fut sur le bateau, je me dressai. Je regardai au delà du bout de la toile. Je fus surpris de constater que le zèbre était encore vivant. Il reposait près de la poupe, là où il était tombé, sans force, mais son ventre haletait encore et ses yeux continuaient de bouger, remplis de terreur. Il était sur le côté et me faisait face, la tête et le cou bizarrement appuyés contre le banc latéral du bateau. Une de ses pattes postérieures avait une vilaine fracture. L'angle qu'elle faisait n'avait rien de naturel. Un os avait transpercé la peau et la blessure saignait. Seules ses minces pattes de devant semblaient en position normale. Elles étaient repliées et proprement ramenées le long de son torse tordu. De temps à autre, la bête secouait la tête, hennissait et s'ébrouait. À part ça, elle reposait en silence.

C'était un superbe animal. Ses rayures mouillées brillaient, d'un blanc éclatant sur un noir intense. J'étais tellement dévoré d'angoisse que je ne pouvais m'y arrêter ; tout de même, j'ai une vague impression que la netteté singulière, précise et artistique de ses lignes et la finesse de sa tête me frappèrent au passage. Ce qui était plus significatif pour moi, c'était qu'étonnamment Richard Parker ne l'ait pas tué. Dans le cours normal des choses, il aurait tué le zèbre. C'est ce que font les prédateurs : ils tuent leur proie. Dans les circonstances d'alors, où Richard Parker devait être soumis à un stress mental énorme, la peur aurait dû provoquer en lui un degré exceptionnel d'agressivité. Le zèbre aurait dû être tout simplement dépecé.

La raison pour laquelle sa vie avait été épargnée m'est vite apparue. Elle me glaça le sang – puis me soulagea légèrement. Une tête se dressa au delà de l'extrémité de la toile. Elle me regarda droit dans les yeux, l'air craintif, elle se cacha de nouveau, reparut, disparut une fois de plus, refit surface puis s'effaça une dernière fois. C'était la tête dégarnie, et un peu comme celle d'un ours, d'une hyène tachetée. Notre zoo en possédait un clan de six, deux femelles dominantes et quatre mâles soumis. Elles étaient censées partir pour le Minnesota. Celle-ci était un mâle. Je l'ai reconnue à son oreille droite, qui avait une grande déchirure dont la cicatrice irrégulière témoignait d'une bataille déjà ancienne. Maintenant, je comprenais pourquoi Richard Parker n'avait pas tué le zèbre : il n'était plus à bord. Il ne pouvait y avoir une hyène et un tigre dans un espace aussi réduit. Il avait dû glisser de la toile et se noyer.

Il fallait que je trouve une explication à la présence d'une hyène sur le bateau de sauvetage. Je ne pensais pas que les hyènes fussent capables de nager en pleine mer. J'en conclus qu'elle devait être sur le bateau depuis le début, cachée sous la toile, et que je ne l'avais pas remarquée quand j'étais tombé en rebondissant. Je réalisai aussi autre chose : l'hyène était la raison pour laquelle les marins m'avaient lancé dans l'embarcation. Ils n'essayaient pas de me sauver la vie. C'était le dernier de leur souci. Ils se servaient de moi comme appât. Ils espéraient que l'hyène m'attaquerait et que d'une manière quelconque je me débarrasserais d'elle et ferais que le bateau soit sûr pour eux, même si je devais y laisser ma vie. Maintenant je savais ce qu'ils indiquaient du doigt si frénétiquement juste avant que le zèbre n'apparût.

Je n'aurais jamais cru que de me trouver dans un espace restreint avec une hyène tachetée serait une bonne nouvelle, mais allez savoir. En fait, la bonne nouvelle était double : n'eût été de cette hyène, les marins ne m'auraient pas jeté dans le bateau de sauvetage et je serais resté sur le navire et je me serais sûrement noyé, et si je devais partager un lieu avec un animal sauvage, mieux valait la violence frontale d'un chien que le pouvoir et l'astuce furtive d'un chat. Je poussai un minuscule soupir d'aise. Par précaution, je me déplaçai sur la rame. Je m'assis à califourchon sur le rebord arrondi de la bouée qu'elle traversait, mon pied gauche sur le bout de la proue, mon pied droit sur le plat-bord. C'était assez confortable et je faisais face au bateau.

Je regardai tout autour. Rien que la mer et le ciel. Rien de plus quand nous chevauchions la crête d'une vague. La mer imitait brièvement les accidents de la terre – chaque colline, chaque vallée, chaque plaine. Une tectonique accélérée. Le tour du monde en quatre-vingts vagues. Mais je ne voyais ma famille nulle part. Il y avait des choses qui flottaient sur l'eau, mais aucune qui me donnât espoir. Je ne pouvais distinguer aucune autre embarcation de secours.

La température changeait vite. La mer, si immense, si immensément immense, prenait un rythme doux et constant, aux vagues dociles ; le vent s'adoucissait jusqu'à devenir une mélodieuse brise ; des nuages blancs rebondis et brillants commençaient à s'éclairer dans un dôme infini d'un bleu pâle délicat. L'aube d'un matin magnifique sur l'océan Pacifique. Ma chemise commençait déjà à sécher. La nuit avait disparu aussi vite que le navire.

Je commençai à attendre. Mes pensées allaient dans tous les sens. Ou bien je me concentrais sur des détails pratiques liés à ma survie immédiate, ou bien j'étais crucifié par la douleur, pleurant en silence, la bouche ouverte, les mains sur la tête.

CHAPITRE 42

Elle arriva, flottant sur une île de bananes dans un halo de lumière, belle comme la Vierge Marie. Le soleil se levait derrière elle, ses cheveux d'un roux flamboyant étaient superbes.

Je criai : « Oh Grande Mère bénie, déesse de la fertilité de Pondichéry, source de lait et d'amour, merveilleux refuge de réconfort, terreur des tiques, bras ouverts à ceux qui pleurent, vas-tu, toi aussi, devenir témoin de cette tragédie ? Ce n'est pas juste que la douceur rencontre l'horreur. Il aurait mieux valu que tu mourusses tout de suite. C'est une amère joie pour moi de te voir. Tu m'apportes joie et peine en égales mesures. De la joie parce que tu es avec moi, de la peine parce que ce ne sera pas pour longtemps. Que sais-tu de la mer ? Rien. Qu'est-ce que moi je sais de la mer ? Rien. Sans chauffeur, ce véhicule est perdu. C'en est fait de nos vies. Viens à bord si ta destination est le néant – ce sera notre prochain arrêt. Nous pouvons nous asseoir ensemble. Tu peux prendre le siège de la fenêtre, si tu veux. C'est pourtant une triste vue. Mais assez de façons. Laisse-moi te le dire clairement : je t'aime, je t'aime, je t'aime. Je t'aime, je t'aime, je t'aime. Mais pas les araignées, s'il te plaît. »

C'était Jus d'Orange – qu'on appelait ainsi parce qu'elle avait tendance à baver –, notre matriarche orang-outan de Bornéo appréciée de tous, une des étoiles du zoo et mère de deux forts garçons, entourée d'une masse d'araignées noires qui grouillaient autour d'elle comme de méchants adorateurs. Les bananes sur lesquelles elle flottait étaient retenues par le filet de nylon qui avait servi à les descendre dans le navire. Quand Jus d'Orange est passée de son radeau de bananes au bateau de sauvetage, les bananes ont dansé sur l'eau en se retournant sur elles-mêmes. Le filet s'est relâché. Sans même y penser, simplement parce qu'il était à portée de la main et sur le point de couler, je l'ai saisi et l'ai ramené à bord, un geste fortuit qui, à bien des titres, serait un geste de survie ; ce filet allait devenir une de mes possessions les plus précieuses.

La masse de bananes s'éparpilla. Les araignées noires couraient dans tous les sens aussi vite qu'elles le pouvaient, mais leur situation était désespérée. L'île se désintégra sous elles. Elles se noyèrent toutes. Le bateau de sauvetage flotta brièvement dans une mer de fruits.

J'avais saisi ce qui me paraissait un filet inutile, mais est-ce qu'il me vint à l'idée de récolter cette république de bananes ? Non. Pas une seule. C'était un régime royal balayé par une révolution marine ; la mer les a dispersées. Cette colossale perte me serait plus tard très lourde à supporter. J'en aurais presque des attaques de consternation devant ma stupidité.

Jus d'Orange était plongée dans un brouillard. Ses gestes étaient lents et imprécis et ses yeux révélaient une grande confusion mentale. Elle était dans un profond état de choc. Elle resta à plat ventre sur la toile pendant plusieurs minutes, silencieuse et immobile, avant de se déplacer au bout de la bâche et de tomber à l'intérieur du bateau de sauvetage. J'entendis un cri d'hyène.

CHAPITRE 43

Le dernier signe que je vis du cargo fut une tache d'huile qui brillait à la surface de l'eau.

J'étais convaincu que je n'étais pas seul. Il était inconcevable que le *Tsimtsum* ait pu couler sans éveiller un peu d'inquiétude. À ce moment-là même, à Panama, à Madras, à Honolulu, et pourquoi pas à Winnipeg, des feux rouges clignotaient sur des consoles, des alarmes sonnaient, des yeux s'écarquillaient d'horreur, des bouches balbutiaient «Mon Dieu! Le *Tsimtsum* a coulé!» et des mains se précipitaient pour atteindre des téléphones. Encore plus de témoins rouges commençaient à clignoter et plus de sonneries d'alarme se mettaient à retentir. Des pilotes couraient vers leur avion sans avoir eu le temps de nouer leurs lacets, tant ils étaient pressés. Des officiers de quart tournaient leur gouvernail à une telle vitesse qu'ils en avaient le vertige. Même des sous-marins déviaient de leur parcours sous l'océan pour se joindre à l'effort de sauvetage. Nous serions vite secourus. Un navire allait apparaître à l'horizon. On trouverait un fusil pour tuer l'hyène et mettre un terme à la douleur du zèbre. Il serait peut-être possible d'épargner Jus d'Orange. Je monterais à bord et serais accueilli par ma famille. Ils auraient été trouvés dans un autre bateau de sauvetage. Je n'avais qu'à assurer ma survie pendant les prochaines heures jusqu'à ce qu'un navire arrive à notre rescousse.

Depuis mon perchoir, je saisis le filet. Je le roulai et le lançai à mi-chemin sur la toile goudronnée pour en faire une sorte de barrière, si petite soit-elle. Jus d'Orange avait semblé presque cataleptique. J'avais l'impression que le choc allait lui être fatal. C'est l'hyène qui m'inspirait des craintes. Je pouvais l'entendre gémir. Je m'accrochais à l'espoir qu'un zèbre, proie familière, et un orangoutan, proie moins familière, la distrairaient de moi.

Je gardais un œil sur l'horizon, un autre sur l'autre bout du bateau. À part les gémissements de l'hyène, j'entendais très peu de bruits venant des animaux, rien que des griffes qui grattaient une surface dure et quelques grognements et des cris retenus. Il ne semblait pas y avoir de batailles d'engagées.

Au milieu de la matinée, l'hyène réapparut. Dans les minutes qui avaient précédé, les gémissements avaient augmenté de volume, au point de devenir des hurlements. Elle bondit par-dessus le zèbre jusqu'à la poupe, où les banquettes latérales du bateau de sauvetage se rejoignaient pour former un banc triangulaire. C'était une position plutôt vulnérable, car il n'y avait guère que trente centimètres entre le banc et le plat-bord. L'animal regardait nerveusement au delà du bateau. Une vaste étendue d'eau mouvementée semblait être la dernière chose qu'elle voulait voir, car elle baissa immédiatement la tête et redescendit vers le fond du bateau, derrière le zèbre. C'était un espace étroit; entre le dos imposant du zèbre et le côté des caissons étanches qui faisaient le tour de tout le bateau sous les bancs, il n'y avait pas grand place pour une hyène. Elle gigota pendant un instant avant de remonter sur la poupe et de sauter une fois de plus par-dessus le zèbre vers le centre de la chaloupe, disparaissant sous la toile. Ce regain d'activité ne dura pas dix secondes. L'hyène s'approcha à moins de cinq mètres de moi. Ma seule réaction fut d'être paralysé de peur. Le zèbre, quant à lui, dressa rapidement la tête et hennit.

J'espérais que l'hyène resterait sous la toile. Je fus déçu. Presque immédiatement, elle repassa au-dessus du zèbre encore une fois pour se rendre jusqu'au banc de poupe. Elle tourna alors sur elle-même à quelques reprises, en gémissant et en hésitant. Je me demandai ce qu'elle allait faire ensuite. La réponse est vite venue: elle baissa la tête et courut en cercle autour du zèbre, transformant le banc de proue, les bancs latéraux et le banc transversal juste au delà de la toile en une piste de course intérieure d'environ huit mètres. Elle fit un tour, deux, trois, quatre, cinq et ainsi de suite sans s'arrêter, jusqu'à ce que j'aie perdu le compte. Et pendant tout ce temps, tour après tour, elle lançait des *yip yip yip yip yip* en un cri strident. Ma réaction, une fois de plus, fut très lente. J'étais saisi d'épouvante et ne pouvais qu'observer. L'animal allait à une bonne vitesse, et il était loin d'être petit; c'était un adulte mâle qui semblait peser autour de soixante-cinq kilos. Ses coups de pattes sur les bancs secouaient tout le bateau, et ses griffes cliquetaient bruyamment sur leur surface. Chaque fois qu'il venait de la proue, je me crispais. C'était déjà assez effrayant de voir la bête courir vers moi ; la peur de le voir foncer tout droit était bien pire. De toute évidence, Jus d'Orange, où qu'elle fût, ne pouvait lui faire obstacle. La toile repliée et la masse formée par le filet offraient des défenses encore plus lamentables. D'un effort minime, l'hyène pouvait se trouver à la proue, juste à mes pieds. Elle ne semblait toutefois pas avoir l'intention de le faire ; chaque fois qu'elle arrivait au banc transversal, elle s'y engageait, et je voyais le haut de son corps se déplacer rapidement le long du bord de la toile. Mais dans l'état où elle était, l'hyène se comportait de façon tout à fait imprévisible et elle pouvait décider de m'attaquer sans avertissement.

Après un certain nombre de tours, elle s'arrêta net sur le banc de poupe, et s'accroupit, baissant le regard vers l'espace situé sous la toile. Puis elle releva les yeux et les porta sur moi. Ce regard était à peu près le regard typique d'une hyène – vide et franc, manifestement curieux, ne révélant rien de son état mental, la gueule ouverte, les grandes oreilles rigides dressées, les yeux brillants et noirs – n'eût été la tension qui suintait de chaque cellule de son corps, une angoisse qui faisait rayonner l'animal, comme s'il avait été fiévreux. Je me préparai à mourir. Pour rien. Il recommença ses circuits.

Quand un animal décide de faire quelque chose, il peut le faire longtemps. Pendant toute la matinée, l'hyène courut en rond en faisant *yip yip yip yip yip*. De temps à autre, elle s'arrêtait brièvement sur le banc de poupe, mais à part ça chaque circuit était absolument semblable au précédent, sans la moindre variation dans les mouvements, la rapidité, ou dans le ton ou le volume des cris, ni le sens de la course, contraire aux aiguilles d'une montre. Le jappement était aigu et extrêmement irritant. Cela devint tellement fastidieux et épuisant à regarder que je tournai finalement la tête vers le côté, tentant de maintenir la garde du coin de l'œil. Même le zèbre, qui au début s'ébrouait à chaque passage de l'hyène, tomba dans la stupeur.

Mon cœur bondissait quand même chaque fois que l'hyène s'arrêtait sur le banc de poupe. Et j'avais beau vouloir porter mon attention vers l'horizon, où se trouvait mon salut, elle revenait continuellement à cette bête maniaque.

Je ne suis pas du genre à entretenir des préjugés contre un animal quel qu'il soit, mais c'est une évidence que l'hyène tachetée ne paie pas d'apparence. Elle est laide au delà de tout. Son cou épais, ses épaules hautes et fuyantes qui glissent vers son arrière-train ont l'air de venir d'un prototype abandonné de girafe ; son pelage, hirsute et grossier, ressemble à un collage des rebuts de la création. La couleur est un mélange confus de fauve, noir, jaune, gris, avec des taches qui n'ont rien de l'ostentation élégante des rosettes d'un léopard ; elles ont plutôt l'allure des symptômes d'une maladie de la peau, une forme virulente de la gale. La tête est large et trop massive, avec un front haut, comme celle d'un ours, mais elle est dégarnie par une calvitie qui progresse, et des oreilles qui sont ridiculement semblables à celles d'une souris, grandes et rondes, quand elles n'ont pas été déchiquetées au combat. La gueule est toujours béante et le souffle haletant. Les narines sont trop grandes. La queue en bataille ne frétille jamais. La démarche est traînante. Toutes ces parties rassemblées ont une apparence de chien, mais personne n'en voudrait comme animal de compagnie.

Mais je n'avais pas oublié les mots de papa. Ce n'étaient pas des poltrons dévoreurs de charognes. Si le *National Geographic* les décrivait ainsi, c'est parce que le *National Geographic* les filmait pendant la journée. C'est au moment où la lune se lève que la journée de l'hyène commence, et que celle-ci fait ses preuves comme chasseur sans merci. Les hyènes attaquent en bandes n'importe quel animal qu'elles peuvent rattraper à la course, lui entamant les flancs sans réduire leur cadence. Elles pourchassent les zèbres, les gnous, les buffles d'eau, et pas seulement les vieux et les infirmes d'un troupeau, non, des adultes aussi. Ce sont de hardis attaquants, se relevant sans délai des coups de cornes ou de pattes qu'elles reçoivent, n'abandonnant jamais par manque de volonté. Et elles sont habiles ; toute proie qui peut être distraite de sa mère est bonne. Le gnou né dix minutes plus tôt est un de leurs mets favoris, mais les hyènes mangent aussi les bébés lions et les bébés rhinocéros. Elles sont diligentes quand elles atteignent leur but. En quinze minutes à peine, tout ce qui restera d'un zèbre sera le crâne, qui sera peut-être même traîné jusqu'à la tanière où il pourra être rongé à loisir par les petits. Rien ne se perd ; même l'herbe sur laquelle le sang aura été répandu sera mangée. Les estomacs des hyènes se gonflent visiblement quand elles ingurgitent de gros morceaux de leurs prises. Quand la chasse leur réussit, elles deviennent si repues qu'elles ont de la difficulté à bouger. Digestion faite, elles crachent de solides boules de poils desquelles elles retirent ce qui est encore mangeable avant de se vautrer dedans. Le cannibalisme accidentel n'est pas inhabituel dans le feu de l'action ; en cherchant à mordre un zèbre, une hyène peut fort bien croquer l'oreille ou la narine d'un congénère, sans malice. Son erreur ne lui inspire aucun dégoût. Les plaisirs dont elle se délecte sont trop nombreux pour qu'elle admette quelque répugnance que ce soit.

En fait, la palette des goûts de l'hyène est tellement vaste qu'elle force quasiment l'admiration. L'hyène va jusqu'à boire l'eau dans laquelle elle est en train d'uriner. Elle fait aussi un autre usage original de son urine par temps chaud et sec, elle se rafraîchit en soulageant sa vessie sur le sol et en aménageant un petit bain de boue fraîche avec ses pattes. C'est en gloussant de plaisir que les hyènes prennent un goûter d'excréments d'herbivores. On continue de se demander s'il y a quelque chose que les hyènes *ne mangent pas*. Elles dévorent les cadavres de leurs semblables (ce qui reste de celles dont elles ont englouti les oreilles et le nez à l'apéritif), après se l'être interdit pendant une journée. Elles attaquent même les automobiles – phares, tuyaux d'échappement, rétroviseurs latéraux. Ce ne sont pas leurs jus gastriques qui limitent les hyènes, mais plutôt la puissance de leurs mâchoires, pourtant redoutable.

C'était cet animal qui courait en décrivant des cercles devant moi. Un animal laid à en avoir mal aux yeux et à glacer le cœur.

Les choses se terminèrent de la manière la plus typique chez les hyènes. Elle s'arrêta sur la poupe et commença à émettre de profonds grognements interrompus par des moments de halètement en saccades. Je m'éloignai sur la rame jusqu'à ce qu'il n'y eût plus que le bout de mes pieds à me retenir au bateau. L'animal toussait. Soudainement, il vomit. Un jaillissement tomba derrière le zèbre. L'hyène s'affala dans ce qu'elle venait de restituer. Elle resta là, tremblant, gémissant et tournant sur elle-même, explorant l'angoisse animale jusqu'à ses extrêmes limites. Elle ne bougea pas de cet endroit exigu pour le reste de la journée. Le zèbre fit parfois entendre sa réaction au prédateur qui était juste derrière lui, mais la plus grande partie du temps il maintint un silence désespéré et maussade.

CHAPITRE 44

Le soleil monta dans le ciel, atteignit son zénith et commença à descendre. Je passai la journée entière perché sur la rame, me déplaçant juste assez pour rester en équilibre. Tout mon être était tourné vers le point à l'horizon qui allait apparaître et me sauver. J'étais à la fois dans un état d'ennui et de tension. Dans mon esprit, ces premières heures sont restées associées à un son, non pas un son que vous pourriez deviner, non pas le hurlement de l'hyène ou le sifflement de la mer : c'était le bourdonnement des mouches. Il y avait des mouches à bord de la chaloupe. Elles apparurent et volèrent de-ci de-là à leur manière habituelle, décrivant de grandes orbites paresseuses sauf quand elles s'approchaient les unes des autres, auquel moment elles partaient en spirales vertigineuses dans un énorme vrombissement. Certaines étaient assez braves pour s'aventurer là où je me trouvais. Elles dessinaient des courbes autour de moi, grésillant comme un avion à hélice, puis repartaient précipitamment chez elles. Je ne pourrais pas dire si elles étaient originaires du bateau ou étaient venues avec l'un des animaux, plus probablement l'hyène. Mais quelle qu'ait été leur origine, elles ne durèrent pas longtemps ; en deux jours, elles avaient toutes disparu. Derrière le zèbre, l'hyène essayait de les happer et en mangea un certain nombre. Le vent en emporta sans doute d'autres vers la mer. Peut-être quelques-unes d'entre elles eurent-elles la chance d'atteindre leur maturité et de mourir de vieillesse.

À mesure que le soir approchait, mon anxiété augmentait. Tout ce qui concernait la fin de la journée m'apeurait. De nuit, un navire aurait de la difficulté à me repérer. De nuit, l'hyène pourrait redevenir active et, qui sait, Jus d'Orange aussi.

L'obscurité tomba. Il n'y avait pas de lune. Les nuages cachaient les étoiles. Le contour des choses devint flou. Puis, tout disparut, l'océan, le bateau de sauvetage, mon propre corps. La mer était calme et il n'y avait presque pas de vent, je n'avais même plus de repère sonore. J'avais l'impression de flotter dans une noirceur pure et abstraite. Je gardais les yeux fixés sur la zone où se trouvait l'horizon, me semblait-il, tandis que mes oreilles montaient la garde du côté des animaux. Je ne pouvais m'imaginer survivre jusqu'au lendemain.

À un certain moment pendant la nuit, l'hyène commença à ricaner, le zèbre à hennir et à pousser des cris aigus, et j'entendis des coups répétés. Je frémissais de peur et – je ne vais rien cacher – je me soulageai dans mon pantalon. Mais ces bruits venaient de l'autre bout du bateau de sauvetage. Je ne pouvais sentir aucune secousse qui indiquât du mouvement. La bête infernale semblait rester loin de moi. Par contre, plus près dans l'obscurité, je commençai à entendre de fortes respirations, des gémissements et des grognements et différents claquements de langue mouillée. Mes nerfs ne pouvaient supporter l'idée que Jus d'Orange se mît à s'agiter, alors je ne m'y arrêtai pas. J'ignorai simplement cette pensée. Il y avait aussi des bruits qui venaient d'en dessous de moi, de l'eau, des battements soudains et des bruissements qui surgissaient et s'évanouissaient en un instant. Là aussi, le combat pour la vie se poursuivait.

La nuit passa, une lente minute à la fois.

CHAPITRE 45

J'avais froid. Je me fis cette observation distraitement, comme si cela ne me concernait pas. L'aube se leva. Elle survint rapidement et pourtant en progression imperceptible. Les couleurs d'un coin du ciel changèrent. L'air de la nuit commença à être inondé de lumière. La mer calme s'ouvrit comme un grand livre autour de moi. J'avais pourtant le sentiment que c'était encore la nuit. Soudain, c'était le jour.

La chaleur vint seulement quand le soleil, avec l'allure d'une orange électrique allumée, perça à l'horizon, mais je n'eus pas à attendre ce moment-là pour le sentir. Un sentiment prit vie en moi avec les tout premiers rayons de lumière : l'espoir. Le profil des choses apparaissait, se remplissait de couleurs, et l'espoir se ravivait au point de devenir un chant dans mon cœur. Oh ! l'émotion de s'y bercer ! Tout allait s'arranger. Le pire était passé. J'avais survécu à la nuit. Aujourd'hui, on viendrait me secourir. Penser cela, aligner ces mots dans mon esprit, c'était déjà une source d'espoir. L'espoir se nourrissait d'espoir. À mesure que l'horizon devenait une ligne nette et précise, je le scrutais intensément. Le temps était de nouveau clair et la visibilité parfaite. J'imaginais que Ravi allait être le premier à m'accueillir, et encore, en me taquinant : « Qu'est-ce que c'est que ça ? » dirait-il. « Tu te trouves un bateau et tu le remplis d'animaux ? Tu te prends pour Noé ou quoi ? » Papa aurait la barbe longue et serait échevelé. Maman lèverait le regard vers le ciel et me prendrait dans ses bras. Je fabriquai une douzaine de versions du scénario qui se déroulerait sur le navire qui allait me sauver, variations sur le thème d'une tendre réunion. Ce matin-là, l'horizon pouvait prendre une forme convexe, quant à moi, mes lèvres se courbaient dans l'autre sens, je souriais.

Cela pourra paraître étrange, mais ce n'est qu'après un long moment que je jetai un coup d'œil sur ce qui se passait dans la chaloupe. L'hyène avait attaqué le zèbre. Sa gueule était rouge vif et elle mâchait un morceau de peau. Mes yeux cherchèrent automatiquement la blessure, la partie de l'animal où l'attaque avait eu lieu. L'horreur me coupa le souffle.

La patte fracturée du zèbre manquait. L'hyène l'avait arrachée avec ses dents et l'avait traînée jusqu'à la proue, derrière sa proie. Un lambeau de peau pendait du moignon à vif. Le sang coulait encore. La victime supportait patiemment sa souffrance, sans protestations évidentes. Un lent et constant grincement de ses dents était le seul signe externe de sa détresse. L'indignation, le dégoût et la colère surgirent en moi. Je ressentis une haine profonde envers l'hyène. Je pensai faire quelque chose pour la tuer. Mais je n'en fis rien. Et ma fureur fut brève. Je dois être honnête à ce propos. Je ne pouvais prendre le zèbre en pitié bien longtemps. Quand votre propre vie est en danger, votre capacité d'empathie est limitée par une égoïste et terrible soif de survie. C'était triste qu'il souffrît autant – et comme c'était une créature si grande et si costaude, elle n'en avait pas fini de pâtir – mais je ne pouvais rien y faire. J'ai ressenti de la pitié, puis je suis passé à autre chose. Je ne suis pas fier de cela. Je regrette d'avoir eu le cœur aussi dur à ce sujet. Je n'ai pas oublié le pauvre zèbre et ce qu'il a subi. Il apparaît toujours immanquablement dans mes prières.

Jus d'Orange ne se manifestait toujours pas. Je tournai de nouveau mon regard vers l'horizon.

Cet après-midi-là, un petit vent se leva et je remarquai une chose au sujet du bateau de sauvetage : malgré son poids, il flottait haut sur l'eau, sans doute parce que sa charge n'était pas très grande. Il y avait un large franc-bord, c'est-à-dire la distance entre l'eau et le plat-bord ; il faudrait une mer vraiment forte pour nous inonder. Mais cela signifiait aussi que, quelle que fût l'extrémité du bateau qui fît face au vent, il avait tendance à se tourner et à présenter son flanc aux vagues. De petites vagues causaient un incessant battement, comme celui d'un poing contre la coque, alors que des vagues plus grosses provoquaient un épuisant et continuel roulis de l'embarcation. Ce mouvement ininterrompu et saccadé me donnait mal au cœur.

Je me sentirais peut-être mieux dans une autre position. Je glissai de la rame pour me replacer sur la proue. Je m'assis face aux vagues, le reste du bateau sur ma gauche. J'étais plus proche de l'hyène, mais elle ne bougeait pas.

Je respirais profondément et je me concentrais pour faire passer la nausée quand j'aperçus Jus d'Orange. Je l'imaginais complètement hors de vue, près de la proue, sous la toile, aussi loin que possible de l'hyène. Mais non. Elle était sur le banc latéral, juste à la limite de la piste de course de l'hyène et à peine cachée à mes yeux par la masse de la bâche roulée. Elle leva la tête d'à peine deux centimètres et je la vis immédiatement.

La curiosité s'empara de moi. Je voulais mieux l'observer. Malgré le roulis du bateau, je m'agenouillai. L'hyène me regarda mais ne remua pas. Jus d'Orange m'apparut. Elle était profondément affalée et se tenait au plat-bord de ses deux mains, la tête complètement affaissée entre les bras. Elle avait la gueule ouverte et la langue pendante. Je voyais qu'elle haletait. Malgré la tragédie qui me frappait, et le fait que je ne me sentais pas bien, j'éclatai de rire. À ce moment-là, tout chez Jus d'Orange illustrait une chose : *le mal de mer*. L'image d'une nouvelle espèce apparut soudain dans ma tête : le rare orang-outan marin de couleur verte. Je revins à ma position assise. La pauvre bête avait l'air si *humainement* malade ! C'est particulièrement drôle de reconnaître des traits humains chez des animaux, surtout chez les singes, où c'est si facile. Les simiens sont les miroirs les plus limpides que nous ayons dans le monde animal. C'est pourquoi ils sont si populaires dans les zoos. Je ne pus retenir un autre éclat de rire. Je ramenai mes mains sur ma poitrine, surpris de la façon dont je me sentais. Mon Dieu ! Ce rire était comme un volcan de joie qui faisait éruption en moi. Et non seulement Jus d'Orange m'avait-elle déridé, elle avait aussi pris charge de notre mal de mer à tous les deux. Je me sentais bien, maintenant.

Plein d'espoir, je portai de nouveau mon regard vers l'horizon.

Jus d'Orange était atrocement affectée par le mal de mer, certes, mais deux autres choses me frappèrent à son sujet : elle n'était pas blessée et elle tournait le dos à l'hyène, comme si elle pouvait l'ignorer en toute sécurité. L'écosystème de ce bateau de sauvetage était décidément déconcertant. Comme il n'y a pas de conditions dans la nature où une hyène tachetée et un orang-outan peuvent se rencontrer, car celle-là est inconnue à Bornéo et ce dernier n'existe pas en Afrique, on ne peut savoir quelle serait leur relation. Mais il me semblait hautement improbable, si ce n'était absolument incroyable, que réunis dans un même lieu cet habitant des arbres frugivore et cet habitant des savanes carnivore s'ignorent l'un l'autre. Un orang-outan aurait sûrement une odeur de proie pour une hyène, bien qu'une proie étrange ; elle s'en souviendrait longtemps à cause des énormes boules de poil qui en résulteraient, mais elle serait quand même meilleure au goût qu'un tuyau d'échappement et mériterait sûrement qu'on la cherche un peu en passant près des arbres. Et pour un orang-outan, une hyène aurait sûrement une odeur de prédateur, une bonne raison d'être vigilant quand un morceau de durian tomberait accidentellement sur le sol. La nature réserve cependant toujours des surprises. Peut-être n'en était-il pas ainsi. Si on peut amener des chèvres à vivre en harmonie avec des rhinocéros, pourquoi pas des orangs-outans avec des hyènes ? Ce serait tout un succès dans un zoo. Une notice serait affichée. Je la voyais déjà : « Cher public, ne soyez pas inquiets pour les orangs-outans ! Ils sont dans les arbres parce que c'est là qu'ils vivent, et non parce qu'ils ont peur des hyènes tachetées. Revenez à l'heure du repas ou au coucher du soleil quand ils auront soif et vous les verrez descendre de leurs arbres et se promener sur le sol, aucunement importunés par les hyènes. » Papa serait fasciné.

À un certain moment cet après-midi-là, je vis le premier spécimen d'une espèce qui allait devenir une amie chère et fiable. Il y eut un coup et un bruit de grattement contre la coque du bateau. Quelques secondes plus tard, si proche que j'aurais pu me pencher et l'attraper, apparut un caret, grosse tortue de mer, les nageoires bougeant doucement, la tête sortie de l'eau. Il était remarquable dans sa laideur particulière, avec sa rude carapace d'un brun jaune, d'environ un mètre de long et tachée de débris d'algues, sa face vert foncé, son bec pointu, sans lèvres, de bons trous à la place des narines, et des yeux noirs qui me regardaient intensément. Son expression était hautaine et sévère, comme celle d'un vieillard irascible qui aurait eu envie de se plaindre de quelque chose. Ce qu'il y avait de plus étrange chez ce reptile, c'était simplement qu'il existât. Il avait l'air incongru, à flotter comme ça dans l'eau, d'une forme aussi bizarre en comparaison des lignes élégantes et fluides des poissons. Et pourtant, de toute évidence, il était dans son élément et c'était moi l'intrus. Il flotta près du bateau pendant plusieurs minutes.

Je lui dis : « Va avertir un bateau que je suis ici. Va, va. » Il fit demi-tour et s'enfonça hors de ma vue, ses nageoires postérieures battant l'eau en coups alternés.

CHAPITRE 46

À mesure que des nuages s'amoncelaient là où des navires devaient apparaître, et que la journée s'écoulait, mon sourire s'effaçait. Ce serait absurde de dire qu'une nuit plutôt qu'une autre fut la pire de ma vie. J'ai le choix entre tant de mauvaises nuits que je n'en ai déclaré aucune la championne des pires. Et pourtant, la deuxième nuit en mer reste dans ma mémoire comme une nuit de souffrance exceptionnelle, différente de l'angoisse paralysante de la première en ce qu'elle constituait un type plus conventionnel de douleur, celui où l'on s'effondre, en larmes, envahi de tristesse, spirituellement torturé ; cette seconde nuit a été différente aussi de mes douleurs ultérieures en ce que j'avais encore la force de juger pleinement ce que je ressentais. Et cette épouvantable nuit fut précédée d'une épouvantable soirée.

Je remarquai la présence de requins autour du bateau de sauvetage. Le soleil commençait à descendre le rideau sur la journée. C'était une sereine explosion d'orange et de rouge, une grande symphonie chromatique, un canevas de couleurs aux proportions surnaturelles, un coucher de soleil sur le Pacifique véritablement superbe, dont la beauté m'était bien égale. Les requins étaient des makos – des prédateurs agiles au museau pointu avec de longues et meurtrières dents qui ressortaient visiblement de leur gueule. Ils mesuraient environ deux mètres, et il y en avait un encore plus long. Je les regardais avec appréhension. Le plus gros se dirigea vers le bateau rapidement, comme pour attaquer, son aileron dorsal se dressant plusieurs centimètres au-dessus de l'eau, mais il plongea juste avant de nous atteindre et glissa en dessous de la barque avec une redoutable grâce. Il revint, ne s'approchant pas autant cette fois-là, puis il disparut. Les autres requins firent une visite plus longue, allant et venant à différentes profondeurs, quelques-uns parfaitement visibles, à portée de la main sous la surface de l'eau, certains plus bas. Il y avait d'autres poissons aussi, petits et gros, aux couleurs vives, de formes diverses. J'aurais pu les observer de plus près si mon attention n'avait été attirée par autre chose : la tête de Jus d'Orange était apparue.

Elle se retourna et ramena un bras sur la toile dans un geste qui imitait exactement la manière dont vous ou moi soulèverions un bras pour le placer sur le dossier d'une chaise à côté de la nôtre dans un large geste de détente. Mais ce n'était évidemment pas son état d'esprit. Avec une expression profondément triste et lugubre, elle commença à regarder autour d'elle, tournant lentement la tête d'un côté et de l'autre. Immédiatement, la ressemblance simiesque perdit son côté amusant. Au zoo, elle avait donné naissance à deux bébés, deux mâles costauds maintenant âgés de cinq et huit ans et qui faisaient notre fierté et la sienne. C'était évidemment à eux qu'elle pensait en fouillant du regard la surface de l'eau, imitant sans le vouloir le geste que j'avais moi-même fait au cours des trente-six dernières heures. Elle me remarqua mais ne réagit pas à ma présence. Je n'étais qu'un autre animal qui avait tout perdu et était destiné à la mort. Mon humeur coula à pic.

Alors, avec tout juste un grondement féroce comme avertissement, l'hyène fut prise d'une folie furieuse. Elle n'avait pas bougé de son étroit refuge de toute la journée. Elle mit ses pattes antérieures sur le côté du zèbre, tendit le cou et attrapa un morceau de peau dans sa gueule. Elle tira brusquement. La lanière de peau se détacha du ventre du zèbre comme un papier-cadeau se détache d'un présent, en une pièce aux rebords réguliers, sans bruit cependant, comme la peau qui se déchire, et avec bien plus de résistance. Immédiatement, le sang jaillit comme une rivière. En hennissant, en grognant et en poussant des cris, le zèbre s'anima pour essayer de se défendre. Il poussa sur ses pattes de devant et il recula la tête en tentant de mordre l'hyène, mais la bête était hors d'atteinte. Il bougea sa patte de derrière encore valide, ce qui ne fit que m'expliquer l'origine du bruit entendu la nuit précédente: c'était son sabot qui frappait le côté du bateau. La tentative du zèbre pour se protéger ne fit qu'exacerber la frénésie de grondements et de morsures de l'hyène. Elle fit une blessure béante dans le flanc du zèbre. Quand elle ne fut plus satisfaite de la portée de ses mouvements depuis l'arrière du zèbre, elle grimpa sur son arrière-train. Elle commença à en tirer des bouts d'intestin et d'autres viscères. Il n'y avait aucun ordre dans ce qu'elle faisait. Elle mordait ici, avalait là, apparemment enthousiasmée par le banquet qui s'offrait à elle. Après avoir dévoré la moitié du foie, elle commença à tirer sur le sac blanchâtre et ballonné de l'estomac. Mais il était lourd, et comme l'arrière-train du zèbre était plus haut que son ventre – et que le sang est glissant – l'hyène commença à glisser à l'intérieur de sa victime. Elle plongea la tête la première dans les tripes du zèbre, jusqu'aux genoux de ses pattes antérieures. Elle arriva à s'en sortir un peu, mais elle glissa de nouveau. Elle resta finalement dans une position moitié dedans, moitié dehors. De l'intérieur même de son corps, le zèbre se faisait manger vivant.

Il protestait avec de moins en moins de vigueur. Le sang commença à jaillir de ses narines. Une ou deux fois, il redressa la tête tout droit, comme s'il en appelait au ciel – une parfaite expression de l'abomination du moment.

Jus d'Orange n'était pas indifférente à ce qu'elle voyait. Elle se leva de toute sa hauteur sur son banc. Avec ses petites jambes incongrues et son torse massif, elle ressemblait à un réfrigérateur sur des roues crochues. Par contre, avec ses immenses bras en l'air, elle était impressionnante. Leur portée était plus grande que la taille de son corps – une main pendait au-dessus de l'eau, l'autre atteignait quasi l'autre côté de la chaloupe. Elle étira les lèvres, exhibant d'énormes canines, et elle commença à *rugir*. C'était un rugissement profond, puissant, haletant, qui étonnait venant d'un animal habituellement aussi silencieux qu'une girafe. L'hyène fut aussi surprise que moi par cette explosion. Elle eut un mouvement de recul et battit en retraite. Mais pas pour longtemps. Après avoir fixé un regard intense sur Jus d'Orange, les poils de son cou et de ses épaules se hérissèrent et sa queue se raidit en l'air. Elle grimpa de nouveau sur le zèbre mourant. De là, du sang dégoulinant de sa gueule, elle répondit, en rendant à Jus d'Orange la monnaie de sa pièce, d'un rugissement au ton encore plus aigu. Les deux animaux étaient à un mètre l'un de l'autre, gueules grandes ouvertes face à face. Ils mettaient toute leur énergie dans leur cri, leurs corps vibrant d'effort. Je pouvais voir loin dans la gorge de l'hyène. L'air du Pacifique qui, à peine quelques minutes plus tôt, portait le sifflement et le murmure de la mer – mélodie de la nature que j'aurais trouvée reposante si les circonstances avaient été plus heureuses – était soudain envahi de ce bruit horrifiant, comme si on s'était trouvé en pleine guerre totale, avec le bruit fracassant de canons et de fusils et les déflagrations tonitruantes de bombes. Le rugissement de l'hyène remplissait la partie la plus élevée de mon registre auditif. Celui de Jus d'Orange, la plus basse, et quelque part entre les deux je pouvais entendre les cris désespérés du zèbre. Mes oreilles étaient saturées. Aucun son additionnel n'aurait pu y entrer et y être entendu.

Je commençai à trembler de manière incontrôlable. J'étais convaincu que l'hyène allait bondir vers Jus d'Orange.

Je ne pouvais concevoir que la situation pût empirer, et pourtant c'est ce qui arriva. En s'agitant, le zèbre lança du sang par-dessus bord. Quelques secondes plus tard, il y eut un gros coup contre le bateau, suivi d'un autre. L'eau autour de nous commença à frémir de requins. Ils cherchaient d'où venait le sang et la nourriture si proche. Leurs ailerons jaillissaient hors de l'eau, leur tête bondissait. Ils frappèrent le bateau à plusieurs reprises. Je n'avais pas peur que nous chavirions – je pensais plutôt que les requins allaient perforer la coque de métal et nous faire couler.

À chaque coup, les animaux sursautaient et paraissaient apeurés, mais cela n'allait pas les distraire de leur propos principal qui était à ce moment-là de continuer à rugir l'un face à l'autre. J'étais convaincu que le match de hurlements finirait en empoignade. Au contraire, il s'arrêta brusquement après quelques minutes. Jus d'Orange, avec des souffles et des claquements de lèvres, se détourna et l'hyène baissa la tête et se replia derrière le corps déchiqueté du zèbre. Les requins, ne trouvant rien, arrêtèrent de frapper le bateau et finirent par s'en aller. Enfin, le silence se fit.

Une puanteur fétide et puissante, un mélange nauséabond de rouille et d'excréments, flottait dans l'air. Il y avait du sang partout, qui coagulait en une croûte rouge foncé. Une mouche, une seule, vrombissait, symbole manifeste de la folie ambiante. Ce jour-là, aucun navire, rien, n'était apparu à l'horizon, et le crépuscule tombait. Quand le soleil disparut, ce n'était pas seulement le jour et le pauvre zèbre qui mouraient, mais aussi ma famille. Avec ce second coucher de soleil, l'incrédulité fit place à la douleur et au deuil. Ma famille était morte; je ne pouvais plus le nier. Quelle chose à accepter dans son cœur! Perdre un frère, c'est perdre celui avec qui vous pouvez partager l'expérience de vivre et de vieillir, dont vous attendez une belle-sœur, des neveux et nièces, des habitants pour peupler l'arbre de votre vie et l'enrichir de nouvelles branches. Perdre un père, c'est perdre celui à qui vous demandez aide et conseils, qui vous soutient comme le tronc supporte les branches. Perdre une mère, eh bien, c'est comme perdre le soleil au-dessus de votre tête. C'est comme perdre... je m'excuse, je préfère ne pas continuer. Je me couchai sur la toile et je passai la nuit entière à pleurer, accablé de douleur, le visage enfoui dans les bras. L'hyène passa une bonne partie de la nuit à manger.

CHAPITRE 47

Le jour se leva, humide et sombre, le vent était chaud et le ciel chargé d'une épaisse couverture de nuages gris qui ressemblaient à des draps sales et froissés. La mer n'avait pas changé. Elle faisait tanguer le bateau de sauvetage d'un mouvement régulier.

Le zèbre était encore vivant. Je ne pouvais le croire. Il avait une plaie béante de soixante centimètres de large, une fistule qui faisait penser à une éruption volcanique, des organes à demi dévorés jaillissaient de son ventre, luisaient sous la lumière ou laissaient voir des reflets mornes et desséchés, et pourtant, quant à sa mécanique essentielle, il continuait à pomper la vie, quoique faiblement. Ses seuls mouvements étaient réduits à un tremblement de la patte postérieure ou à un occasionnel battement des paupières. J'étais horrifié. Je ne pouvais croire qu'un être vivant puisse subir de si graves blessures et vivre encore.

L'hyène était tendue. Elle ne se préparait pas à prendre sa nuit de repos bien que le jour fût levé. C'était peut-être parce qu'elle avait trop mangé; son estomac était grossièrement enflé. Jus d'Orange était aussi dans un état d'esprit dangereux. Elle donnait des signes d'impatience et montrait les dents.

Je suis resté en place, recroquevillé près de la proue. Mon âme et mon corps étaient affaiblis. J'avais peur de tomber à l'eau si je tentais de me tenir en équilibre sur la rame.

Avant midi, le zèbre était mort. Son regard était vitreux après être devenu parfaitement indifférent aux attaques occasionnelles de l'hyène.

La violence éclata pendant l'après-midi. La tension avait augmenté à un niveau insupportable. L'hyène glapissait. Jus d'Orange grommelait et faisait de grands bruits en claquant des lèvres. Tout à coup, leurs plaintes se joignirent et atteignirent un volume extrême. L'hyène bondit par-dessus les restes du corps du zèbre et se jeta sur Jus d'Orange.

Je pense avoir bien décrit la menace permanente que représente une hyène. C'était si clair à mes yeux que je ne donnais aucune chance de survie à Jus d'Orange, avant même qu'elle ait eu la possibilité de se défendre. Je la sous-estimais. J'avais mal évalué son cran.

Elle assena un coup sur la tête de la bête. J'en restai bouche bée. Cela fit fondre mon cœur de tendresse, d'admiration et de peur. Ai-je dit qu'elle avait été auparavant un animal familier, abandonné méchamment par ses propriétaires indonésiens? Son histoire était celle de tout animal de compagnie d'une espèce mal choisie. Cela se passe à peu près comme suit: on achète l'animal quand il est petit et mignon. Il amuse beaucoup ses propriétaires. Puis son corps grandit, et son appétit avec lui. Il se montre incapable de devenir propre. Sa force croissante le rend plus difficile à manipuler. Un jour, la domestique tire le drap de son lit parce qu'elle a décidé de le laver, ou, encore, le fils en s'amusant lui arrache un morceau de nourriture de la main – et à cause d'un incident en apparence aussi banal, l'animal en colère montre les dents et la famille est effrayée. Le lendemain, il se retrouve cahin-caha à l'arrière de la Jeep familiale en compagnie de ses frères et sœurs humains. On entre dans la jungle. Tout le monde à bord trouve que c'est un endroit étrange et impressionnant. On arrive à une clairière. On l'explore brièvement. Tout à coup, la Jeep démarre en trombe, ses roues soulevant la poussière, et l'animal voit tous ceux qu'il a connus et aimés le regarder par la lunette arrière de la Jeep qui s'éloigne à toute vitesse. Il a été abandonné. L'animal ne comprend pas. Il est aussi peu préparé pour cette jungle que les membres de sa famille humaine. Il attend leur retour, en essayant de contrôler la panique qui monte en lui. Ils ne reviennent pas. Le soleil se couche. Il devient vite déprimé et renonce à la vie. Dans les jours qui suivent, il meurt de faim, livré aux intempéries. Ou bien des chiens l'attaquent.

Jus d'Orange aurait pu être l'un de ces malheureux animaux de compagnie. Mais à la place, elle aboutit au zoo de Pondichéry. Elle resta gentille et inoffensive toute sa vie. J'ai des souvenirs, étant enfant, de ses bras sans fin autour de moi, de ses doigts, chacun d'entre eux aussi long que toute ma main, qui me jouaient dans les cheveux. C'était une jeune femelle qui mettait en pratique ses talents maternels. Puis, tandis qu'elle grandissait jusqu'à sa pleine maturité d'animal sauvage, je l'observais à distance. Je pensais que je la connaissais si bien que je pouvais prévoir ses moindres gestes. Je croyais savoir quelles étaient non seulement ses habitudes mais aussi ses limites. Ce spectacle de sa férocité, de son sauvage courage me fit réaliser que je m'étais trompé. Toute ma vie, je n'avais connu qu'une partie d'elle.

Elle assena un coup sur la tête de la bête. Et c'était tout un coup. La tête de l'hyène frappa le banc qu'elle venait d'atteindre, faisant un bruit si net, en plus de lui faire écarter complètement les pattes antérieures, que je pensai qu'elle avait cassé le banc ou s'était brisé la mâchoire, ou les deux à la fois. Mais elle se releva en un instant, chaque poil de son corps aussi raide que les cheveux de ma propre tête, mais son hostilité n'était soudainement plus aussi active. Elle se retira. J'exultais. La brillante défense de Jus d'Orange ramena une lueur dans mon cœur.

Une lueur de courte durée.

Une femelle orang-outan adulte ne peut vaincre une hyène tachetée mâle et adulte. C'est une simple vérité empirique. Que tous les zoologistes en prennent note. Si Jus d'Orange avait été un mâle, si elle avait pesé aussi lourd sur une balance qu'elle était grande dans mon cœur, il aurait pu en être autrement. Mais grassouillette et suralimentée comme elle l'était devenue à la longue, à vivre dans le confort d'un zoo, elle ne pesait même pas cinquante kilos. La femelle orang-outan mesure la moitié de la taille du mâle. Mais ce n'est pas qu'une question de poids et de force brute. Jus d'Orange était loin d'être sans défense. Ce à quoi il faut en venir se ramène à une question d'attitude et de connaissance. Comment un frugivore saurait-il tuer? Comment pourrait-il apprendre où mordre, avec quelle force, pendant combien de temps? Un orang-outan est peut-être plus grand, il peut avoir des bras très forts et agiles et de longues canines, mais s'il ne sait pas s'en servir comme d'armes, ils ne lui servent à peu près à rien. L'hyène, rien qu'avec sa mâchoire, dominera le singe parce qu'elle sait ce qu'elle veut et comment l'obtenir.

L'hyène revint à la charge. Elle bondit sur le banc et attrapa Jus d'Orange par le poignet avant que celle-ci puisse frapper. Jus d'Orange frappa l'hyène sur la tête avec son autre bras, mais le choc ne fit que provoquer un grondement féroce de la part de l'animal. Elle tenta de mordre, mais l'hyène bougea plus vite. Hélas, la défense de Jus d'Orange manquait de précision et de cohérence. La peur qu'elle ressentait était inutile, lui nuisait même. L'hyène lâcha son poignet et passa habilement à sa gorge.

Abasourdi par la douleur et l'horreur, je regardais Jus d'Orange qui cognait inefficacement sur l'hyène et lui tirait les poils pendant qu'elle avait la gorge écrasée par ses mâchoires. Jusqu'à son dernier instant, elle me rappela ce que nous sommes: ses yeux exprimaient la peur de manière si humaine, tout comme ses gémissements épuisés. Elle fit un effort pour grimper sur la toile. L'hyène la secoua violemment. Elle tomba du banc dans le fond du bateau, et l'hyène aussi. J'entendis des bruits mais ne vis plus rien.

J'étais le suivant. Cela, c'était on ne peut plus clair. Avec une certaine difficulté, je me levai. C'est à peine si je pouvais voir à travers les larmes dans mes yeux. Je ne pleurais plus la perte de ma famille ou ma mort prochaine. J'étais bien trop hébété pour penser à l'une ou l'autre épreuve. Je pleurais parce que j'étais excessivement fatigué et le moment était venu de me reposer.

J'avançai sur la toile. Même si elle était très tendue à l'extrémité du bateau, elle béait un peu au milieu; il me fallait donc faire trois ou quatre pas laborieux et bondissants et passer par-dessus le filet et la partie roulée de la toile. Et en plus, ces efforts devaient être faits dans une chaloupe qui tanguait continuellement. Dans l'état où j'étais, cela semblait un long périple. Quand je posai mon pied sur le banc transversal du milieu, sa dureté eut sur moi un effet revigorant, comme si j'avais atteint la terre ferme. Je plantai mes deux pieds sur le banc et pris plaisir à être aussi solidement en place. J'avais un léger vertige, mais comme le moment capital de ma vie approchait, ce vertige ne faisait qu'ajouter à mon sens de sublimité apeurée. Je portai les mains au niveau de la poitrine – la seule arme que j'avais contre l'hyène. Elle leva le regard vers moi. Sa gueule était rouge. Jus d'Orange était allongée à côté d'elle, contre le zèbre mort. Ses bras étaient étendus de tout leur long et ses courtes pattes étaient repliées ensemble et tournées légèrement vers le côté. Elle avait l'allure d'un Christ-singe sur la croix. Sauf pour la tête. Elle était décapitée. Sa blessure au cou continuait de couler. C'était un spectacle épouvantable pour les yeux et mortel pour l'esprit. Juste avant de me lancer sur l'hyène, afin de me recueillir avant la dernière lutte, je baissai le regard.

Entre mes pieds, sous le banc, je vis la tête de Richard Parker. Elle était gigantesque. Mes sens étant sous le choc, elle me sembla avoir la taille de la planète Jupiter. Ses pattes étaient comme des volumes de l'*Encyclopaedia Britannica*.

Je fis demi-tour vers la proue et je m'affaissai.

Je passai une nuit de délire. Je pensais continuellement que je m'étais endormi et que je m'éveillais après avoir rêvé à un tigre.

CHAPITRE 48

Richard Parker devait son nom à une erreur bureaucratique. Une panthère terrorisait le district de Khulna au Bangladesh, tout près des Sundarbans. Elle avait récemment enlevé une fillette. Tout ce qu'on avait retrouvé d'elle était une petite main portant un dessin au henné sur la paume et quelques bracelets de plastique. En deux mois, elle était la septième victime du maraudeur. L'animal devenait audacieux. La victime précédente avait été un homme attaqué dans son champ, en plein jour. La bête l'avait traîné vers la forêt, où elle avait dévoré une bonne partie de sa tête, de la chair de sa jambe droite et toutes ses entrailles. On trouva sa dépouille coincée dans la fourche d'un arbre. Les habitants du village firent le guet cette nuit-là, espérant surprendre la panthère et la tuer, mais elle ne se montra pas. Le ministère des Forêts engagea un chasseur professionnel. Il dressa une petite plate-forme qu'il dissimula dans le haut d'un arbre près d'une rivière où deux des attaques avaient eu lieu. On attacha une chèvre à un piquet au bord de la rivière. Le chasseur veilla plusieurs nuits. Il s'attendait à ce que la panthère soit un vieux mâle décharné aux dents usées, incapable de chasser une proie qui lui donnerait plus de mal qu'un humain. Mais ce fut un tigre au poil lustré qui apparut dans la clairière un soir. Une femelle avec un seul petit. La chèvre bêla. Curieusement, le petit, qui semblait avoir environ trois mois, ne prêta guère attention à la chèvre. Il courut vers le bord de l'eau, où il but avec enthousiasme. Sa mère fit de même. Entre la faim et la soif, la soif est l'impératif le plus fort. Ce n'est qu'après avoir étanché sa soif qu'elle se tourna vers la chèvre pour satisfaire sa faim. Le chasseur avait deux carabines : l'une chargée de vraies balles, l'autre de dards somnifères. Cet animal n'était pas le mangeur d'homme recherché ; mais venue si proche des habitations, la tigresse pouvait représenter un danger pour les villageois, surtout qu'elle avait avec elle un petit. Il prit le fusil muni de dards. Il tira juste au moment où le tigre allait saisir la chèvre. L'animal recula, rugit et déguerpit. Mais des dards somnifères n'induisent pas tout doucement le sommeil, comme une bonne tasse de thé ; ils vous assomment comme une bouteille d'alcool bue cul sec. Un accès d'activité chez l'animal rend l'effet encore plus rapide. Le chasseur appela ses assistants par radio. Ils trouvèrent la bête à deux cents mètres de la rivière. Elle était encore consciente. Ses pattes postérieures l'avaient lâchée et ses pattes antérieures étaient hésitantes. Quand les hommes s'en approchèrent, elle tenta de s'échapper, mais sans succès. Elle se tourna vers eux, levant une patte qui voulait tuer. Cela eut pour seul résultat de lui faire perdre l'équilibre. Elle s'affaissa, et voilà comment le zoo de Pondichéry accueillit deux nouveaux tigres. Le petit fut trouvé dans un buisson tout près, miaulant de peur. Le chasseur, dont le nom était Richard Parker, le ramassa de ses mains nues et, se souvenant comment il s'était précipité vers la rivière pour boire, il le baptisa Assoiffé. Mais le commis de fret à la gare d'Howrah était de toute évidence un homme à l'esprit à la fois embrouillé et diligent. Tous les papiers du petit tigre que nous avons reçus indiquaient clairement que son nom était Richard Parker, que le prénom du chasseur était Assoiffé et que son nom de famille était Non Fourni. Papa trouva la confusion très drôle et le nom de Richard Parker resta.

J'ignore si Assoiffé Non Fourni a jamais tué la panthère mangeuse d'hommes.

CHAPITRE 49

Le lendemain matin, je ne pouvais pas bouger. La faiblesse me clouait à la toile. Même penser m'épuisait. Je m'appliquai à réfléchir sobrement. Après un temps, aussi lentement qu'une caravane de chameaux traverse un désert, certaines idées prirent forme.

La journée était comme la précédente, tiède et couverte, les nuages bas, la brise légère. Ça, c'était une première observation. Le bateau se balançait doucement. C'en était une autre.

J'envisageai pour la première fois le besoin de me nourrir. Je n'avais pas eu une goutte à boire, une bouchée à manger ni une minute de sommeil depuis trois jours. La découverte de cette explication à ma faiblesse, pourtant évidente, m'apporta un peu de force.

Richard Parker était encore à bord. En fait, il était directement sous moi. Il paraîtra difficile de croire qu'il ait fallu mon assentiment pour que cette réalité soit vraie, mais ce n'est qu'après de longues délibérations, après avoir jugé diverses attitudes mentales et de nombreux points de vue, que j'en ai conclu que ce n'était pas un rêve ou le fruit d'un délire ou un souvenir mal rangé ou une invention ou quelque autre erreur, mais plutôt une vraie vérité dont j'avais été témoin quand j'étais affaibli et très agité. Cette vérité serait confirmée aussitôt que je me sentirais assez bien pour aller faire enquête.

J'allais laisser à plus tard, quand j'aurais davantage d'énergie, la découverte du mot de l'énigme quant à la raison pour laquelle je n'avais pas remarqué, pendant deux jours et demi, la présence d'un tigre du Bengale pesant deux cents kilos sur une chaloupe de sauvetage longue de huit mètres. Cette inattention faisait sûrement de Richard Parker le plus gros rat de cale, toutes proportions gardées, de l'histoire de la navigation. Du bout de son museau au bout de sa queue, il occupait plus du tiers de la longueur du bateau.

Vous pourriez croire qu'à ce moment-là je perdis tout espoir. Vous auriez raison. Mais ensuite je me ragaillardis et me sentis beaucoup mieux. On voit ça dans le sport tout le temps, n'est-ce pas? Le challenger au tennis commence très fort mais perd rapidement confiance en son jeu. Le champion amoncelle les victoires. Mais dans le dernier set, quand le challenger n'a plus rien à perdre, il se détend à nouveau, devient insouciant, audacieux. Il joue soudain comme un diable et le champion a toutes les difficultés possibles pour gagner les derniers points. C'est ce qui m'est arrivé. Faire face à une hyène pouvait à la limite paraître plausible, mais j'avais tellement peu de chances de l'emporter contre Richard Parker qu'il n'y avait même pas là de quoi se préoccuper. Avec un tigre à bord, c'en était fait de moi. Cela dit, pourquoi ne pas m'occuper de ma gorge desséchée?

Je crois que c'est ce qui m'a sauvé la vie, ce matin-là, le fait que je mourais littéralement de soif. Maintenant que le mot avait surgi dans ma tête, je ne pouvais penser à autre chose, comme si le mot lui-même avait été salé, et plus j'y pensais, pire en était l'effet. J'ai entendu dire que l'envie d'air excède, dans son impérieux appel, la soif de liquide. Je dirais pour quelques minutes seulement. Après quelques minutes, on meurt et l'inconfort de l'asphyxie disparaît. Alors que la soif est une affaire qui traîne. Par exemple, le Christ sur la croix est mort de suffocation, mais Sa seule plainte a été qu'il avait soif. Si la soif est si pénible que même Dieu réincarné s'en plaint, imaginez l'effet qu'elle a sur un humain ordinaire. Cela suffisait pour me rendre complètement fou. Je n'ai jamais connu d'enfer physique pire que ce goût putride et cette sensation pâteuse dans la bouche, cette insoutenable pression dans l'arrière-gorge, cette impression que mon sang se changeait en un épais sirop qui avait peine à circuler. Vraiment, en comparaison, un tigre n'était rien du tout.

Je repoussai donc toute pensée de Richard Parker et je partis sans crainte à la recherche d'eau fraîche.

La baguette magique de sourcier dans mon esprit frémit et une source d'eau jaillit quand je me souvins que j'étais sur un authentique bateau de sauvetage réglementaire et qu'une telle embarcation contenait sûrement des provisions. Cela me paraissait une proposition parfaitement raisonnable. Quel capitaine manquerait de manière aussi élémentaire à la sécurité de son équipage? Quel shipchandler ne penserait pas à faire quelques sous de plus sous le noble prétexte de sauver des vies? C'était réglé. Il y avait de l'eau à bord. Il ne me restait plus qu'à la trouver.

Ce qui impliquait que je devais bouger.

Je m'avançai jusqu'au milieu du bateau, jusqu'au bord de la toile. Il était difficile de ramper. J'avais l'impression de grimper le long de la face d'un volcan et qu'en parvenant au pourtour du cratère j'allais soudainement apercevoir un chaudron bouillant de lave orange. Je restai à plat. J'étirai avec précaution le cou au-dessus du rebord. Je ne regardai pas plus loin que je ne le devais. Je ne vis pas Richard Parker. L'hyène était parfaitement visible, cependant. Elle était retournée derrière ce qui restait du zèbre. Elle me regardait.

Je n'avais plus peur d'elle. Elle était à pas plus de trois mètres, et pourtant mon cœur ne rata pas un seul battement. La présence de

Richard Parker avait au moins eu cet effet utile. Avoir peur de ce chien ridicule alors qu'il y avait un tigre sur place aurait été comme craindre les échardes quand des arbres tombent. Je me suis fâché très fort contre l'animal. «Espèce de bête dégueulasse et laide», grommelai-je. La seule raison pour laquelle je ne me suis pas levé pour la chasser du bateau à coups de bâton, c'est que j'étais trop faible et que je n'avais pas de bâton; ce n'était surtout pas parce que je n'avais pas le cœur à le faire.

Est-ce que l'hyène sentit que je prenais le dessus? Est-ce qu'elle se dit: «Super Alpha me surveille – je serais mieux de rester immobile»? Je ne sais pas. De toute façon, elle ne bougea pas. En fait, à la manière dont elle courbait la tête, elle semblait vouloir se dérober à ma vue. Mais cela ne servait à rien de se cacher. Elle recevrait sa juste punition bien assez tôt.

Richard Parker expliquait aussi l'étrange comportement de l'animal. La raison était maintenant claire pour laquelle l'hyène s'était retranchée dans un espace aussi absurdement restreint derrière le zèbre et pourquoi elle avait tant attendu avant de le tuer. C'était la crainte de la plus grosse bête à bord et la crainte de toucher la nourriture de la plus grosse bête. La paix tendue et temporaire entre Jus d'Orange et l'hyène, et mon répit, tenaient sans doute au même raisonnement: face à un prédateur d'une telle supériorité, nous étions tous des proies, et les comportements normaux des prédateurs s'en trouvaient affectés. Il semblait que la présence d'un tigre m'avait sauvé d'une hyène – sûrement un exemple classique du passage de Charybde en Scylla.

Mais la grande bête n'agissait pas comme une grande bête, tant et si bien que l'hyène s'était permis des libertés. La passivité de Richard Parker, et pendant trois journées complètes avec ça, devait être expliquée. Je ne pouvais la comprendre que de deux manières: la sédation et le mal de mer. Papa donnait régulièrement des sédatifs à certains animaux pour réduire leur stress. Était-il possible qu'il eût donné un somnifère à Richard Parker juste avant que le bateau ne coulât? Est-ce que le choc du naufrage – les bruits, le plongeon dans la mer, la terrible lutte pour nager jusqu'à la chaloupe – avait augmenté les effets du sédatif? Est-ce que le mal de mer avait ensuite pris la relève? C'étaient les seules explications qui me venaient à l'esprit.

Je perdis intérêt à ces questions. Il n'y avait plus que l'eau à retenir mon attention.

Je fis donc le point sur le bateau de sauvetage.

CHAPITRE 50

Profondeur, un mètre; largeur, deux mètres cinquante; longueur, huit mètres. Exactement. Je le sais parce que c'était imprimé en lettres noires sur l'un des bancs latéraux. C'était aussi écrit que le bateau de sauvetage avait été construit pour accommoder trente-deux personnes au maximum. Est-ce que ça n'aurait pas été plaisant de le partager avec autant de monde? Mais non, nous étions trois et le bateau était bien plein. Il avait une forme symétrique et deux extrémités arrondies qu'il était difficile de distinguer. On reconnaissait la poupe à un petit gouvernail fixe, tout juste une prolongation vers l'arrière de la quille, tandis que l'avant, sauf pour la rame que j'y avais ajoutée, mettait en vedette la plus triste, la plus épointée des proues de l'histoire de la construction navale. La coque d'aluminium était cloutée de rivets et peinte en blanc.

Ça, c'était l'extérieur. À l'intérieur, ce n'était pas aussi grand qu'on s'y serait attendu à cause des caissons étanches et des bancs latéraux. Ceux-ci couraient tout le long du bateau, se réunissant à la proue et à la poupe pour y former des bancs d'extrémité d'une forme à peu près triangulaire. Tous les bancs étaient en fait la surface supérieure des caissons étanches scellés. Sur les côtés, ils mesuraient cinquante centimètres de large et aux extrémités, ils avaient une profondeur d'un peu moins d'un mètre, la partie dégagée du bateau représentant donc un espace de six mètres de long sur un mètre cinquante de large. Ce qui faisait que Richard

Parker disposait d'un territoire de neuf mètres carrés. Traversant en largeur cette étendue, il y avait trois bancs, en comptant celui que le zèbre avait brisé. Ces bancs mesuraient soixante centimètres de large et étaient répartis à distances égales les uns des autres. Ils étaient à soixante centimètres du fond du bateau – le jeu laissé à Richard Parker avant de se frapper la tête au plafond, pour ainsi dire, s'il se trouvait sous un banc. Par ailleurs, il disposait de trente centimètres de plus, la distance entre le plat-bord, qui portait la toile, et les bancs, soit quatre-vingt-dix centimètres en tout, juste assez pour qu'il pût se tenir debout. Le plancher, constitué d'étroites planches de bois traité, était plat, et le côté vertical des caissons étanches faisait un angle droit avec ce plancher. Curieusement donc, le bateau avait des extrémités et des flancs arrondis, mais son volume intérieur était rectangulaire.

Il semble que l'orange – une si jolie teinte hindoue – soit la couleur de la survie, car tout l'intérieur du bateau, la toile goudronnée, les gilets et la bouée de sauvetage, les rames et tous les objets d'une certaine importance à bord étaient orange. Même les sifflets sans pois étaient orange.

Les mots *Tsimtsum* et *Panama* étaient imprimés de chaque côté de la coque en simples majuscules romaines noires.

La toile goudronnée était fabriquée de solide canevas traité, rugueux pour la peau après un moment. Elle avait été déroulée jusqu'à la limite du banc du milieu. Il y avait donc un banc transversal de caché sous la toile, dans l'antre de Richard Parker ; le banc du milieu était juste au delà du rebord de la toile, dans la partie dégagée ; et le troisième banc transversal était brisé sous le zèbre mort.

Il y avait six tolets : des entailles en forme de « U » dans le plat-bord pour maintenir les rames en place, et cinq rames puisque j'en avais perdu une en essayant d'éloigner Richard Parker. Trois des rames reposaient sur un banc latéral, une autre sur celui de l'autre côté et la dernière constituait ma proue à moi, celle qui m'avait sauvé la vie. J'avais des doutes sur l'utilité de ces rames comme moyen de propulsion. Ce bateau de sauvetage n'était pas un skiff. C'était une construction lourde, solide, faite pour une flottaison à toute épreuve, et non pour la navigation, quoique je suppose que si nous avions été trente-deux à ramer, nous aurions pu avancer un peu.

Je n'ai pas saisi tous ces détails – et bien d'autres – du premier coup. Ils me sont venus à l'esprit avec le temps et inspirés par la nécessité. Je serais dans la pire des pires situations, faisant face à un futur incertain, quand une petite chose, un détail, se transformerait et m'apparaîtrait en pensée sous un nouvel éclairage. Ce ne serait plus alors le petit détail d'avant, mais la chose la plus importante du monde, ce qui allait me sauver la vie. Cela est arrivé maintes et maintes fois. Comme c'est vrai que la nécessité est la mère de l'invention, comme c'est vrai !

CHAPITRE 51

Cette première fois où j'ai bien examiné la chaloupe, je n'ai pas trouvé le détail que je cherchais. Les bancs de la poupe et des côtés formaient une surface continue, ininterrompue, tout comme la partie latérale des caissons étanches. Le plancher était directement contre la coque ; il ne pouvait y avoir de cachette en dessous. Il était certain qu'il n'y avait nulle part de casier ou de boîte ou aucun autre contenant. Rien que des surfaces orange, lisses, continues.

Mon estime pour les capitaines et les shipchandlers en prit un coup. Mes espoirs de survie vacillèrent. Ma soif demeura.

Et si les approvisionnements se trouvaient à la proue, sous la toile goudronnée ? Je fis demi-tour et j'y retournai en rampant. Je me sentais comme un lézard déshydraté. J'appuyai sur la toile. Elle était solidement tendue. Si je la déroulais, j'aurais accès aux provisions qui pouvaient être rangées dessous. Mais cela signifiait pratiquer une ouverture qui donnerait sur la tanière de Richard Parker.

Je ne m'interrogeai même pas. La soif me fit aller de l'avant. Je sortis délicatement la rame de sous la toile. Je me plaçai la bouée de sauvetage autour de la taille. Je déposai la rame perpendiculairement à la proue. Je me penchai au dessus du plat-bord et avec mes pouces je poussai sous l'un des crochets la corde qui ancrait la toile. J'eus du mal à y parvenir. Mais après le premier crochet, le deuxième et le troisième furent plus faciles. Je répétai la même opération de l'autre côté de l'étrave. La toile se relâcha sous mes coudes. J'étais couché à plat sur elle, les jambes pointant vers la poupe.

Je la déroulai un petit peu. Je fus immédiatement récompensé. La proue était comme la poupe, pourvue d'un banc d'extrémité. Et sur celui-ci, à peine à quelques centimètres de la poupe, un moraillon brillait comme un diamant. On voyait le tracé d'un couvercle. Mon cœur commença à battre. Je déroulai la toile encore un peu. Je jetai un coup d'œil en dessous. Le couvercle avait la forme d'un triangle aux angles arrondis, de quatre-vingt-dix centimètres de large et de soixante centimètres de profond. À ce moment-là, je perçus une masse orange. Je retirai brusquement la tête. Mais l'orange ne bougeait pas et avait l'air bizarre. Je regardai de nouveau. Ce n'était pas le tigre. C'était un gilet de sauvetage. Il y en avait un certain nombre derrière l'antre de Richard Parker.

Un frisson me parcourut. Entre les gilets de sauvetage, partiellement, comme si j'avais regardé à travers un feuillage, j'entrevis Richard Parker pour la première fois de façon claire et sans équivoque. C'était son arrière-train que je pouvais voir, et une partie de son dos. Fauve, rayé et tout simplement énorme. Il était tourné vers la poupe, couché sur le ventre. Il était immobile sauf pour les mouvements de sa respiration que je pouvais distinguer sur ses côtés. Je n'en croyais pas mes yeux tellement il était proche. Il était juste là, à soixante centimètres au-dessous de moi. En m'étirant, j'aurais pu lui pincer le postérieur. Et il n'y avait pour nous séparer qu'une mince toile, facile à contourner.

«Dieu me garde!» Jamais supplique ne fut plus passionnée, ni plus discrètement portée par le souffle. Je restai totalement pétrifié.

Il me fallait de l'eau. Je descendis la main et je défis silencieusement le moraillon. Je soulevai le couvercle. Il ouvrait sur un casier.

J'ai déjà mentionné qu'il y a des détails qui finissent par sauver des vies. En voici un : les pentures s'articulaient à peu près à deux centimètres du rebord du banc de proue – ce qui voulait dire que, quand il était ouvert, le couvercle devenait une barrière qui fermait les trente centimètres d'espace ouvert entre la toile et le banc, un espace par lequel Richard Parker aurait pu passer pour m'atteindre après avoir repoussé les gilets de sauvetage. Je soulevai le couvercle et le laissai s'abattre contre la rame transversale et le bord de la toile. Je me déplaçai vers la poupe, faisant face au bateau, un pied sur un côté du casier ouvert, l'autre contre le couvercle. Si Richard Parker voulait m'attaquer en venant du dessous, il lui faudrait pousser le couvercle. Un tel geste m'avertirait, d'une part, et m'aiderait à tomber à la renverse dans l'eau avec la bouée de sauvetage. S'il venait de l'autre côté, grimpant sur la toile à partir de la poupe, j'étais dans la meilleure position pour le voir aussitôt et, une fois de plus, me jeter à la mer. J'examinai l'eau autour du bateau. Je ne voyais aucun requin.

Je regardai entre mes jambes. Je pensai m'évanouir de joie. Le casier ouvert brillait de rutilants objets neufs. Oh, le bonheur de la chose manufacturée, l'appareil issu des mains de l'homme, le résultat de la création ! Ce moment de révélation matérielle m'apporta un plaisir d'une intensité telle – un mélange enivrant d'espoir, d'étonnement, d'incrédulité, d'excitation, de gratitude, tout cela entassé dans une seule émotion – qu'elle dépassait tous les Noël de ma vie, tous les anniversaires, toutes les noces, tous les Diwali ou autres occasions de recevoir et de donner des cadeaux. J'étais franchement étourdi de bonheur.

Mes yeux tombèrent immédiatement sur ce que je cherchais. Que ce soit dans une bouteille, une boîte de conserve ou un carton, l'eau est toujours empaquetée de manière clairement identifiable. Sur ce bateau de sauvetage, ce nectar de la vie était servi dans des canettes de couleur or pâle qui tenaient facilement dans la main. *Eau potable*, indiquait en lettres noires l'étiquette d'origine. *HP Foods Ltd*, c'était le vignoble, *500 ml*, le contenu. Il y avait des piles de ces canettes, trop nombreuses pour que je pusse les compter en un coup d'œil.

D'une main tremblante, je me penchai et j'en pris une. Elle était fraîche au toucher et lourde. Je la brassai. La bulle d'air à l'intérieur fit un sourd glouglou. J'allais d'un instant à l'autre être libéré de ma soif infernale. Rien que d'y penser fit s'accélérer mon pouls. Je n'avais plus qu'à ouvrir la canette.

Je m'arrêtai. Oui, mais comment le faire ?

Si j'avais une canette – est-ce que je n'avais pas un ouvre-boîte aussi ? Je regardai dans le casier. Il y avait un grand nombre de choses. Je fouillai un peu. Je perdais patience. Ma douloureuse attente était en train de s'achever infructueusement. Il fallait que je boive *immédiatement* – ou j'allais mourir. Je n'arrivais pas à trouver l'ustensile nécessaire. Mais je n'avais pas de temps à gaspiller en détresse inutile. Il fallait agir. Est-ce que je pouvais l'ouvrir avec mes ongles ? J'essayai. Je ne pouvais pas. Avec mes dents ? Ça ne valait pas la peine d'essayer. Je regardai par-dessus le plat-bord. Les crochets de la toile ! Courts, contondants, solides. Je m'agenouillai sur le banc et me penchai. En tenant la canette des deux mains, je frappai violemment le dessus contre un crochet. Une bonne bosse. Je refis le geste. Une autre bosse près de la première. De coup en coup, j'arrivai à faire un trou. Une perle d'eau apparut. Je la léchai. Je tournai la canette et je cognai l'autre côté contre le crochet pour faire un autre trou. Je travaillais comme un diable. Je fis un trou plus grand. Je m'assis sur le plat-bord. Je levai la canette jusqu'à mon visage. J'ouvris la bouche. Je penchai la canette.

On peut probablement imaginer mes sensations, mais on peut difficilement les décrire. Dans le gargouillis rythmé de ma gorge assoiffée, une eau pure, délicieuse, superbe, cristalline afflua dans mon système. C'était la vie faite liquide. Je vidai cette tasse d'or jusqu'à la dernière goutte, suçant le trou pour attraper toute humidité qui y serait restée. Je fis « Ahhhhhh ! », lançai la canette par-dessus bord et en pris une autre. Je l'ouvris comme la première et le contenu en disparut tout aussi rapidement. Cette canette s'envola par-dessus bord aussi et j'ouvris la suivante. Qui, elle aussi, se retrouva à la mer. Une autre fut expédiée. Je bus quatre canettes, deux litres de ce *nec plus ultra* des nectars, avant de m'arrêter. Vous pourriez croire que l'ingurgitation aussi rapide d'eau après une longue soif allait incommoder mon système. Absolument pas ! Je ne me suis jamais senti aussi bien de ma vie. Ah, si vous aviez touché mon front ! Il était humecté d'une transpiration nouvelle, propre, rafraîchissante. Tout chez moi, jusqu'aux pores de la peau, exprimait la joie.

Un sentiment de bien-être m'envahit rapidement. Ma bouche devint humide et douce. J'oubliai le fond de ma gorge. Ma peau se détendit. Mes jointures s'articulèrent plus aisément. Mon cœur commença à battre comme un joyeux tambour et le sang commença à couler dans mes veines comme un cortège de fêtards après une noce dans les rues de la ville. Force et souplesse revinrent dans mes muscles. J'avais la tête plus claire. En vérité, je revenais de la mort à la vie. C'était glorieux, glorieux. Je vous le dis, être ivre d'alcool est déshonorant, mais être ivre d'eau est noble et exaltant. Je baignai dans la béatitude et la plénitude pendant plusieurs minutes.

Puis une espèce de vide se manifesta. Je touchai mon ventre. C'était une cavité dure et vide. Ce serait une bonne idée de manger maintenant. Un *masala dosai* avec un chutney à la noix de coco – hmmmmm ! Mieux encore : des *oothappams* ! Miam-miam ! Mes mains se portèrent vers ma bouche – *IDLI !* Oh ! Le seul fait de penser au mot provoqua une poussée de douleur derrière mes mâchoires et me fit saliver comme jamais. Ma main droite commença à s'agiter. Elle s'avança et arriva presque à toucher les délicieuses boules aplaties de riz bouilli nature apparues dans mon imagination. Elle planta ses doigts dans la chair chaude… Elle façonna une boule trempée dans la sauce… Elle la porta à ma bouche… Je mastiquai… Oh ! c'était douloureux d'une manière exquise.

Je cherchai de la nourriture dans le casier. Je trouvai des cartons de Seven Oceans Standard Emergency Rations, provenant d'une ville lointaine et exotique, Bergen, en Norvège. Le petit déjeuner qui devait remplacer neuf repas ratés, sans oublier les petites collations que maman avait apportées, se présentait en blocs d'un demi-kilo, denses, solides et empaquetés sous vide dans un plastique argenté couvert d'instructions en douze langues. Je lus qu'un bloc consistait en dix-huit biscuits vitaminés de blé cuit, de *gras animal* et de glucose, et qu'il ne fallait pas en consommer plus de six sur une période de vingt-quatre heures. Tant pis pour le gras, mais les circonstances exceptionnelles forçaient le végétarien en moi à se pincer le nez et à endurer.

Sur le dessus de chaque bloc apparaissaient les mots *déchirer ici pour ouvrir* et une flèche noire pointait vers le bord de l'emballage. Le plastique céda sous la pression de mes doigts. Neuf paquets rectangulaires enveloppés de papier ciré tombèrent. J'en ouvris un. Il se cassa naturellement en deux. Deux pâles biscuits odorants, presque carrés. J'en mordis un. Dieu, qui l'aurait cru? Je ne m'y serais jamais attendu. C'était un secret qu'on m'avait caché: la cuisine norvégienne était la meilleure du monde! Ces biscuits étaient étonnamment délicieux. Ils étaient savoureux et délectables pour le palais, ni trop sucrés ni trop salés. Ils se brisaient sous la dent avec un appétissant bruit croquant. Mélangés à la salive, ils formaient une pâte granuleuse qui était un plaisir pour la langue et la bouche. Et quand j'avalais, mon estomac ne m'inspirait qu'un mot: alléluia!

Tout le paquet disparut en quelques minutes, le papier d'emballage jeté au vent. Je pensai ouvrir un deuxième paquet, mais je me ravisai. Ce ne serait pas une mauvaise idée d'exercer un peu de modération. En fait, avec un demi-kilo de rations d'urgence dans l'estomac, je me sentais plutôt lourd.

Je décidai d'examiner précisément ce qu'il y avait dans le coffre au trésor que j'avais devant moi. C'était un casier volumineux, plus spacieux que son ouverture. L'espace allait jusqu'à la coque et s'élargissait sous les bancs latéraux. Je me glissai les pieds dans le casier et m'assis sur son rebord, le dos tourné à la proue. Je comptai les cartons de Seven Oceans. J'en avais mangé un, il en restait trente et un. Selon les instructions, chaque carton de 500 grammes devait nourrir un survivant pendant trois jours. Ce qui voulait dire que j'avais assez de nourriture pour durer – 31 x 3 – 93 jours! Les instructions recommandaient aussi de s'en tenir à un demi-litre d'eau par période de vingt-quatre heures. Je comptai les canettes d'eau. Il y en avait 124. Chacune contenait un demi-litre. J'avais donc de l'eau pour 124 jours. Jamais de si simples calculs d'arithmétique ne m'avaient fait sourire de la sorte.

Qu'est-ce que j'avais d'autre? Avec enthousiasme, je plongeai mon bras dans le casier et en ramenai une merveille après l'autre. Chacune, quelle qu'elle soit, me réconfortait. J'avais si douloureusement besoin de compagnie et de soutien moral que l'attention apportée à la fabrication de chacun de ces produits de consommation de masse me semblait un geste qui m'était destiné personnellement. Je murmurais sans cesse «Merci! Merci! Merci!»

CHAPITRE 52

Après une exploration approfondie, je fis une liste complète:

- 192 cachets de médicament contre le mal de mer
- 124 canettes d'eau fraîche, chacune contenant 500 millilitres, donc 62 litres en tout
- 32 sacs pour vomir
- 31 cartons de rations d'urgence, de 500 grammes chacun, soit au total 15,5 kilos
- 16 couvertures de laine
- 12 alambics solaires
- environ 10 gilets de sauvetage orange, chacun équipé d'un sifflet orange sans pois attaché par une corde

- 6 ampoules de morphine avec seringues
- 6 bougies de détresse éclairantes
- 5 rames flottantes
- 4 fusées de détresse éclairantes avec parachute
- 3 sacs de plastique résistant, transparent, chacun d'une capacité approximative de 50 litres
- 3 ouvre-boîtes
- 3 gobelets à boire, en verre, gradués
- 2 boîtes imperméables d'allumettes
- 2 signaux de fumée orange flottants
- 2 seaux de plastique orange de taille moyenne
- 2 tasses à écoper flottantes de plastique orange
- 2 contenants de plastique à usage multiple avec couvercle étanche
- 2 éponges rectangulaires jaunes
- 2 câbles de fibre synthétique flottants, chacun de 50 mètres de long
- 2 câbles synthétiques non flottants de longueur non spécifiée mais d'au moins 30 mètres chacun
- 2 trousses de pêche avec hameçons, lignes et poids
- 2 gaffes aux pointes très aiguisées en forme d'hameçons
- 2 ancres de mer
- 2 hachettes
- 2 capteurs à pluie
- 2 stylos bille à encre noire
- 1 filet de chargement en nylon
- 1 bouée de sauvetage solide au diamètre intérieur de 40 centimètres et au diamètre extérieur de 80 centimètres, et une corde qui y est attachée
- 1 gros couteau de chasse à poignée solide, à bout pointu, à la lame au fil bien aiguisé d'un côté et à dents de scie de l'autre, retenu par une longue corde à un anneau fixé au casier
- 1 trousse de couture avec des aiguilles droites et des aiguilles courbes et un solide fil blanc

- 1 trousse de premiers soins dans une boîte hermétique de plastique
- 1 miroir pour faire des signaux
- 1 paquet de cigarettes chinoises à bout filtre
- 1 grosse tablette de chocolat noir
- 1 manuel de survie
- 1 boussole
- 1 cahier de notes de 98 pages lignées
- 1 garçon avec une tenue complète de vêtements légers, sauf pour une chaussure perdue
- 1 hyène tachetée
- 1 tigre du Bengale
- 1 bateau de sauvetage
- 1 océan
- 1 Dieu

Je mangeai le quart de la grosse tablette de chocolat. J'examinai l'un des capteurs à pluie. C'était un objet qui ressemblait à un parapluie inversé avec une poche de captage de bonne dimension et un tube de caoutchouc qui y était attaché.

Je croisai les bras sur la bouée de sauvetage qui était autour de ma taille, je penchai la tête et tombai profondément endormi.

CHAPITRE 53

J'ai dormi toute la matinée. C'est l'angoisse qui m'a éveillé. Ce flot de nourriture, d'eau et de repos qui avaient circulé dans mon système affaibli, me donnant un regain de vitalité, m'apportait aussi la force de constater jusqu'à quel point ma situation était désespérée. J'ai pris conscience que Richard Parker était bien réel. Il y avait un tigre sur le bateau de sauvetage. Je pouvais difficilement le croire, et pourtant je savais qu'il fallait que je le croie. Et je devais me sauver moi-même.

J'ai pensé sauter par-dessus bord et partir à la nage, mais mon corps a refusé de bouger. J'étais à des centaines de kilomètres de la terre ferme, si ce n'est plus d'un millier. Je ne pourrais jamais nager sur une telle distance, même avec une bouée de sauvetage. Et puis qu'est-ce que je mangerais? Qu'est-ce que je boirais? Comment j'éloignerais les requins? Comment je resterais au chaud? Comment je saurais dans quelle direction aller? Il n'y avait pas l'ombre d'un doute quant à ces questions: quitter le bateau, c'était la mort certaine. Mais rester à bord, c'était quoi? Il viendrait vers moi comme le font tous les chats, sans faire de bruit. Avant même que je ne m'en aperçoive, il me saisirait à la nuque ou à la gorge et je serais transpercé par ses crocs. Je ne pourrais pas parler. Mon âme quitterait mon corps sans que je m'exprime une dernière fois. Ou bien il me tuerait en m'assenant un bon coup de patte, en me cassant le cou.

«Je vais mourir», balbutiai-je de mes lèvres tremblantes.

Une mort qui approche est déjà terrible, mais bien pire est une mort qui approche et qui accorde un sursis, un temps où tout le bonheur que vous avez connu et celui qui aurait pu être le vôtre se précisent à vos yeux. Vous voyez avec une intraitable lucidité tout ce que vous allez perdre. Cette vision vous pénètre d'une tristesse bien plus opprimante que celle qui surgirait dans votre esprit face à une voiture qui fonce sur vous ou aux flots où vous allez vous noyer. La sensation est vraiment insoutenable. Les mots *papa*, *maman*, *Ravi*, *Inde*, *Winnipeg* me frappèrent avec une fulgurante, une déchirante intensité.

J'allais abandonner. J'aurais tout laissé tomber – si une voix ne s'était pas fait entendre dans mon cœur. Cette voix dit: «Je ne vais pas mourir. Je refuse de mourir. Je passerai à travers ce cauchemar. Je vais gagner contre toute attente. Jusqu'ici, j'ai miraculeusement survécu. Je vais faire du miracle une routine. L'exceptionnel va devenir quotidien. Je mettrai tous les efforts nécessaires. Oui, tant que Dieu sera avec moi, je ne mourrai pas. Amen.»

Mon visage prit une allure grave et déterminée. C'est en toute modestie que je le dis, mais j'ai découvert à ce moment-là que j'avais une féroce volonté de vivre. Mon expérience m'avait montré que ce n'était pas évident. Quelques-uns d'entre nous abandonnent la vie dans un simple soupir de résignation. D'autres se battent un peu, puis perdent espoir. Et d'autres encore – et j'en suis – ne lâchent jamais. Nous résistons encore et encore et encore. Nous luttons quel que soit le prix du combat, quelles que soient les pertes encourues, quelle que soit l'improbabilité de la victoire. Nous luttons jusqu'au bout. Ce n'est pas une affaire de courage. C'est quelque chose qui est en nous, une inhabilité à abandonner. Ce n'est peut-être en fait qu'un bête appétit de vivre.

Richard Parker commença à grogner à la seconde même, comme s'il avait attendu que je devienne un ennemi digne de ce nom. La peur m'oppressa la poitrine.

«Vite, mon gars, vite», sifflai-je. Je devais organiser ma survie. Pas un instant à perdre. Il me fallait un abri et sans plus attendre. Je pensai à la proue que je m'étais construite avec une rame, mais la toile avait maintenant été déroulée à l'avant; il n'y avait plus rien pour maintenir la rame en place. Et je n'avais aucune assurance que de me suspendre au bout d'une rame allait vraiment me protéger de Richard Parker. Il pourrait fort bien tendre la patte et m'attraper. Il fallait trouver autre chose. Mon esprit travaillait à toute vitesse.

J'ai construit un radeau. Les rames, on s'en souvient, flottaient. Et j'avais des gilets de sauvetage et une solide bouée.

En retenant mon souffle, j'ai fermé le casier et je me suis penché sous la toile pour atteindre les autres rames sur les bancs latéraux. Richard Parker s'en est rendu compte. Je pouvais le voir entre les gilets de sauvetage. Chaque fois que je tirais une rame vers l'extérieur – imaginez le soin que j'y mettais –, il réagissait en bougeant un peu. Mais il ne s'est pas retourné. J'ai sorti trois rames. Il y en avait une quatrième qui était déjà déposée perpendiculairement sur la toile. J'ai soulevé le couvercle du casier pour clore l'ouverture donnant sur la tanière de Richard Parker.

J'avais quatre rames de soutien. Je les ai placées sur la toile autour de la bouée de sauvetage. La bouée était maintenant encadrée par les rames. Le radeau ressemblait à un jeu de tick-tack-toe avec un o dans le centre comme premier mouvement.

Maintenant, j'arrivais à la partie dangereuse. J'avais besoin des gilets de sauvetage. Les rauquements de Richard Parker étaient maintenant plus forts et ils faisaient vibrer l'air. L'hyène répondait par un gémissement, un gémissement frémissant, aigu, signe évident qu'une crise s'annonçait.

Je n'avais pas le choix. Il fallait que j'agisse. J'ai baissé le couvercle de nouveau. Les gilets de sauvetage étaient à portée de la main, mais quelques-uns étaient directement appuyés contre Richard Parker. L'hyène lança un cri.

J'ai tendu le bras pour atteindre le gilet le plus proche. J'ai eu de la difficulté à le saisir tant ma main tremblait. Je l'ai attrapé. Richard Parker n'a pas eu l'air de le remarquer. J'en ai sorti un autre. Et un autre encore. Je défaillais de peur. J'avais grand-peine à respirer. S'il le faut, me suis-je dit, avec ces gilets de sauvetage je pourrai toujours me jeter à l'eau. J'en ai tiré un dernier. J'en avais maintenant quatre.

En dégageant les rames l'une après l'autre, je les ai fait passer dans les emmanchures des gilets de sauvetage – entrant par l'une, sortant par l'autre – de manière que les gilets soient bien serrés aux quatre coins du radeau. Puis un à un je les ai bouclés solidement.

J'ai trouvé l'un des câbles flottants dans le casier. Me servant du couteau, j'ai coupé quatre bouts avec lesquels j'ai attaché solidement les rames aux quatre points où elles se croisaient. Ah ! si seulement j'avais eu l'occasion d'apprendre mes nœuds ! À chaque coin, j'ai noué le bout de filin dix fois et j'avais encore peur que les rames ne se séparent. Je travaillais fiévreusement, maudissant à chaque instant ma stupidité. Il y avait un tigre à bord et j'avais attendu trois jours et trois nuits avant de tenter de sauver ma vie !

J'ai ensuite coupé quatre sections additionnelles de câble avec lesquelles j'ai attaché la bouée de sauvetage à chacun des côtés du carré que j'avais façonné. J'ai entrelacé la corde de la bouée tout autour du radeau – par les gilets de sauvetage, autour des rames, par-dessus et par-dessous la bouée – en guise de précaution additionnelle afin que le radeau ne se défasse pas.

L'hyène rugissait maintenant au maximum de sa voix.

Il me restait une chose à faire. «Dieu, donne-moi le temps», suppliai-je. J'ai saisi le reste de la corde flottante. Il y avait un trou qui traversait l'étrave du bateau, près du sommet. J'y fis passer la corde et je la fixai. Il ne me restait plus qu'à nouer l'autre extrémité de la corde au radeau et je serais peut-être sauf.

L'hyène se tut. Mon cœur arrêta de battre puis redémarra à triple vitesse. Je me retournai.

«Jésus, Marie, Mahomet et Vishnu!»

Je vis ce qui allait rester en moi jusqu'à mon dernier jour. Richard Parker s'était levé et sortait. Il était à moins de cinq mètres de moi. Aïe! sa taille! C'était la fin de l'hyène, et la mienne. Je restai cloué sur place, paralysé, hypnotisé par ce qui se passait sous mes yeux. Ma courte expérience sur la relation entre des bêtes sauvages en liberté sur un bateau de sauvetage me portait à croire qu'il y aurait un tapage infernal et de hauts cris et des plaintes au moment où le sang serait versé. Mais l'affaire se passa presque en silence. L'hyène mourut sans gémir ni se lamenter, et Richard Parker la tua sans bruit. Le carnivore couleur feu jaillit de sous la toile et se lança sur l'hyène. Elle était appuyée contre le banc de poupe, derrière la carcasse du zèbre, clouée sur place. Elle n'offrit aucune résistance. Elle se recroquevilla plutôt, dressant le bout d'une patte en geste futile de défense. Sa face exprimait la terreur. Une patte massive s'abattit sur ses épaules. La mâchoire de Richard Parker se referma sur le côté de son cou. Son regard vitreux s'agrandit. Il y eut un bruit de craquement organique au moment où la trachée et l'épine dorsale étaient broyées. L'hyène frémit. Son regard s'éteignit. C'était fini.

Richard Parker laissa tomber l'animal et grogna. Mais un grognement discret, intime et sans conviction, aurait-on dit. Il haletait, la langue pendante. Il se lécha les babines. Il secoua la tête. Il renifla l'hyène morte. Il releva haut la tête et huma l'air. Il plaça ses pattes antérieures sur le banc de poupe et se dressa. Ses pattes étaient largement écartées. Le roulis du bateau, même s'il était léger, lui déplaisait visiblement. Il regarda au delà du plat-bord vers la mer. Il laissa tomber un feulement sourd et méchant. Il huma l'air une fois de plus. Il tourna lentement la tête. Elle tourna… tourna… tourna complètement jusqu'à regarder droit dans ma direction.

J'aimerais pouvoir décrire ce qui est arrivé ensuite, non pas tel que je l'ai vu, ce que j'arriverais peut-être à faire, mais tel que je l'ai ressenti. J'observais Richard Parker d'un angle qui le mettait le plus dramatiquement en valeur : de l'arrière, à moitié dressé, la tête tournée. La posture avait quelque chose d'une pose, comme si elle était intentionnelle, affectée même, la démonstration d'un art puissant. Et quel art, quelle puissance ! Sa présence était écrasante, mais en même temps sa souplesse gracieuse était tout aussi manifeste. Il était incroyablement musclé, mais son arrière-train était mince et son pelage luisant semblait flotter sur son ossature. Son corps, d'une couleur brun-roux brillant, strié de rayures verticales de velours noir, était incomparablement beau, créé harmonieusement comme par un œil d'artiste avec son poitrail et son ventre d'un blanc pur, et avec les anneaux noirs de sa longue queue. Il avait une tête grosse et ronde, de formidables favoris, une barbiche élégante et des moustaches pour sûr parmi les plus remarquables du monde félin, épaisses, longues et blanches. Sur le haut de sa tête, il y avait de petites oreilles expressives en forme d'arches parfaites. Sa face orange carotte avait une large arête de nez aux narines roses, et elle semblait avoir été maquillée avec une classe audacieuse. Des touches noires ondulées encerclaient cette face formant un motif saisissant mais subtil, car il n'attirait pas tant l'attention sur lui-même que sur l'autre partie de la tête où il ne figurait pas, l'arête du nez dont le lustre roux rayonnait presque. Les taches blanches au-dessus des yeux, sur les joues et autour de la gueule avaient l'air de touches finales dignes d'un danseur de kathakali. Le tout donnait une face qui ressemblait aux ailes d'un papillon et portait une expression vaguement ancienne et chinoise. Mais quand les yeux ambrés de Richard Parker rencontrèrent les miens, le regard était intense, froid, fixe, aucunement frivole ou amical; ils annonçaient un sang-froid parfait sur le point d'exploser de colère. Ses oreilles remuèrent et pivotèrent. Une de ses babines commença à monter puis à descendre. La canine jaune ainsi révélée avec fausse modestie était aussi longue que mon plus long doigt.

Chaque poil de mon corps était dressé, hurlant de peur.

C'est à ce moment-là que le rat apparut. Venu de nulle part, un rat brun tout maigre surgit sur le banc latéral, nerveux et hors d'haleine. Richard Parker sembla aussi étonné que moi. Le rat sauta sur la toile et courut dans ma direction. Lorsque je vis cela, à la fois sous le choc et la surprise, mes jambes m'abandonnèrent et je faillis tomber dans le casier. Devant mes yeux incrédules, le rongeur rebondit sur les différentes parties du bateau, sauta sur moi et me grimpa sur la tête, où je sentis dans mon cuir chevelu ses petites griffes s'agrippant de toutes leurs forces.

Les yeux de Richard Parker avaient suivi le rat. Ils étaient maintenant fixés sur ma tête.

Il compléta le mouvement de rotation de sa tête en tournant lentement son corps, déplaçant ses pattes antérieures latéralement le long du banc de côté. Il se laissa tomber sur le plancher du bateau avec une lourde facilité. Je pouvais voir le dessus de sa tête, son dos et sa longue queue recourbée. Il avait les oreilles à plat sur le crâne. En trois pas, il était au milieu du bateau. Sans effort, la moitié de son corps se dressa en l'air et ses pattes de devant vinrent s'appuyer sur le rebord roulé de la toile.

Il était à moins de trois mètres de moi. Sa tête, sa poitrine, ses pattes – aïe! si grosses, si grosses! Ses dents – tout un bataillon dans une gueule. Il se préparait à monter sur la toile. J'allais mourir.

Mais la mollesse de la toile lui paraissait bizarre et l'incommodait. Prudemment, il y exerça une pression. Il leva des yeux anxieux. D'être exposé à autant de lumière et d'espace libre ne lui plaisait pas non plus. Et le roulis du bateau continuait de l'importuner. L'espace d'un instant, Richard Parker hésita.

J'attrapai le rat et le lançai dans sa direction. Je peux encore le voir dans ma tête, tandis qu'il volait dans les airs – les griffes tendues et la queue dressée, le petit scrotum allongé et l'anus comme une pointe d'épingle. Richard Parker ouvrit la gueule et le rat, poussant des cris perçants, y fut englouti comme une balle de base-ball dans le gant d'un receveur. Sa queue sans poils disparut comme une nouille qu'on aspire dans la bouche.

Il parut satisfait de l'offrande. Il recula et retourna sous la toile. Immédiatement, mes jambes reprirent vie. Je bondis et soulevai une nouvelle fois le couvercle du casier pour bloquer l'espace entre le banc de proue et la toile.

J'entendis un bruyant reniflement et le bruit d'un corps qu'on traînait. Le déplacement de son poids fit un peu tanguer le bateau. Je commençai à entendre les sons d'une gueule qui mange. Je risquai un coup d'œil sous la toile. Je le vis au milieu du bateau. Vorace, il dévorait l'hyène par gros morceaux. L'occasion n'allait pas se renouveler. Je me penchai et retirai les gilets de sauvetage qui restaient – six en tout – et la dernière rame. J'en améliorerais le radeau. Au passage, je remarquai une odeur. Ce n'était pas l'effluve puissant de la pisse de chat. C'était la vomissure. Il y en avait une mare au fond du bateau. Cela devait venir de Richard Parker. Il avait donc bien le mal de mer.

J'attachai la longue corde au radeau. Le bateau de sauvetage y était maintenant lié. Puis je fixai un gilet de sauvetage de chaque côté du radeau, par en dessous. J'installai un autre gilet en travers de la bouée de sauvetage pour servir de siège. Je transformai la dernière rame en appui-pieds en la ficelant à un côté du radeau, à environ soixante centimètres de la bouée, et j'y nouai le dernier gilet. Mes doigts tremblaient tandis que je travaillais et j'avais le souffle court et tendu. Je vérifiai et vérifiai encore tous mes nœuds.

J'observai la mer. Rien qu'une grande et douce ondulation sans déferlement. Pas de moutons sur les crêtes. Le vent était faible et constant. Je regardai plus bas. Il y avait des poissons – de gros poissons au front saillant et une très longue nageoire dorsale, on les appelle des *daurades*, et des poissons plus petits, minces et longs, qui m'étaient inconnus, et d'autres plus petits encore – et il y avait des requins.

Je laissai le radeau s'éloigner du bateau. Si pour une raison quelconque il ne flottait pas, j'étais pour ainsi dire mort. Il se plut parfaitement sur la mer. En fait, les gilets de sauvetage flottaient si bien qu'ils maintenaient la bouée et les rames complètement au-dessus de l'eau. Mais mon cœur se serra. Aussitôt que le radeau toucha l'eau, les poissons s'enfuirent – sauf les requins. Ils restèrent. Trois ou quatre. L'un d'entre eux nagea même directement sous le radeau. Richard Parker feula.

Je me sentais comme un prisonnier poussé sur la planche par des pirates.

J'approchai le radeau aussi près du bateau que les extrémités des rames le permettaient. Je me penchai et plaçai mes mains sur la bouée de sauvetage. À travers les « fentes » du radeau – ce serait plus juste de les appeler de béantes crevasses –, j'examinai directement l'abîme insondable de la mer. J'entendis une fois de plus Richard Parker. Je m'affalai sur le radeau. Je restai à plat ventre, étendu de tout mon long, bras et jambes ouverts, totalement immobile. Je m'attendais à ce que le radeau chavire d'un instant à l'autre. Ou bien à ce qu'un requin jaillisse et morde à pleines dents gilets de sauvetage et rames. Mais rien n'arriva. Le radeau s'enfonça un peu et tangua, les bouts des rames pointant sous l'eau, mais il flotta, confiant. Les requins s'approchèrent mais ne touchèrent pas.

Je sentis un léger coup. Le radeau tourna sur lui-même. Je levai la tête. Le bateau de sauvetage et le radeau s'étaient déjà éloignés l'un de l'autre autant que le permettait le câble, d'environ douze mètres. Le câble était tendu, hors de l'eau, et oscillait dans l'air. C'était un spectacle extrêmement éprouvant. J'avais fui le bateau de sauvetage pour sauver ma vie. Maintenant, je voulais y retourner. Cette affaire de radeau était bien trop précaire. Il ne fallait que des dents de requin pour couper le câble, ou qu'un nœud se défasse ou qu'une grande vague s'effondre sur moi, et je serais perdu. En comparaison du radeau, la chaloupe paraissait maintenant un refuge sûr et confortable.

Avec précaution, je fis demi-tour. Je me levai. La stabilité était toujours bonne. Mon repose-pieds jouait bien son rôle. Mais l'ensemble était beaucoup trop petit. Il y avait tout juste l'espace pour s'asseoir et rien d'autre. Ce radeau-jouet, ce mini-radeau, ce micro-radeau serait bon pour un étang mais pas pour l'océan Pacifique. Je saisis le câble et je tirai. Plus je m'approchais du bateau de sauvetage, moins je tirais vite. Quand je fus proche du bateau, j'entendis Richard Parker. Il mangeait toujours.

J'hésitai de longues minutes.

Je restai sur le radeau. Je ne voyais pas ce que je pouvais faire d'autre. Mes options se limitaient à percher au-dessus d'un tigre ou à planer au-dessus de requins. Je savais parfaitement à quel point Richard Parker était dangereux. Les requins, eux, n'avaient pas encore prouvé qu'ils étaient malfaisants. Je vérifiai les nœuds qui retenaient le câble au bateau et au radeau. Je laissai glisser le câble jusqu'à ce que je sois à environ dix mètres du bateau, la distance qui marquait une espèce d'équilibre entre mes deux peurs : me trouver trop proche de Richard Parker et trop loin du bateau. Avec le reste du câble, je fis une boucle autour de la rame qui servait de repose-pieds. Je pouvais facilement relâcher le câble si besoin était.

Le jour tirait à sa fin. Il commençait à pleuvoir. Le ciel avait été couvert et il avait fait chaud toute la journée. Maintenant, la température chutait et l'averse était constante et froide. Tout autour de moi, de lourdes gouttes d'eau fraîche faisaient floc en tombant dans la mer, un gaspillage qui lui faisait des milliers de fossettes. Je tirai de nouveau sur le câble. Quand je me trouvai à la proue, je me mis à genoux et je saisis l'étrave. Je me hissai un peu et je regardai prudemment au-dessus du plat-bord. L'animal était hors de vue.

J'étendis vite le bras dans le casier. Je saisis un capteur à pluie, un sac de plastique de cinquante litres, une couverture et le manuel de survie. Je fis claquer le couvercle du casier. Je n'avais pas l'intention de le faire claquer – je voulais seulement protéger mes richesses de la pluie –, mais le couvercle glissa de mes mains mouillées. C'était une vilaine erreur. Par le geste même qui révélait ma présence à Richard Parker en faisant disparaître ce qui bloquait sa vue, je provoquai un grand bruit qui attira son attention. Il était accroupi sur l'hyène. Il tourna la tête immédiatement. De nombreux animaux détestent qu'on les dérange pendant qu'ils mangent. Richard Parker gronda férocement. Ses griffes se tendirent. Le bout de sa queue tressaillit brusquement. Je retombai sur le radeau et je crois que ce fut autant la terreur que le vent et le courant qui agrandirent si rapidement la distance entre radeau et bateau. Je laissai courir tout le câble. Je m'attendais à voir Richard Parker bondir hors de la chaloupe, volant sous la pluie, les dents et les griffes prêtes à m'atteindre. Je maintins les yeux fixés sur le bateau. Plus je regardais, plus l'attente était insoutenable.

Il n'apparut pas.

Quand j'eus enfin ouvert au-dessus de ma tête le capteur à pluie et enfoui mes pieds dans le sac de plastique, j'étais déjà trempé jusqu'aux os. Et la couverture s'était mouillée quand j'étais retombé sur le radeau. Je m'en enveloppai quand même.

La nuit tomba. Tout le paysage environnant disparut dans une profonde obscurité. Seul le petit coup régulier du câble qui retenait le radeau me rappelait que j'étais toujours attaché au bateau de sauvetage. La mer, à quelques centimètres en dessous de moi mais quand même trop loin pour que je la voie, ballottait le radeau. Des doigts d'eau se glissaient furtivement entre les fentes et me mouillaient le derrière.

CHAPITRE 54

Il a plu toute la nuit. Une nuit horrible, sans sommeil. Tout faisait du bruit. La pluie tambourinait en tombant sur le capteur à pluie et, venue des ténèbres qui m'entouraient, elle sifflait, comme si j'avais été au milieu d'une grande congrégation de serpents en colère. Quand le vent changeait de direction, la pluie le suivait et les parties de moi qui commençaient à se réchauffer étaient trempées de nouveau. Je déplaçais le capteur, seulement pour être quelques minutes plus tard désagréablement surpris quand le vent tournait encore. J'essayais de garder une petite partie de mon corps au sec et au chaud, autour de ma poitrine, là où j'avais placé le manuel de survie, mais l'humidité s'étendait avec un pervers entêtement. Je passai la nuit entière à grelotter de froid. L'idée que le radeau pourrait se défaire me préoccupait constamment, l'idée que les nœuds qui me liaient au bateau de sauvetage allaient se délier, qu'un requin allait attaquer. Des mains, je vérifiais sans cesse les nœuds et les attaches, tentant de les lire comme un aveugle lit le braille.

La pluie devint plus forte, la mer plus emportée à mesure que la nuit avançait. Le câble vers le bateau se tendait d'un coup brusque plutôt qu'avec une légère secousse, et le balancement du radeau s'accentuait de plus en plus et de manière imprévisible. Il continuait de flotter en s'élevant au-dessus des vagues, mais il n'avait pas de franc-bord et les vagues qui déferlaient le traversaient de part en part, m'entourant, moi, comme une rivière qui fait le tour d'un rocher. La mer était plus chaude que la pluie, mais cela voulait dire qu'aucun point de mon corps n'était resté sec cette nuit-là.

Au moins, j'ai bu. Je n'avais pas vraiment soif, mais je me forçai à boire. Le capteur à pluie avait l'air d'un parapluie inversé, un parapluie ouvert par le vent. La pluie coulait vers le centre, où il y avait un trou. Le trou donnait par un tube de caoutchouc dans une poche de captage faite d'un plastique épais et transparent. Au début, l'eau avait une saveur caoutchouteuse, mais la pluie rinça vite le contenant et l'eau eut bon goût.

Pendant ces longues, froides et noires heures, alors que le battement de la pluie invisible était devenu assourdissant et que la mer soufflait et se balançait en me ballottant, je ne pensai qu'à une chose: Richard Parker. J'élaborai plusieurs plans pour me débarrasser de lui afin que le bateau de sauvetage soit tout à moi.

Plan numéro un: le pousser hors du bateau. Quel bienfait en tirerais-je? Même si je réussissais à culbuter par-dessus bord deux cents kilos d'animal vivant féroce, les tigres sont des nageurs accomplis. Dans les Sundarbans, on les a vus nager dix kilomètres en pleine mer houleuse. S'il se retrouvait soudainement à la mer, Richard Parker n'aurait qu'à nager sur place, remonter à bord et me faire payer ma trahison.

Plan numéro deux: le tuer à l'aide des six seringues de morphine. Mais je n'avais aucune idée de l'effet qu'elles auraient sur lui. Est-ce qu'elles suffiraient à le tuer? Et comment au juste devais-je m'y prendre pour faire pénétrer la morphine dans son organisme? Je pouvais peut-être éventuellement arriver à le surprendre une fois, tout comme sa mère l'avait été quand on l'avait capturée – mais le surprendre assez longtemps pour pouvoir lui donner *six injections successives*? Impossible. Tout ce que j'obtiendrais en le piquant une fois avec une aiguille, ce serait une taloche qui m'arracherait la tête.

Plan numéro trois: l'attaquer avec toutes les armes disponibles. Absurde. Je n'étais pas Tarzan. J'étais un être vivant mais maigre, faible et végétarien. En Inde, il fallait monter de gros éléphants et tirer des coups de feu de puissants fusils pour tuer des tigres. Qu'est-ce que je devais faire moi, là où j'étais? Lui faire éclater une fusée de détresse en pleine face? Foncer vers lui avec une hachette dans chaque main et le couteau entre les dents? L'achever avec des aiguilles à coudre droites et recourbées? Si je parvenais seulement à le piquer un peu, ce serait déjà un exploit. En retour, lui, par contre, me déchirerait membre par membre, organe par organe.

Car s'il y a une chose qui est plus dangereuse qu'un animal en santé, c'est un animal blessé.

Plan numéro quatre: l'étrangler. J'avais un câble. Si je restais à la proue et que je m'arrangeais pour que le câble fasse le tour de la poupe et qu'un nœud coulant lui passe autour du cou, je pourrais alors tirer sur le câble tandis qu'il le tirerait de son côté pour se lancer sur moi. Alors, en voulant m'atteindre, il s'étranglerait. Un habile plan de suicide.

Plan numéro cinq: l'empoisonner, le faire flamber, l'électrocuter. Comment? Avec quoi?

Plan numéro six: mener une guerre d'usure. Tout ce que j'avais à faire, c'était de laisser les incontournables lois de la nature mener leur cours et je serais sauvé. Attendre qu'il dépérisse et meure n'exigerait aucun effort de ma part. J'avais des provisions pour des mois. Qu'est-ce qu'il avait? À peine quelques carcasses qui allaient bientôt se gâter. Qu'est-ce qu'il mangerait ensuite? Et mieux encore: comment s'approvisionnerait-il en eau? Il pourrait durer des semaines sans nourriture, mais aucun animal, quelle que soit sa puissance, ne peut se passer d'eau pendant une période prolongée.

Une modeste lueur d'espoir vacilla en moi, comme une bougie dans la nuit. J'avais un plan et il était bon. Je n'avais qu'à survivre pour le mettre en pratique.

CHAPITRE 55

L'aube vint et empira les choses. Car maintenant, émergeant de l'obscurité, je pouvais voir ce que jusqu'à ce moment-là j'avais seulement senti, l'imposant rideau de pluie s'abattant sur moi depuis des hauteurs fantastiques et les vagues qui se jetaient et marchaient sur moi l'une après l'autre.

Les yeux mornes, tremblant et engourdi, une main agrippant le capteur à pluie, l'autre accrochée au radeau, je continuai à attendre.

Un peu plus tard, la pluie s'arrêta d'une manière si brusque que le silence qui suivit accentua le contraste. Le ciel s'éclaircit et les vagues semblèrent fuir avec les nuages. Le changement fut aussi soudain que le passage d'un pays à un autre sur la terre ferme. J'étais maintenant sur un océan différent. Rapidement, le soleil se retrouva seul dans le ciel, et l'océan devint une peau satinée qui réfléchissait la lumière de ses innombrables miroirs.

J'étais courbatu, j'avais mal partout et j'étais épuisé, à peine reconnaissant d'être encore en vie. Les mots «Plan numéro six, Plan numéro six, Plan numéro six» revenaient dans mon esprit comme un mantra et m'apportaient un peu de réconfort, même si je n'aurais pu me souvenir au prix de ma vie de ce qu'était le plan numéro six. La chaleur commença à me réchauffer la carcasse. Je refermai le capteur à pluie. Je m'enveloppai dans la couverture et me recroquevillai sur le côté de manière qu'aucune partie de mon corps ne touchât l'eau. Je m'endormis. Je ne sais pour combien de temps. On était au milieu de la matinée quand je m'éveillai, et il faisait chaud. La couverture était presque sèche. J'avais brièvement dormi d'un sommeil profond. Je me dressai sur un coude.

Tout, autour de moi, était plat et sans limites, un panorama bleu infini. Il n'y avait rien qui me bloquât la vue. L'immensité me frappa comme un coup de poing dans l'estomac. Je retombai en arrière, le souffle coupé. Ce radeau était une farce. Ce n'était rien d'autre que quelques bâtons et un petit morceau de liège tenus ensemble par une ficelle. L'eau pénétrait par toutes les fentes. La profondeur au-dessous était à donner le vertige à un oiseau. Je jetai un coup d'œil sur le bateau de sauvetage. Ce n'était guère mieux que la moitié d'une coquille de noix. Il tenait à la surface de l'eau comme des doigts qui s'agrippent au bord d'un précipice. C'était une question de temps avant que la gravité ne l'engloutisse.

Mon compagnon de naufrage apparut. Il se dressa sur le plat-bord et regarda dans ma direction. L'apparition soudaine d'un tigre est saisissante dans n'importe quelles circonstances, mais elle l'était davantage ici. L'étrange contraste entre la vive couleur orange, rayée, de son pelage et le blanc inerte de la coque du bateau était incroyablement fascinant. Mes sens à bout de nerfs furent saisis. Si énorme qu'il fût, le Pacifique qui nous entourait eut soudainement l'air d'un étroit fossé entre nous, sans barreaux ni murs.

«Plan numéro six, Plan numéro six, Plan numéro six», murmurait urgemment mon esprit. Mais quel *était* le Plan numéro six? Ah oui, la guerre d'usure. Le jeu de l'attente. La passivité. Laisser les choses se dérouler. Les lois incontournables de la nature. La marche incessante du temps et l'emmagasinage des ressources. C'était ça, le Plan numéro six.

Une pensée frappa mon esprit comme un cri de colère: «Imbécile et idiot! Espèce d'abruti! Pauvre singe demeuré! *Le Plan numéro six est le pire de tous!* Ici et maintenant, Richard Parker a peur de la mer. Elle a failli être son tombeau. Mais affolé par la soif et la faim, il va surmonter sa crainte, et il fera tout ce qu'il pourra pour satisfaire ses besoins. Il va changer ce fossé en un pont. Il nagera jusqu'où il faudra pour attraper le radeau à la dérive et la nourriture qui s'y trouve. Quant à l'eau, as-tu donc oublié que les tigres des Sundarbans sont connus pour boire l'eau saline? Penses-tu vraiment être capable de durer plus longtemps que ses reins? Je te le dis en deux mots: si tu engages une guerre d'usure, tu la perdras! Tu mourras! EST-CE ASSEZ CLAIR?»

CHAPITRE 56

Je dois dire un mot sur la peur. C'est le seul adversaire réel de la vie. Il n'y a que la peur qui puisse vaincre la vie. C'est une ennemie habile et perfide, et je le sais bien. Elle n'a aucune décence, ne respecte ni lois ni conventions, ne manifeste aucune clémence. Elle attaque votre point le plus faible, qu'elle trouve avec une facilité déconcertante. Elle naît d'abord et invariablement dans votre esprit. Un moment vous vous sentez calme, en plein contrôle, heureux. Puis la peur, déguisée en léger doute, s'immisce dans votre pensée comme un espion. Ce léger doute rencontre l'incrédulité et celle-ci tente de le repousser. Mais l'incrédulité est un simple fantassin. Le doute s'en débarrasse sans se donner de mal. Vous devenez inquiet. La raison vient à votre rescousse. Vous êtes rassuré. La raison dispose de tous les instruments de pointe de la technologie moderne. Mais, à votre surprise et malgré des tactiques supérieures et un nombre impressionnant de victoires, la raison est mise K.-O. Vous sentez que vous vous affaiblissez, que vous hésitez. Votre inquiétude devient frayeur.

Ensuite, la peur se tourne vers votre corps, qui sent déjà que quelque chose de terrible et de mauvais est en train de survenir. Déjà, votre souffle s'est envolé comme un oiseau et votre cran a fui en rampant comme un serpent. Maintenant, vous avez la langue qui s'affale comme un opossum, tandis que votre mâchoire commence à galoper sur place. Vos oreilles n'entendent plus. Vos muscles se mettent à trembler comme si vous aviez la malaria et vos genoux à frémir comme si vous dansiez. Votre cœur pompe follement, tandis que votre sphincter se relâche. Il en va ainsi de tout le reste de votre corps. Chaque partie de vous, à sa manière, perd ses moyens. Il n'y a que vos yeux à bien fonctionner. Ils prêtent toujours pleine attention à la peur.

Vous prenez rapidement des décisions irréfléchies. Vous abandonnez vos derniers alliés: l'espoir et la confiance. Voilà que vous vous êtes défait vous-même. La peur, qui n'est qu'une impression, a triomphé de vous.

Cette expérience est difficile à exprimer. Car la peur, la véritable peur, celle qui vous ébranle jusqu'au plus profond de vous, celle que vous ressentez au moment où vous êtes face à votre destin final, se blottit insidieusement dans votre mémoire, comme une gangrène: elle cherche à tout pourrir, même les mots pour parler d'elle. Vous devez donc vous battre très fort pour l'appeler par son nom. Il faut que vous luttiez durement pour braquer la lumière des mots sur elle. Car si vous ne le faites pas, si la peur devient une noirceur indicible que vous évitez, que vous parvenez peut-être même à oublier, vous vous exposez à d'autres attaques de peur parce que vous n'aurez jamais réellement bataillé contre l'ennemi qui vous a défait.

CHAPITRE 57

C'est Richard Parker qui m'a rasséréné. C'est l'ironie de cette histoire que celui qui au départ me donnait une peur bleue fut celui-là même qui m'amena la paix, la détermination, et je dirais même la plénitude d'exister.

Il me regardait intensément. Après un moment, je reconnus ce regard. J'avais grandi avec lui. C'était le regard d'un animal satisfait qui observait depuis sa cage ou son enclos, comme vous et moi, encore attablés au restaurant après un bon repas, observerions les gens autour de nous tout en bavardant. De toute évidence, Richard Parker avait mangé de l'hyène à satiété et bu toute l'eau de pluie qu'il voulait. Ses lèvres étaient immobiles, on ne voyait pas ses dents, il ne grognait pas, il ne feulait pas. Il prenait ma mesure, m'observait, d'une manière grave mais qui n'était pas menaçante. Il remuait continuellement les oreilles en tournant la tête de tous les côtés. C'était tellement, comment dirais-je, *félin*. Il avait l'air d'un beau gros chat domestique, un matou tigré bien enrobé de deux cents kilos.

Il expira bruyamment en s'ébrouant. Je dressai l'oreille. Il le fit une deuxième fois. J'étais stupéfait. *Prusten?*

Les tigres font toutes sortes de bruits. Cela inclut divers cris, des variations de râles et de grondements, le plus bruyant de ces derniers étant probablement le *aaonh* lancé à pleine gorge, habituellement utilisé pendant la saison du rut par les mâles et les femelles en chaleur. C'est un cri qui porte très loin, et il pétrifie quand on l'entend de proche. Les tigres font aussi *woof* quand ils sont pris au dépourvu, une détonation de colère courte et précise qui devrait immédiatement vous faire fuir en prenant vos jambes à votre cou si elles n'étaient pas gelées sur place. Quand ils chargent, menaçants, les tigres rauquent en émettant des sons rudes venus d'une gorge enrouée. Leur cri pour proférer une menace a une tonalité gutturale différente. En plus, ils crachent et feulent, ce qui, selon l'émotion qu'ils ressentent, soit fait penser au froissement de feuilles d'automne sur le sol, mais en plus sonore, soit rappelle, quand c'est plutôt un éclat de fureur, le grincement d'une porte géante aux pentures rouillées qui s'ouvre lentement – et dans les deux cas, cela vous glace d'horreur. Les tigres s'expriment encore autrement. Ils grommellent et ils gémissent. Ils ronronnent, mais pas aussi mélodieusement ou fréquemment que les petits chats, et uniquement quand ils expirent. (Il n'y a que les petits chats qui ronronnent en expirant et en aspirant. C'est l'une des différences caractéristiques entre grands et petits chats. Une autre est que seuls les grands chats peuvent rugir. C'est une bonne chose. Je pense en effet que la popularité des chats domestiques diminuerait très rapidement si le chaton pouvait rugir quand il n'est pas content.) Les tigres miaulent même, avec une modulation similaire à celle des chats domestiques, mais en plus fort et dans un registre plus grave, soit pas tout à fait le genre de bruit qui vous amènerait à vous pencher pour les prendre dans vos bras. Enfin, les tigres peuvent également être totalement, majestueusement silencieux.

En grandissant, j'avais entendu tous les cris du tigre. Sauf *prusten*. La raison pour laquelle j'en connaissais l'existence, c'était que papa m'en avait parlé. Il en avait lu des descriptions dans des écrits spécialisés. Mais il ne l'avait entendu qu'une fois d'un jeune mâle qu'on soignait pour une pneumonie à la clinique vétérinaire du zoo de Mysore, où il effectuait une visite de travail. *Prusten* est un petit son cordial, le plus silencieux des appels du tigre, un souffle comme un *pouf* sorti du nez pour marquer l'amitié et de bonnes intentions.

Richard Parker le fit de nouveau, cette fois-ci en dodelinant de la tête. Il avait tout à fait l'air de me poser une question.

Je le regardai, plein d'émerveillement et craintif à la fois. Comme il n'y avait pas de menace immédiate, mon souffle ralentit, mon cœur cessa de marteler ma poitrine, et je commençai à reprendre mes sens.

Il fallait que je l'apprivoise. C'est à ce moment-là que j'en ai découvert la nécessité. Ce n'était plus une question de lui ou moi, c'était une question de lui et moi. Nous étions, littéralement et figurativement, dans le même bateau. Nous allions vivre – ou nous allions mourir – ensemble. Il pourrait être tué dans un accident ou il pourrait mourir prochainement de causes naturelles, mais il aurait été fou de compter sur de telles éventualités. Le plus probable, c'était que le pire allait survenir : le simple déroulement du temps, là où sa résistance animale dépasserait facilement ma fragilité humaine. C'est seulement si je l'apprivoisais que je pourrais éventuellement l'amener par la ruse à mourir en premier, si nous devions en arriver à une aussi triste situation.

Mais il y a plus. Je vais tout vous dire. Je vais vous confier un secret : quelque part en moi, j'étais heureux que Richard Parker soit là. Quelque part en moi, je ne voulais pas du tout que Richard Parker meure, parce que s'il mourait je resterais seul avec mon désespoir, un ennemi encore plus redoutable qu'un tigre. Si j'avais encore la volonté de vivre, c'était grâce à Richard Parker. Il m'empêchait de trop penser à ma famille et à la situation tragique dans laquelle je me trouvais. Il me poussait à continuer à vivre. Je le détestais pour autant, mais en même temps je lui en étais reconnaissant. Je lui en suis encore reconnaissant. C'est la vérité pure et simple : sans Richard Parker, je ne serais pas vivant aujourd'hui pour vous raconter mon histoire.

Je regardai l'horizon tout autour. Est-ce que je n'avais pas là une piste parfaite de cirque, inéluctablement ronde, sans le moindre coin où se cacher ? Je regardai la mer. N'y avait-il pas là la source parfaite de gâteries pour l'amener à obéir ? Je remarquai un sifflet qui pendait de l'un des gilets de sauvetage. Est-ce que ça ne me servirait pas de fouet pour le tenir en main ? Qu'est-ce qui me manquait ici pour apprivoiser Richard Parker? Du temps? Il pourrait se passer des semaines avant qu'un navire me voie. J'avais tout le temps au monde. De la volonté? Il n'y a rien comme le besoin extrême pour donner de la volonté. Des connaissances? Est-ce que je n'étais pas le fils d'un directeur de zoo? Une récompense? Est-ce qu'il y avait une récompense plus grande que la vie? une punition plus grande que la mort? Je regardai Richard Parker. Ma panique avait disparu. J'avais dominé ma peur. La survie était à proximité.

Que sonnent les trompettes. Qu'on entende le roulement des tambours. Que le spectacle commence. Je me levai. Richard Parker le remarqua. L'équilibre n'était pas facile à maintenir. Je respirai profondément et je criai: «Mesdames et messieurs, garçons et filles, dépêchez-vous de gagner vos sièges! Vite, vite. Vous ne voulez pas arriver en retard. Asseyez-vous, ouvrez les yeux, ouvrez votre cœur et préparez-vous à être étonnés. Et voici, pour votre plaisir et votre instruction, pour votre satisfaction et votre édification, le spectacle que vous avez attendu toute votre vie, LE PLUS GRAND SPECTACLE DE LA PLANÈTE! Êtes-vous prêts pour le miracle de ce spectacle? Oui? Eh bien: ils sont merveilleusement adaptables. Vous les avez vus dans les climats gelés et couverts de neige des forêts tempérées. Vous les avez vus dans les moussons des jungles denses et tropicales. Vous les avez vus dans la brousse clairsemée des zones semi-arides. Vous les avez vus dans des mangroves saumâtres. En vérité, ils auraient leur place partout. Mais vous ne les avez jamais vus là où vous allez les voir maintenant! Mesdames et messieurs, garçons et filles, sans plus attendre, c'est pour moi un plaisir et un honneur de vous présenter: LE CIIIIIIIIIIIRRRRRQUE AQUATIIIIIIIIIIIIIIQUE TRANSPACIFIIIIIIIIIIIIQUE INDO-CANADIEN DE PI PATEL!!! TRIIIIII! TRIIIIII! TRIIIIII! TRIIIIII! TRIIIIII! TRIIIIII!

J'ai eu tout un effet sur Richard Parker. Au tout premier coup de sifflet, il eut un mouvement de recul et il grogna. Ah! Qu'il saute à l'eau s'il en a envie! Qu'il essaie donc!

«TRIIIIII! TRIIIIII! TRIIIIII! TRIIIIII! TRIIIIII! TRIIIIII!»

Il rauqua et dressa ses griffes en l'air. Mais il ne bondit pas. Il ne craindrait peut-être pas la mer quand la faim et la soif l'auraient rendu à moitié fou, mais maintenant, c'était une peur sur laquelle je pouvais compter.

« *TRIIIII! TRIIIII! TRIIIII! TRIIIII! TRIIIII! TRIIIII!* »

Il recula et descendit vers le fond du bateau. La première séance d'apprivoisement était terminée. C'était un indéniable succès. J'arrêtai mon coup de sifflet et je me laissai tomber sur le radeau, hors d'haleine et épuisé.

Et alors ceci m'est venu :

Plan numéro sept : le garder en vie.

CHAPITRE 58

Je sortis le manuel de survie. Les pages en étaient encore humides. Je les tournai avec soin. Le manuel était l'œuvre d'un commandant de la Marine royale britannique. C'était une mine de renseignements pratiques sur la survie en mer après un naufrage. Il y avait des tuyaux comme :

- Lisez toujours les instructions avec soin.
- Ne buvez pas d'urine. Ni d'eau de mer. Ni de sang d'oiseau.
- Ne mangez pas de méduse. Ou de poisson à piquants.
- Ou à bec de perroquet. Ou qui se gonfle comme un ballon.
- Presser les yeux d'un poisson le paralyse.
- Le corps est capable d'héroïsme dans la lutte. Si un naufragé est blessé, méfiez-vous des traitements médicaux bien intentionnés mais malavisés. L'ignorance est le pire médecin, tandis que le repos et le sommeil sont les meilleurs infirmiers.
- Reposez vos pieds en hauteur au moins cinq minutes toutes les heures.
- Évitez les efforts inutiles. Mais un esprit inactif tend à se déprimer, il faut donc garder l'esprit occupé à n'importe

quelle distraction disponible. Les jeux de cartes, les charades, les devinettes et «Mon p'tit œil voit» sont d'excellentes et simples formes de récréation. Chanter en chœur offre une façon garantie de remonter le moral. Raconter des histoires est aussi hautement recommandé.

- L'eau verte est moins profonde que l'eau bleue.
- Méfiez-vous des nuages lointains qui ressemblent à des montagnes. Cherchez du vert. Finalement, il n'y a que le pied pour juger de la terre ferme.
- Ne faites pas de natation. Cela gaspille l'énergie. De plus, un bateau de sauvetage peut dériver plus vite que vous ne pouvez nager. Sans parler des dangers de la vie marine. Si vous avez chaud, mouillez plutôt vos vêtements.
- N'urinez pas dans vos vêtements. La chaleur momentanée ne compense pas les irritations de la peau.
- Mettez-vous à l'abri. L'exposition aux éléments peut tuer plus vite que la soif ou la faim.
- Aussi longtemps qu'il n'y a pas de perte excessive d'eau par la transpiration, le corps peut survivre jusqu'à quatorze jours sans eau. Si vous avez soif, sucez un bouton.
- Les tortues sont faciles à attraper et offrent de succulents repas. Leur sang est un bon breuvage, nourrissant et non salé; leur chair est savoureuse et bourrative; leur graisse a de nombreux usages et le naufragé trouvera dans les œufs de tortue de véritables gâteries. Méfiez-vous du bec et des griffes.
- Ne laissez pas baisser votre moral. Vous pouvez être découragé sans être vaincu. Souvenez-vous: c'est l'esprit qui, avant tout, compte. Si vous avez la volonté de vivre, vous allez vivre. Bonne chance!

Il y avait aussi quelques lignes très complexes sur l'art et la science de la navigation. J'appris que l'horizon, vu d'une hauteur d'un mètre cinquante par un jour clair, était à quatre kilomètres.

La recommandation formelle de ne pas boire d'urine était tout à fait inutile. Qui s'est appelé « Pisse » pendant son enfance préférerait mourir plutôt que de porter une tasse d'urine à ses lèvres, même seul dans un bateau de sauvetage au milieu de l'océan Pacifique. Et les recommandations gastronomiques ont simplement confirmé dans mon esprit que les Anglais n'avaient aucune idée du sens du mot *nourriture*. À part cela, le manuel était une brochure fascinante sur la manière d'éviter d'être mariné dans la saumure. Il n'y avait qu'un sujet important qui n'était pas traité : comment établir des relations alpha-omega avec les principaux parasites animaux d'un bateau de sauvetage.

Il fallait que j'établisse un programme d'entraînement pour Richard Parker. Il fallait que je lui fasse comprendre que j'étais le tigre supérieur et que son territoire était limité au plancher du bateau, au banc de poupe et aux bancs latéraux jusqu'au banc transversal central. Il fallait que je grave dans son esprit que la proue du bateau et le dessus de la toile goudronnée jusqu'à la limite neutre du banc du milieu étaient *mon* territoire et lui étaient totalement interdits.

Il fallait que je commence très bientôt à pêcher. Il ne faudrait pas longtemps à Richard Parker pour achever les carcasses d'animaux. Au zoo, les lions et les tigres adultes mangeaient en moyenne de quatre à cinq kilos de viande par jour.

Il y avait bien d'autres choses encore que je devais faire. Il fallait que je trouve comment me mettre à l'abri. Si Richard Parker restait continuellement sous la toile, c'est qu'il avait une très bonne raison. Toujours rester dehors, exposé au soleil, au vent, à la pluie et à la mer était épuisant, non seulement pour le corps mais aussi pour l'esprit. Ne venais-je pas de lire que l'exposition aux éléments pouvait tuer rapidement ? Il fallait que je fabrique une sorte d'auvent.

Je devais attacher le radeau au bateau par un deuxième câble, au cas où le premier se briserait ou se détacherait.

Il fallait améliorer le radeau. Pour l'instant, il tenait la mer, mais il était à peine habitable. Il était nécessaire que je l'aménage pour y vivre jusqu'à ce que j'installe mes quartiers permanents dans la chaloupe. Entre autres, il me fallait une manière de m'y tenir au sec. Ma peau était toute ridée et enflée tellement elle était toujours mouillée. Il fallait que ça change. Et je devais trouver comment entreposer des choses sur le radeau.

Je devais cesser d'espérer autant qu'un navire vienne à mon secours. Je ne devais pas compter sur une aide d'ailleurs. Je devais être moi-même à l'origine de ma survie. D'après mon expérience, la pire erreur d'un naufragé est de trop espérer et de ne pas agir assez. La survie commence avec l'observation de ce qui est tout près, à sa portée immédiate. Être à l'affût de secours dans une oisive espérance, c'est gaspiller sa vie en rêves inutiles.

J'avais bien des choses à faire.

Je jetai un coup d'œil à l'horizon vide. Il y avait tant d'eau. Et j'étais tout seul. Tout seul.

J'éclatai et pleurai à chaudes larmes. J'enfouis mon visage dans mes bras croisés et je sanglotai. Ma situation était manifestement sans espoir.

CHAPITRE 59

J'avais beau être seul, j'avais beau être perdu, la faim et la soif me tenaillaient néanmoins. Je tirai sur le câble. Il y avait une légère tension. Aussitôt que je relâchais ma prise, le câble filait entre mes mains et la distance entre le radeau et la chaloupe de sauvetage augmentait. Le bateau dérivait donc plus rapidement que le radeau et le tirait. Je notai le fait sans en penser quoi que ce soit. Mon esprit était plutôt occupé par les agissements de Richard Parker.

Selon toute apparence, il était sous la toile.

Je tirai sur le câble jusqu'à ce que je sois près de la proue. Je me levai vers le plat-bord. Tandis que j'étais accroupi, me préparant à faire un rapide raid dans le casier, une série de vagues me fit réfléchir. Je remarquai que lorsque le radeau s'était trouvé près du bateau, celui-ci avait changé de direction. Il n'était plus perpendiculaire aux vagues mais plutôt parallèle à elles et il commençait à osciller d'un côté à l'autre, produisant ce roulis qui était si désagréable pour l'estomac. La raison de ce changement me devint claire : le radeau, une fois libéré, servait d'ancre flottante, de masse qui retenait le bateau et amenait la proue à faire face aux vagues. Vous voyez, les vagues et les vents constants sont habituellement perpendiculaires les unes aux autres. Alors, si un bateau est poussé par le vent mais retenu par une ancre flottante, il va se tourner jusqu'à offrir la moindre résistance au vent – c'est-à-dire jusqu'à se trouver en ligne avec lui et à angle droit par rapport aux vagues, ce qui se trouve à causer un tangage de l'avant vers l'arrière qui est beaucoup plus confortable que le roulis d'un côté à l'autre. Le radeau se trouvant le long du bateau, l'effet de résistance était disparu et il n'y avait rien pour tourner l'avant du bateau dans la direction du vent. Il se plaçait donc parallèlement aux vagues et il roulait.

Ce qui peut paraître un détail était quelque chose qui allait me sauver la vie et que Richard Parker en viendrait à regretter.

Comme pour confirmer ma toute nouvelle découverte, je l'entendis gronder. C'était un grondement désolé, sur un ton qui révélait l'inexpérience et le malaise. Il était peut-être bon nageur mais il n'avait pas la patte marine.

Mes chances augmentaient.

De crainte que je ne devienne impudent quant à mon habileté à le manipuler, je reçus alors un avertissement discret mais sinistre sur ce que j'allais affronter. Il semblait que Richard Parker était un pôle de vie tellement magnétique, d'une vitalité si charismatique que les autres formes de vie le trouvaient intolérables. J'allais me dresser au-dessus de la proue quand j'entendis un léger bourdonnement sec. Je vis quelque chose de petit tomber dans l'eau juste à côté de moi.

C'était un cafard. Il flotta pendant un instant ou deux avant d'être avalé par une bouche sous-marine. Un autre cafard se jeta dans l'eau. Dans la minute qui suivit, de chaque côté de la proue, une dizaine de cafards firent floc dans l'eau. Un poisson réclama son droit sur chacun d'eux.

Les dernières formes de vie étrangères à la mer abandonnaient le bateau.

Je levai prudemment le regard plus haut que le plat-bord. La première chose que je vis, installé dans un repli de la toile goudronnée au-dessus du banc de proue, fut un gros cafard, peut-être le patriarche du clan. Je l'observai, étrangement fasciné. Quand il décida que le moment était venu, il déploya ses ailes, s'élança dans l'air avec un minuscule cliquetis, fit brièvement du surplace au-dessus du bateau, comme pour s'assurer que personne n'était laissé en arrière, puis vira par-dessus bord vers sa mort.

Maintenant, nous étions deux. En cinq jours la population d'orangs-outans, de zèbres, d'hyènes, de rats, de mouches et de cafards avait été éliminée. À part des bactéries et des vers qui pouvaient encore vivre dans les restes des animaux, il n'y avait d'autre vie sur le bateau de sauvetage que Richard Parker et moi.

Ce n'était pas une pensée qui me soulageait.

Je me dressai, à bout de souffle, et soulevai le couvercle du casier. Je me gardai bien de regarder sous la toile de peur que mon regard ne soit comme un cri et n'attire l'attention de Richard Parker. Ce n'est qu'une fois que le couvercle eut été appuyé contre la toile que j'osai laisser mes sens se rendre compte de ce qu'il y avait au delà.

Une odeur parvint à mes narines, un effluve musqué d'urine, très puissant, l'odeur de n'importe quelle cage de fauve dans un zoo. Les tigres ont un instinct territorial très développé et c'est avec leur urine qu'ils marquent les frontières de leur espace. C'était une bonne nouvelle apportée par un vilain messager : l'odeur venait exclusivement de sous la toile. Les réclamations territoriales de Richard Parker semblaient se limiter au plancher du bateau. C'était prometteur. Si je pouvais faire que la toile soit mienne, nous pourrions peut-être nous entendre.

Je retins mon souffle, inclinai la tête et la penchai sur le côté pour voir au delà du couvercle du casier ouvert. Il y avait de l'eau de pluie, environ dix centimètres, qui clapotait sur le plancher du bateau – le petit étang d'eau fraîche de Richard Parker. Il faisait exactement ce que j'aurais fait à sa place : il restait à l'ombre au frais. Le jour devenait horriblement chaud. Il était à plat sur le plancher, me tournant le dos, les pattes postérieures étirées vers l'arrière, tournées vers le haut, le ventre et les cuisses allongés directement sur le fond de l'embarcation. La position semblait ridicule, mais elle était sans doute très plaisante.

Je revins à mes affaires de survie. J'ouvris un carton de ration d'urgence et je mangeai à ma faim, environ le tiers du paquet. C'était remarquable comme il fallait peu de nourriture pour donner à mon estomac l'impression qu'il était rassasié. J'allais boire à même la poche du capteur à pluie que je portais en bandoulière sur l'épaule quand mon regard se porta sur les contenants de verre gradués. Je ne pouvais pas faire saucette, certes, mais pourquoi pas une petite gorgée ? Mes provisions d'eau n'allaient pas durer long-temps. Je saisis l'un des contenants, je me penchai, abaissai le couvercle du casier juste ce qu'il fallait et plongeai en tremblant le gobelet dans l'étang de Parker, à environ un mètre de ses pattes postérieures. Les coussinets de ses pattes retournées, avec leur fourrure mouillée, ressemblaient à de petites îles désertes entourées d'algues.

Je ramenai au moins cinq cents millilitres. Le liquide était un peu décoloré. Il y avait des petits grains qui y flottaient. Me suis-je inquiété à l'idée d'ingérer quelque horrible bactérie ? Je n'y ai même pas pensé. Tout ce que j'avais à l'esprit, c'était ma soif. Je bus ce gobelet jusqu'à la lie avec grande satisfaction.

La nature étant une recherche de l'équilibre, je n'ai pas été sur-pris de sentir presque immédiatement le besoin d'uriner. Je me soulageai dans le gobelet. Je produisis si exactement la quantité que je venais de boire que c'était comme si une minute ne s'était pas écoulée et que j'étais encore en train de contempler l'eau de pluie de Richard Parker. J'hésitai. Je ressentis l'envie de pencher le gobelet vers ma bouche une fois de plus. Je résistai à la tentation. Mais ce fut difficile. Au diable la moquerie : mon urine semblait délicieuse ! Je ne souffrais pas encore de déshydratation, le liquide était donc d'une couleur pâle. Il brillait au soleil avec l'allure d'un verre de jus de pomme. Et il portait une garantie de fraîcheur avec laquelle ne pouvait rivaliser l'eau en cannettes qui était mon ordinaire. Mais j'obéis à mon bon sens. Je répandis mon urine sur la toile goudronnée et sur le couvercle du casier, définissant ainsi le territoire que je revendiquais.

Je dérobai deux autres gobelets d'eau à Richard Parker, sans uriner, cette fois. Je me sentis fraîchement arrosé comme une plante en pot.

Le temps était venu d'améliorer mon lot. Je me tournai vers le contenu du casier et toutes les promesses qu'il renfermait.

J'en sortis un autre câble et m'en servis pour attacher plus solidement le radeau au bateau.

Je découvris ce qu'est un alambic solaire. C'est un appareil qui sert à transformer l'eau de mer en eau douce. Il est formé d'un cône gonflable transparent installé sur une chambre flottante à la forme de bouée de sauvetage qui possède une surface de canevas caoutchouté noir étendue en son centre. L'alambic fonctionne selon le principe de la distillation : l'eau de mer se trouvant sur le canevas noir sous le cône scellé est réchauffée par le soleil et s'évapore, se déposant sur la surface interne du cône. Cette eau sans sel dégoutte vers une rigole pratiquée au périmètre du cône, d'où elle est recueillie par une poche. Le bateau de sauvetage disposait de douze alambics solaires. Je lus les instructions très attentivement, comme le manuel de survie m'enjoignait de le faire. Je gonflai les douze cônes et je remplis chacune des chambres flottantes avec les dix litres d'eau de mer indiqués. Je fis un chapelet des alambics, attachant un bout de la flottille au bateau de sauvetage, l'autre au radeau, ce qui m'assurait que non seulement je n'allais pas perdre mes alambics si l'un de mes nœuds se défaisait, mais que j'avais, en réalité, un deuxième câble d'urgence qui me maintiendrait lié à la chaloupe. Flottant sur l'eau, les alambics avaient belle allure et semblaient très technologiques, mais aussi ils paraissaient fragiles et j'avais des doutes quant à leur capacité de produire de l'eau douce.

Je consacrai ensuite mon attention à l'amélioration du radeau. J'examinai chacun des nœuds qui le tenaient ensemble, m'assurant qu'il était sûr et serré. Après réflexion, je décidai de transformer la cinquième rame, celle qui me servait à m'appuyer les pieds, en une sorte de mât. Je détachai la rame. Avec le côté en dents de scie de la lame du couteau de chasse, je pratiquai minutieusement une encoche dans la rame, à peu près à mi-chemin, et avec la pointe du couteau je fis trois trous à travers la partie plate. Le travail avançait lentement mais était satisfaisant. Il me gardait l'esprit occupé. Quand j'eus terminé, j'attachai la rame verticalement à l'intérieur de l'un des coins du radeau, la partie plate étant la tête du mât, dressée en l'air, la poignée disparaissant sous l'eau. Je fis passer la corde bien serrée dans l'encoche, pour empêcher la rame de glisser vers le bas. Ensuite, pour m'assurer que le mât resterait droit, et pour me donner des cordes où suspendre un auvent et des provisions, je filai un cordage à travers les trous que j'avais forés dans le haut du mât et je le liai aux bouts des rames horizontales. Je fixai à la base du mât le gilet de sauvetage qui avait été attaché à la rame repose-pieds. Ce gilet jouerait un double rôle : il fournirait plus de flottaison pour compenser le poids vertical du mât et m'offrirait un siège légèrement plus élevé.

Je lançai une couverture sur les cordes. Elle glissa vers le bas. L'angle des cordes était trop incliné. Je pliai un ourlet sur le côté long de la couverture, je perçai deux trous à peu près à mi-chemin, à trente centimètres de distance l'un de l'autre, et je les joignis avec un bout de corde que j'avais créé en défaisant un morceau de câble. Je lançai la couverture par-dessus les cordes encore une fois, en m'assurant que la nouvelle corde ceinturait le mât. J'avais maintenant un auvent.

J'ai passé une longue partie de la journée à arranger le radeau. Il y avait tellement de détails à vérifier. Le mouvement continuel de la mer, même s'il était doux, ne rendait pas facile mon travail. Et il fallait garder un œil sur Richard Parker. Le résultat n'était pas un palace. Le mât, pour le nommer ainsi, se terminait à quelques centimètres au-dessus de ma tête. Quant au pont, il était tout juste assez grand pour que je m'y assoie les jambes croisées ou pour que je m'y couche dans la position serrée d'un fœtus peu avant l'accouchement. Mais je ne me plaignais pas. Il tenait la mer et il me sauverait de Richard Parker.

Quand mes tâches furent terminées, on approchait de la fin de l'après-midi. Je rassemblai une canette d'eau, un ouvre-boîte, quatre biscuits d'une ration de survie et quatre couvertures. Je refermai le casier – très délicatement, cette fois –, je m'assis sur le radeau et laissai aller le câble. Le bateau de sauvetage s'éloigna. Le câble principal se tendit, tandis que le câble de sécurité, que j'avais volontairement laissé plus long, pendait. Je plaçai deux couvertures sous moi, en les pliant soigneusement pour qu'elles ne touchent pas l'eau. J'enveloppai mes épaules dans les deux autres et j'appuyai mon dos contre le mât. J'aimais la légère élévation que je gagnais en m'asseyant sur le gilet de sauvetage additionnel. Je n'étais guère plus haut par rapport à la mer que je ne l'aurais été d'un plancher assis sur un épais coussin ; mais quand même, j'espérais ne pas trop me mouiller.

Je pris plaisir à mon repas en contemplant le soleil descendre à l'horizon dans un ciel sans nuages. C'était un moment de détente. La voûte du monde avait des teintes magnifiques. Les étoiles avaient hâte d'entrer dans le jeu ; le voile de couleurs était à peine tiré qu'elles commencèrent à briller à travers le bleu profond. Le vent soufflait une brise tiède et légère et la mer bougeait délicatement, l'eau mimant des saluts et des révérences comme des gens qui dansent en rond, qui se joignent au milieu en remontant les bras puis se séparent, pour recommencer encore, encore et encore.

Richard Parker se leva. Il n'y avait que sa tête et une partie de ses épaules qui paraissaient au-dessus du plat-bord. Il jeta un regard autour de lui. Je criai : « Hello, Richard Parker ! » et je saluai de la main. Il me regarda. Il grogna ou il éternua, mais ni un mot ni l'autre ne décrit bien le son qu'il fit. *Prusten*. Un petit salut amical encore une fois. Quelle remarquable créature. Quelle noble contenance. Comme son nom entier, tigre *royal* du Bengale, est approprié. En quelque sorte, je me trouvai chanceux. Et si je m'étais retrouvé avec une créature laide ou à l'air stupide, un tapir ou une autruche ou un troupeau de dindes ? D'une certaine manière, cela m'aurait imposé une compagnie plus éprouvante.

J'entendis un clapotis. Je baissai le regard vers l'eau. J'eus le souffle coupé. Je pensais être seul. L'immobilité de l'air, la lumière glorieuse, le sentiment de relative sécurité – tout m'avait amené à le croire. Il y a habituellement un élément de silence et de solitude dans la paix, n'est-ce pas ? Il est difficile de s'imaginer en paix dans une station de métro animée, n'est-ce pas ? Alors qu'était tout ce boucan ?

D'un seul coup d'œil, je découvris que la mer était une ville. Juste sous moi, partout, sans que je l'aie soupçonné, il y avait des routes, des boulevards, des rues et des ronds-points animés d'une intense circulation sous-marine. Dans une eau dense, vitreuse et tachetée de millions de petits grains lumineux de plancton, des poissons comme des camions et des autocars et des voitures et des bicyclettes et des piétons couraient comme des fous, et ils devaient sans doute klaxonner et gueuler les uns après les autres. La couleur prédominante était le vert. À des profondeurs multiples, pour autant que je pusse voir, il y avait des traces évanescentes de bulles vertes phosphorescentes, la traîne de poissons pressés. Aussitôt qu'une trace s'estompait, une autre apparaissait. Ces traces venaient de toutes les directions, et elles s'éloignaient vers n'importe où. Elles étaient comme ces photos surexposées d'une ville la nuit, avec les longues raies rouges tracées par les feux arrière des voitures. Sauf qu'ici les voitures étaient conduites au-dessus et dessous les unes des autres, comme si elles étaient sur dix étages de bretelles d'autoroute. Et ici, les voitures avaient les couleurs les plus extravagantes. Les daurades – il devait y en avoir plus d'une cinquantaine qui patrouillaient sous le radeau – montraient au passage leurs brillantes couleurs dorée, bleue et verte en filant à toute allure. D'autres poissons que je ne pouvais identifier étaient jaunes, bruns, argentés, bleus, rouges, roses, verts, blancs en toutes sortes de combinaisons, monochromes, rayés et tachetés. Il n'y avait que les requins qui s'entêtaient à rester sans couleur. Mais peu importait la dimension ou la couleur d'un véhicule, une chose était constante : la conduite effrénée. Il y avait de nombreuses collisions – toutes fatales, j'ai bien peur – et un grand nombre de voitures dérapaient follement hors de contrôle et se frappaient contre des barrières, explosant au-dessus du niveau de l'eau et retombant en cascades lumineuses. Je contemplais ce tohu-bohu urbain comme si je survolais une ville en montgolfière. C'était un spectacle merveilleux et impressionnant. À l'heure de pointe, Tōkyō devait sûrement ressembler à ça.

J'ai regardé jusqu'à ce que les lumières de la ville fussent éteintes.

Des ponts du *Tsimtsum*, tout ce que j'avais vu, c'étaient des dauphins. J'avais présumé que le Pacifique, sauf pour quelques bancs de poissons de passage, était comme un désert d'eau à peine habité. J'ai appris depuis que les cargos voyagent trop vite pour les poissons. Vous avez autant de chances de voir la vie marine du haut d'un navire que de voir la vie sauvage dans la forêt en passant en voiture sur une grande route. Les dauphins, qui sont des nageurs très rapides, jouent autour des bateaux et des navires un peu comme les chiens qui courent après les voitures : ils les poursuivent jusqu'à les perdre de vue. Si vous voulez voir la nature sauvage, c'est à pied, en silence, qu'il faut explorer la forêt. Il en va de même de la mer. Il faut se promener sur le Pacifique à un pas de marcheur, pour ainsi dire, pour voir la richesse et l'abondance qu'il contient.

Je m'installai sur le côté. Pour la première fois en cinq jours, je ressentis un certain calme. Un tout petit peu d'espoir – chèrement gagné, bien mérité, raisonnable – rayonna en moi. Je m'endormis.

CHAPITRE 60

Je m'éveillai une fois pendant la nuit. Je déplaçai un peu l'auvent et je regardai le ciel. La lune formait un croissant nettement défini et la voûte céleste était parfaitement claire. Les étoiles brillaient avec un éclat si intense, si ardent, qu'il aurait été absurde de dire de la nuit qu'elle était obscure. La mer reposait en silence, baignée d'une lumière timide, à la touche légère, un théâtre de danse noir et argent qui s'étendait sans fin tout autour de moi. Le volume des choses autour de moi était effarant – le volume d'air au-dessus de moi, le volume d'eau qui m'entourait et qui était aussi sous moi. J'étais à moitié ému, à moitié terrifié. Je me sentis comme le sage Markandeya, qui tomba de la bouche de Vishnu pendant que celui-ci dormait et vit ainsi la totalité de l'univers, tout ce qui existe. Avant que le sage ne mourût de peur, Vishnu s'éveilla et le reprit dans sa bouche. Pour la première fois, je remarquai – comme j'allais le noter fréquemment pendant que durerait mon épreuve, entre les affres d'un moment de douleur et le suivant – que ma souffrance se jouait sur une scène grandiose. Je vis ma souffrance telle qu'elle était: limitée, insignifiante, et j'étais calme. Je réalisai que ma douleur n'avait sa place nulle part. Et je pouvais l'accepter. J'étais d'accord. (C'est la lumière du jour qui m'amena à protester: «Non! Non! Non! Ma souffrance *a* de l'importance! Je veux vivre! Je ne peux faire autrement que d'associer ma vie à celle de l'univers. La vie est un judas, un accès minuscule à l'immensité – comment m'empêcherais-je de m'attarder à cette vue brève, exiguë que j'ai des choses? Ce judas est tout ce que j'ai!») Je marmonnai des mots d'une prière musulmane et je me rendormis.

CHAPITRE 61

Le matin suivant, je n'étais pas trop mouillé. Je me sentais fort et je pensai que c'était formidable vu le stress auquel j'étais soumis et le peu que j'avais mangé depuis de nombreux jours.

C'était une belle journée. Je décidai de m'essayer à la pêche, pour la première fois de ma vie. Après un petit déjeuner de trois biscuits et une canette d'eau, je lus ce que le manuel de survie avait à dire à ce sujet. Le premier problème apparut : l'appât. J'y réfléchis. Il y avait les animaux morts, mais voler de la nourriture sous le nez d'un tigre était une hardiesse dont je ne me sentais pas capable, car il ne se rendrait pas compte que c'était pour un investissement qui lui rapporterait gros. Je décidai d'utiliser ma chaussure de cuir. Il ne m'en restait qu'une. L'autre, je l'avais perdue quand le navire avait coulé.

Je me faufilai prudemment sur le bateau de sauvetage et je pris dans le casier l'un des kits de pêche, le couteau et un seau pour la prise. Richard Parker était allongé sur le côté. Sa queue s'anima pendant que j'étais à la proue, mais il ne releva pas la tête. Je laissai aller le radeau.

J'amorçai un hameçon à un bas de ligne métallique que j'attachai à un fil. J'ajoutai quelques plombs. J'en choisis trois qui avaient une étrange forme de torpille. J'enlevai ma chaussure et la coupai en morceaux. C'était un travail difficile ; le cuir était dur. J'enfonçai avec soin l'hameçon dans un morceau de cuir plat, non pas à travers mais dans son épaisseur, de manière à cacher la pointe de l'hameçon. Je laissai couler la ligne profondément. Il y avait eu tant de poissons la veille au soir que je m'attendais à un rapide succès.

Je n'en eus aucun. Toute la chaussure disparut, pièce par pièce, petit coup après petit coup sur la ligne, heureux poisson pique-assiette après heureux poisson pique-assiette, hameçon désamorcé après hameçon désamorcé, jusqu'à ce qu'il ne me reste que la semelle de caoutchouc et le lacet. Après que le lacet n'eut guère fait ses preuves comme pseudo-ver de terre, par pure exaspération j'essayai la semelle, entière. Ce n'était pas une bonne idée. Je sentis un léger coup prometteur, puis la ligne devint soudain étonnamment légère. Tout ce que je retirai, ce fut le fil. J'avais perdu tout le reste.

Cette perte ne me sembla pas un terrible échec. Il y avait d'autres hameçons, d'autres lignes et des plombs dans le kit, en plus d'un autre kit complet. Et je ne pêchais même pas pour moi-même. J'avais plein de nourriture en réserve.

Quand même, une partie de mon esprit – celle qui dit ce qu'on ne veut pas entendre – me réprimandait. « La stupidité a un prix. Sois plus prudent, plus sage, la prochaine fois. »

Plus tard ce matin-là, une autre tortue apparut. Elle vint directement au radeau. Elle aurait pu dresser la tête et me mordre le derrière si elle l'avait voulu. Quand elle se retourna, j'approchai la main de sa nageoire postérieure, mais en la touchant j'eus un mouvement de recul dégoûté. La tortue s'éloigna.

La même partie de mon esprit qui m'avait reproché mon fiasco à la pêche me réprimanda de nouveau. « De quoi exactement veux-tu nourrir ton tigre ? Combien de temps penses-tu qu'il va encore durer avec trois animaux morts ? Dois-je te rappeler que les tigres ne sont pas des charognards ? Il faut reconnaître que, poussé dans ses derniers retranchements, il ne lèvera sans doute pas le nez sur grand-chose. Mais ne crois-tu pas qu'avant de se résoudre à manger du zèbre gonflé et putréfié il goûtera au petit Indien frais et juteux à quelques brasses à peine ? Et qu'est-ce qu'on fait de beau quant à l'eau ? Tu connais l'impatience des tigres assoiffés. As-tu humé son haleine dernièrement ? Elle est vraiment affreuse. C'est un mauvais signe. Tu crois peut-être qu'il va lécher tout l'océan Pacifique et en étanchant sa soif te permettre de marcher jusqu'à l'Amérique ? Oui, elle est impressionnante, cette capacité limitée d'extraire le sel que les tigres de Sundarbans ont développée. Je suppose que cela vient de vivre dans une mangrove affectée par les marées. Mais *c'est* une capacité limitée. Ne dit-on pas que boire trop d'eau salée change un tigre en mangeur d'hommes? Oh, regarde. Quand on parle du loup, on en voit la queue. Le voilà. Il bâille. Mon Dieu, mon Dieu, quelle grande caverne rose. Regarde ces longues stalactites et stalagmites jaunes. Tu auras peut-être l'occasion de les visiter aujourd'hui! »

La langue de Richard Parker, à la dimension et à la couleur d'une bouillotte d'eau chaude en caoutchouc, recula et il ferma la gueule. Il avala.

Je passai le reste de la journée malade d'inquiétude. Je restai éloigné de la chaloupe de sauvetage. Malgré mes prédictions désastreuses, Richard Parker passait le temps plutôt calmement. Il lui restait encore de l'eau des averses et il ne semblait pas trop préoccupé par la faim. Mais il émettait un certain nombre de cris de tigre – des grognements, des plaintes et d'autres expressions de la sorte – qui n'avaient rien pour me rassurer. La devinette restait insoluble: pour pêcher, il me fallait un appât, mais je n'en aurais un qu'une fois que j'aurais un poisson. Qu'est-ce que je devais faire? Utiliser un de mes orteils? Me couper une oreille?

Une solution apparut en fin d'après-midi, de la manière la plus inattendue. Je m'étais approché du bateau de sauvetage. Plus encore, j'étais monté à bord et je fouillais dans le casier, fiévreusement à la recherche d'une idée qui me sauverait la vie. J'avais attaché le radeau pour qu'il fût à environ deux mètres du bateau. Je m'imaginais qu'en bondissant et en donnant un coup sur un nœud lâche je pourrais me sauver de Richard Parker. Le désespoir m'avait amené à prendre un pareil risque.

Ne trouvant rien, ni appât ni idée nouvelle, je m'assis – pour découvrir que j'étais en plein milieu de son regard. Il était à l'autre bout du bateau de sauvetage, où était le zèbre auparavant, et il était tourné vers moi, assis, comme s'il attendait patiemment que je le remarque. Comment était-il possible que je ne l'aie pas entendu se déplacer? De quelle illusion étais-je le jouet qui m'amenait à croire que je pourrais le duper? Soudain, je fus frappé en plein visage. Je lançai un cri et je fermai les yeux. Avec une rapidité féline, il avait bondi de l'autre bout du bateau et il m'avait frappé. Il allait m'arracher le visage avec ses griffes – ç'allait être l'horrible forme de ma mort. La douleur était si forte que je ne sentis rien. Que soit bénie la commotion. Que soit béni ce qui en nous nous protège de ce qui est trop douloureux, de ce qui est trop triste. Au cœur même de la vie, il y a une boîte à fusibles. Je pleurnichai : « Allez, Richard Parker, achève-moi. Mais s'il te plaît, ce que tu dois faire, fais-le vite. On ne doit pas abuser d'un fusible qui a sauté. »

Il prenait son temps. Il était à mes pieds, faisait du bruit. Il avait sûrement découvert le casier et ses trésors. J'ouvris craintivement un œil.

C'était un poisson. Il y avait un poisson dans le casier. Il rebondissait comme un poisson hors de l'eau. Il mesurait environ quarante centimètres et il avait des ailes. Un poisson volant. Mince et bleu-gris foncé, avec des ailes sèches et sans plumes et des yeux ronds, jaunâtres, qui ne clignaient pas. C'était ce poisson volant qui m'avait frappé en plein visage, pas Richard Parker. Ce dernier était encore à cinq mètres de moi, sans doute à se demander ce que je pouvais bien faire. Mais il avait vu le poisson. Je pouvais distinguer une intense curiosité sur sa face. Il semblait prêt à enquêter.

Je me penchai, ramassai le poisson et le lançai vers lui. Voilà comment j'allais l'apprivoiser ! Là où un rat était allé, un poisson pouvait bien suivre. Malheureusement, le poisson volant vola. En plein air, juste devant la gueule ouverte de Richard Parker, le poisson dévia et tomba dans l'eau. Cela se passa à la vitesse de l'éclair. Richard Parker tourna la tête et se ferma la gueule d'un claquement, les joues frémissantes, mais le poisson était trop rapide pour lui. Il parut étonné et mécontent. Il se tourna vers moi une fois de plus. « Où est ma friandise ? » semblait-il demander. Peur et tristesse me saisirent. Je me tournai avec l'espoir sceptique et mince de pouvoir sauter sur le radeau avant qu'il ne bondisse sur moi.

Exactement à ce moment-là, il y eut une vibration dans l'air et un banc de poissons volants nous frappa. Ils arrivèrent comme un nuage de sauterelles. Ce n'était pas seulement leur nombre, c'était leur cliquetis qui ressemblait à celui des insectes, et le vrombissement de leurs ailes. Ils jaillirent de l'eau, des douzaines à la fois, certains d'entre eux voletant tant bien que mal sur plus de cent mètres. Plusieurs plongèrent dans l'eau juste devant le bateau. Un bon nombre volèrent par-dessus. D'autres en percutèrent le côté, avec le bruit d'un pétard qui éclate. Ceux qui furent chanceux retombèrent à l'eau après quelques rebondissements sur la toile. Les moins fortunés aboutirent directement dans le bateau, où ils commencèrent à faire un vacarme de claquements, de battements, de flocs et de ploufs. Et d'autres encore foncèrent directement sur nous. Debout et sans protection comme je l'étais, j'eus l'impression de revivre le martyre de saint Sébastien. Chaque poisson qui me frappait était comme une flèche qui pénétrait ma chair. J'ai attrapé une couverture pour me protéger tout en essayant de saisir quelques poissons au passage. Ils m'infligèrent des coupures et des bleus partout sur le corps.

La raison de cette attaque devint vite évidente : des daurades s'acharnaient et bondissaient hors de l'eau à leur poursuite. Les daurades, beaucoup plus grosses, ne pouvaient pas imiter leur vol, mais c'étaient des nageurs plus rapides et leurs brusques et courts mouvements vers l'avant étaient très puissants. Ils pouvaient dépasser des poissons volants s'ils étaient juste derrière eux et bondissaient hors de l'eau en même temps et dans la même direction. Et il y avait aussi des requins ; ils jaillissaient aussi de la mer, pas tout à fait aussi finement, mais avec des effets néfastes pour quelques daurades. Ce fracas aquatique ne fut pas très long, mais pendant qu'il durait la mer bouillonnait et frémissait, des poissons sautaient et des mâchoires y allaient fort.

Richard Parker résista mieux que moi à ces poissons, et fut bien plus efficace. Il se dressa et se mit à arrêter, à abattre et à mordre tous les poissons qu'il pouvait. Plusieurs furent mangés vivants et entiers, avec leurs ailes qui battaient encore dans sa gueule. C'était un spectacle éblouissant de force et de vitesse. En fait, ce n'était pas tant la rapidité qui m'impressionnait que la tranquille confiance animale, la concentration totale dans l'instant. Un tel mélange de facilité et d'application, un tel être-dans-l'instant-même, ferait l'envie des plus grands yogis.

Quand ce fut terminé, je constatai le résultat : un pauvre corps était très endolori, mais il y avait six poissons volants dans le casier et encore bien plus dans le bateau de sauvetage. Je me dépêchai d'envelopper un poisson dans une couverture, je pris une hachette et sautai sur le radeau.

Je procédai après mûre réflexion. La perte de mon matériel de pêche ce matin-là m'avait donné à penser. Je ne pouvais me payer le luxe d'une nouvelle erreur. Je développai soigneusement le poisson, en maintenant une main appuyée sur lui, car je savais bien qu'il chercherait à bondir pour s'échapper. Plus le moment où j'allais le voir était imminent, plus je devenais effrayé et dégoûté. Sa tête apparut. De la manière dont je le tenais, il ressemblait à une répugnante boule de crème glacée de poisson dépassant d'un cornet de couverture de laine. Il suffoquait, sa gueule et ses ouïes s'ouvrant et se fermant lentement. Je sentais ses ailes pousser contre ma main. Je retournai le seau et lui mis la tête contre le fond. Je pris la hachette. Je la soulevai en l'air.

À plusieurs reprises, j'amorçai le geste d'abattre la hachette sur la tête du poisson, mais je ne pouvais pas aller jusqu'au bout du geste. Un tel sentimentalisme paraîtra ridicule si l'on considère ce dont j'avais été témoin dans les jours précédents, mais ces gestes-là avaient été ceux des autres, d'animaux prédateurs. Je suppose que j'étais en partie responsable de la mort du rat, mais je n'avais fait que le lancer ; c'était Richard Parker qui l'avait tué. Toute une vie de végétarisme pacifique se dressait entre moi et la décapitation volontaire d'un poisson.

Je recouvris la tête du poisson avec la couverture et je retournai la hachette. En l'air une fois de plus, ma main hésita. L'idée de frapper une tête tendre et vivante avec un marteau était tout simplement trop pour moi.

Je déposai la hachette. Avec l'air de rien, j'allais lui rompre le cou, décidai-je. J'enveloppai le poisson bien serré dans la couverture. Des deux mains, je commençai à le courber. Plus je pressais, plus le poisson luttait. Je m'imaginai comment je me sentirais si j'étais enveloppé dans une couverture et que quelqu'un essayait de me briser le cou. J'étais horrifié. J'abandonnai à plusieurs reprises. Et pourtant, je savais qu'il fallait le faire, et que plus j'attendrais, plus se prolongerait la souffrance du poisson.

Des larmes coulant le long de mes joues, je me forçai à poursuivre mon geste jusqu'à entendre le son d'une rupture et à ne plus sentir de vie qui résistât entre mes mains. Je dépliai la couverture. Le poisson volant était mort. Un côté de sa tête était fendu et saignait, aux ouïes.

Je pleurai amèrement sur cette pauvre petite âme décédée. C'était la première chose sensible que j'eusse jamais tuée. J'étais dorénavant un tueur. J'étais maintenant aussi coupable que Caïn. J'avais seize ans, j'étais un garçon inoffensif, studieux et religieux, et maintenant j'avais du sang sur les mains. C'est un terrible poids à porter. Toute vie sensible est sacrée. Je n'oublie jamais d'inclure ce poisson dans mes prières.

Après, cela devint plus facile. Une fois mort, le poisson volant ressemblait à du poisson que j'avais vu dans les marchés de Pondichéry. C'était quelque chose d'autre, une chose située à l'extérieur de la structure essentielle de la création. Je le coupai en petits morceaux avec la hachette et je le mis dans le seau.

Pendant les dernières heures de la journée, j'essayai à nouveau de pêcher. Au début, je n'ai pas eu plus de chance que le matin. Mais le succès semblait plus plausible. Les poissons mordillaient l'hameçon avec ferveur. Leur intérêt était évident. Je réalisai que c'étaient de petits poissons, trop petits pour l'hameçon. Je lançai donc ma ligne plus loin et la laissai s'enfoncer plus profondément, hors d'atteinte des petits poissons qui se concentraient autour du radeau et de la chaloupe de sauvetage.

C'est quand j'utilisai la tête du poisson volant comme appât, et avec un seul plomb, quand je lançai ma ligne plus loin et la ramenai rapidement pour qu'elle frôlât la surface de l'eau, que j'eus finalement ma première prise. Une daurade s'élança pour attraper la tête de poisson. Je laissai filer la ligne un peu, pour m'assurer qu'elle avait bien avalé l'appât, avant de donner un bon coup. La daurade fit irruption hors de l'eau comme une explosion en tirant sur la ligne avec une telle vigueur que je craignis qu'elle ne me fît tomber du radeau. Je m'arc-boutai. La ligne devint très tendue. C'était une bonne ligne; elle n'allait pas se rompre. Je commençai à ramener la daurade. Elle luttait de toutes ses forces, en bondissant, en plongeant et en éclaboussant. La ligne me coupait les mains. Je les enveloppai dans la couverture. Mon cœur battait la chamade. Le poisson avait la force d'un bœuf. Je n'étais pas sûr de pouvoir l'amener à bord.

Je remarquai que tous les autres poissons avaient disparu autour du radeau et du bateau. Ils avaient sans doute senti la détresse de la daurade. Je me dépêchai. Sa lutte allait attirer des requins. Mais elle se battait comme un diable. Mes bras me faisaient mal. Chaque fois que je l'approchais du radeau, elle se débattait avec une telle frénésie qu'elle m'obligeait à donner un peu de ligne.

Finalement, je réussis à la monter à bord. Elle mesurait presque un mètre. Le seau était inutile. Il aurait tout juste pu servir de chapeau à la daurade. Je retins le poisson en m'agenouillant dessus et en utilisant mes mains. C'était une masse frémissante de purs muscles, si grosse que sa queue dépassait en dessous de moi, et se frappait durement contre le radeau. Elle me donnait du fil à retordre comme j'imagine un cheval bronco à un cow-boy. J'étais dans un état d'esprit délirant et triomphant. Une daurade est un superbe poisson, gros, charnu et élégant, avec un front saillant qui annonce une forte personnalité, une longue nageoire dorsale orgueilleuse comme la crête d'un coq, et un manteau d'écailles douces et brillantes. Je pensais lancer un puissant défi au sort en engageant une bataille avec une si belle créature. Par ce poisson, je répondais à la mer, je répondais au vent, je répondais aux bateaux qui sombrent, je répondais à toutes les circonstances qui travaillaient contre moi. «Merci, Seigneur Vishnou, merci!» criai-je.

«Tu as un jour sauvé le monde en prenant la forme d'un poisson. Maintenant tu m'as sauvé *moi* en prenant la forme d'un poisson. Merci, merci!»

La tuer ne posa aucun problème. J'aurais pu m'épargner la difficulté – après tout, c'était pour Richard Parker et il l'aurait expédiée avec une grande facilité –, n'eût été de l'hameçon qui était enfoncé dans sa gueule. J'exultais d'avoir une daurade au bout de ma ligne – j'aurais été moins enthousiaste si cela avait été un tigre. Je me mis à la tâche sans détours. Je pris la hachette des deux mains et entrepris de battre vigoureusement le poisson sur la tête avec la partie en forme de marteau (je n'avais pas encore le cœur d'utiliser la lame). La daurade fit quelque chose de tout à fait extraordinaire en mourant: elle commença à lancer toutes sortes de couleurs à un rythme rapide. Du bleu, du vert, du rouge, du doré et du violet dansaient et chatoyaient comme des néons à sa surface pendant qu'elle se débattait. J'avais l'impression de battre à mort un arc-en-ciel. (Je découvris plus tard que la daurade est réputée pour l'irisation qui accompagne sa mort.) Finalement, je la vis qui gisait immobile, ses couleurs devenues fades, et je pus retirer l'hameçon. Je réussis même à récupérer une partie de mon appât.

Vous pouvez vous étonner qu'en si peu de temps j'aie pu passer des larmes sur la mort d'un poisson volant étouffé au massacre triomphant d'une daurade. Je pourrais l'expliquer en prétendant que profiter de la lamentable erreur de navigation d'un poisson volant m'intimidait et m'attristait alors que l'excitation de participer activement à la prise d'une grande daurade me rendait sanguinaire et sûr de moi. Mais, en fait, l'explication est ailleurs. Elle est simple et brutale: une personne peut s'habituer à tout, même à tuer.

C'est avec la fierté du chasseur que j'approchai le radeau du bateau. Je vins par le côté, en restant incliné très bas. Je balançai mon bras et laissai tomber la daurade dans le bateau. Elle toucha le fond avec un bruit lourd et provoqua une expression de surprise bourrue de la part de Richard Parker. Après un reniflement ou deux, j'entendis la mastication mouillée d'une mâchoire en action.

Je m'éloignai du bateau, sans oublier de souffler fort dans le sifflet à plusieurs reprises, pour rappeler à Richard Parker qui lui avait si gracieusement fourni de la nourriture fraîche. Je m'arrêtai pour prendre quelques biscuits et une canette d'eau. Les cinq poissons volants qui restaient dans le casier étaient morts. Je leur arrachai les ailes que je jetai à la mer; je les enveloppai dans ce qui était devenu la couverture aux poissons.

Quand j'eus fini de me laver du sang, de nettoyer mon matériel de pêche, de ranger les choses et de dîner, la nuit était venue. Une mince couche de nuages cachait les étoiles et la lune, et il faisait très noir. J'étais fatigué mais encore excité par les événements des dernières heures. Le sentiment d'être occupé m'apportait une satisfaction profonde. Je n'avais pas du tout pensé à ma situation ou à moi-même. Pêcher était sûrement une meilleure manière de passer le temps que de me raconter des histoires ou de jouer à « mon-p'tit-œil-voit ». Je pris la décision de recommencer le lendemain dès l'aube.

Je m'endormis, l'esprit éclairé par les scintillements caméléonesques de la daurade agonisante.

CHAPITRE 62

Je ne dormis que par intermittence cette nuit-là. Peu avant le lever du soleil, je cessai de tenter de m'endormir à nouveau et m'appuyai sur un coude. Je fis « mon p'tit œil voit… un tigre ». Richard Parker était agité. Il grondait et il gémissait et il se déplaçait dans le bateau de sauvetage. C'était impressionnant. J'analysai la situation. Il ne pouvait pas avoir faim. Ou en tout cas être dangereusement affamé. Avait-il soif? La langue lui pendait de la gueule, mais seulement de temps à autre, et il ne haletait pas. Sa poitrine et ses pattes étaient encore humides. Mais elles n'étaient pas trempées. Il ne restait probablement plus beaucoup d'eau dans la chaloupe. Il aurait bientôt soif.

Je regardai le ciel. La couverture nuageuse avait disparu. Sauf pour quelques volutes à l'horizon, le ciel était clair. Ce serait une autre journée chaude et sèche. La mer bougeait, léthargique, comme si elle était déjà lasse de la chaleur qui s'annonçait.

Je m'assis en m'appuyant contre le mât et réfléchis à notre problème. Les biscuits et l'équipement de pêche nous assuraient la partie solide de notre alimentation. Mais la partie liquide, voilà où était le hic. Ça se ramenait à ce qui était si abondant autour de nous mais gâché par le sel. Je pourrais peut-être mélanger de l'eau de mer à son eau fraîche, me dis-je, mais il me fallait d'abord obtenir plus d'eau fraîche. Les canettes n'allaient pas durer longtemps pour nous deux – en fait, il n'était pas question que j'en partage une seule avec Richard Parker – et compter sur l'eau de pluie serait stupide.

Les alambics solaires étaient les seules autres sources possibles d'eau potable. Je les regardai d'un air sceptique. Ils étaient maintenant en place depuis deux jours. Je remarquai que l'un d'entre eux avait perdu un peu d'air. Je tirai sur la corde pour mieux voir. Je remplis le cône d'air. N'espérant rien en réalité, je cherchai sous l'eau le sac d'eau distillée que des pinces retenaient à la bouée ronde de flottaison. Mes doigts saisirent un sac dont la grosseur me surprit. Un frisson d'émotion me traversa. Je me contrôlai. Le plus probable était que l'eau salée s'était infiltrée dans le sac. Je détachai celui-ci et, en suivant les instructions, je le baissai et je penchai l'alambic pour que toute l'eau qu'il aurait pu y avoir au-dessous du cône s'y déverse. Je fermai les deux petits robinets qui menaient au sac, je le déconnectai et le tirai hors de l'eau. Il avait une forme rectangulaire et il était fabriqué d'un plastique doux, épais, jaune, avec des marques de graduation sur un côté. Je goûtai à l'eau. J'y goûtai à nouveau. Elle était sans sel.

« Ma belle vache de mer ! » déclarai-je à l'alambic solaire. « Comme tu as bien produit ! Quel délicieux lait ! Il a un petit goût de caoutchouc, remarque, mais je ne me plains pas. Vois ! vois comme je bois ! »

Je finis de boire le sac. Il pouvait contenir un litre et il était presque plein. Après un instant de satisfaction plein de soupirs d'aise, les yeux clos, je rattachai la poche. Je vérifiai les autres alambics. Chacun avait un pis tout aussi lourd. Je collectai le lait frais, plus de huit litres au total, dans le seau à poissons. Instantanément, ces inventions technologiques devinrent aussi précieuses pour moi que le bétail pour un fermier. À la manière dont elles flottaient placidement en décrivant un arc de cercle, elles ressemblaient presque à des vaches en train de brouter dans le champ. Je m'appliquai à leur fournir ce qu'il leur fallait, m'assurant qu'il y avait suffisamment d'eau salée à l'intérieur de chacun et que les cônes et chambres flottantes étaient soufflés exactement à la pression adéquate.

Après avoir ajouté un peu d'eau de mer au contenu du seau, je le plaçai sur le banc latéral, juste au delà de la toile goudronnée. La petite fraîcheur matinale dissipée, Richard Parker semblait s'être installé dessous. Je fixai le seau en place en l'attachant avec une corde et en utilisant les crochets de la toile le long du bateau. Je jetai un prudent regard par-dessus le plat-bord. Il reposait sur le côté. Son antre était affreux à voir. Les mammifères morts étaient amoncelés, une grotesque pile de morceaux d'animaux décomposés. Je reconnus une patte ou deux, diverses pièces de peau, des fragments de tête, un grand nombre d'os. Et des ailes de poissons volants dispersées un peu partout.

Je coupai un poisson volant et en lançai un morceau sur le banc latéral. Je rassemblai d'abord dans le casier tout ce dont j'avais besoin pour la journée et, quand je fus prêt à partir, je lançai un autre morceau de poisson au delà de la toile, devant Richard Parker. Le geste eut l'effet souhaité. Tandis que je m'éloignais, je le vis sortir à découvert pour aller chercher la bouchée de poisson. Il tourna la tête et il remarqua l'autre bouchée et le nouvel objet tout à côté. Il se leva. Il pencha son énorme tête au-dessus du seau. J'avais peur qu'il ne le renverse. Non. Sa face disparut dans le récipient, y entrant tout juste ; il commença à laper l'eau. En moins de deux, le seau vide vibrait à chaque coup de langue. Quand il leva le regard, je le fixai agressivement en plein dans les yeux et j'émis quelques coups de sifflet. Il disparut sous la toile.

Il me vint à l'esprit qu'avec chaque jour qui passait le bateau de sauvetage ressemblait de plus en plus à un enclos de zoo : Richard Parker avait son abri pour dormir et se reposer, sa réserve de nourriture, son poste d'observation et maintenant son point d'eau.

La température monta. La chaleur devint suffocante. Je passai le reste de la journée à l'ombre de l'auvent, à pêcher. On aurait dit que j'avais eu la chance du débutant avec la première daurade. Je n'attrapai rien de toute la journée, même pas en fin d'après-midi, quand la vie marine semblait abondante. Une tortue apparut, d'un genre différent cette fois-ci, une tortue de mer verte, plus massive et à la carapace plus lisse, mais curieuse de la même manière figée que celle du caret. Je ne réagis pas face à elle, mais je me dis que je devrais peut-être.

La seule chose agréable au cours d'une journée aussi chaude était de regarder les alambics solaires. À l'intérieur, chaque cône était couvert de gouttelettes et de petits ruissellements de condensation.

Ce fut la fin de la journée. Je calculai qu'au matin suivant il y aurait une semaine que le *Tsimtsum* avait sombré.

CHAPITRE 63

La famille Robertson survécut 38 jours en mer. Pour sa part, le capitaine Bligh du fameux navire *Bounty*, dont l'équipage se mutina, et ses compagnons de naufrage survécurent 47 jours. Steven Callahan subsista 77 jours. Owen Chase, dont le compte rendu du naufrage du baleinier *Essex* causé par une baleine inspira Herman Melville, et deux compagnons persistèrent 83 jours interrompus par un arrêt d'une semaine sur une île inhospitalière. La famille Bailey se maintint en mer 118 jours. J'ai aussi entendu parler d'un marin coréen de la marine marchande, un dénommé

Poon je crois, qui, dans les années cinquante, survécut 173 jours dans le Pacifique.

Moi, j'ai survécu 227 jours. Voilà la durée de mon épreuve, plus de sept mois.

Je me gardais occupé. C'était l'une des clés de ma survie. Sur un bateau de sauvetage, même sur un radeau, il y a toujours quelque chose à faire. Une journée normale pour moi, si une telle notion peut s'appliquer à un naufragé, se déroulait à peu près comme suit :

Du lever du soleil au milieu de la matinée :
 réveil
 prières
 petit déjeuner pour Richard Parker
 inspection générale du bateau de sauvetage et du radeau, en portant une attention particulière aux nœuds et aux câbles
 entretien des alambics solaires (essuyer, gonfler, remplir d'eau)
 petit déjeuner et inspection des réserves de nourriture
 pêche et préparation du poisson pêché, le cas échéant (éviscérer, nettoyer, suspendre les lanières de chair sur les lignes pour les sécher au soleil).

Du milieu de la matinée à la fin de l'après-midi :
 prières
 déjeuner léger
 repos et activités relaxantes (écrire dans mon journal, examiner les croûtes des blessures et les plaies, entretenir l'équipement, bricoler autour du casier, observer et étudier Richard Parker, picorer des os de tortues, etc.).

Fin de l'après-midi jusqu'en début de soirée :
 prières
 pêche et préparation du poisson

traitement des lanières de chair qui sèchent (les retourner, couper les parties qui pourrissent)

préparation du dîner

dîner pour moi-même et pour Richard Parker.

Coucher du soleil :

inspection générale du radeau et du bateau de sauvetage (les nœuds et les cordes une fois de plus)

ramassage et conservation de l'eau distillée des alambics solaires

entreposage de toute la nourriture et de tout l'équipement

préparatifs pour la nuit (faire le lit, ranger en lieu sûr sur le radeau une fusée éclairante, au cas où adviendrait un bateau, et un capteur à pluie, au cas où il pleuvrait)

prières.

Nuit :

sommeil agité intermittent

prières.

Les matinées passaient habituellement mieux que les fins d'après-midi, quand la vacuité du temps se faisait plus perceptible.

Un certain nombre d'incidents pouvaient modifier cette routine. La pluie, à n'importe quelle heure du jour ou de la nuit, interrompait toute autre activité; tant qu'il pleuvait, je tenais les capteurs à pluie et m'employais fiévreusement à entreposer leur contenu. La visite d'une tortue causait aussi une perturbation importante. Et Richard Parker, bien sûr, me dérangeait fréquemment. Satisfaire ses besoins était une priorité que je ne pouvais négliger un seul instant. Il n'avait guère de routine autre que de manger, de boire et de dormir, mais il y avait des moments où il sortait de sa léthargie et, grincheux, furetait bruyamment dans les petits coins et recoins de son territoire. Heureusement, chaque fois, le soleil et la mer le fatiguaient rapidement et il retournait sous sa toile, s'allongeait sur le côté une fois de plus, ou sur le ventre, en posant la tête sur ses pattes antérieures croisées.

Mais mes rapports avec lui allaient au delà de la simple nécessité. Je passais des heures à l'observer parce que c'était pour moi une distraction. Un tigre est un animal fascinant en tout temps, surtout s'il est votre seul compagnon.

Au début, je cherchais continuellement un navire du regard, de façon compulsive. Au bout de cinq ou six semaines, je ne le faisais presque plus.

Et j'ai survécu parce que je me suis efforcé d'oublier. Mon histoire a commencé un jour précis du calendrier – le 2 juillet 1977 – et s'est terminée un jour précis du calendrier – le 14 février 1978; en revanche, entre ces deux jours, le calendrier n'existait plus. Je ne comptais ni les jours ni les semaines ni les mois. Le temps est une illusion qui nous essouffle, rien d'autre. J'ai survécu parce que j'ai oublié jusqu'à la notion de temps.

Je n'ai de souvenirs que d'événements, de rencontres, de routines, points de repère apparus ici et là dans l'océan du temps et qui se sont imprimés d'eux-mêmes dans ma mémoire. L'odeur de la cartouche grillée d'une fusée d'urgence, et les prières à l'aube, et la mise à mort de tortues, et la biologie des algues, par exemple. Et bien d'autres choses. Mais je ne sais pas si je peux vous en faire un ensemble ordonné. Mes souvenirs me reviennent pêle-mêle.

CHAPITRE 64

Mes vêtements s'effilochèrent, victimes du soleil et du sel. D'abord, ils s'amincirent comme une gaze. Ensuite, ils se déchirèrent jusqu'à ce qu'il ne restât plus que les coutures. Et, finalement, les coutures cédèrent. Pendant des mois, je vécus complètement nu sauf pour le sifflet qui pendait à mon cou par une corde.

Les furoncles causés par l'eau salée – rouges, vilains, enlaidissants – étaient la lèpre de la haute mer, propagée par l'eau qui me détrempait. Là où ils crevaient, ma peau était particulièrement sensible; le fait de frotter accidentellement une plaie ouverte était si douloureux que j'en perdais le souffle et poussais des cris. Naturellement, ces furoncles se développaient sur les parties de mon corps qui étaient le plus souvent mouillées et qui étaient les plus exposées au contact avec le radeau, c'est-à-dire les fesses. Il y avait des journées où j'avais peine à trouver une position qui me permît de me reposer. Le temps et le soleil guérissaient une blessure, mais cela prenait du temps, et de nouveaux furoncles apparaissaient si je ne restais pas au sec.

CHAPITRE 65

Pendant des heures j'ai tenté de déchiffrer dans le manuel de survie l'information sur la navigation. Ce manuel contenait d'abondantes explications claires et simples sur la manière de vivre des ressources marines, mais l'auteur du manuel tenait pour acquis que le lecteur avait une connaissance de base de la navigation. Dans son esprit, le naufragé était un marin d'expérience qui, ayant en main un compas, une carte et un sextant, savait comment il s'était retrouvé dans pareil embarras, si ce n'était comment s'en tirer. L'auteur y allait donc de conseils tels que: «Souvenez-vous, le temps est la distance. N'oubliez pas de remonter votre montre», ou bien «On peut mesurer la latitude avec les doigts, si nécessaire.» J'avais une montre, mais elle était maintenant au fond du Pacifique. Je l'avais perdue dans le naufrage du *Tsimtsum*. Quant aux latitudes et aux longitudes, mes connaissances marines se limitaient strictement à ce qui vivait *dans* la mer et n'allaient pas jusqu'à ce qui croisait au-dessus. Les vents et les courants étaient un mystère pour moi. Les étoiles ne me disaient rien du tout. Je n'aurais pas su nommer une seule constellation. Ma famille alignait sa vie sur une seule étoile: le soleil. Nous nous couchions tôt et nous étions sur pied de bon matin. J'avais, dans ma vie, observé plusieurs superbes nuits étoilées, où avec tout juste deux couleurs et le style le plus sobre, la nature peignait le plus grandiose des tableaux, et j'éprouvais les sentiments d'émerveillement et de petitesse que nous ressentons tous, et je tirais un sens clair de l'orientation grâce au spectacle, bien sûr, mais je veux dire dans un sens spirituel, et non géographique. J'ignorais totalement comment le ciel nocturne pouvait servir de carte routière. Comment est-ce que les étoiles, si scintillantes soient-elles, m'aideraient à trouver mon chemin si elles bougeaient continuellement ?

J'arrêtai d'essayer de comprendre. Toute connaissance que j'aurais pu acquérir était inutile. Je n'avais aucune manière de contrôler où j'allais – pas de gouvernail, pas de voiles, pas de moteur, des rames mais pas assez de muscles. Pourquoi tracer un parcours si je ne pouvais pas le suivre ? Et même si j'avais pu, comment savoir où aller ? Vers l'ouest, là d'où nous venions ? Vers l'est et l'Amérique ? Vers le nord et l'Asie ? Vers le sud, là où se trouvaient les voies de navigation ? Chaque possibilité semblait également un bon et un mauvais choix.

Alors je dérivai. Les vents et les courants décidaient de mon parcours. Le temps devint pour moi distance, comme il l'est pour tous les mortels – je voyageai le long du chemin de la vie – et je fis avec mes doigts autre chose que de tenter de mesurer les latitudes. Je découvris plus tard que j'avais suivi une route étroite, le contre-courant équatorial du Pacifique.

CHAPITRE 66

Je pêchais une variété de poissons avec une variété d'hameçons à une variété de profondeurs : depuis la pêche en eau profonde, avec de gros hameçons et plusieurs plombs, à la pêche en surface, avec des hameçons plus petits et seulement un ou deux plombs. Le succès tardait à venir et quand il arrivait, il était hautement apprécié, mais l'effort semblait disproportionné par rapport aux résultats.

Les heures étaient longues, les poissons étaient petits et Richard Parker avait toujours faim.

Ce furent les gaffes qui, finalement, me fournirent les meilleurs instruments de pêche. Elles étaient formées de trois pièces vissées l'une dans l'autre : deux tubes qui en formaient la tige – dont l'un terminé par une poignée moulée en plastique et un anneau pour y attacher une corde – et une, la tête, qui était un crochet dont la courbe avait environ cinq centimètres de large et qui se terminait en une pointe barbelée fine comme une épingle. Montée, chaque gaffe mesurait environ un mètre cinquante et avait la légèreté et la solidité d'une épée.

Au début, je pêchais en eau dégagée. Je plongeais les trois quarts de la gaffe dans l'eau, parfois avec un poisson servant d'appât sur le crochet, et j'attendais. J'attendais pendant des heures, mon corps endolori à la longue à force de tension. Quand un poisson était juste au bon endroit, je tirais brusquement la gaffe vers moi avec toute la vigueur et la vitesse dont j'étais capable. Je devais prendre la décision en une fraction de seconde. L'expérience me prouva qu'il valait mieux que je frappe quand je pensais que ça augurait bien plutôt que d'y aller n'importe comment, car un poisson apprend lui aussi par expérience et il tombe rarement deux fois dans le même piège.

Quand j'étais chanceux, un poisson s'était bien empalé sur l'hameçon, et je pouvais avec assurance le tirer à bord. Mais si je harponnais un gros poisson dans le ventre ou dans la queue, il lui arrivait souvent de s'échapper en se contorsionnant et en se propulsant rapidement vers l'avant. Blessé, il devenait une proie facile pour un autre prédateur, un présent que je n'avais pas voulu offrir. Pour de gros poissons, je visais donc plutôt la partie du ventre sous les ouïes et les nageoires latérales, car la réaction instinctive d'un poisson atteint à cet endroit était de nager vers la surface, pour s'éloigner du crochet, dans la direction où, justement, je tirais. En conséquence, parfois plus piqué que véritablement empalé, un poisson jaillissait de l'eau en plein devant mon visage. J'ai vite perdu ma répugnance à manier la vie marine. Finie cette pose d'oie blanche avec ma pudique couverture pour poisson. Un poisson qui bondissait hors de l'eau se retrouvait face à un garçon affamé qui fonçait avec la volonté absolue de l'attraper. Si je sentais que la gaffe n'avait pas agrippé solidement le poisson, je lâchais prise – sans avoir oublié de nouer au radeau la corde qui le retenait – et de mes mains je saisissais la proie. Les doigts, même s'ils ne sont pas pointus, étaient beaucoup plus agiles qu'un crochet. Une lutte acharnée et rapide s'ensuivait. Ces poissons avaient un corps glissant et ils étaient désespérés, et moi, je n'étais tout simplement que désespéré. Si au moins j'avais eu autant de bras que la déesse Durga – deux pour tenir les gaffes, quatre pour attraper le poisson et deux pour brandir les hachettes. Mais je devais me contenter de deux. Je plongeais les doigts dans les yeux, j'enfonçais les mains dans les ouïes, j'écrasais les ventres mous de mes genoux, je mordais les queues avec mes dents – je faisais tout ce qui était nécessaire pour contrôler le poisson jusqu'à ce que je pusse saisir la hachette et lui trancher la tête.

Avec le temps et l'expérience, je devins un meilleur chasseur. Je me fis plus audacieux et plus agile. Je développai un instinct, un don pour faire ce qu'il fallait.

Mes succès augmentèrent grandement quand je commençai à utiliser des parties du filet de cargo. Comme filet de pêche, il était inutile – trop rigide et trop lourd et sa trame n'était pas assez serrée. Mais comme leurre, c'était parfait. Laissé à la traîne dans l'eau, il offrait un attrait irrésistible pour les poissons, attrait encore plus grand quand des algues commencèrent à y pousser. Les poissons qui étaient casaniers en firent leur quartier et les poissons rapides, ceux qui avaient d'habitude tendance à passer outre à toute vitesse, comme les daurades, ceux-là commencèrent à ralentir pour visiter le nouvel ajout dans le secteur. Ni les résidents ni les visiteurs ne savaient qu'il y avait dans la trame un crochet caché. Il y eut des jours – malheureusement fort peu nombreux – où j'aurais pu avoir tout le poisson que j'aurais voulu harponner. À ces moments-là, je chassais bien au delà des besoins de ma propre faim ou des capacités de ma sécherie ; il n'y avait tout simplement pas assez d'espace sur le bateau de sauvetage ou de lignes sur le radeau pour faire sécher autant de lanières de daurades, de poissons volants, de brochets de mer, de mérous et de maquereaux, sans parler de l'espace dans mon estomac pour les manger. Je gardais ce que je pouvais et je donnais le reste à Richard Parker. Durant ces jours d'abondance, je manipulais tellement de poisson que mon corps commença à briller de toutes les écailles qui s'y collaient. Je portais ces points d'éclat et d'argent comme des *tilaks*, ces marques de couleur que nous, les hindous, portons sur notre front comme symbole de la divinité. Je suis sûr que si des marins s'étaient approchés de moi alors, ils auraient cru que j'étais un dieu poisson régnant sur son royaume, et ils ne se seraient pas arrêtés. Ça, c'étaient les beaux jours. Ils étaient rares.

Les tortues, elles, étaient vraiment faciles à attraper, comme me l'avait annoncé le manuel de survie. Sous le titre « chasse et récolte », elles tombaient sous « récolte ». Même si elles étaient solidement constituées, comme des tanks, elles n'étaient ni de rapides ni de puissantes nageuses ; en saisissant une nageoire postérieure d'une seule main, on peut retenir une tortue. Mais le manuel de survie oubliait de dire que tortue saisie n'est pas tortue attrapée. Il fallait la monter à bord. Et faire grimper à bord une tortue de soixante kilos qui se débat n'est pas une mince affaire. C'était une tâche qui demandait une force digne de Hanuman. J'y arrivais en amenant la victime près de la proue du bateau, la carapace contre la coque, et en lui attachant une corde au cou, à une nageoire antérieure et à une nageoire postérieure. Puis je tirais jusqu'à craindre que mes bras ne se disloquent et que ma tête n'explose. Je faisais passer les cordes par les crochets de la toile de l'autre côté de la proue ; chaque fois que la corde donnait un peu, je m'assurais de maintenir ce qui avait été gagné avant qu'elle ne glisse de nouveau. Centimètre après centimètre, une tortue finissait par être hissée hors de l'eau. Cela prenait du temps. Je me souviens d'une tortue verte qui resta deux jours suspendue au côté de la chaloupe, à se débattre follement pendant tout ce temps, les nageoires libres battant l'air. Heureusement, à la dernière étape, sur le contour du plat-bord il est arrivé souvent qu'une tortue m'aidât sans le vouloir. Dans un effort pour les libérer, elle tirait ses nageoires douloureusement tordues ; si je tirais moi aussi au même instant, nos efforts contradictoires s'unissaient parfois et tout à coup le dénouement arrivait facilement : de la manière la plus dramatique qui soit, la tortue embarquait par-dessus le plat-bord et glissait sur la toile. Je tombais à la renverse, épuisé mais heureux.

Les tortues vertes de mer donnaient plus de viande que les carets, et la coquille de leur ventre était plus mince. Mais elles avaient tendance à être plus grosses que les carets, parfois trop grosses pour être sorties de l'eau par le naufragé affaibli que j'étais devenu.

Dieu ! quand je pense que je suis un strict végétarien. Quand je pense que dans mon enfance je frémissais toujours quand je brisais le bout d'une banane pour la peler parce qu'à mes oreilles le bruit ressemblait à celui du cou d'un animal qu'on casse. Je me suis abaissé dans la sauvagerie à un point que je n'aurais jamais imaginé possible.

CHAPITRE 67

Le dessous du radeau est devenu le lieu d'accueil de tout un monde de vie marine, comme le filet, mais aux formes plus petites. Ça a commencé par une algue d'un vert doux qui s'accrochait aux gilets de sauvetage. Des algues plus rigides et plus foncées se joignirent à elle. Elles profitèrent et s'épaissirent. Puis, la vie animale apparut. Les premières formes que j'en vis étaient de minuscules crevettes transparentes, longues d'un centimètre. Elles furent suivies par des poissons de la même taille qui avaient l'air continuellement sous rayons x ; leur peau transparente laissait voir leurs organes. Après cela, je remarquai les vers noirs avec une rayure blanche, les limaces vertes et gélatineuses aux membres primitifs, les poissons ventrus de trois centimètres de long, aux couleurs diverses, et finalement les crabes, de deux centimètres de large et de couleur brune. J'ai tout essayé sauf les vers, même les algues. Seuls les crabes n'avaient pas un goût insupportablement amer ou salé. Chaque fois qu'ils apparaissaient, je me les enfournais dans la bouche l'un après l'autre comme des bonbons, jusqu'à ce qu'il n'en restât plus. Je ne pouvais pas me contrôler. L'attente était toujours longue entre deux récoltes de crabes.

La coque du bateau de sauvetage accueillait aussi la vie sous la forme de petites bernacles. Je buvais leur fluide. Leur chair faisait un bon appât.

Je m'attachai à ces auto-stoppeurs de la mer, même s'ils alourdissaient un peu le radeau. Ils offraient une distraction, tout comme Richard Parker. Je passais de nombreuses heures à ne rien faire, étendu sur le côté, ayant légèrement repoussé un gilet de sauvetage, comme le rideau d'une fenêtre, pour avoir une vue complète. Ce que je voyais, c'était une ville à l'envers, petite, silencieuse, paisible, dont les citoyens menaient leur vie avec la douce courtoisie des anges. Pour mes nerfs à bout, cette vue était un soulagement qui tombait bien.

CHAPITRE 68

Mes habitudes de sommeil changèrent. Même si je me reposais tout le temps, je dormais rarement plus d'environ une heure à la fois, même la nuit. Ce n'était pas le mouvement continuel de la mer qui me dérangeait, ni le vent; on s'habitue à ces choses comme on s'habitue aux creux et bosses d'un matelas. C'était l'appréhension et l'anxiété qui me réveillaient. C'était remarquable comme je m'en tirais avec si peu de sommeil.

Bien le contraire de Richard Parker. Il devint un champion de la sieste. La plupart du temps, il se reposait sous la toile goudronnée. Mais les jours calmes, quand le soleil n'était pas trop fort, et les soirs tranquilles, il sortait. L'une de ses positions favorites au grand air, c'était de se coucher sur le côté, sur le banc de poupe, le ventre saillant, les pattes de devant et de derrière étendues sur les bancs latéraux. C'était beaucoup de tigre à faire tenir sur un rebord plutôt étroit, mais il y arrivait en arrondissant beaucoup le dos. Quand il dormait vraiment, il posait la tête sur ses pattes antérieures, mais quand il était dans un état d'esprit un peu plus alerte, quand il considérait la possibilité d'ouvrir les yeux et de jeter un regard à la ronde, il tournait la tête et s'appuyait le menton sur le plat-bord.

Une autre de ses positions favorites était de s'asseoir en me tournant le dos, son derrière reposant sur le fond du bateau et sa partie antérieure à moitié sur le banc, sa face enfouie dans la poupe, les pattes le long de la tête, comme si nous jouions à la cachette et que c'était lui qui comptait. Ainsi installé, il avait tendance à rester parfaitement immobile, frémissant tout juste des oreilles de temps à autre, pour faire savoir qu'il ne dormait pas nécessairement.

CHAPITRE 69

Il y eut plusieurs nuits où j'eus la conviction de voir une lumière au loin. À chaque occasion, je lançai une fusée éclairante. Une fois que j'eus utilisé les fusées parachutes, je passai aux bougies de détresse. S'agissait-il de navires qui ne m'avaient pas repéré? Ou de la lumière d'étoiles qui se levaient ou se couchaient, reflétée sur l'océan? Ou de la crête de vagues que la lumière de la lune ou un fol espoir transformait en illusion? Quoi qu'il en soit, à chaque occasion, j'allumai une fusée pour rien. Aucun résultat. J'étais toujours animé d'un sentiment d'espoir, puis amèrement déçu. Après un certain temps, j'abandonnai complètement l'idée d'être sauvé par un navire. Si l'horizon était à quatre kilomètres à une altitude d'un mètre cinquante, à quelle distance était-il quand j'étais assis au pied du mât de mon radeau, les yeux à moins d'un mètre au-dessus du niveau de l'eau? Quelles étaient les chances qu'un navire traversât tout l'immense océan Pacifique et entrât dans un si petit cercle? Pas seulement ça: qu'il pénétrât dans un si petit cercle *et me vît* – quelles étaient les possibilités que cela arrivât? Non, vraiment, on ne pouvait pas compter sur l'humanité et son manque de fiabilité. Ce que je devais viser, c'était la terre, la terre ferme, la terre solide, la terre certaine.

Je me souviens de l'odeur des bougies brûlées. Par une sorte de bizarrerie chimique, elles avaient exactement l'arôme du cumin. C'était enivrant. Je reniflais les douilles de plastique, et Pondichéry prenait immédiatement vie dans mon esprit, un merveilleux soulagement après que j'eusse appelé à l'aide sans être entendu. L'expérience était très forte, presque une hallucination. D'un seul effluve jaillissait toute une ville. (Maintenant, quand je sens le cumin, je vois l'océan Pacifique.)

Richard Parker se figeait toujours quand une bougie s'allumait en chuintant. Ses yeux, des pupilles rondes et grosses comme des pointes d'épingles, fixaient la lumière. C'était trop brillant pour moi, un centre blanc aveuglant entouré d'une auréole rouge-rosé. Je devais détourner le regard. Je tenais la bougie en l'air, à bout de bras, et l'agitais lentement. Pendant une minute environ, une chaleur en cascade s'étendait sur mon bras et tout était étrangement illuminé. Autour du radeau, l'eau, d'une noirceur totalement opaque un instant plus tôt, apparaissait bondée de poissons.

CHAPITRE 70

C'était un sacré travail de dépecer une tortue. Ma première fut un petit caret. C'était son sang qui m'intéressait, un «bon breuvage nourrissant et non salé» promettait le manuel de survie. J'avais soif à ce point. Je saisis la carapace du caret et tâchai d'attraper l'une de ses nageoires postérieures. Quand je l'eus bien en main, je le retournai dans l'eau et essayai de le monter à bord du radeau. L'animal se débattait violemment. Je n'arriverais jamais à le maîtriser une fois qu'il serait sur le radeau. Ou je le relâchais, ou je tentais plutôt ma chance du côté de la chaloupe de sauvetage. Je levai le regard. C'était une journée chaude et le ciel était dégagé. Des journées comme celle-là, quand l'air était comme à l'intérieur d'un four, Richard Parker semblait tolérer ma présence à la proue et il ne bougeait pas de sous la toile goudronnée avant le coucher du soleil.

Je maintins ma prise sur la nageoire de la tortue avec une main et, avec l'autre, je tirai la corde pour m'approcher du bateau. Ce ne fut pas facile de monter à bord. Quand j'y fus arrivé, je tirai brusquement la tortue en l'air et l'amenai sur le dos jusqu'à la toile. Comme je l'avais espéré, Richard Parker ne grommela qu'une fois ou deux. Il n'allait pas se fatiguer par une chaleur pareille.

Ma détermination était terrible et aveugle. Je sentais que je n'avais pas de temps à perdre. Je me tournai vers le manuel de survie comme vers un livre de recettes. On y recommandait de placer la tortue sur le dos. C'était fait. On conseillait de glisser un couteau « dans le cou » pour trancher les artères et les veines qui le traversaient. Je regardai la tortue. Elle n'avait pas de cou. Elle s'était retirée dans sa carapace ; tout ce qui était visible de sa tête, c'était ses yeux et son bec, entourés de cercles de peau. Elle me regardait à l'envers d'un air sévère. Je pris le couteau et, dans l'espoir de la provoquer, je piquai l'une des nageoires antérieures. Elle réagit en retraitant encore plus à l'intérieur de sa carapace. Je décidai d'adopter une approche plus directe. Avec l'assurance de celui qui a fait ce geste mille fois, j'enfonçai le couteau en biais, juste à la droite de la tête de la tortue. Je poussai la lame profondément dans les replis de la peau et je la fis tourner. La tortue se retira plus encore, en commençant par le côté où se trouvait la lame, et soudainement, elle fit jaillir sa tête vers l'avant, en faisant violemment claquer son bec dans ma direction. Je bondis en arrière. Les quatre nageoires passèrent à l'action et l'animal tenta de s'échapper. Elle se balançait sur le dos, les nageoires battant furieusement, et secouait la tête d'un côté à l'autre. Je saisis une hachette et lui frappai le cou, y faisant une entaille. Un sang rouge vif jaillit. J'attrapai le gobelet gradué et je recueillis environ trois cents millilitres, l'équivalent d'une canette. J'aurais pu en avoir bien plus, peut-être un litre, mais le bec de la tortue était coupant et ses nageoires antérieures étaient longues et puissantes, avec deux griffes à chacune. Le sang que je réussis à recueillir n'avait pas d'odeur particulière. J'en pris une gorgée. Cela avait un goût tiède et animal, si je me souviens bien. C'est difficile de se rappeler une première impression. Je bus le sang jusqu'à la dernière goutte.

Je pensais utiliser la hachette pour enlever la dure carapace du ventre, mais il s'avéra plus aisé de le faire avec la lame dentée du couteau. Je mis un pied au milieu de la carapace, éloignai l'autre des nageoires qui battaient encore l'air. La peau dure comme du cuir du côté de la tête était facile à couper, sauf autour des nageoires. Scier sur les bords, cependant, là où les deux carapaces se rejoignaient, était une tâche extrêmement ardue, d'autant plus que la tortue ne cessait de se débattre. Quand j'eus enfin fini de faire le tour, j'étais en sueur et épuisé. Je retirai la carapace du ventre. Elle résista avant de se soulever, faisant un bruit humide de succion. La vie intérieure de ma proie se révéla ainsi, avec ses spasmes et ses tressaillements – des muscles, du gras, du sang, des tripes et des os. Et elle s'agitait encore. Je taillai le cou jusqu'à la vertèbre. Cela ne fit pas de différence. Les nageoires battaient toujours. De deux coups de hachette, je lui coupai la tête complètement. Les nageoires n'arrêtèrent pas. Pire encore, la tête coupée continuait d'aspirer l'air et les yeux de cligner. Je la poussai dans la mer. Les restes vivants de la tortue, je les soulevai et les laissai tomber dans le territoire de Richard Parker. Il faisait du bruit et donnait l'impression qu'il allait s'animer. Il avait probablement senti l'odeur du sang de la tortue. Je fuis vers le radeau.

D'un air maussade, je le regardai manifester bruyamment sa joie de recevoir mon cadeau, et s'en barbouiller allègrement de la tête aux pattes. J'étais tout à fait vanné. Charcuter la tortue avait été un effort qui semblait disproportionné par rapport à la tasse de sang que j'en avais tirée.

Je commençai à réfléchir sérieusement à la façon dont j'allais contrôler Richard Parker. Cette tolérance de sa part, quand la journée était chaude et le ciel clair, si c'était de tolérance qu'il s'agissait et non de paresse pure et simple, ça ne suffisait pas. Je ne pouvais pas passer le reste de mon temps à le fuir. Il fallait que j'aie un accès sûr au casier et à la surface de la toile goudronnée, à n'importe quel moment de la journée, quelle que soit la température, ou son état d'esprit. J'avais besoin de droits, le genre de droits qui découlent du pouvoir.

Il était temps que je m'impose, que je démarque mon territoire.

CHAPITRE 71

À ceux qui pourraient éventuellement se retrouver dans la situation où j'étais, je recommanderais le programme suivant :

1. Choisissez une journée où les vagues sont petites mais régulières. Vous voulez une mer qui vous aidera à monter un bon spectacle quand votre bateau de sauvetage lui présentera le flanc, mais pas au point de le faire chavirer.

2. Laissez filer votre ancre flottante aussi loin qu'elle peut aller pour rendre votre bateau de sauvetage le plus stable et le plus confortable possible. Préparez-vous un refuge hors de l'embarcation au cas où vous en auriez besoin (ce qui est le plus plausible). Si vous le pouvez, aménagez un moyen de protection corporelle. Presque n'importe quoi peut servir de bouclier. Envelopper des vêtements ou des couvertures autour de vos membres fournira une armure minimale.

3. C'est alors que la partie difficile s'engage : vous devez provoquer l'animal qui vous gêne. Qu'il s'agisse d'un tigre, d'un rhinocéros, d'une autruche, d'un sanglier, d'un ours brun – peu importe l'animal, il faut que vous lui tapiez sur les nerfs. La meilleure façon d'y arriver est probablement de vous rendre à la frontière de votre territoire et d'effectuer une intrusion bruyante dans le no man's land. C'est exactement ce que j'ai osé : je suis allé au bord de la toile goudronnée et j'ai frappé du pied sur le banc central tout en donnant quelques coups modérés de sifflet. Il est important de produire un bruit constant, reconnaissable, pour signaler votre agression. Mais vous devez être prudent. Vous voulez provoquer l'animal, mais jusqu'à un certain point seulement. Vous ne voulez pas qu'il vous attaque illico. Si c'est le cas, que Dieu soit avec vous. Vous allez être mis en pièces, écrasé à plat, éviscéré, dévoré sans doute. Ce n'est pas ce que vous voulez. Vous voulez un animal qui est vexé, irrité, contrarié, fâché, ennuyé, agacé – mais sans pensée homicide. Dans aucune circonstance ne devez-vous franchir la limite de son territoire. Restreignez votre agression au regard que vous lui vissez dans les yeux, aux coups de sifflet et aux bruits de moquerie.

4. Quand votre animal a été bien excité, faites tous les efforts de mauvaise foi nécessaires pour provoquer un incident frontalier. Une bonne façon d'y parvenir, selon mon expérience, est de reculer lentement en lui laissant entendre votre propre tapage. ASSUREZ-VOUS DE NE JAMAIS PERDRE LE CONTACT VISUEL ! Aussitôt que l'animal aura posé une patte sur votre territoire, ou même s'il s'est avancé de façon déterminée vers le no man's land, vous aurez atteint votre but. N'y regardez pas de trop près et ne soyez pas trop légaliste quant au lieu précis où sa patte s'est posée. Dépêchez-vous de montrer que vous êtes offensé. Ne perdez pas de temps à interpréter, mésinterprétez le geste le plus vite pos-

sible. Votre propos à ce stade est de faire comprendre à votre animal que son voisin du dessus est extrêmement pointilleux sur les questions de territoire.

5. Une fois que l'animal s'est rendu coupable d'une violation de propriété sur votre territoire, démontrez inlassablement votre outrage. Que vous ayez fui dans votre refuge hors du bateau de sauvetage ou retraité vers l'arrière de votre territoire sur le bateau, COMMENCEZ À SIFFLER À TOUTE FORCE et RAMENEZ IMMÉDIATEMENT L'ANCRE FLOTTANTE. Ces deux gestes sont d'une importance capitale. Vous ne devez surtout pas tarder à les faire. Si vous pouvez amener votre bateau de sauvetage à virer pour présenter son flanc aux vagues d'une autre manière, en vous servant d'une rame, par exemple, appliquez-vous à le faire immédiatement. Plus vous agirez rapidement et plus votre bateau se mettra à rouler, mieux ce sera.

6. Donner des coups de sifflet continuellement est épuisant pour un naufragé déjà affaibli, mais vous ne devez pas fléchir. Votre animal effrayé doit associer sa nausée grandissante au son strident du sifflet. Vous pouvez accélérer les choses en vous tenant debout à l'extrémité de votre bateau, un pied sur chaque plat-bord et en vous balançant au rythme du mouvement dicté par la mer. Même si vous êtes léger, quelle que soit la dimension de votre bateau, vous serez étonné de la différence que cela fera. Je peux vous assurer qu'en un rien de temps votre embarcation dansera le rock-and-roll. N'oubliez quand même pas de siffler tout le temps et ne faites surtout pas chavirer la chaloupe.

7. Vous tenez à continuer jusqu'à ce que l'animal qui est à votre charge – votre tigre, votre rhinocéros, n'importe quelle autre bête – ait le mal de mer au point d'en verdir. Vous voulez

l'entendre haleter et avoir des haut-le-cœur. Vous voulez le voir étendu au fond du bateau, les membres tremblants, les yeux révulsés, un râle d'agonie venant de sa gueule béante. Et pendant tout ce temps vous devez lui casser les oreilles avec vos coups stridents de sifflet. Si vous devenez vous-même malade, ne gaspillez pas votre vomissure en la rejetant hors du bateau. C'est un excellent garde-frontière. Dégueulez aux limites de votre territoire.

8. Quand votre animal a l'air bien malade, vous pouvez vous arrêter. Le mal de mer s'installe vite, mais il tarde à partir. Vous ne voulez pas non plus exagérer votre leçon. Personne ne meurt de nausées, mais elles peuvent miner dramatiquement le goût de vivre. Quand il ne peut en supporter davantage, libérez l'ancre flottante, essayez de créer de l'ombre pour votre animal s'il s'est affaissé en plein soleil, et assurez-vous qu'il ait de l'eau à sa disposition quand il commence à se remettre, en y dissolvant des cachets contre le mal de mer, si vous en avez. La déshydratation est un sérieux problème à ce stade. Pour le reste, retirez-vous dans votre territoire et laissez votre animal en paix. De l'eau, du repos et de la détente, en plus d'un bateau stable, le ramèneront à la vie. Vous devez permettre à la bête de récupérer pleinement avant de reprendre les étapes 1 à 8.

9. Le traitement doit être répété jusqu'à ce que dans l'esprit de l'animal le lien entre le son du sifflet et le sentiment d'une intense, débilitante nausée soit fixé sans ambiguïté aucune. Par la suite, le sifflet réglera seul les problèmes de transgression territoriale ou n'importe quel autre comportement inconvenant. Rien qu'un coup strident et vous verrez votre animal trembler dans son malaise et courir à toute vitesse vers la zone la plus sûre, la plus éloignée dans son territoire. Une fois ce degré de conditionnement atteint, il faudra par la suite utiliser le sifflet avec modération.

CHAPITRE 72

Quant à moi, pour me protéger de Richard Parker pendant que je l'entraînais, je me servis d'une carapace de tortue comme bouclier. J'y fis deux entailles que je reliai avec un bout de corde. Mon rempart était plus lourd que je ne l'aurais souhaité, mais quel soldat peut choisir son matériel de guerre?

La première fois que j'essayai ce bouclier, Richard Parker montra les dents, fit pivoter complètement ses oreilles, expulsa un bref grondement guttural et fonça. Une grosse patte, griffes sorties, se dressa en l'air et flanqua une torgnole à mon bouclier. Le coup me projeta hors du bateau. En frappant l'eau, je laissai tomber la carapace qui sombra sans laisser de trace après m'avoir frappé le tibia. J'étais fou de terreur – non seulement à cause de Richard Parker, mais aussi parce que j'étais dans l'eau. Je voyais dans ma tête un requin qui à l'instant même bondissait vers moi. Je nageai frénétiquement jusqu'au radeau, fendant l'eau de battements furieux, exactement le genre d'agitation que les requins trouvent si délicieusement invitante. Par bonheur, il n'y avait pas de requins. J'atteignis le radeau, laissai filer tout le câble et m'assis, les bras autour des genoux et la tête baissée, à essayer d'éteindre la peur embrasée qui rageait en moi. Il fallut un long moment avant que mon corps cessât complètement de trembler. Je demeurai sur le radeau le reste de cette journée-là et toute la nuit suivante. Je ne mangeai ni ne bus rien.

Je recommençai quand j'eus chassé une autre tortue. Sa carapace était plus petite, plus légère et formait un meilleur bouclier. À nouveau, je m'avançai et me mis à frapper du pied le banc du milieu.

Je me demande si ceux qui entendront cette histoire comprendront que mon comportement ne tenait pas de la folie ni d'une tentative suicidaire camouflée, mais plutôt d'une simple nécessité. Ou bien je le domptais, je lui faisais comprendre qui était le Numéro Un et qui était le Numéro Deux, ou je mourais au moment même où je tenterais de monter à bord du bateau de sauvetage un jour de tempête et qu'il s'y objecterait.

Si j'ai survécu à mon apprentissage comme dresseur d'animal en haute mer, c'est parce que Richard Parker ne voulait pas vraiment m'attaquer. Les tigres, pas plus que les autres animaux, en fait, ne préfèrent la violence comme moyen de régler des comptes. Quand les animaux se battent, c'est avec l'intention de tuer et la compréhension qu'ils peuvent eux-mêmes y passer. Un affrontement coûte cher. Et les animaux disposent donc de tout un système de signaux d'avertissement auxquels ils ont recours pour éviter une épreuve de force, et ils battent rapidement en retraite quand ils pensent pouvoir le faire. Il est rare qu'un tigre attaque un autre prédateur sans l'avertir au préalable. Le plus typique, c'est un tigre qui fonce précipitamment sur son adversaire tout en accompagnant son geste de nombreux grondements et feulements. Mais juste avant qu'il soit trop tard, le tigre s'arrête brusquement et, menaçant, il rauque férocement du fond de la gorge. Il évalue alors la situation. S'il décide qu'il n'y a pas de menace, il va se retourner, convaincu qu'il a dit ce qu'il avait à dire.

Richard Parker m'a dit ce qu'il avait à me dire quatre fois. Quatre fois, il m'a frappé de sa patte droite et m'a envoyé pardessus bord, et quatre fois j'ai perdu mon bouclier. J'étais terrorisé avant, pendant et après chaque attaque, et je passais un long moment tremblant de peur sur le radeau. Je finis par apprendre à lire les signaux qu'il me lançait. Je découvris qu'avec ses oreilles, ses yeux, ses moustaches, ses dents, sa queue et sa gorge, il parlait un langage simple, vigoureusement ponctué, qui m'annonçait quel pourrait être son geste suivant. J'appris à reculer avant qu'il ne levât la patte en l'air.

C'est alors que j'ai dit ce que *moi*, j'avais à dire, les pieds ancrés sur les plats-bords, le bateau roulant, mon langage à la note unique sortant à plein volume du sifflet, et Richard Parker gémissant et haletant au fond du bateau.

Mon cinquième bouclier me dura le reste de son entraînement.

CHAPITRE 73

Mon plus grand désir – à part celui d'être sauvé – était d'avoir un livre. Un long livre avec une histoire qui ne se termine jamais. Un livre que je pourrais lire et relire, avec un nouveau regard et une compréhension renouvelée chaque fois. Hélas, il n'y avait pas de textes sacrés à bord du bateau de sauvetage. J'étais un Arjuna inconsolable dans un chariot cabossé privé des bienfaits des paroles de Krishna. La première fois que j'ai vu une bible dans le tiroir de la table de nuit d'un hôtel au Canada, j'ai éclaté en sanglots. Le lendemain même j'ai envoyé un don à l'Association Gideons, avec une note lui enjoignant d'élargir la portée de son action à tous les endroits où des voyageurs fourbus et découragés pourraient vouloir poser la tête, et non seulement dans les chambres d'hôtels, et j'ai ajouté qu'elle ne devrait pas y laisser seulement des bibles mais aussi d'autres textes sacrés. Il n'y a pas à ma connaissance de meilleure manière de propager la foi. Pas de foudre lancée depuis une chaire, pas de condamnation venue de mauvaises églises, pas de pression exercée par l'entourage, rien qu'un livre d'écrits religieux qui attendent en silence pour vous saluer, aussi tendres et puissants que le bisou d'une petite fille sur votre joue.

Pour le moins, si j'avais eu un bon roman ! Mais il n'y avait que le manuel de survie, que j'ai bien dû lire dix mille fois au cours de mon épreuve.

J'ai tenu un journal. Il est difficile à déchiffrer. J'écrivais aussi petit que je le pouvais. J'avais peur de manquer de papier. Il n'est pas très imposant. Des mots tracés sur une page pour essayer de saisir une réalité qui me dépassait. Je l'ai commencé environ une semaine après le naufrage du *Tsimtsum*. Avant ça, j'étais trop occupé et dispersé. Les entrées ne sont ni datées ni numérotées. Ce qui me frappe maintenant, c'est la manière dont est rendu le temps. Plusieurs jours, plusieurs semaines, tous sur une page. Je parlais comme vous pourriez vous y attendre : des choses qui se passaient, comment je me sentais, ce que j'attrapais et ce que je n'attrapais pas, la mer dans tous ses états, la température, les problèmes et les solutions, Richard Parker. Rien que des choses pratiques.

CHAPITRE 74

Je pratiquais mes religions selon des rites adaptés aux circonstances : des messes solitaires sans prêtre et sans hosties consacrées, des *darshanas* sans *murtis*, et des *pujas* avec de la viande de tortue en guise de *prasad*, des gestes de dévotion envers Allah sans savoir de quel côté se trouvait La Mecque et en me trompant dans mon arabe. Ces rites m'apportaient du réconfort, c'est certain. Mais c'était dur, oh que c'était dur ! La foi en Dieu est une ouverture, un détachement, un profond geste de confiance, un acte d'amour gratuit – mais quelquefois c'était si difficile d'aimer. Parfois, mon cœur sombrait si vite dans la colère, la désolation et la lassitude que je craignais qu'il ne coulât jusqu'au fond de l'océan Pacifique et de ne plus pouvoir le ramener à la surface.

En de tels moments, je tentais de m'élever moi-même. Je touchais le turban que je m'étais fabriqué avec les lambeaux de ma chemise et je disais très fort : « CECI EST LE CHAPEAU DE DIEU ! »

Je tapotais mon pantalon et je disais très fort : « CECI EST LE VÊTEMENT DE DIEU ! »

Je désignais Richard Parker et je disais très fort : « CECI EST LE CHAT DE DIEU ! »

Je pointais un doigt vers la chaloupe de sauvetage et je disais très fort : « CECI EST L'ARCHE DE DIEU ! »

J'ouvrais large les bras et je disais très fort : « CECI EST LE VASTE TERRITOIRE DE DIEU ! »

Je montrais le ciel et je disais très fort : « CECI EST L'OREILLE DE DIEU ! »

Et, de cette manière, je pouvais me rappeler la création et la place que j'y occupais.

Mais le chapeau de Dieu se défaisait tout le temps. Le pantalon de Dieu tombait en pièces. Le chat de Dieu était une menace continuelle. L'arche de Dieu était une prison. Le vaste territoire de Dieu me tuait lentement. L'oreille de Dieu n'avait pas l'air de m'écouter.

La désespérance était une profonde noirceur qui ne laissait ni entrer ni sortir la lumière. C'était un enfer indescriptible. Je remercie Dieu qu'elle ait toujours fini par disparaître. Un banc de poissons apparaissait près du filet ou un nœud demandait à être renoué. Ou je pensais à ma famille, et comment une agonie si horrible lui avait été épargnée. L'obscurité commençait à se diluer et elle s'en allait, et Dieu restait, un point lumineux dans mon cœur. Et je continuais d'aimer.

CHAPITRE 75

Le jour où j'ai pensé que c'était l'anniversaire de ma mère, je lui ai chanté « Bon anniversaire, mes vœux les plus sincères… » à voix haute.

CHAPITRE 76

J'ai pris l'habitude de nettoyer derrière Richard Parker. Aussitôt que je me rendais compte qu'il avait eu des selles, je faisais en sorte de m'en emparer, une opération qui présentait ses risques puisque je devais déplacer ses excréments vers moi avec la gaffe pour les saisir à partir de la toile goudronnée. Les excréments peuvent être infectés de parasites. Cela n'a guère d'importance pour les animaux dans la nature puisqu'ils ne restent à peu près jamais près de leurs excréments et ont en général une relation tout à fait neutre face à ces déjections; les animaux qui vivent dans les arbres les voient à peine et les animaux au sol excrètent et poursuivent leur chemin. Dans le territoire restreint d'un zoo, cependant, l'affaire est tout à fait différente, et laisser les excréments dans l'enceinte d'un animal encourage la réinfection en permettant à l'animal de les manger, car les animaux sont gloutons de tout ce qui ressemble de près ou de loin à de la nourriture. C'est la raison pour laquelle les cages sont nettoyées, c'est-à-dire pour la santé intestinale des animaux, et non pour épargner les yeux et l'odorat des visiteurs. Mais ce n'était pas la volonté de conserver la haute réputation de la famille Patel pour la propreté de son zoo qui me préoccupait dans ce cas-ci. En quelques semaines, Richard Parker est devenu constipé et il n'allait à la selle qu'une fois par mois environ; mes périlleuses tâches de concierge n'avaient donc guère de valeur sur le plan sanitaire. C'était pour une autre raison que je faisais cela : c'est parce que la première fois que Richard Parker a fait ses besoins dans le bateau de sauvetage, j'ai remarqué qu'il tentait d'en cacher les résultats. J'ai tout de suite compris la signification de ce geste. Faire étalage de ses selles ouvertement, en vanter l'odeur, aurait été un signe de domination sociale. Par contre, le fait de les cacher, ou de tenter de les cacher, était un signe de déférence – de déférence envers *moi*.

Je me rendais compte que ça le rendait nerveux. Il adoptait un profil soumis, la tête penchée et les oreilles plates sur les côtés, laissant s'échapper un léger grognement soutenu. J'agissais avec vigilance et délibération, non seulement pour avoir la vie sauve, mais aussi pour lui passer le bon message. Ce dernier était que, quand j'avais ses selles dans ma main, je les faisais rouler pendant quelques instants, je les approchais de mon nez et je les reniflais bruyamment, et je portais mon regard vers lui à quelques reprises de manière très dramatique, avec des yeux écarquillés (par la terreur, s'il avait seulement su), assez longtemps pour lui ficher la frousse, mais pas assez longtemps pour le provoquer. Et à chaque mouvement de mon regard, je soufflais sur un ton bas et menaçant dans le sifflet. En faisant cela, en le harcelant de mes yeux (car chez tous les animaux, bien sûr, y inclus chez les humains, regarder fixement est un geste d'agression) et en émettant ce coup de sifflet qui était lié à tant de signes inquiétants dans son esprit, j'affirmais très clairement à Richard Parker que c'était mon droit, mon droit de seigneur, de jouer avec ses excréments et de les renifler si telle était ma volonté. Alors vous voyez bien que ce n'était pas de la bonne gestion zoologique que je pratiquais, mais plutôt de la brimade psychologique. Et ça a marché. Richard Parker, de son regard, ne me rendait jamais la pareille ; ses yeux se portaient vers un endroit imprécis, ni sur moi ni loin de moi. C'était quelque chose d'aussi tangible que ses boules d'excréments dans ma main : l'émergence de ma domination. Ces séances me laissaient toujours absolument épuisé par la tension, et pourtant euphorique.

À ce propos, puisque nous y sommes, je devins aussi constipé que Richard Parker. C'était le résultat de notre alimentation, trop peu d'eau et trop de protéines. Pour moi, me soulager, une affaire mensuelle elle aussi, était loin d'être un soulagement. C'était un événement prolongé, ardu et douloureux, qui me laissait en nage, épuisé ; une épreuve pire qu'une forte fièvre.

CHAPITRE 77

À mesure que les cartons de rations diminuaient, je réduisais ma consommation jusqu'à suivre exactement les indications, m'en tenant à seulement deux biscuits toutes les huit heures. J'avais continuellement faim. La nourriture assiégeait sans cesse ma pensée d'idées et d'images obsessives. Moins j'avais à manger, plus les portions dont je rêvais devenaient généreuses. Mes assiettes imaginaires finirent par avoir la dimension de l'Inde. Un Gange de soupe de lentilles *dhal*. Des galettes *chapattis* de la taille du Rajasthan. Des bols de riz gros comme l'Uttar Pradesh. Des *sambars* pour inonder tout le Tamil Nadu. De la crème glacée amoncelée plus haut que l'Himalaya. Mon rêve devint tout un expert : les ingrédients de mes plats étaient toujours frais et abondants ; le four ou la poêle à frire était toujours à la température voulue ; l'équilibre des assaisonnements était toujours impeccable ; rien n'était jamais trop cuit ni trop cru, rien trop chaud ni trop froid. Chaque repas était d'une perfection absolue – sauf qu'il échappait à mes doigts.

Graduellement, le champ de mon appétit s'étendit. Alors qu'au début j'éviscérais les poissons et les pelais méticuleusement, rapidement, c'est tout juste si je rinçais les matières visqueuses qui les enveloppaient avant de mordre dedans à belles dents, heureux d'avoir un tel délice dans la bouche. Je me souviens que les poissons volants étaient très goûteux et leur chair rosâtre et tendre. La texture de la daurade était plus ferme et son goût plus typé. Je commençai à gratter les têtes de poissons, plutôt que de les lancer à Richard Parker ou de m'en servir comme appât. Ce fut une grande découverte pour moi qu'on pût tirer un liquide au goût si frais non seulement des yeux des gros poissons mais aussi de leurs vertèbres. Les tortues – que j'avais d'abord grossièrement ouvertes au couteau et lancées au fond du bateau pour Richard Parker, comme un bol de soupe chaude – les tortues, je vous assure, devinrent mon mets favori.

Cela semble impossible à imaginer qu'il y eût un temps où je considérais une tortue de mer comme un menu dégustation de dix couverts d'une grande finesse, un répit béni du poisson. Et pourtant... Dans les veines des tortues coulait un doux *lassi* qui devait être bu aussitôt qu'il jaillissait de leur cou, car il coagulait en moins d'une minute. Les meilleurs *poriyals* et les meilleurs *kootus* du monde ne peuvent se comparer à la chair de tortue, qu'elle soit séchée et brune, ou fraîche et rouge foncé. Je n'ai pas goûté de *payasam* de cardamome qui fût aussi savoureux et goûteux que de crémeux œufs de tortue ou du gras de tortue séché. Un mélange haché de cœur, de poumons, de foie, de chair et de boyaux nettoyés, saupoudré de morceaux de poisson, le tout baignant dans une sauce de jaune d'œuf et de sérum sanguin, composait un *thali* incomparable, à s'en lécher les doigts. À la fin de mon périple, je mangeais tout ce qu'une tortue avait à offrir. À travers les algues qui recouvraient la carapace de certains carets, je trouvais parfois de petits crabes et des bernacles. Tout ce que je trouvais dans l'estomac d'une tortue, c'était mon tour de le manger. J'ai tué le temps de longues et plaisantes heures à mordiller une jointure de nageoire ou à briser des os pour en lécher la moelle. Et mes doigts détachaient continuellement de petits morceaux de gras ou de chair séchés qui étaient restés collés à l'intérieur des carapaces, où ils fouillaient pour dénicher de la nourriture à la façon machinale des singes.

Les carapaces de tortues étaient très utiles. Je n'aurais pas pu m'en passer. Non seulement elles servaient de boucliers mais aussi de tables pour tailler le poisson et de bols à mélanger. Et quand les éléments eurent irréparablement détruit les couvertures, j'utilisais les carapaces pour me protéger du soleil en les assemblant les unes sur les autres et en me couchant dessous.

C'était effrayant de constater jusqu'à quel point un ventre plein améliorait mon état d'esprit. L'un et l'autre étaient directement liés: tant d'eau et de nourriture, tant de bonne humeur. C'était une existence incroyablement changeante. Mes sourires étaient à la merci de la chair de tortue.

Quand le dernier des biscuits eut disparu, tout devint bon à manger, quel qu'en fût le goût. Je pouvais me mettre n'importe quoi dans la bouche, le mâcher et l'avaler – que ce fût délicieux, répugnant ou ordinaire – à condition que ce ne fût pas salé. Mon corps devint dégoûté du sel et il l'est encore.

J'ai tenté une fois de manger les excréments de Richard Parker. C'est arrivé au début, alors que mon système ne s'était pas encore habitué à la faim et que mon imagination cherchait encore follement des solutions. Je venais, peu auparavant, de livrer une provision d'eau fraîche tirée d'un alambic solaire dans son seau. Après l'avoir bue d'un seul trait, il était disparu sous la toile goudronnée et j'étais revenu vers le casier pour m'occuper de je ne sais quoi. Comme je le faisais toujours à cette époque, je jetais de temps à autre un regard sous la toile pour m'assurer qu'il n'était pas en train de me préparer quelque chose. Eh bien, cette fois-là, voilà que c'était le cas. Il était accroupi, son dos était rond et ses pattes postérieures étaient écartées. Sa queue était dressée, poussant la toile. La position était révélatrice. Immédiatement, l'idée de nourriture, et non d'hygiène animale, me vint à l'esprit. Je décidai qu'il y avait peu de danger. Il était tourné dans l'autre direction et je ne voyais pas sa tête. Si je respectais sa tranquillité, il n'allait peut-être même pas remarquer ma présence. J'attrapai une écope et je tendis mon bras. L'écope arriva juste à temps. À la seconde où elle fut en position à la base de sa queue, l'anus de Richard Parker se distendit et il en sortit, comme une boule de gomme à mâcher, une sphère noire d'excréments. Elle tomba dans ma tasse en faisant entendre un tintement ; il y aura sûrement des gens pour juger que j'avais abandonné alors les derniers vestiges de mon humanité, ceux qui ne comprendront pas à quel point je souffrais, quand je dis que ce tintement, à mes oreilles, fut comme la musique d'une pièce de cinq roupies lancée dans la sébile d'un mendiant. Un sourire fendit mes lèvres et les fit saigner. Je ressentis une grande reconnaissance envers Richard Parker. Je retirai l'écope. Je pris la crotte dans ma main. Elle était chaude, mais l'odeur n'était pas forte. Comme taille, c'était à peu près comme une grosse boule de *gulab jamun*, mais pas du tout aussi tendre. En fait, c'était dur comme du roc. Glissez ça dans un canon et vous pourrez descendre un rhinocéros.

Je remis la boule dans l'écope et j'ajoutai un peu d'eau. Je la recouvris et la mis de côté. J'avais l'eau à la bouche en attendant. Quand je ne sus plus attendre, je me fourrai la boule dans la bouche. Je ne pus la manger. Le goût état âcre, mais ce n'était pas la raison. C'était plutôt ce qu'avait conclu ma bouche, immédiatement et clairement : il n'y a rien là-dedans. C'était vraiment un déchet, sans matière nutritive. Je la crachai et je regrettai d'avoir gaspillé de l'eau précieuse. Je pris le harpon et partis cueillir le reste des excréments de Richard Parker. Ils allèrent directement chez les poissons.

Après quelques semaines à peine, mon corps commença à se détériorer. Mes pieds et mes chevilles enflèrent et je trouvais ça très fatigant de me tenir debout.

CHAPITRE 78

Il y avait de nombreux ciels. Un ciel était envahi par de grands nuages blancs, plats dessous mais ronds et joufflus dessus. Un ciel était absolument dégagé, d'un bleu vraiment explosif pour les sens. Un ciel était une couverture lourde, suffocante, de nuages gris, mais sans annoncer de pluie. Un ciel était légèrement couvert. Un ciel était tacheté de petits nuages floconneux blancs. Un ciel était zébré de nuages élevés, minces, qui ressemblaient à des boules d'ouate étirées. Un ciel était un monotone brouillard laiteux. Un ciel était une masse d'obscurs nuages de bourrasques de pluie qui passaient sans livrer de pluie. Un ciel était retouché de quelques nuages plats qui ressemblaient à des bancs de sable. Un ciel se faisait simple bloc pour permettre un effet visuel à l'horizon : la lumière du soleil inondait l'océan, les barres verticales parfaitement distinctes séparaient l'ombre de la lumière. Un ciel était un lointain rideau noir de pluie qui tombe. Un ciel était plusieurs étages de nuages divers, parfois épais et opaques, d'autres comme des fumerolles. Un ciel était noir et crachait de la pluie sur mon visage souriant. Un ciel n'était qu'eau qui tombe, un déluge sans fin qui faisait plisser et gonfler ma peau et me gelait raide.

Il y avait de nombreuses mers. Une mer rauquait comme un tigre. Une mer murmurait à mon oreille comme un ami qui dit un secret. Une mer cliquetait comme de la monnaie dans une poche. Une mer tonnait comme une avalanche. Une mer crissait comme le papier d'émeri sur le bois. Une mer se contractait bruyamment comme quelqu'un qui vomit. Une mer était d'un silence mortel.

Et entre les deux, entre ciel et mer, soufflaient tous les vents.

Et il y avait toutes les nuits et toutes les lunes.

Être un naufragé, c'est être un point au milieu d'un cercle, perpétuellement. Quel que soit le changement apparent des choses – la mer peut passer du murmure à la rage, le ciel du bleu frais au blanc aveuglant au noir le plus sombre –, la géométrie du cercle, elle, ne change jamais. Votre regard est toujours un rayon et la circonférence lui semble toujours démesurée. En fait, les cercles se multiplient. Être un naufragé, c'est être pris dans une pénible danse de cercles. Vous êtes au milieu d'un cercle, alors qu'au-dessus de vous deux cercles contraires tournoient. Le soleil vous met dans un état de détresse comme une horde, une horde bruyante et envahissante qui vous fait couvrir les oreilles, qui vous fait fermer les yeux, qui vous donne envie de vous cacher. La lune vous afflige en vous rappelant silencieusement votre solitude ; vous ouvrez grand les yeux pour échapper à votre isolement. Quand vous élevez le regard, vous vous demandez parfois si au milieu d'une tempête solaire, si au centre de la mer de Tranquillité, il n'y aurait pas quelqu'un d'exactement comme vous qui élève lui aussi le regard, lui aussi coincé dans cette géométrie, lui aussi en train de lutter contre la peur, la rage, la folie, la désespérance et l'apathie.

Par ailleurs, être un naufragé, c'est être pris entre des opposés effroyables et épuisants. Quand il fait clair, l'immensité de la mer est aveuglante et effrayante. Quand il fait noir, l'obscurité est étouffante. De jour, vous avez chaud et vous rêvez de fraîcheur et de crème glacée et vous vous versez de l'eau salée sur le corps. La nuit venue, vous avez froid et vous rêvez de chaleur et de cari épicé et vous vous enveloppez de couvertures. Quand il fait chaud, vous êtes complètement desséché et souhaitez être mouillé. Quand il pleut, vous êtes presque noyé et souhaitez être au sec. Quand il y a de la nourriture, il y en a trop et il faut vous gaver. Quand il n'y en a pas, il n'y en a vraiment pas et vous mourez de faim. Quand la mer est étale et immobile, vous aimeriez qu'elle bouge. Quand elle se hisse sur ses vagues et que le cercle qui vous emprisonne est rompu par des montagnes d'eau, vous souffrez de cette particularité de la haute mer, la claustrophobie dans un espace ouvert, et vous aimeriez que la mer redevienne plate. Les opposés apparaissent souvent simultanément, tant et si bien que, quand le soleil vous brûle au point que vous vous affaissez, vous êtes également sensible au fait qu'il fait sécher les lanières de poisson et de viande qui sont suspendues à vos cordes et que vos alambics solaires en profitent. Par ailleurs, quand une pluie soudaine et venteuse refait le plein de vos approvisionnements en eau fraîche, vous savez aussi que l'humidité va affecter vos provisions de nourriture séchée et qu'une certaine partie se gâtera peut-être, devenant pâteuse et tournant au vert. Quand le mauvais temps diminue et qu'il est évident que vous avez survécu aux attaques du ciel et à la traîtrise de la mer, votre jubilation est tempérée par votre rage qu'une telle quantité d'eau fraîche tombe directement dans l'océan et par la crainte que ce soit la dernière averse que vous verrez jamais, que vous allez mourir de soif avant que la prochaine goutte de pluie ne tombe.

La pire combinaison d'opposés qui existe est l'ennui et la terreur. Votre vie est parfois un pendule qui va de l'un à l'autre. La mer est au calme plat. Il n'y a pas le moindre souffle de vent. Les heures durent, sans fin. Vous vous ennuyez tellement que vous sombrez dans un état d'apathie qui est presque un coma. Puis la mer s'agite et vos émotions sont secouées de frénésie. Et pourtant, ces deux états contraires ne se distinguent pas franchement l'un de l'autre. Dans votre ennui, il y a des éléments de terreur: vous éclatez en larmes, vous êtes plein d'effroi, vous criez; vous faites exprès pour vous faire mal. Et dans les griffes de la terreur – la plus forte tempête –, vous ressentez quand même de l'ennui, une profonde lassitude face à tout cela.

Il n'y a que la mort pour stimuler constamment vos émotions, soit que vous la contempliez quand votre vie est sauve et fade, soit que vous la fuyiez quand la vie est menacée et précieuse.

La vie sur une chaloupe de sauvetage, ce n'est pas une vie. C'est comme une fin de partie aux échecs, une partie où il reste peu de pièces. Les éléments sont d'une simplicité extrême, mais les conséquences ne peuvent être plus risquées. Physiquement, c'est extrêmement ardu, et moralement, c'est mortel. Il faut vous y ajuster si vous voulez survivre. Bien des choses deviennent inutiles. Vous tirez votre joie de là où vous pouvez. Vous atteignez un point où vous êtes au fond de l'enfer, et pourtant vous avez les bras croisés et le visage souriant, et vous vous sentez comme la personne la plus chanceuse de la terre. Pourquoi ? Parce qu'à vos pieds il y a un tout petit poisson mort.

CHAPITRE 79

Il y avait des requins tous les jours, principalement des makos et des requins bleus, mais aussi de grands requins blancs et, une fois, un requin-tigre sorti du plus obscur des cauchemars. L'aube et le crépuscule étaient leurs moments favoris. Ils ne nous dérangeaient jamais vraiment. Il arrivait que l'un d'entre eux frappât de sa queue la coque du bateau de sauvetage. Je ne crois pas que ce fût accidentel (d'autre bêtes marines le faisaient aussi, comme des tortues et même des daurades). Je pense que c'était une façon pour les requins de déterminer la nature du bateau. Un bon coup de hachette sur le museau de la bête la faisait disparaître en toute hâte dans les profondeurs. Le principal désagrément causé par les requins était de rendre l'eau plutôt risquée pour les baignades, comme d'ignorer sur une propriété une affichette qui dit « Prenez garde au chien ». Autrement, je développai une certaine affection pour les requins. Ils étaient comme de vieux amis grincheux qui n'allaient jamais admettre qu'ils me trouvaient sympathique mais qui néanmoins venaient fréquemment me rendre visite. Les requins bleus étaient plus petits, ne mesuraient habituellement pas plus d'un mètre cinquante, et ils étaient les plus beaux, minces et effilés, avec une petite gueule et des branchies aux fentes discrètes. Leur dos était d'un bleu intense comme du lapis-lazuli et leur ventre était blanc comme neige, des teintes qui tournaient au gris ou au noir aussitôt qu'ils s'enfonçaient le moindrement, mais qui près de la surface brillaient d'étonnants reflets. Les makos étaient plus grands et avaient une gueule qui s'ouvrait sur d'effrayantes dents, mais ils avaient aussi de très jolies couleurs, un bleu indigo qui chatoyait superbement sous le soleil. Les grands requins blancs étaient souvent de plus petite taille que les makos – dont certains spécimens mesuraient jusqu'à trois mètres cinquante –, mais ils étaient beaucoup plus massifs et ils possédaient d'énormes ailerons qui voguaient au-dessus de l'eau, comme un étendard de guerre, une vision rapide et mobile toujours extrêmement énervante à contempler. Et, en plus, ils étaient d'une couleur terne, une sorte de brun grisâtre, et la pointe mouchetée de blanc de leurs ailerons n'avait rien de particulièrement attrayant.

J'ai chassé un certain nombre de petits requins, la plupart d'entre eux des requins bleus, mais aussi des makos. Chaque fois, c'était peu après le coucher du soleil, dans la lumière crépusculaire, et je les attrapais à mains nues quand ils s'approchaient du bateau de sauvetage.

Le premier fut mon plus gros, un mako de plus d'un mètre de long. Il était venu et revenu à plusieurs reprises près de la proue. Comme il passait une fois encore, une impulsion soudaine me fit plonger la main dans l'eau et je le saisis juste en avant de la queue, là où son corps était le plus mince. Sa peau rude donnait une prise si parfaite que, sans penser à ce que je faisais, je tirai. À ce moment, il bondit, secouant terriblement mon bras. À ma plus grande horreur ainsi qu'à mon plus grand plaisir, la bête sauta en l'air en provoquant une explosion d'eau et d'embruns. Pendant une petite fraction de seconde, je ne sus comment réagir. L'animal était plus petit que moi, certes, mais est-ce que je ne me prenais pas pour une sorte de Goliath téméraire ? Ne devais-je pas lâcher prise ? Je me retournai et d'un geste vif, basculant sur la toile, je lançai le mako vers la proue. Le poisson tomba du ciel chez Richard Parker. Il atterrit avec grand fracas et commença à se débattre avec une telle énergie que je craignis qu'il ne démolît le bateau. Effarouché, Richard Parker attaqua immédiatement.

Un combat épique s'engagea. Pour l'information des zoologistes, je peux rendre compte de ce qui suit : un tigre ne va pas attaquer un requin sorti de l'eau d'abord avec sa gueule, il va plutôt le frapper avec ses pattes de devant. Richard Parker commença à assener des coups au requin. Je tremblais chaque fois. C'étaient des coups tout simplement terribles. Un seul d'entre eux sur un humain et tous ses os seraient brisés ; ou bien un meuble se fendrait en éclats ; ou une maison deviendrait un monceau de décombres. Je voyais que le mako n'appréciait pas ce traitement à la manière dont il se tordait et se retournait et battait de la queue et cherchait à mordre.

C'est sans doute parce que Richard Parker n'était pas un familier des requins, qu'il n'avait jamais trouvé de poisson prédateur sur son chemin – quoi qu'il en soit, c'est arrivé : un accident, une de ces rares occasions où j'ai appris que Richard Parker n'était pas parfait, que, malgré ses instincts dégourdis, il pouvait cafouiller. Il mit sa patte antérieure gauche dans la gueule du mako. Ce dernier ferma la gueule. Immédiatement, Richard Parker recula sur ses pattes postérieures. Le requin fut lancé en l'air, mais il ne lâcha pas prise. Richard Parker retomba vers l'avant, ouvrit grand sa gueule et lança un rugissement prodigieux. Je sentis une vague d'air chaud contre mon corps. L'air vibra de façon évidente, comme on voit la vapeur monter de l'asphalte un jour de chaleur. Je peux bien imaginer que quelque part, deux cent cinquante kilomètres plus loin, la vigie d'un bateau leva le regard, étonné, et rapporta ensuite la chose la plus étrange, qu'il avait cru entendre un miaulement de chat à trois heures. Des jours plus tard, ce rugissement résonnait encore dans mes tripes. Mais un requin est sourd, pour ainsi dire. Tandis que moi, à qui il ne viendrait jamais à l'idée de pincer la patte d'un tigre, et encore moins de tenter d'en avaler une, il m'éclata un rugissement titanesque en pleine face et je tremblai, et frémis et mourus de peur et m'écroulai, lui, le requin, ne sentit qu'une sourde vibration.

Richard Parker se retourna et commença à donner des coups de griffes à la tête du requin avec sa patte antérieure libre et à le mordre avec ses mâchoires, tandis que ses pattes postérieures commençaient à lacérer son ventre et son dos. Le requin s'accrochait à la patte, sa seule arme de défense et d'attaque, et donnait des coups de queue. Le tigre et le requin tournaient et culbutaient. Avec grande difficulté, je réussis à reprendre contrôle de mon corps suffisamment pour passer au radeau et le libérer. Le bateau de sauvetage partit à la dérive. Je vis des éclairs orange et bleu foncé, de fourrure et de peau, tandis que le bateau était secoué d'un côté et de l'autre. Les feulements de Richard Parker étaient d'une férocité absolument terrifiante.

Finalement, le bateau arrêta de bouger. Après un long moment, Richard Parker s'assit, léchant sa patte gauche.

Pendant les jours qui suivirent, il passa beaucoup de temps à soigner ses quatre pattes. La peau d'un requin est couverte de minuscules tubercules qui la rendent rude comme un papier d'émeri. Il s'était sûrement coupé en griffant le requin à plusieurs reprises. Sa patte gauche était blessée, mais le dommage ne semblait pas permanent ; il avait encore tous ses orteils et toutes ses griffes. Quant au mako, à part les pointes de sa queue et la région de la gueule, étonnamment laissées intactes, c'était un ramassis déchiqueté à moitié mangé. Des lambeaux de viande gris rouge et des amas d'organes internes traînaient.

Je réussis à gaffer quelques restes du requin, mais je fus déçu de constater que ses vertèbres ne contenaient pas de fluide. La chair, au moins, était goûteuse sans saveur de marée, et la qualité croustillante du cartilage était un répit bienvenu après tant de nourriture molle.

Par après, je recherchai des requins plus petits, des bébés, en fait, et je les tuais moi-même. Je découvris que les poignarder avec le couteau dans les yeux était une méthode plus rapide, moins épuisante que de leur donner des coups de hachette sur la tête.

CHAPITRE 80

De toutes les daurades, il y en a une que je garde particulièrement en mémoire, une daurade singulière. C'était tôt le matin d'un jour nuageux, et nous étions en plein milieu d'une tempête de poissons volants. Richard Parker s'activait à les frapper vigoureusement. J'étais recroquevillé derrière une carapace de tortue pour me protéger. Je tenais en l'air une gaffe à laquelle j'avais accroché un bout de filet déployé. J'espérais attraper ainsi du poisson. Je n'avais guère de succès. Puis un poisson volant fendit l'air tout près. La daurade qui le chassait surgit en trombe de l'eau. C'était un mauvais calcul. Le poisson volant affolé s'échappa et passa juste à côté de mon filet, mais la daurade frappa le plat-bord comme un boulet de canon. Le lourd choc fit vibrer tout le bateau. Un jet de sang gicla sur la toile goudronnée. Je réagis rapidement. Je me penchai sous la pluie de poissons volants et j'attrapai la daurade, précédant tout juste un requin. Je la ramenai à bord. Elle était morte, ou presque, et son corps passait par une myriade de couleurs. Quelle prise! Quelle prise! pensais-je tout excité. Merci à toi, Jésus-Matsya. Le poisson était gras et charnu. Il devait bien peser vingt kilos. Il pourrait nourrir un régiment. Ses yeux et son épine dorsale allaient irriguer un désert.

Hélas, la grande tête de Richard Parker s'était tournée vers moi. Je le sentis du coin des yeux. Les poissons volants continuaient de passer, mais il ne s'intéressait plus à eux; c'était le poisson dans ma main qui attirait maintenant son attention. Il était à deux mètres et demi de moi. Sa gueule était entrouverte, une aile de poisson en pendait. Son dos s'arrondit. Son postérieur frétilla. Sa queue remua. C'était clair: il s'accroupissait, bandait ses muscles pour mieux m'attaquer. Il était trop tard pour me sauver, trop tard même pour lancer un coup de sifflet. Mon heure était venue.

Mais trop, c'est trop. J'avais assez souffert. J'avais tellement faim. Il y a une limite au nombre de jours qu'on peut passer sans manger.

Et alors, dans un moment de folie provoquée par la faim – car je tenais plus à manger qu'à rester vivant –, sans aucun moyen de défense, nu dans tous les sens du terme, je braquai mon regard dans les yeux de Richard Parker. Tout à coup, sa force animale n'était plus que faiblesse morale. Elle n'était rien à côté de la force de mon esprit. Je le fixai, les yeux écarquillés et avec un regard de provocation, et nous nous défiâmes. N'importe quel responsable de zoo vous dira qu'un tigre, ou n'importe quel félin, ne va pas attaquer pendant un affrontement direct du regard mais attendra plutôt que la biche ou l'antilope ou le bœuf sauvage ait tourné les yeux. Mais savoir cela et le mettre en pratique, ce sont deux choses bien différentes (et c'est une information bien inutile si vous souhaitez faire baisser les yeux à un félin grégaire. Tandis que vous tenez de vos yeux un lion hypnotisé, un autre viendra vous attaquer par-derrière). Pendant deux, peut-être trois secondes, une terrible bataille psychologique pour gagner position et autorité s'engagea entre un garçon et un tigre. Ce dernier n'avait qu'à faire le plus petit bond en avant pour me sauter à la gorge. Mais je maintins mon regard.

Richard Parker se lécha le museau, rauqua et se retourna. En colère, il frappa un poisson volant. J'avais gagné. J'étouffai d'incrédulité, pris la daurade dans mes mains et me hâtai de retourner au radeau. Peu après, je livrai à Richard Parker une bonne partie du poisson.

À partir de ce jour-là, je sentis que ma maîtrise de la situation n'était plus en question et je commençai à passer progressivement plus de temps sur la chaloupe de sauvetage, d'abord à la proue puis, à mesure que je gagnais en assurance, sur la toile goudronnée, bien plus confortable. J'avais encore peur de Richard Parker, mais seulement quand c'était nécessaire. Le seul fait de sa présence ne m'inquiétait plus. On peut s'habituer à tout – ne l'ai-je pas déjà dit? N'est-ce pas ce que disent tous les survivants?

Au début, je m'étendais sur la toile en appuyant la tête sur son rebord roulé à la proue. De là je pouvais garder un œil sur

Richard Parker – car les extrémités du bateau de sauvetage étaient plus élevées que son centre.

Plus tard, je me tournai de l'autre côté, la tête au repos sur la toile roulée juste au-dessus du banc du milieu, le dos à Richard Parker et à son territoire. Dans cette position, j'étais plus éloigné des bords du bateau et moins exposé aux vents et embruns.

CHAPITRE 81

Je sais qu'il est difficile de croire à ma survie. Quand j'y repense, c'est tout juste si j'y crois moi-même.

Mon exploitation grossière du manque de pied marin de Richard Parker n'explique pas tout. Il y a une autre explication : j'étais la source de nourriture et d'eau. Aussi loin que remontât sa mémoire, Richard Parker avait été un animal de zoo, et il était habitué à ce que l'alimentation lui vînt sans qu'il eût à lever la patte. Certes, quand il pleuvait et que tout le bateau se changeait en capteur à pluie, il comprenait d'où venait l'eau. Et quand un banc de poissons volants nous attaquait, mon rôle n'était pas évident non plus. Mais ces événements ne changeaient pas la réalité des choses : lorsqu'il regardait au delà des plats-bords, il ne voyait aucune jungle où il eût pu chasser et aucune rivière où il eût pu boire en toute liberté. En dépit de cela, j'arrivais à lui apporter nourriture et eau fraîche. Mon intervention était pure et miraculeuse. Elle me conférait du pouvoir. À preuve : je restais vivant jour après jour, semaine après semaine. À preuve : il ne m'attaqua pas, même quand je dormais sur la toile goudronnée. À preuve : me voici devant vous, à vous raconter cette histoire.

CHAPITRE 82

Je conservais, dans le casier, l'eau de pluie et l'eau recueillie des alambics solaires, hors de la vue de Richard Parker, dans les trois sacs en plastique de cinquante litres. Je les fermais avec une ficelle. Ces sacs n'auraient pu être plus précieux à mes yeux s'ils avaient contenu de l'or, des saphirs, des rubis et des diamants. Je m'en préoccupais constamment. Mon pire cauchemar était que j'allais ouvrir le casier, un beau matin, et découvrir qu'ils s'étaient tous les trois répandus ou, pire encore, qu'ils s'étaient fendus. Pour prévenir une telle tragédie, je les enveloppais dans des couvertures afin qu'ils ne frottent pas contre la coque de métal du bateau, et je les déplaçais le moins possible pour en réduire l'usure. Mais je m'inquiétais de l'étranglement des sacs : est-ce que la ficelle n'allait pas les user ? Comment allais-je les fermer s'ils se déchiraient à l'endroit du resserrement ?

Quand les choses allaient bien, que la pluie était torrentielle, que les sacs étaient aussi pleins qu'ils pouvaient l'être d'après moi, je remplissais les écopes, les deux seaux de plastique, les deux contenants de plastique à usage multiple, les trois tasses graduées et les canettes d'eau vides (que je conservais maintenant précieusement). Ensuite, je remplissais les sacs à vomissements et les scellais en tordant l'embouchure et en y faisant un nœud. Et après tout cela, s'il pleuvait encore, je servais moi-même de contenant. Je plaçais l'extrémité du tube du capteur à pluie dans ma bouche et je buvais et je buvais et je buvais.

J'ajoutais toujours un peu d'eau salée à l'eau fraîche de Richard Parker, dans une proportion plus élevée les jours qui suivaient une averse et moindre durant les périodes de sécheresse. Parfois, dans les premiers temps, il penchait la tête par-dessus bord, reniflait la mer et prenait quelques gorgées, mais il cessa vite de le faire.

Malgré cela, c'était tout juste si nous nous en tirions. La rareté d'eau fraîche fut la source d'anxiété et de souffrance la plus constante durant l'entière traversée.

De toute la nourriture que j'attrapais, Richard Parker recevait la part du lion, pour ainsi dire. Je n'avais guère le choix. Il se rendait immédiatement compte quand j'embarquais une tortue à bord, une daurade ou un requin, et il fallait que je fusse rapide et généreux.

Je pense avoir battu les records du monde des compétitions de vitesse pour débiter la carapace ventrale des tortues. Quant aux poissons, je crois qu'ils étaient découpés en morceaux alors qu'ils s'agitaient encore. Si je devins aussi peu sélectif dans le choix de ce que je mangeais, ce n'était pas simplement à cause d'une épouvantable faim, c'était aussi l'urgence pure et simple. Parfois, je n'avais même pas le temps de juger de ce que j'avais devant moi. Ça s'engouffrait immédiatement dans ma bouche ou c'était concédé à Richard Parker, qui, à la frontière de son territoire, donnait des coups de pattes, marchait lourdement et feulait impatiemment. Une indication sans ambiguïté du fond de l'abîme que j'avais atteint me vint le jour où je remarquai, avec un pincement au cœur, que je mangeais comme un animal, que cette goinfrerie bruyante et effrénée, cette façon de tout avaler tout cru et sans mastiquer était exactement la façon que Richard Parker avait de manger.

CHAPITRE 83

La tempête entra lentement en scène un après-midi. Les nuages eurent l'air d'avancer en trébuchant face au vent, effrayés. L'océan fit de même. Il commença à s'élever, puis à s'effondrer de telle manière que le cœur m'en tomba dans les talons. Je ramenai à bord les alambics solaires et le filet. Oh! vous auriez dû voir ce tableau! Ce que j'avais vu jusqu'alors se résumait à des monticules d'eau. Maintenant, la forte houle formait de vraies montagnes. Les vallées dans lesquelles nous nous enfoncions étaient si profondes qu'elles en étaient sinistres. Leurs flancs étaient si à pic que le bateau de sauvetage commença à y glisser, quasi comme s'il surfait. De son côté, le radeau était sujet à un traitement particulièrement dur, arraché hors de l'eau, puis tiré en rebondissant dans toutes les directions. Je lançai les deux ancres flottantes, à des longueurs différentes pour qu'elles ne se nuisent pas l'une à l'autre.

En escaladant les énormes vagues, la chaloupe se cramponnait aux ancres flottantes comme un alpiniste à sa corde. Nous remontions la pente jusqu'à ce que nous eussions atteint une crête blanche comme neige dans un éclat de lumière et d'embrun. La vue était claire à des kilomètres à la ronde. Mais la montagne se déplaçait, le bateau de sauvetage s'inclinait vers l'avant et la vague qui nous soutenait commençait à s'effondrer d'une manière vertigineuse. En un rien de temps, nous étions de nouveau écrasés dans le fond d'une vallée obscure, distincte de la précédente mais sa jumelle, avec des milliers de tonnes d'eau planant au-dessus de nous et rien d'autre que notre piètre légèreté pour nous protéger. Le relief de l'onde se déplaçait encore, les cordes des ancres flottantes se tendaient soudainement, et les montagnes russes reprenaient de plus belle.

Les ancres flottantes firent bien leur travail – peut-être trop bien, même. Chaque vague, à sa crête, voulait nous emporter avec elle, mais les ancres, au delà de la crête, s'accrochaient puissamment et nous tiraient hors de danger ; cela cependant entraînait violemment l'avant du bateau vers le bas, provoquant une explosion d'écume et d'embrun à la proue. J'étais chaque fois totalement trempé.

Puis une vague est venue, particulièrement résolue à nous achever. Cette fois, la proue disparut carrément sous l'eau. J'étais sous le choc, glacé et fou de peur. Je réussissais à peine à m'accrocher. Le bateau était inondé. J'entendis Richard Parker rauquer. Je sentis que la mort s'approchait de nous. Le seul choix qu'il me restait était de mourir noyé ou de mourir dévoré. Je choisis la mort par l'animal.

Pendant que nous nous précipitions dans l'abîme de la vague, je bondis sur la toile goudronnée et la déroulai vers la poupe, enfermant ainsi Richard Parker. S'il émit des protestations, je ne les entendis pas. Avec la rapidité d'une machine à coudre avançant sur un bout de tissu, j'agrafai la corde de la toile aux crochets des deux côtés du bateau. Nous recommencions à grimper. Le bateau tanguait vers le haut de manière constante. C'était difficile pour moi de garder l'équilibre. Le bateau était maintenant couvert par la toile, sauf à mon extrémité. Je me glissai entre le banc latéral et la toile en en tirant le dernier bout par-dessus ma tête. Je n'avais pas beaucoup d'espace. Entre banc et plat-bord, il y avait trente centimètres, et les bancs latéraux avaient tout juste quarante-cinq centimètres de large. Mais je n'étais pas téméraire, même face à la mort, au point de me déplacer jusqu'au plancher du bateau. Il restait quatre crochets à attraper. Je glissai une main par l'ouverture et manipulai la corde. Après chaque accrochage, il devenait de plus en plus difficile d'atteindre le crochet suivant. J'en réussis deux. Il restait deux crochets. Le bateau était précipité en l'air d'un mouvement fluide et continu. L'inclinaison était de plus de trente degrés. Je sentais que j'étais tiré vers la poupe. En tordant frénétiquement la main, je réussis à attraper un autre crochet avec la corde ; c'était ce que je pouvais faire de mieux. Cette tâche aurait dû être effectuée depuis l'extérieur du bateau de sauvetage, et non depuis l'intérieur. Je tirai fort sur la corde, geste rendu plus facile par le fait que cela m'empêchait de glisser vers le bas du bateau. Celui-ci atteignit alors un angle de plus de quarante-cinq degrés.

Au moment de parvenir à la cime de la vague et de traverser sa crête jusque de l'autre côté, nous devions en être à soixante degrés. La plus petite partie de la vague s'aplatit sur nous. J'eus l'impression d'être écrasé par un poing. Le bateau de sauvetage s'inclina brusquement vers l'avant et tout fut inversé : j'étais maintenant au bout le plus bas du bateau, et l'eau qui l'avait inondé, avec un tigre qui trempait dedans, s'en vint vers moi. Je ne sentis pas le tigre – je n'avais pas d'idée précise de l'endroit où se trouvait Richard Parker, il faisait un noir d'encre sous la toile – mais avant d'atteindre la vallée suivante, j'étais déjà à moitié noyé.

Pendant le reste de cette journée-là et jusque dans la nuit, les vagues nous ballottèrent de haut en bas, de bas en haut, de haut en bas, jusqu'à ce que la terreur fût devenue monotone et remplacée par la torpeur et un total abandon. D'une main, je tenais la corde de la toile et de l'autre, le bord du banc de la proue, tandis que mon corps était écrasé de tout son long sur le banc latéral. Dans cette position – avec l'eau qui entrait à flots, avec l'eau qui s'évacuait à torrents – la toile me réduisait en bouillie, j'étais trempé et glacé, couvert de bleus et affligé de coupures par des carapaces de tortues et des fragments d'os. Le bruit de la tempête était constant, tout comme les grondements de Richard Parker.

À un certain moment pendant la nuit, mon esprit enregistra que la tempête était terminée. Nous valsions sur la mer normalement. Par une déchirure dans la toile, je distinguai le ciel nocturne. Des étoiles, aucun nuage. Je déliai la toile et m'y étendis.

Je remarquai la perte du radeau à l'aube. Tout ce qui en restait, c'étaient deux rames encore attachées et un gilet de sauvetage entre les deux. La vue de ces objets eut sur moi le même effet que la dernière poutre carbonisée d'une maison incendiée doit avoir sur son propriétaire. Je me tournai et scrutai chaque coin de l'horizon. Rien. Ma petite ville maritime avait disparu. Le fait que les ancres flottantes, par miracle, n'eussent pas disparu – elles continuaient fidèlement à tirer sur le bateau – offrait une piètre consolation. La perte du radeau n'était peut-être pas fatale pour ma survie physique, mais pour mon moral, elle l'était.

Le bateau se trouvait dans un piteux état. La toile avait été déchirée à plusieurs endroits, quelques lacérations clairement faites par les griffes de Richard Parker. Une bonne partie de nos provisions avait disparu, soit lancées par-dessus bord, soit détruites par l'eau qui avait afflué. Mon corps était tout endolori et j'avais une mauvaise coupure à la cuisse ; cette blessure était blanche et enflée. Je redoutais de vérifier le contenu du casier. Grâce à Dieu, aucun des sacs d'eau n'était éventré. Le filet et les alambics solaires, que je n'avais pas totalement dégonflés, avaient rempli l'espace disponible et empêché les sacs de trop se déplacer.

Je me sentais épuisé et déprimé. Je détachai la toile à la poupe. Richard Parker était tellement silencieux que je me demandai s'il s'était noyé. Non. Tandis que je roulais la toile goudronnée vers le banc du milieu et que la lumière du jour venait jusqu'à lui, il remua et grogna. Il sortit de l'eau et se plaça sur le banc de poupe. Je pris du fil et une aiguille et commençai à repriser les lacérations dans la toile.

Plus tard, je fixai un des seaux à une corde et je commençai à écoper le bateau. Richard Parker m'observait distraitement. Il semblait trouver ennuyeux tout ce que je faisais. La journée était chaude et je travaillais lentement. Un seau m'apporta une prise, un objet que j'avais perdu. Je le contemplai. Dans le creux de ma main, je tenais tout ce qui me séparait encore de la mort : le dernier sifflet orange.

CHAPITRE 84

J'étais couché sur la toile goudronnée, blotti dans une couverture, à dormir et à rêver, à m'éveiller et à rêvasser, à passer le temps. Il y avait une brise continue. De temps à autre, un peu d'embrun était projeté de la crête des vagues et venait mouiller le bateau. Richard Parker avait disparu sous la toile. Il n'aimait pas plus être arrosé que de subir le tangage de l'embarcation. Mais le ciel était bleu, l'air était tiède, et les mouvements de la mer étaient réguliers. Un bruit soudain m'éveilla. J'ouvris les yeux et vis de l'eau dans le ciel. Elle tomba sur moi. Je regardai de nouveau. Toujours un ciel bleu, dégagé. Il y eut une autre explosion, à ma gauche, pas aussi forte que la première. Richard Parker gronda férocement. Une autre grosse giclée d'eau s'abattit sur moi. Elle sentait mauvais.

Je regardai au-dessus du bord du bateau. La première chose que je vis fut un gros objet noir qui flottait sur l'eau. Il me fallut quelques secondes pour me rendre compte de ce que c'était. Une ride en forme d'arche autour de l'objet me donna la première indication. C'était un œil. C'était une baleine. L'œil, de la grosseur de ma tête, me fixait.

Richard Parker sortit de sous la toile. Il gronda. Je sentis, par un léger changement dans le reflet de l'œil de la baleine, qu'elle regardait maintenant Richard Parker. L'œil maintint son regard sur lui pendant environ trente secondes avant de s'enfoncer doucement sous l'eau. Je m'inquiétai de ce que la baleine pût nous frapper de sa queue, mais elle descendit directement et disparut dans le bleu obscur. Sa queue était une énorme parenthèse ronde qui s'effaçait.

Je pense que c'était une baleine qui cherchait à s'accoupler. Elle dut décider que ma taille ne convenait pas ; et puis je semblais avoir déjà un partenaire.

Nous avons vu un bon nombre de baleines, mais aucune d'aussi proche que la première. C'était le soufflement de leur jet d'eau qui m'avertissait de leur présence. Elles apparaissaient à une courte distance, parfois à trois ou quatre, un bref archipel d'îles volcaniques. Ces gentils monstres me remontaient toujours le moral. J'étais convaincu qu'ils comprenaient ma situation, qu'en me voyant l'un d'entre eux devait dire : «Oh ! C'est le naufragé avec son chaton dont Bamphoo m'a parlé. Pauvre garçon. J'espère qu'il a assez de plancton. Il faut que je parle de lui à Mumphoo, à Tomphoo et à Stimphoo. Je me demande s'il n'y a pas de navire que je pourrais alerter dans les parages. Sa mère serait très heureuse de le retrouver. Au revoir, mon garçon. Je vais tenter de t'aider. Mon nom est Pimphoo.» Et ainsi, de bouche à oreille, toutes les baleines du Pacifique entendaient parler de moi et j'aurais été sauvé depuis longtemps si Pimphoo n'avait pas appelé à l'aide un navire japonais dont l'équipage l'avait ignominieusement harponnée, le même traitement réservé à Lamphoo par un navire norvégien. La chasse à la baleine est un crime odieux.

Les dauphins étaient des visiteurs assez fidèles. Il y eut un groupe qui resta avec nous tout un jour et toute une nuit. Ils étaient très joyeux. Leurs allées et venues, leurs plongeons juste en dessous de la coque ne semblaient avoir d'autre propos que le plaisir du sport. Je tentai d'en attraper un. Mais aucun ne s'approcha du harpon. Et même s'il y en avait eu un, ils étaient bien trop rapides, bien trop gros. Je laissai tomber et les observai.

En tout et pour tout, j'ai vu six oiseaux. J'ai pris chacun d'entre eux pour un ange annonciateur d'une terre proche. Mais c'étaient des oiseaux marins capables de traverser le Pacifique d'un seul battement d'ailes. Je les contemplais avec admiration et envie, apitoyé sur moi-même.

Deux fois, je vis un albatros. Chacun volait haut dans le ciel sans noter aucunement notre présence. Je les regardais, bouche bée. Ils avaient quelque chose de surnaturel et d'incompréhensible.

Une autre fois, à une courte distance du bateau, deux pétrels de Wilson passèrent en patinant, leurs pattes glissant sur l'eau. Eux non plus ne remarquèrent pas notre présence et ils me laissèrent tout aussi ébahi.

Nous avons finalement attiré l'attention d'un bec-en-ciseaux à queue courte. Il virevolta au-dessus de nous, puis il descendit. Il se déplia les pattes, tourna les ailes et se posa finalement sur l'eau, flottant aussi légèrement qu'un bouchon de liège. Il me zyeuta avec curiosité. Je me dépêchai d'appâter un hameçon avec un morceau de poisson volant et lançai la ligne dans sa direction. Je n'avais pas mis de plomb et j'eus de la difficulté à approcher la ligne de l'oiseau. À ma troisième tentative, l'oiseau barbota jusqu'à l'appât qui s'enfonçait dans l'eau et il y plongea la tête pour atteindre l'hameçon. Mon cœur trépignait d'excitation. J'attendis quelques secondes avant de tirer sur la ligne. Quand je le fis, l'oiseau poussa simplement un cri et rejeta ce qu'il venait d'avaler. Avant que j'aie pu essayer de nouveau, il déploya les ailes et s'éleva dans l'air. En deux ou trois battements, il était déjà parti.

J'eus plus de chance avec un fou masqué. Il surgit de nulle part, planant vers nous, les ailes déployées, d'une envergure d'un mètre. Il se posa sur le plat-bord, à portée de ma main. Ses yeux ronds me regardèrent avec leur expression sérieuse et interrogative. C'était un grand oiseau au corps d'une blancheur immaculée et dont les ailes avaient les pointes et le rebord arrière d'un noir de jais. Sa grosse tête bulbeuse avait un bec pointu jaune orange et ses yeux rouges derrière son masque noir lui donnaient l'allure d'un voleur qui avait traversé une très longue nuit. Tout ce qui laissait à désirer chez lui, c'était le design de ses pattes palmées brunes trop énormes. L'oiseau n'était pas craintif. Il passa de nombreuses minutes à mordiller ses plumes avec son bec, exposant un duvet doux. Quand il eut terminé, il leva le regard et son plumage tomba en place ; il se révéla être ce qu'il était : un vaisseau aérien harmonieux, superbe, aérodynamique. Quand je lui offris un peu de daurade, il en prit de ma main, me piquant la paume.

Je lui cassai le cou en lui poussant la tête vers l'arrière, une main lui levant le bec, l'autre lui tenant le cou. Les plumes étaient si bien attachées que quand je commençai à les tirer, la peau vint avec – je n'étais pas en train de plumer l'oiseau mais plutôt de le déchirer. Il était déjà assez léger comme ça, un volume sans poids. Je pris le couteau et je l'écorchai. Pour un oiseau d'une telle taille, la quantité de chair était décevante, rien qu'un petit peu sur la poitrine. Sa texture était plus caoutchouteuse que la chair de daurade, mais je ne trouvai pas une grande différence dans le goût. Dans son estomac, à part le morceau de daurade que je venais de lui donner, je trouvai trois petits poissons. Après les avoir nettoyés des liquides digestifs, je les mangeai. Puis j'ingérai le cœur, le foie et les poumons de l'oiseau. J'avalai ses yeux et sa langue avec une gorgée d'eau. J'écrasai sa tête et je picorai son petit cerveau. Je rongeai la partie palmée de ses pattes. Le reste de l'oiseau n'était que peau, os et plumes. Je laissai tomber tout cela au delà de la toile, chez Richard Parker, qui n'avait pas vu l'oiseau arriver. Une patte orange apparut.

Pendant des jours, des plumes et du duvet s'envolèrent de son repère et volèrent vers la mer. Ce qui tombait dans l'eau était avalé par des poissons.

Aucun des oiseaux n'annonça la terre.

CHAPITRE 85

Une fois, il y eut des éclairs. Le ciel était si noir que le jour était comme la nuit. La pluie était lourde. J'entendis du tonnerre au loin. Je croyais que ça en resterait là. Mais un vent se leva, lançant une violente averse dans toutes les directions. Tout de suite après, un éclair blanc tomba du ciel avec fracas, déchirant l'océan. C'était à une certaine distance de l'embarcation, mais l'effet en fut parfaitement visible. L'eau fut transpercée, on aurait dit par des racines blanches; pendant un instant, un immense arbre céleste se tint droit dans l'océan. Je n'avais jamais imaginé un tel phéno-mène possible, que la foudre frappât la mer. Le claquement du tonnerre fut terrible, l'intensité de la lumière incroyablement vive.

Je me tournai vers Richard Parker et lui dis: «Regarde, Richard Parker, un coup de foudre.» Je vis bien ce qu'il en pensait. Il était à plat sur le plancher du bateau, les pattes écartées et manifeste-ment pris de tremblements.

L'effet sur moi fut totalement contraire. L'incident me sortit de mes petites habitudes mortelles et me lança dans un état d'émer-veillement exalté.

Tout à coup, la foudre claqua beaucoup plus près. Peut-être qu'elle nous était destinée: nous venions juste de franchir la crête d'une vague et de commencer à descendre vers sa vallée quand l'éclair frappa sa cime. Il y eut une explosion d'air chaud et d'eau chaude. Pendant deux, peut-être trois secondes, un gigantesque éclat aveuglant de verre blanc venu de l'explosion d'une fenêtre céleste dansa dans le ciel, immatériel mais extraordinairement puissant. Dix mille trompettes et vingt mille tambours n'auraient pu faire autant de bruit que ce coup de foudre; c'était véritable-ment assourdissant. La mer devint blanche et toutes les autres cou-leurs disparurent. Tout était soit lumière blanche immaculée, soit pure ombre noire. La lumière pénétrait plus qu'elle n'illuminait. Aussi rapidement qu'il était venu, l'éclair s'évanouit – la cascade d'eau chaude n'avait pas fini de nous inonder qu'il n'était déjà plus là. La vague malmenée par l'agression redevint noire et poursuivit sa houle, indifférente.

Je restai hébété, sonné – quasi comme une cloche. Mais je n'étais pas apeuré.

« Louange à Dieu le Seigneur des mondes, le Miséricordieux plein de miséricorde, le maître du jour du jugement ! » murmurai-je. Je criai à Richard Parker : « Arrête de trembler ! Ceci est un miracle. Ceci est une manifestation éclatante de la divinité. Ceci est… ceci est… » Je ne pouvais trouver de mots pour ce que c'était, cette chose si vaste et si fantastique. J'étais à bout de souffle, à bout de mots. Je reposais sur la toile goudronnée, les jambes et les bras grands ouverts. La pluie me glaçait jusqu'aux os. Mais je souriais. Je me souviens de cette proche rencontre avec l'électrocution et une brûlure au troisième degré comme d'un des rares moments de mon épreuve où j'ai ressenti une authentique joie.

Dans les instants d'émerveillement, on parvient aisément à sortir de la petitesse, à élever son esprit aux dimensions de l'univers jusqu'à embrasser le tonnerre et le murmure, le bon et le mauvais, le proche et le lointain.

CHAPITRE 86

« Richard Parker, un navire ! »

J'ai eu le plaisir de crier cela une fois. Je débordais de bonheur. Toutes les peines et les privations disparurent et j'éclatai véritablement de joie.

« Nous sommes arrivés au bout ! Nous sommes sauvés ! Comprends-tu, Richard Parker ? NOUS SOMME SAUVÉS ! Ha, ha, ha, ha ! »

Je tentai de contrôler mon excitation. Et si le navire passait trop loin pour nous voir ? Ne devais-je pas lancer une fusée de détresse ? Absurde !

« Il vient directement vers nous, Richard Parker ! Oh, je te remercie, seigneur Ganesha ! Sois béni dans toutes tes manifestations, Allah-Brahma ! »

Il ne pouvait nous rater. Peut-il y avoir un plaisir plus grand que celui d'être sauvé ? La réponse, croyez-moi, est non. Je me mis debout, c'était la première fois que je faisais cet effort depuis un long moment.

« Peux-tu y croire, Richard Parker ? Des humains, de la nourriture, un lit. La vie nous appartient à nouveau. Ah, quel délice absolu ! »

Le navire s'approcha encore un peu. Cela ressemblait à un pétrolier. La forme de sa proue commençait à se distinguer. Le salut portait un vêtement de métal noir au rebord blanc.

« Et si… ? »

Je n'osai pas prononcer les mots. Mais n'y avait-il pas une chance que papa et maman et Ravi puissent être encore en vie ? Le *Tsimtsum* avait un certain nombre de bateaux de sauvetage. Peut-être étaient-ils déjà rendus au Canada, depuis des semaines, et attendaient impatiemment des nouvelles de moi. Peut-être que j'étais le seul disparu du naufrage.

« Mon Dieu que les pétroliers sont gros ! »

C'était une montagne qui s'avançait vers nous à pas de loup.

« Peut-être qu'ils sont déjà à Winnipeg. Je me demande de quoi a l'air notre maison. Penses-tu, Richard Parker, que les maisons canadiennes ont une cour intérieure, dans le style traditionnel tamoul ? Probablement pas. Je suppose qu'elle se remplirait de neige en hiver. Quel regret. Un jour de soleil, la paix d'une cour intérieure n'a pas sa pareille. Je me demande quelles sont les épices qui poussent au Manitoba. »

Le navire était très près. L'équipage faisait mieux d'arrêter net ou de changer de direction au plus vite.

« Oui, quelles épices… ? Oh mon Dieu ! »

Je réalisai avec horreur non seulement que le pétrolier venait dans notre direction mais qu'il se ruait directement sur nous. La proue était un immense mur de métal qui s'élargissait à chaque instant; l'énorme vague qu'elle créait avançait inexorablement vers nous. Richard Parker aperçut finalement le mastodonte qui s'approchait dangereusement. Il fit des «Woof! Woof!», mais pas comme un chien – c'était comme ceux d'un tigre: puissants, effrayants et qui convenaient absolument à la situation.

«Richard Parker, il va nous écraser! Qu'allons-nous faire? Vite, vite, une fusée! Non. Ramer plutôt. Une rame dans le tolet... bon! HUMPF! HUMPF! HUMPF! HUMPF! HUMPF! HUM...»

La vague de la proue nous souleva. Richard Parker s'accroupit et ses poils se dressèrent raide. La chaloupe échappa à la vague de proue et évita le pétrolier par moins d'un mètre.

Le navire glissa à côté de nous pendant ce qui sembla un kilomètre, un kilomètre de haut mur noir de canyon, un kilomètre de fortifications de château fort sans la moindre sentinelle qui nous remarquât, dépérissant dans la douve. Je lançai une fusée, mais je visai mal. Plutôt que de surgir par-dessus les bastingages et d'exploser en plein visage du capitaine, elle fit ricochet sur le côté du navire et plongea directement dans le Pacifique, où elle mourut dans un chuintement. Je signalai en soufflant, soufflant dans mon sifflet avec tout le souffle dont je disposais. Je criai aussi fort que je le pouvais. Pour rien.

Tandis que ses moteurs grondaient bruyamment et que ses hélices coupaient l'eau sous la surface de battements explosifs, le navire fit tourbillonner l'eau près de nous et nous laissa rebondir et valser dans son sillage écumeux. Après tant de semaines à n'entendre que des sons venus de la nature, ce fracas mécanique était étrange et impressionnant et me laissa silencieux de stupéfaction.

En moins de vingt minutes, un navire de trois cent mille tonnes devint un point à l'horizon. Quand je me retournai, Richard Parker regardait encore dans sa direction. Après quelques secondes, il se détourna lui aussi et nos regards se croisèrent brièvement. Mes yeux exprimaient toute ma nostalgie, ma douleur, mon angoisse, ma solitude. Pour lui, quelque chose d'éprouvant et de capital venait de se passer, quelque chose au delà des frontières de son entendement. Il ne vit pas que nous étions passés juste à côté de notre salut. Il remarqua seulement que l'alpha du lieu, cet étrange, imprévisible tigre, avait été bouleversé. Il s'installa pour faire une autre sieste. Son seul commentaire sur l'événement fut un miaulement grincheux.

« Je t'aime! » Les mots jaillirent, purs, sans retenue, infinis. Le sentiment inonda ma poitrine. « C'est vrai, je t'aime, Richard Parker. Si je ne t'avais pas maintenant, je ne sais pas ce que je ferais. Je pense que je ne survivrais pas. Non, je n'y arriverais pas. Je mourrais de désespoir. N'abandonne pas, Richard Parker, n'abandonne pas. Je vais t'amener jusqu'à la terre ferme, je te le promets, je te le promets! »

CHAPITRE 87

L'une de mes méthodes préférées d'évasion était une sorte de légère asphyxie. J'utilisais une pièce de tissu que j'avais coupée des restes d'une couverture. Je l'appelais mon chiffon à rêves. Je le trempais dans l'eau salée pour qu'il soit mouillé mais sans dégoutter. Je me couchais confortablement sur la toile et je déposais ce lambeau à songe sur mon visage, l'ajustant à mes traits. Puis je tombais dans un brouillard mental, une chose peu difficile pour quelqu'un qui, le temps passant, était déjà dans un état avancé de léthargie. Mais le chiffon donnait une qualité particulière à ma brume intérieure. C'était sans doute parce que l'air était ainsi raréfié. Les rêves des plus extraordinaires, des transes, des visions, des pensées, des sensations, des souvenirs m'habitaient alors. Et le temps filait comme un éclair. Quand un soubresaut ou un halètement me dérangeait et que le chiffon glissait, je redevenais conscient, enchanté que le temps eût passé, le fait que le linge était sec constituant partiellement une preuve pour moi. Mais plus convaincant encore était le sentiment que les choses étaient différentes, que ce moment-là était distinct du moment qui l'avait précédé.

CHAPITRE 88

Un jour, un amas d'ordures croisa notre route. D'abord, l'eau brilla de taches d'huile. Suivirent des ordures ménagères et industrielles : des détritus de plastique, surtout, de formes et de couleurs variées, mais aussi des bouts de bois, des canettes de bière, des bouteilles de vin, des lambeaux de tissu, des bouts de corde et, flottant autour, de l'écume jaune. Nous fûmes poussés au milieu de tout ça. Je cherchai à voir s'il y avait là quelque chose qui eût pu nous être utile. Je recueillis une bouteille de vin vide mais avec son bouchon de liège. La chaloupe de sauvetage frappa un réfrigérateur qui n'avait plus de moteur. Il flottait, couché sur le dos. Je me penchai, saisis la poignée et ouvris la porte. Une odeur en sortit, tellement âcre et dégoûtante qu'elle sembla barbouiller l'air. La main sur la bouche, je jetai un regard à l'intérieur. Il y avait des taches, des jus foncés, une quantité de légumes complètement pourris, du lait tellement caillé et infecté qu'il formait une gélatine verdâtre, et les quartiers d'un animal mort dans un tel état de noire putréfaction que je ne pus même pas le reconnaître. À en juger par sa taille, je pense que c'était de l'agneau. Dans le réceptacle fermé et humide du réfrigérateur, l'odeur avait pu se développer à loisir, fermenter, devenir amère et très vilaine. Elle agressa mes sens avec une rage accumulée qui me donna le tournis, me souleva le cœur et me fit flageoler les jambes. Heureusement, la mer remplit rapidement le trou infect et l'appareil coula sous la surface. D'autres ordures vinrent combler l'espace ainsi libéré.

Puis tous ces détritus restèrent derrière nous. Pendant un certain temps, quand le vent venait de cette direction, je pouvais encore les sentir. Il fallut toute une journée à la mer pour laver les traînées d'huile des flancs du bateau.

Je mis un message dans la bouteille : « Cargo japonais *Tsimtsum*, enregistré au Panama, a coulé 2 juillet 1977 dans Pacifique, quatre jours après départ Manille. Suis dans chaloupe de sauvetage. Mon nom Pi Patel. J'ai nourriture et eau, mais tigre du Bengale problème sérieux. Prière aviser famille à Winnipeg, Canada. Toute aide grandement appréciée. Merci. » J'enfonçai le bouchon de liège et le recouvris d'un morceau de plastique. J'attachai le plastique au goulot de la bouteille à l'aide d'un bout de corde de nylon et serrai fort le nœud. Puis je lançai la bouteille à la mer.

CHAPITRE 89

Tout se détériorait. Tout fut blanchi par le soleil, rongé par le climat. La chaloupe de sauvetage, le radeau jusqu'à ce qu'il soit perdu, la toile goudronnée, les alambics, les capteurs à pluie, les sacs de plastique, les fils, les couvertures, le filet – tout devint usé, élimé, affaibli, fissuré, séché, pourri, déchiré, décoloré. Ce qui était orange devint orange blanchâtre. Ce qui était lisse devint rugueux. Ce qui était rugueux devint lisse. Ce qui était aiguisé devint émoussé. Ce qui était entier tomba en morceaux. Frotter les choses avec de la peau de poisson ou de la graisse de tortue comme je le faisais pour les huiler un peu ne changeait rien à l'affaire. Le sel continuait de tout ronger avec ses millions de bouches affamées. Quant au soleil, il rôtissait tout. Il gardait Richard Parker partiellement soumis. Il grignotait toute chair sur les squelettes et les rendait d'un blanc brillant. Il brûla complètement mes vêtements et aurait brûlé ma peau aussi, pourtant foncée déjà, si je ne l'avais protégée sous les couvertures et des carapaces de tortues. Quand la chaleur était intolérable, je prenais un seau et m'aspergeais d'eau de mer ; parfois, l'eau était si chaude qu'elle donnait la sensation d'un résidu gluant. Le soleil se chargeait aussi de toutes les odeurs. Je ne me souviens d'aucune émanation. Ou seulement de celle des bougies de détresse brûlées. Elles avaient le parfum du cumin, l'ai-je déjà mentionné? Je ne me souviens même pas de ce qu'exhalait Richard Parker.

Nous dépérissions. Cela se passa lentement, tant et si bien que je ne le remarquais pas tout le temps; je le notais plutôt à intervalles réguliers. Nous devenions une paire de mammifères émaciés, desséchés et affamés. La fourrure de Richard Parker perdit son lustre, il y en eut même des touffes qui tombèrent de ses épaules et de ses hanches. Il perdit beaucoup de poids, devint un squelette dans un sac de fourrure trop grand et décoloré. Et moi aussi, je me flétrissais, toute moiteur aspirée hors de moi, et mes os devenaient visibles sous ma peau trop mince.

Je commençai à imiter Richard Parker en accumulant un nombre incroyable d'heures de sommeil. Ce n'était pas un sommeil réparateur, mais plutôt un état de semi-conscience dans lequel la rêverie et la réalité se confondaient. J'utilisais souvent mon chiffon à rêves.

Voici les dernières pages de mon journal:

Aujourd'hui vu requin plus gros que n'importe quel vu jusqu'ici. Un monstre primaire de six mètres. Rayé. Un requin-tigre – très dangereux. Tourna en rond autour de nous. Craignais une attaque. Ai survécu à un tigre; pensais mourir aux mains d'un autre. N'a pas attaqué. A continué sa route. Temps nuageux, mais rien.

Aucune pluie. Rien que grisaille matinale. Dauphins. Essayé gaffer un. Découvert que ne pouvais me tenir debout. R.P. faible, de mauvais poil. Suis si faible que s'il attaque ne pourrai me défendre. N'ai même pas énergie faire usage du sifflet.

Journée calme, chaleur brûlante. Soleil sans pitié. Impression cerveau cuit dans ma tête. Au bout du rouleau.

Corps et âme prostrés. Vais bientôt mourir. R.P. respire mais bouge pas. Va aussi mourir. Ne va pas me tuer.

Salut. Une heure de pluie lourde, délicieuse, superbe. Rempli ma bouche, rempli sacs et canettes, rempli corps à ne plus

pouvoir boire goutte de plus. Me suis laissé rincer de tout sel.
Rampé voir R.P. Sans réaction. Replié, queue à plat. Manteau
lourd mouillé. Plus petit quand trempé. Plein d'os. L'ai touché
pour première fois. Pour voir si mort. Non. Corps encore chaud.
Étonnant de toucher. Même dans pareilles conditions, corps
ferme, musclé, vivant. L'ai touché et fourrure réagit comme si
j'étais moucheron. Finalement, tête moitié dans l'eau, a remué.
Mieux boire que se noyer. Meilleur signe encore : queue a sauté.
Lancé morceaux viande tortue devant museau. Rien. Finale-
ment, boit dressé à moitié. A bu et bu. A mangé. S'est pas levé
complètement. Passé bonne heure à se lécher partout. A dormi.

    Ça ne sert à rien. Aujourd'hui, je meurs.
    Je vais mourir aujourd'hui.
    Je meurs.

Ce furent les derniers mots. À partir de ce moment-là, j'ai souffert, mais sans en prendre note. Voyez-vous ces spirales invisibles
dans les marges de la page ? Je pensais que j'allais manquer de
papier. Ce sont les stylos qui m'ont lâché.

CHAPITRE 90

Je dis : « Richard Parker, quelque chose ne va pas ? Es-tu devenu
aveugle ? » en agitant la main devant ses yeux.

Depuis un jour ou deux, il se frottait les yeux et miaulait d'un
ton désolé, mais je n'y fis pas attention. Les douleurs et les souffrances étaient les seuls éléments dont abondait notre régime.
J'attrapai une daurade. Nous n'avions rien avalé de solide depuis
trois jours. La veille, une tortue était venue jusqu'au bateau de sauvetage, mais j'étais alors trop faible pour la monter à bord. Je coupai le poisson en deux moitiés. Richard Parker regardait dans ma
direction. Je lui lançai sa part. Je m'attendais à ce qu'il l'attrapât
habilement d'un coup de gueule. Elle frappa sa face inexpressive. Il

se pencha. Après avoir reniflé à gauche et à droite, il trouva le poisson et commença à le grignoter. À ce stade, nous mangions lentement.

Je le regardai dans les yeux. Ils ne semblaient aucunement différents d'avant. Peut-être y avait-il un peu plus de sécrétions dans les coins intérieurs, mais rien de dramatique, sûrement pas aussi dramatique que l'ensemble de son apparence. L'épreuve nous avait réduits à la peau et aux os.

En maintenant mon regard, je réalisai que ma réponse se trouvait dans le simple fait que je le dévisageais. Je fixais ses yeux comme un optométriste, tandis qu'il me regardait de manière absente. Il n'y avait qu'un chat sauvage aveugle pour ne pas réagir à un regard aussi intense.

Je sentis une grande pitié pour Richard Parker. Notre fin approchait.

Le lendemain, je commençai à ressentir une douleur comme une brûlure dans les yeux. Je les frottais et les frottais encore, mais l'irritation ne partait pas. Bien au contraire : elle empirait et, contrairement à ce qui arrivait à Richard Parker, du pus commença à s'écouler de mes yeux. Puis l'obscurité s'installa, même si je clignais des yeux pour mieux distinguer. Au début, c'était, immédiatement devant moi, un point noir au centre de tout. Puis cela s'étendit à une tache qui atteignit jusqu'aux limites de ma vision. Tout ce que je vis du soleil, le lendemain, ce fut un filet de lumière en haut de mon œil gauche, comme s'il y avait une petite lucarne. À l'heure du midi, tout était d'un noir d'encre.

Je m'accrochai à la vie. J'étais faiblement agité. La chaleur était infernale. J'avais si peu de forces que je ne pouvais plus me tenir debout. Mes lèvres étaient dures et fendillées. Ma bouche était sèche et pâteuse, remplie d'une salive gluante aussi mauvaise au goût que puante. Ma peau était brûlée. Mes muscles flétris me faisaient mal. Mes membres, surtout mes pieds, étaient enflés et une continuelle source de douleur. J'avais faim et, une fois de plus, il n'y avait pas de nourriture. Quant à l'eau, Richard Parker en consommait tant que j'en étais réduit à cinq cuillerées par jour. Mais ces souffrances physiques n'étaient rien au regard de la torture morale que j'allais bientôt subir. Je dirais que le jour où je devins aveugle fut celui où débutèrent mes souffrances extrêmes. Je ne saurais vous dire quand cela arriva précisément pendant le voyage. Le temps, comme je l'ai déjà dit, ne comptait plus. Cela doit avoir eu lieu entre le centième et le deux centième jour. J'étais convaincu à ce moment-là que je ne survivrais pas jusqu'au matin suivant.

Le lendemain à l'aube, j'avais perdu toute crainte de la mort et je résolus de mourir.

J'en arrivai à la triste conclusion que je ne pouvais plus m'occuper de Richard Parker. Comme responsable de zoo, j'avais échoué. J'étais plus touché par sa mort imminente que par la mienne. Mais vraiment, défait et décharné comme je l'étais, je ne pouvais plus lui être utile.

La nature sombrait rapidement. Je pouvais sentir une faiblesse fatale qui m'envahissait subrepticement. Je serais mort avant l'après-midi. Pour rendre mon départ plus confortable, je décidai d'assouvir un petit peu la soif intolérable avec laquelle je vivais depuis si longtemps. Je bus autant d'eau que je pus. Si seulement j'avais pu prendre une dernière bouchée. Mais ce n'était pas mon destin. Je m'installai tout contre la toile roulée au milieu du bateau. Je fermai les yeux et attendis que le souffle quittât mon corps. Je murmurai: «Au revoir, Richard Parker. Je suis navré d'avoir raté mes engagements envers toi. J'ai fait ce que j'ai pu. Adieu. Salut, cher papa, chère maman, cher Ravi. Votre fils aimant et ton frère fidèle vient vous rejoindre. Pas une heure ne s'est écoulée sans que je n'aie pensé à vous. Le moment où je vous verrai sera le plus heureux de ma vie. Je laisse maintenant les choses entre les mains de Dieu qui est amour et que j'aime.»

J'entendis les mots: «Est-ce qu'il y a quelqu'un?»

C'est étonnant ce qu'on entend quand on est seul dans la noirceur d'un esprit agonisant. Un son sans forme ni couleur peut échapper à la compréhension. Un aveugle entend autrement.

Les mots revinrent: «Est-ce qu'il y a quelqu'un?»

J'en conclus que j'étais devenu fou. Triste mais vrai. La souffrance aime la compagnie, et la folie la fait venir.

«Est-ce qu'il y a quelqu'un?» reprit la voix avec insistance.

La clarté de ma folie était stupéfiante. La voix avait son propre timbre, et un ton râpeux, lourd, fatigué. Je décidai de jouer le jeu.

«Bien sûr qu'il y a quelqu'un, répondis-je. Il y a toujours au moins *une personne*. Sinon, qui poserait la question?

– J'espérais que ce serait quelqu'un d'*autre*.

– Que veux-tu dire par quelqu'un d'*autre*? Te rends-tu compte du lieu où tu te trouves? Fabule ce qui te chante, tu as le choix. Si tu n'es pas content de ce fruit de ta lubie, choisis-en un autre.»

Hmmm. Fruit. *Fruit*. Est-ce qu'un fruit ne serait pas bon?

«Alors il n'y a personne, n'est-ce pas?

– Chut... Je rêve de fruits.

– De fruits! As-tu un fruit? Est-ce que je peux en avoir un morceau? S'il te plaît! Je t'en supplie. Rien qu'un petit morceau. Je meurs de faim.

– Je n'ai pas seulement un fruit. J'ai tout un arbre.

– Tout un arbre de fruits! Oh, s'il te plaît, est-ce que je peux en avoir? Je...»

La voix, ou cette curieuse combinaison de vent et de vagues, s'affaiblit.

«Ils sont bien en chair et lourds et parfumés», continuai-je. «Les branches de l'arbre sont recourbées tant il y a de fruits qui en pendent. Il doit bien y avoir plus de trois cents fruits sur cet arbre.»

Silence.

La voix revint. «Parlons de nourriture...

– Quelle bonne idée.

– Qu'est-ce que tu mangerais si tu pouvais avoir ce que tu veux?

– Très bonne question. Je choisirais un splendide buffet. Je commencerais par du riz et du *sambar*. Il y aurait du riz noir *gram dhal* et du riz au lait caillé et...

– J'aurais...

– Je n'ai pas terminé. Et avec mon riz, je prendrais un *sambar* au tamarin épicé et un *sambar* aux petits oignons et…

– Et quoi encore?

– J'y arrive. J'aurais aussi un panaché de légumes *sagu* et un *korma* de légumes et un *masala* de pommes de terre et un *vadai* au chou et un *masala dosai* et un *rasam* aux lentilles épicées et…

– Je vois.

– Attends. Et un *poriyal* aux aubergines farcies et un *yam kootu* à la noix de coco et du riz *idli* et du *vadai* au lait caillé et des légumes *bajji* et…

– Ça semble très…

– Est-ce que j'ai mentionné les chutneys? Un chutney à la noix de coco et un chutney à la menthe et des marinades de piments verts et de groseilles, tout cela servi avec des *nans*, des *papadams*, des *parathas* et des *puris*, bien sûr.

– Ça semble…

– Les salades! Une salade de mangues au lait caillé et une salade d'okra au lait caillé et une simple salade de concombre. Et puis pour dessert, du *payasam* d'amandes et du *payasam* de lait et des crêpes au *jaggery* et du caramel aux cacahuètes et des carrés de *burfi* à la noix de coco et de la crème glacée à la vanille noyée d'une épaisse sauce chaude au chocolat.

– Est-ce tout?

– Je finirais ce petit goûter par un verre de dix litres d'eau fraîche, propre, glacée, avec des glaçons, et un café.

– Ça semble très bon.

– En effet.

– Dis-moi, qu'est-ce qu'un *yam kootu* à la noix de coco?

– Rien de moins que le paradis, voilà ce que c'est. Pour le cuisiner, on a besoin de patates sucrées, de noix de coco râpée, de plantains verts, de poudre de chili, de poivre noir moulu, de curcuma moulu, de graines de cumin, de graines de moutarde brune et d'un peu d'huile de noix de coco. On fait sauter la noix de coco jusqu'à ce qu'elle soit brune…

« – Est-ce que je peux faire une suggestion ?

– Quoi ?

– Plutôt qu'un *yam kootu*, pourquoi pas une langue de bœuf bouillie accompagnée d'une sauce à la moutarde ?

– Ça ne m'a pas l'air végétarien.

– Ce ne l'est pas. Et puis des tripes.

– Des tripes ? Tu as mangé la langue du pauvre animal et maintenant tu veux dévorer son *estomac* ?

– Oui ! Je rêve de tripes *à la mode de Caen*[1] – tièdes, avec des ris de veau.

– Des ris, ça semble plus drôle. Qu'est-ce que des ris ?

– Les ris viennent du pancréas du veau.

– Le pancréas !

– Braisés et servis avec une sauce aux champignons, c'est tout à fait délicieux. »

D'où venaient ces recettes dégoûtantes et sacrilèges ? Étais-je rendu au point que je pouvais considérer la possibilité de m'attaquer *à une vache et à son petit* ? Quel vent de travers m'avait fait tourner la tête ? Est-ce que le bateau de sauvetage avait de nouveau dérivé dans le champ de détritus ?

« Quel sera le prochain affront ?

– Une cervelle de veau dans une sauce au beurre brun !

– Alors encore la tête ?

– Un soufflé de cervelle !

– Je me sens malade. Y a-t-il *quelque chose* que tu ne mangerais pas ?

– Qu'est-ce que je donnerais pour une soupe à la queue de bœuf. Pour un petit cochon rôti farci de riz, de saucisses, d'abricots et de raisins. Pour des rognons de veau dans une sauce au beurre, à la moutarde et au persil. Pour un civet de lapin dans une sauce au vin rouge. Pour des saucisses de foie de poulet. Pour du pâté de porc et de foie de veau. Pour des

---

1. En français dans le texte.

grenouilles. Ah, donnez-moi des grenouilles, donnez-moi des grenouilles!

– Je tiens à peine le coup. »

La voix diminua. La nausée me faisait trembler. La folie dans la tête, c'était une chose, mais qu'elle descende dans l'estomac, ce n'était pas juste.

Soudainement, une lueur s'alluma dans mon esprit.

« Est-ce que tu mangerais du bœuf cru et sanguinolent? demandai-je.

– Bien sûr! J'adore le steak tartare.

– Mangerais-tu le sang coagulé d'un cochon mort?

– Tous les jours! Avec de la sauce aux pommes.

– Est-ce que tu mangerais *tout* d'un animal, les derniers restes?

– Débris, rognures et saucisses. J'en prendrais toute une énorme assiette!

– Et une carotte? Mangerais-tu une carotte nature, crue? »

Il n'y eut pas de réponse.

« Tu ne m'as pas entendu? Mangerais-tu une carotte?

– Je t'ai entendu. Pour être honnête, si j'avais le choix, je n'en mangerais pas. Je ne suis pas très friand de ce genre de nourriture. Je trouve ça plutôt dégoûtant. »

Je ris. Je le savais; je n'entendais pas des voix. Je n'étais pas devenu fou. C'était Richard Parker qui me parlait! Le vilain carnivore. Après tout ce temps passé ensemble, il choisissait notre heure dernière pour se faire entendre. J'étais au comble de l'allégresse d'être de connivence verbale avec un tigre. Immédiatement, je fus frappé d'une curiosité vulgaire, un peu comme celle que subissent les étoiles de cinéma de la part de leurs admirateurs.

« Je suis curieux, dis-moi: as-tu jamais tué un homme? »

J'en doutais. Les animaux qui mangent des hommes sont aussi rares que les assassins parmi les hommes et Richard Parker avait été capturé quand il était tout petit. Mais qui sait, peut-être que sa mère, avant d'être prise par Assoiffé Non Fourni, avait chassé un être humain?

« Quelle question, répliqua Richard Parker.

– Elle est pourtant raisonnable.

– Ah oui?

– Oui.

– Pourquoi?

– On a chacun sa réputation.

– Ah oui? Moi aussi?

– Naturellement. Serais-tu aveugle à ce sujet?

– Oui, je le suis.

– Eh bien laisse-moi clarifier ce que tu ne peux pas voir de toute évidence: tu as cette réputation. Alors, as-tu déjà tué un homme?»

Silence.

« Allons! Réponds-moi.

– Oui.

– Oh! cela me donne des frissons. Combien?

– Deux.

– Tu as tué deux hommes?

– Non. Un homme et une femme.

– En même temps?

– Non. L'homme d'abord, la femme ensuite.

– Quel monstre! Je suppose que tu as trouvé ça très plaisant. Tu as dû penser que c'était distrayant de les entendre crier et de les voir se débattre.

– Pas vraiment.

– Est-ce qu'ils étaient bons?

– Est-ce qu'ils étaient *bons*?

– Oui. Ne fais pas l'idiot. Est-ce qu'ils avaient bon *goût*?

– Non, ils n'avaient pas bon goût.

– C'est bien ce que je pensais. J'ai entendu dire que ce n'est pas un goût naturel pour les animaux. Pourquoi les as-tu tués?

– Le besoin.

– Le besoin d'un monstre. Des regrets?

– C'étaient eux ou moi.

– Le besoin décrit dans toute sa simplicité amorale. Mais des regrets maintenant ?

– Ce fut le geste d'un instant. C'étaient les circonstances.

– Instinct. Ça s'appelle l'instinct. Mais réponds quand même, des regrets maintenant ?

– Je n'y pense pas.

– La définition exacte d'un animal. C'est tout ce que tu es.

– Et toi, qu'es-tu ?

– Un être humain, je te ferai savoir.

– Quelle fanfaronnade.

– C'est la vérité pure et simple.

– Alors tu serais prêt à lancer la première pierre ?

– As-tu jamais mangé de l'*oothappam* ?

– Non. Mais parle-m'en. Qu'est-ce que de l'*oothappam* ?

– C'est *tellement* bon.

– Ça semble délicieux. Dis-m'en plus.

– On fait souvent de l'*oothappam* avec les restes de la pâte à crêpes, mais on a rarement vu un apprêt de restant aussi mémorable.

– J'y goûte déjà. »

Je m'endormis. Non, je tombai plutôt dans un état de délire de mourant.

Mais quelque chose d'insidieux me tracassait. Je ne pouvais dire quoi. Quelle qu'en ait été la cause, cela troublait mes derniers moments.

Je repris conscience. Je savais maintenant ce qui m'ennuyait :

« Pardon ?

– Oui ? prononça la voix de Richard Parker faiblement.

– Pourquoi as-tu un accent ?

– Je n'ai pas d'accent. C'est toi qui en as un.

– Non, je n'en ai pas. Tu prononces *the* "ze".

– Je prononce *ze* "ze", comme il se doit. Tu parles avec une patate chaude dans la bouche. Tu as un accent indien.

– Tu parles comme si ta langue était une égoïne et que les mots anglais étaient faits de bois. Tu as un accent français. »

C'était tout à fait absurde. Richard Parker était né au Bangladesh et avait été élevé dans le Tamil Nadu, alors comment pouvait-il avoir un accent français? Je reconnais que Pondichéry avait été une colonie française, mais personne ne me fera croire que certains des animaux du zoo avaient suivi des cours à l'Alliance française de la rue Dumas.

Tout cela était bien curieux. Je basculai dans le brouillard de nouveau.

Je revins à moi, le souffle coupé par la surprise. Il y avait quelqu'un! Cette voix qui parvenait à mes oreilles n'était ni celle d'un vent au singulier accent ni celle d'un animal qui me parlait. C'était quelqu'un d'autre. Mon cœur battait la chamade, faisant un dernier effort pour pomper du sang tout au long de mon système usé. Mon esprit fit un dernier effort de lucidité.

« Rien que l'écho d'une voix, entendis-je, à peine audible.

– Attends, c'est moi, c'est moi, criai-je.

– Un écho si lointain…

– Attends, je viens!

– Tout est bien fini…

– Mais non, mon ami…

– Ah! Destin funeste……

– Reste! Reste!»

Je pouvais à peine l'entendre.

Je lançai un cri perçant.

Il répliqua par un cri semblable.

C'en était trop. J'allais devenir fou.

J'eus une idée.

«MON NOM», hurlai-je aux éléments avec mon dernier souffle, «EST PISCINE MOLITOR PATEL.» Comment un écho pourrait-il créer un nom? «M'entends-tu? Je suis Piscine Molitor Patel, connu de tous sous le nom de Pi Patel!

– Quoi? Il y a quelqu'un?

– Oui, il y a quelqu'un!

– Quoi! Est-ce possible? S'il te plaît, as-tu de la nourriture? N'importe quoi. Il ne m'en reste plus. Je n'ai rien mangé depuis des jours. Il faut que j'ingurgite quelque chose. Je te serai reconnaissant de n'importe quoi que tu puisses me sacrifier. Je t'en supplie.

– Mais je n'ai pas de nourriture non plus», répondis-je, consterné. «Moi non plus, je n'ai rien mangé depuis des jours. J'espérais que *toi*, tu aurais quelque chose que je pourrais me mettre sous la dent. As-tu de l'eau? Mes réserves sont très basses.

– Non, je n'en ai pas. Tu n'as pas de nourriture du tout? Rien?

– Non, rien.»

Il y eut un silence, un lourd silence.

«Où es-tu? demandai-je.

– Je suis ici, répliqua-t-il avec lassitude.

– Mais où est *ici*? Je ne peux te voir.

– Pourquoi est-ce que tu ne peux pas me voir?

– Je suis devenu aveugle.

– Quoi? s'exclama-t-il.

– Je suis devenu aveugle. Mes yeux ne voient que l'obscurité. Je cligne des yeux pour rien. Depuis deux jours, si je peux me fier à ma peau pour juger du temps. Elle peut tout juste me dire si c'est le jour ou la nuit.»

J'entendis un énorme gémissement.

«Quoi? Qu'est-ce qu'il y a, mon ami?» demandai-je.

Il continuait de se plaindre.

«S'il te plaît, réponds-moi. Qu'est-ce qu'il y a? Je suis aveugle et nous n'avons ni nourriture ni eau, mais nous sommes là, ensemble, tous les deux. Ça, c'est quelque chose. Quelque chose de précieux. Alors qu'est-ce qu'il y a, mon cher frère?

– Moi aussi, je suis aveugle!

– Quoi?

– Moi aussi, mes yeux clignent pour rien, comme tu dis.»

Il geignit de nouveau. J'étais abasourdi. J'avais rencontré un autre aveugle sur un autre bateau de sauvetage dans le Pacifique!

«Mais comment peux-tu être aveugle? balbutiai-je.

– Probablement pour les mêmes raisons que toi. Le résultat d'une mauvaise hygiène et d'un corps affamé qui est au bout du rouleau. »

Nous fondîmes tous les deux en larmes. Il se lamentait et je sanglotais. C'était trop, vraiment, c'était trop.

« J'ai une histoire, dis-je après un moment.

– Une histoire ?

– Oui.

– À quoi peut servir une histoire ? J'ai faim.

– C'est une histoire de nourriture.

– Les mots n'ont aucune calorie.

– Cherche la nourriture là où la nourriture peut se trouver.

– C'est une idée. »

Silence. Un silence affamé.

« Où es-tu ? s'enquit-il.

– Ici. Et toi ?

– Ici. »

J'entendis le bruit d'un éclaboussement, comme une rame entrant dans l'eau. Je cherchai de la main l'une des rames récupérées du radeau détruit. Elle était si lourde. Je tâtai comme je pus et trouvai le tolet le plus rapproché. J'y glissai la rame. Je tirai sur le manche. Je n'avais plus de force. Mais je ramai du mieux que je pus.

« Raconte ton histoire, dit-il, le souffle court.

– Il était une fois une banane, et elle grandit. Elle grandit au point de devenir charnue, ferme, jaune et parfumée. Alors elle tomba sur le sol et quelqu'un la trouva et la mangea. »

Il arrêta de ramer. « Quelle belle histoire !

– Merci.

– J'en ai les larmes aux yeux.

– J'ai un autre élément, dis-je.

– Qu'est-ce que c'est ?

– La banane tomba sur le sol et quelqu'un la trouva et la mangea – et ensuite cette personne *se sentit mieux*.

– C'est à couper le souffle ! s'exclama-t-il.

– Merci. »

Une pause.

« Mais tu n'as pas de bananes ?

– Non. Un orang-outan m'a distrait.

– Un quoi ?

– C'est une longue histoire.

– Du dentifrice ?

– Non.

– Délicieux sur du poisson. Des cigarettes ?

– Je les ai déjà mangées.

– Tu les as *mangées* ?

– J'ai encore les filtres. Je peux te les donner si tu veux.

– Les filtres ? Qu'est-ce que je pourrais faire avec des filtres de cigarettes sans tabac ? Comment as-tu pu *manger* des cigarettes ?

– Qu'est-ce que j'aurais pu en faire ? Je ne fume pas, dis-je.

– Tu aurais pu les garder pour faire du troc.

– Du troc ? Avec qui ?

– Avec moi ! cria-t-il.

– Mon frère, quand je les ai mangées, j'étais seul sur un bateau de sauvetage au milieu du Pacifique.

– Et alors ?

– Alors les possibilités de rencontrer, au milieu du Pacifique, une personne avec laquelle échanger mes cigarettes ne m'ont guère paru évidentes.

– Il faut planifier, pauvre garçon ! Maintenant, tu n'as plus rien à échanger.

– Et si j'avais quelque chose à échanger, contre quoi est-ce que je l'échangerais ? Qu'est-ce que tu as que je pourrais vouloir ?

– J'ai une botte, dit-il.

– Une botte ?

– Oui, une bonne botte en cuir.

– Qu'est-ce que je pourrais faire avec une botte en cuir dans une chaloupe de sauvetage au milieu du Pacifique ? Penses-tu que je pars en randonnées quand j'en ai le loisir ?

– Tu pourrais la manger !

– Manger une botte ? Quelle idée.

– Tu manges des cigarettes, pourquoi pas une botte ?

– L'idée est dégoûtante. C'est à qui, cette botte, d'ailleurs ?

– Comment le saurais-je ?

– Tu suggères que je mange la botte d'un total inconnu ?

– Quelle différence est-ce que ça fait ?

– Je suis sidéré. Une botte. Laissant de côté le fait que je suis hindou et que nous, les hindous, considérons que les vaches sont sacrées, pour moi, manger une botte de cuir revient à consommer toute la crasse qu'un pied peut y exsuder en plus de toute la saleté dans laquelle elle peut avoir marché.

– Alors, pas de botte pour toi.

– Montre-la-moi d'abord.

– Non.

– Quoi ? T'attends-tu à échanger quelque chose avec moi sans que je l'examine ?

– Dois-je te rappeler que nous sommes tous les deux aveugles ?

– Alors décris-moi cette botte ! Quel lamentable vendeur tu fais ! Je comprends que tu crèves de ne pas avoir de clients.

– C'est bien vrai.

– Alors. La botte ?

– C'est une botte en cuir.

– Quelle *sorte* de botte en cuir.

– Le genre ordinaire.

– C'est-à-dire ?

– Une botte avec un lacet et des œillets et une languette. Et une semelle intérieure. Le type courant.

– De quelle couleur ?

– Noire.

– Dans quel état ?

– Usée. Le cuir souple et flexible, très doux au toucher.

– Et l'odeur ?

– De cuir tiède et parfumé.

– Je dois admettre – je dois admettre – que ça semble bien tentant!

– Oublie-la.

– Pourquoi?»

Silence.

«Ne vas-tu pas répondre, mon frère?

– Il n'y a pas de botte.

– Pas de botte?

– Non.

– Cela me rend triste.

– Je l'ai mangée.

– Tu as mangé la botte?

– Oui.

– Est-ce qu'elle était bonne?

– Non. Est-ce que les cigarettes étaient bonnes?

– Non, je n'ai pas pu les terminer.

– Je n'ai pas pu terminer la botte.

– Il était une fois une banane, et elle grandit. Elle grandit au point de devenir charnue, ferme, jaune et parfumée. Alors elle tomba sur le sol et quelqu'un la trouva et la mangea, et ensuite cette personne se sentit mieux.

– Je m'excuse. Je m'excuse de tout ce que j'ai dit, de tout ce que j'ai fait. Je suis un bon à rien, éclata-t-il.

– Que veux-tu dire? Tu es la personne la plus précieuse, la plus splendide de la terre. Viens, mon frère, réunissons-nous et profitons de la présence l'un de l'autre.

– Oui!»

Le Pacifique n'est pas un bon endroit pour des rameurs, surtout s'ils sont faibles et aveugles, quand leurs bateaux de sauvetage sont gros et difficiles à manier, et quand le vent ne coopère pas. Il était tout proche; il était loin. Il était à ma gauche; il était à ma droite. Il était devant moi; il était derrière moi. Mais, finalement, nous y sommes arrivés. Nos deux bateaux se touchèrent en faisant un petit toc encore plus plaisant que celui d'une tortue. Il me lança une corde et j'attachai son bateau au mien. J'ouvris les bras pour l'embrasser et pour que lui aussi m'étreignît. Mes yeux regorgeaient de larmes et je souriais. Il était directement devant moi, une présence éblouissante à travers ma cécité.

«Mon cher frère, murmurai-je.

– Je suis ici», répliqua-t-il.

J'entendis un léger grognement.

«Mon frère, il y a quelque chose que j'ai oublié de mentionner.»

Il tomba lourdement sur moi, ce qui nous fit culbuter à moitié sur la toile goudronnée, à moitié sur le banc du milieu. De ses mains, il me prit à la gorge.

«Mon frère, soufflai-je malgré son étreinte trop emportée, mon cœur est avec toi, mais je dois recommander de façon urgente que nous nous déplacions dans une autre région de mon humble navire.

– Tu as sacrément raison que ton cœur est avec moi! dit-il. Et ton foie, et ta chair!»

Je pouvais sentir qu'il se déplaçait de la toile vers le banc du milieu et, fatalement, qu'il posait un pied sur le fond du bateau.

«Non, non, mon frère! Ne fais pas ça. Nous ne sommes pas…»

Je tentai de le retenir. Hélas, il était trop tard. Avant que j'aie pu dire le mot *seuls*, j'étais de nouveau seul. J'entendis tout juste le cliquetis des griffes sur le fond du bateau, pas plus fort que le bruit de lunettes qui tombent sur le plancher, et un instant plus tard mon frère hurla devant moi comme je n'avais jamais entendu hurler un homme auparavant. Il lâcha prise.

Ce fut l'épouvantable coût de Richard Parker. Il m'a donné une vie, la mienne, mais en en prenant une autre. Il arracha la peau de l'homme et lui brisa les os. L'odeur du sang remplit mes narines. Quelque chose en moi mourut alors qui ne revint jamais à la vie.

CHAPITRE 91

Je montai à bord du bateau de mon frère. Je l'explorai de mes mains. Je découvris qu'il m'avait menti. Il avait un peu de viande de tortue, une tête de daurade, et même – délice suprême – quelques graines de biscuit. Et il avait de l'eau. Tout cela disparut dans ma bouche. Je retournai à mon bateau et libérai le sien.

Les larmes que j'avais versées avaient fait du bien à mes yeux. La lucarne en haut à gauche de ma vision s'entrouvrit. Je rinçai mes yeux dans l'eau de mer. Chaque fois que je le faisais, la fenêtre s'entrebâillait davantage. Après deux jours, ma vision était revenue.

Je vis un tel spectacle que je souhaitai presque être resté aveugle. Son corps déchiqueté, démembré, gisait au fond du bateau. Richard Parker s'était abondamment sustenté et l'avait défiguré au point que je ne vis jamais qui était mon frère. Son torse éviscéré, avec ses côtes dressées comme la charpente d'un navire, ressemblait à un modèle miniature du bateau de sauvetage, tant l'embarcation était horrible à voir, éclaboussée de sang et de restes humains.

Je dois confesser que j'attrapai un de ses bras à l'aide de la gaffe et utilisai sa chair comme appât. J'irai même plus loin et avouerai que, poussé par mon extrême besoin et la folie dans laquelle il m'avait emporté, je mangeai une partie de sa chair. Je veux dire, de petits morceaux, de petites bandes destinées à l'hameçon de la gaffe et qui, séchées au soleil, ressemblaient à de la chair animale commune. Ils ont glissé dans ma bouche furtivement. Vous devez comprendre que ma souffrance était implacable, et qu'il était déjà mort. Je ne l'ai plus fait dès que j'ai eu attrapé un poisson.

Et chaque jour je prie pour son âme.

CHAPITRE 92

J'ai fait une découverte botanique fabuleuse. Il s'en trouvera plusieurs pour ne pas croire l'épisode que je vais raconter. Je vous en fais néanmoins le récit parce que cela fait partie de l'histoire et parce que ça m'est arrivé.

J'étais allongé sur le côté, une heure ou deux après l'heure du midi un jour ensoleillé, tranquille, de légère brise. Je m'étais assoupi brièvement, d'un sommeil qui ne m'avait apporté ni repos ni rêves. En dépensant le moins d'énergie possible, je me retournai de l'autre côté. J'ouvris les yeux.

À une certaine distance, je vis des arbres. Je ne réagis pas. J'avais la certitude que c'était une illusion que quelques clignements d'yeux feraient disparaître.

Les arbres s'entêtèrent à rester là. En fait, ils se transformèrent en forêt. Ils faisaient partie d'une île qui s'élevait à peine au-dessus du niveau de la mer. Je me soulevai. Je continuais de n'en pas croire mes yeux. Mais c'était formidable d'être dupe d'un spectacle d'aussi magnifique qualité. Les arbres étaient superbes. Ils ne ressemblaient à aucun arbre que j'eusse vu auparavant. Leur écorce était pâle et leurs branches, réparties également, portaient une étonnante abondance de feuilles. Celles-ci étaient d'un vert brillant, un vert si lumineux, comme d'émeraude, qu'en comparaison la végétation au temps de la mousson était d'une teinte fade d'olive.

Je clignai volontairement des yeux, m'attendant à ce que mes paupières jouent aux bûcherons. Mais les arbres ne tombèrent pas.

Je regardai vers le bas. Je fus à la fois satisfait et déçu de ce que je vis. L'île n'était pas faite de terre. Non que les arbres fussent plantés dans l'eau. Ils se tenaient plutôt dans ce qui ressemblait à une masse de végétation compacte, d'un vert aussi éblouissant que celui des feuilles. Qui a jamais entendu parler d'un sol fait d'autre chose que de terre? D'arbres poussant, grandissant et se nourrissant de pure végétation? Je ressentis une certaine satisfaction parce qu'une telle géologie confirmait que j'avais raison, que cette île était une chimère, un jeu de l'esprit. Mais j'étais en même temps déçu parce que tomber sur une île, n'importe quelle île, si étrange fût-elle, aurait été une bien belle trouvaille.

Comme les arbres se tenaient toujours debout, je continuai de regarder aussi. Contempler du vert, après tant de bleu, était comme une musique pour les yeux. Le vert est une très jolie couleur. C'est la couleur de l'islam. C'est ma couleur préférée.

Le courant poussa doucement la chaloupe encore plus près de l'illusion. La rive n'était pas vraiment une plage, car il n'y avait ni sable ni galets ; il n'y avait aucun ressac des vagues déferlantes non plus, car au moment de frapper l'île, elles disparaissaient simplement dans sa surface poreuse. D'une crête située à environ trois cents mètres de la rive, l'île descendait en pente vers la mer et son bord même, d'une quarantaine de mètres de largeur, disparaissait abruptement dans les profondeurs du Pacifique, formant sûrement la plus petite plate-forme continentale connue.

J'étais en train de m'habituer à l'illusion. Pour la faire durer, je m'abstins de la mettre à l'épreuve ; quand le bateau toucha l'île, je ne bougeai pas mais continuai simplement de rêver. Le tissu de l'île semblait être une masse complexe tissée serrée d'algues à la forme tubulaire d'un diamètre d'à peu près deux doigts d'épaisseur. Quelle île fantaisiste, songeai-je.

Après quelques minutes, je m'approchai tout doucement du bord du bateau. « Cherchez du vert », disait le manuel de survie. Eh bien ça, c'en était du vert ! En fait, c'était le paradis de la chlorophylle. Un vert à faire honte aux colorants alimentaires ou aux néons clignotants. Un vert à s'en soûler. « Finalement, il n'y a que le pied pour juger de la terre ferme », continuait le manuel. L'île était à portée de pied. Juger – et faire face à la déception – ou ne pas juger, c'était la question.

Je décidai de juger. Je regardai aux alentours pour voir s'il y avait des requins. Il n'y en avait aucun. Je me mis sur le ventre et, en me tenant à la toile goudronnée, je descendis lentement une jambe. Mon pied plongea dans la mer. Elle était plaisamment fraîche. La rive de l'île scintillait sous l'eau. J'étendis la jambe. Je pensais que c'était trop beau pour durer et que l'illusion allait éclater d'une seconde à l'autre.

Il n'en fut rien. Mon pied s'enfonça dans l'eau claire et toucha la résistance caoutchouteuse d'une substance flexible mais solide. J'appuyai légèrement. Le mirage persistait. Je mis tout mon poids sur ce pied. Je ne m'engloutissais toujours pas. N'empêche que je restais incrédule.

C'est finalement mon odorat qui porta le jugement. Mon sens olfactif perçut l'émanation envahissante et fraîche qui se dégageait de l'île, irrésistible. C'était l'odeur de la végétation. J'en eus le souffle coupé. Après des mois de senteurs neutralisées par l'eau salée, cette puanteur de matière organique végétale était enivrante. Ce fut à ce moment-là que je crus, et tout ce qui s'engloutit, ce fut mon esprit : mon processus rationnel devint incohérent. Ma jambe dans l'eau commença à trembler.

« Mon Dieu ! Mon Dieu ! » gémissais-je.

Je tombai par-dessus bord.

Le double choc d'un sol solide et d'eau fraîche me donna la force de me traîner sur l'île. Je balbutiai des remerciements à Dieu et je m'écroulai.

Mais je ne pouvais pas rester sur place. J'étais trop excité. Je tentai de me mettre debout. Le sang s'enfuit de mon cerveau. Le sol s'ébranla violemment. Un vertige aveuglant eut raison de moi. Je pensai m'évanouir. Je me calmai. Tout ce que j'arrivai à faire, ce fut de haleter. Je réussis à m'asseoir.

« Richard Parker ! Terre ! Terre ! Nous sommes sauvés », criai-je.

Le relent de la végétation était extrêmement fort. Quant à la verdure, elle était si nouvelle, si apaisante qu'on aurait dit une force et un réconfort physiques qui déferlaient en moi par les yeux.

Quelle était cette algue étrange, tubulaire, emmêlée de manière si complexe ? Était-elle comestible ? Cela semblait être une variété d'algue marine, mais très rigide, bien plus qu'une algue normale.

Dans la main, elle était mouillée et semblait croquante. Je tirai dessus. Des morceaux s'en détachèrent sans que j'eusse à faire un trop grand effort. En coupe, cette algue était constituée de deux parois concentriques : la paroi extérieure, mouillée et légèrement rugueuse, d'un vert si brillant, et une paroi intérieure, à mi-chemin entre l'extérieur et le centre de l'algue. La distinction entre les deux tubes était très claire : le tube central était blanc, tandis que celui qui l'entourait était d'un vert qui diminuait en intensité à mesure qu'il s'approchait de la paroi intérieure. Je portai une parcelle d'algue à mon nez. À part la senteur végétale agréable, elle avait une odeur neutre. Je la léchai. Mon pouls s'accéléra. Elle était mouillée d'eau douce.

Je pris une bouchée de l'algue. Mes papilles en eurent toute une surprise. Le tube intérieur était extrêmement salé – mais l'extérieur était non seulement comestible, il était délicieux. Ma langue commença à s'agiter comme un doigt feuilletant rapidement un dictionnaire, à la recherche d'un mot depuis longtemps oublié. Quand je l'eus trouvé, mes yeux se bridèrent de plaisir en l'entendant : *doux*. Pas comme dans *agréable* mais comme dans *sucré*. Les tortues et les poissons ont bien des qualités, mais ils ne sont jamais, jamais sucrés. L'algue avait un petit goût doucereux qui dépassait de loin même l'eau d'érable ici au Canada. Quant à la consistance, elle se comparait à celle de la châtaigne d'eau. La salive jaillit dans la sécheresse pâteuse de ma bouche. En gloussant de plaisir, j'arrachai des algues autour de moi. Les deux tubes se séparaient facilement et proprement l'un de l'autre. Je commençai à m'empiffrer de la partie sucrée. J'y allais des deux mains, me gavant et faisant travailler mes mâchoires plus vite et plus fort qu'elles ne l'avaient fait depuis bien longtemps. Je mangeai jusqu'à ce qu'il y eût un petit fossé tout autour de moi.

Il y avait un arbre solitaire à environ soixante mètres. C'était le seul arbre sur la pente descendante depuis la *crête*, qui semblait bien éloignée. Je dis crête ; le mot donne sans doute une impression erronée de l'inclinaison de la montée depuis le bord de l'eau.

L'île était basse, comme je l'ai dit, par rapport au niveau de la mer. L'inclinaison était faible, jusqu'à une hauteur d'environ quinze à vingt mètres. Mais dans l'état où j'étais, cette élévation m'avait l'air d'une montagne. L'arbre était plus attirant. Je remarquai sa zone d'ombre. J'essayai une fois de plus de me tenir debout. Je réussis à m'accroupir, mais aussitôt que je tentais de me lever, j'avais la tête qui tournait et je perdais l'équilibre. Et même si je n'étais pas tombé, mes jambes n'avaient plus de force. Toutefois, ma volonté, elle, était vigoureuse. J'avais décidé d'avancer. Je rampai, je me glissai avec difficulté, je grimpai en me donnant de faibles élans jusqu'à l'arbre.

Je sais que je ne vais jamais connaître de joie comparable à celle que j'ai ressentie quand je suis entré sous l'ombre chatoyante, tachetée de lumière, et que j'ai entendu le son sec, craquant du vent qui bruissait dans les feuilles. L'arbre n'était ni aussi gros ni aussi haut que ceux de l'intérieur de l'île, et comme il se trouvait du mauvais côté de la crête, plus exposé aux éléments, il était un peu maigrelet et n'avait pas poussé aussi harmonieusement que ses compagnons. Mais c'était un arbre, et un arbre est une chose divine à regarder quand vous avez été perdu en mer pendant très, très longtemps. Je chantai la gloire de cet arbre, sa pureté tranquille et solide, sa paresseuse beauté. Ah, si j'avais pu être comme lui, planté dans le sol mais avec les mains dressées vers Dieu pour lui rendre grâce! Je pleurai.

Tandis que mon cœur louait la gloire d'Allah, mon esprit commençait à noter de l'information sur l'œuvre d'Allah. L'arbre naissait en effet à partir des algues, comme je l'avais constaté depuis le bateau. Il n'y avait pas la moindre trace de terre. Ou bien il y avait de la terre loin là-dessous, ou bien cette espèce d'arbre était un exemple remarquable de commensal ou de parasite. Le tronc avait à peu près la largeur de la poitrine d'un homme. L'écorce était d'un vert grisâtre, mince et lisse, et assez tendre pour que je pusse la marquer de mes ongles. Les feuilles cordées étaient grandes et larges et elles se terminaient en une seule pointe. La cime de l'arbre avait la rondeur harmonieuse d'un manguier, mais ce n'était pas un manguier. J'ai cru qu'il avait un peu l'odeur d'un jujubier, mais ce n'en était pas un non plus. Ni un palétuvier. Ni aucun autre arbre que j'eusse jamais vu. Tout ce que je sais, c'est qu'il était beau, vert et au feuillage luxuriant.

J'entendis un grognement. Je me retournai. Richard Parker m'observait du bateau de sauvetage. Il regardait l'île lui aussi. Il semblait vouloir débarquer mais avoir peur de le faire. Finalement, après bien des grondements et des piétinements, il bondit de l'embarcation. Je portai le sifflet orange à ma bouche. Mais il ne pensait pas à m'agresser. Garder son équilibre lui suffisait comme souci ; il flageolait tout autant que moi. Quand il avançait, c'était en rampant au ras du sol, les pattes tremblantes, comme un tigre naissant. Prenant soin de m'éviter, il s'éloigna dans la direction de la crête et disparut vers l'intérieur de l'île.

Je passai la journée à manger, à me reposer, à tenter de me tenir debout et, en général, à baigner dans la béatitude. J'avais la nausée quand je bougeais trop. Et je continuais de sentir que le sol se dérobait sous moi et que j'allais tomber, même quand je demeurais assis.

Vers la fin de l'après-midi, je commençai à m'inquiéter de Richard Parker. Maintenant que le cadre, le territoire, avaient changé, je n'étais pas sûr de l'accueil qu'il me réserverait en me retrouvant.

À contrecœur, uniquement pour des raisons de sécurité, je retournai en rampant jusqu'à la chaloupe. Quelle que soit la manière dont Richard Parker prenait possession de l'île, la proue et la toile goudronnée restaient mon territoire. Je cherchai un objet auquel amarrer le bateau. Les algues formaient manifestement une couche épaisse sur le rivage, car c'est tout ce que je pus trouver. Finalement, je décidai de planter une rame dans les algues, le manche en premier, et d'y attacher le bateau.

Je grimpai sur la toile. J'étais épuisé. Mon corps était à bout de force après avoir ingurgité tant de nourriture, et il y avait le choc nerveux face à un changement de fortune aussi radical. Vers la fin de la journée, je me souviens d'avoir entendu Richard Parker gronder au loin, mais le sommeil m'envahit.

Je fus éveillé pendant la nuit par une étrange et pénible sensation au bas-ventre. J'ai cru que c'était une crampe, que je m'étais peut-être empoisonné avec les algues. J'entendis du bruit. Je regardai. Richard Parker était à bord. Il était rentré pendant que je dormais. Il miaulait et léchait les coussinets de ses pattes. Je trouvai son retour surprenant, mais n'y pensai plus – mes crampes empirant rapidement. J'étais plié en deux de douleur, j'en tremblais, quand un processus, pourtant normal pour la plupart des gens mais que moi j'avais depuis longtemps oublié, se mit en marche : la défécation. Ce fut très douloureux, mais après coup je tombai dans le sommeil le plus profond et le plus réconfortant que j'eusse connu depuis la nuit avant le naufrage du *Tsimtsum*.

En m'éveillant le matin, je me sentis bien plus fort. Je me traînai, mais vigoureusement, vers l'arbre solitaire. À sa vue, mes yeux se gorgèrent une fois de plus, tout comme mon estomac, des algues. J'eus un petit déjeuner si substantiel que je fis un grand trou.

Une fois de plus, Richard Parker hésita des heures avant de sauter du bateau. Quand il le fit, au milieu de la matinée, aussitôt qu'il toucha le sol il bondit de nouveau vers le bateau et tomba à moitié dans l'eau, paraissant très tendu. Il crachait et brandissait ses griffes en l'air. C'était curieux. Je n'avais aucune idée de ce qu'il faisait. Son anxiété passa et, bien plus sûr de ses pas que la veille, il disparut une fois de plus au delà de la crête.

Ce jour-là, en m'appuyant sur l'arbre, je me tins debout. J'avais le vertige. La seule façon d'empêcher le sol de bouger était de fermer les yeux et de m'accrocher à l'arbre. Je m'en séparai et tentai de marcher. Je tombai immédiatement. Le sol bondit vers moi avant que je pusse bouger un pied. Aucune douleur. L'île, recouverte de cette végétation si caoutchouteuse, tissée si serrée, était le lieu idéal où réapprendre à marcher. Je pouvais tomber n'importe comment, il était impossible de me faire mal.

Le lendemain, après une autre nuit reposante sur le bateau – auquel Richard Parker était une fois de plus revenu –, je fus capable de marcher. En tombant au moins une demi-douzaine de fois, je réussis à me rendre jusqu'à l'arbre. D'heure en heure, je pouvais sentir revenir mes forces. Avec la gaffe, je réussis à infléchir une branche de l'arbre. J'arrachai quelques feuilles. Elles étaient douces, sans cire, mais elles avaient un goût amer. Richard Parker aimait bien sa tanière sur le bateau, pensai-je – voilà pourquoi il y était retourné une autre nuit.

Je le vis revenir encore ce soir-là, au coucher du soleil. Je venais de vérifier l'amarrage du bateau à la rame ancrée. J'étais à la proue, à m'assurer que le câble était bien attaché à l'étrave. Il apparut soudain. Pendant un instant, je ne l'ai pas reconnu. Ce magnifique animal bondissant au-dessus de la crête à vive allure pouvait-il être le même tigre ébouriffé et léthargique, qui était mon compagnon d'infortune? Mais c'était bien lui. C'était Richard Parker et il fonçait vers moi à pleine vitesse. Il avait l'air décidé. Sa tête baissée laissait voir son cou puissant. Sa fourrure et ses muscles étaient secoués à chaque pas. Je pouvais entendre le martèlement de son poids lourd contre le sol.

J'ai lu qu'il y a deux peurs dont on ne peut se défaire : le sursaut en entendant un bruit inattendu et le vertige. Je voudrais en ajouter une troisième, à savoir l'approche rapide et directe d'un tueur reconnu.

Je tâtonnai pour trouver le sifflet. Quand Richard Parker fut à dix mètres de la chaloupe, je soufflai de toutes mes forces dans le sifflet. Un bruit perçant fendit l'air.

L'effet fut le bon. Richard Parker freina. Mais il voulait de toute évidence continuer d'avancer. Je sifflai une seconde fois. Il commença à tourner et à sauter sur place d'une manière très particulière, comme un chevreuil, tout en grondant férocement. Je sifflai une troisième fois. Chacun de ses poils était dressé. Ses griffes étaient sorties. Il était dans un état d'agitation extrême. Je craignis que le mur défensif formé par mes coups de sifflet ne s'écroulât et qu'il ne m'attaquât.

Mais Richard Parker fit plutôt une chose tout à fait inattendue : il sauta dans la mer. J'étais étonné. Le geste même que je croyais qu'il ne ferait jamais, il le fit, et avec force et fermeté. Il pataugea avec énergie jusqu'à la poupe du bateau. Je pensai siffler encore, mais je soulevai plutôt le couvercle du casier et m'assis, me repliant au centre de mon territoire.

Il apparut sur la poupe, une trombe d'eau dégouttant tout autour de lui et son poids faisant hausser mon bout du bateau. Il balança un instant sur le plat-bord et le banc de poupe, m'évaluant du regard. Mon cœur défaillit. Je ne croyais pas avoir le souffle pour utiliser le sifflet une fois de plus. Je le fixai d'un regard vide. Il se laissa glisser adroitement vers le plancher de la chaloupe et disparut sous la toile. Je pouvais le voir partiellement par les côtés du couvercle du casier. Je me lançai sur la toile, hors de sa vue – mais directement au-dessus de lui. Je ressentis un besoin urgent de me faire pousser des ailes et de m'envoler.

Je me calmai. Je me forçai à me rappeler que je connaissais cette situation depuis déjà un très long moment : partager mon gîte avec un tigre vivant juste en dessous de moi.

À mesure que ma respiration s'apaisait, le sommeil m'envahissait.

Pendant la nuit, je m'éveillai et, ma peur oubliée, je jetai un coup d'œil. Il rêvait : il tremblait et grognait dans son sommeil. Il faisait assez de bruit pour m'avoir réveillé.

Au matin, comme d'habitude, il franchit la crête.

Je pris la décision d'aller moi aussi explorer l'île dès que j'aurais la force nécessaire. Si je me fiais à la côte, elle semblait assez grande ; à gauche et à droite, elle s'étendait en dessinant une légère courbe qui laissait voir que l'île avait une bonne circonférence. Je passai la journée à marcher – et à tomber – de la rive jusqu'à l'arbre, et retour, en cherchant à restaurer la force de mes jambes. Chaque fois que je tombais, je prenais un bon repas d'algues.

Quand Richard Parker revint à la fin de la journée, un petit peu plus tôt que la veille, je l'attendais. Je restai assis et n'utilisai pas le sifflet. Il arriva au bord de l'eau et, en un bond puissant, il atteignit le côté du bateau. Il entra dans son territoire sans franchir la frontière du mien, se limitant à faire tanguer l'embarcation. Sa reprise d'énergie était franchement terrifiante.

Le lendemain matin, après avoir laissé une bonne avance à Richard Parker, je partis explorer l'île. Je marchai jusqu'à la crête. Je l'atteignis sans difficulté, en plaçant fièrement un pied devant l'autre dans une démarche pleine d'entrain même si elle était encore un peu maladroite. Si mes jambes avaient été plus faibles, elles auraient cédé sous moi à la vue de ce qui m'attendait au delà de la crête.

Pour commencer par les détails, je vis que toute l'île était recouverte d'algues, pas seulement ses rives. Je vis un grand plateau vert et une forêt verte en son milieu. Je vis tout autour de cette forêt des centaines d'étangs, de taille identique, répartis à une distance égale les uns des autres et des arbres relativement peu nombreux distribués de manière uniforme entre les étangs, le tout donnant la nette impression qu'il s'agissait d'un arrangement délibéré.

Mais ce sont les suricates qui sont restés marqués de la manière la plus indélébile dans mon esprit. Je vis en un coup d'œil ce que j'estimerais au bas mot avoir été des centaines de milliers de suricates. Le paysage était couvert de suricates. Et quand j'apparus, on aurait dit que chacun d'entre eux se tournait vers moi, surpris, comme des poules dans une basse-cour, et se dressait sur ses pattes postérieures.

Nous n'avions pas de suricates dans notre zoo. Mais j'avais déjà lu quelque chose à leur sujet. On en parlait dans les livres et dans les travaux spécialisés. Un suricate est un petit mammifère sud-africain apparenté à la mangouste ; en d'autres mots, un carnivore qui vit dans un terrier et qui mesure environ trente centimètres de long à sa maturité, et pèse à peu près un kilo, est mince et ressemble à une belette quant à sa carrure, avec un museau pointu, des yeux bien placés en plein milieu de sa face, des pattes courtes, des pieds à quatre orteils et de longues griffes non rétractiles, et une queue de vingt centimètres. Sa fourrure va du brun pâle au gris et elle est rayée de noir ou de brun sur le dos, tandis que le bout de sa queue, ses oreilles et les cercles caractéristiques autour de ses yeux sont noirs. C'est une créature agile qui a une vue perçante, est diurne et de nature très sociable; dans son territoire d'origine, le désert du Kalahari au sud de l'Afrique, il se nourrit, entre autres, de scorpions, contre le venin desquels il est parfaitement immunisé. Quand il monte la garde, le suricate a la caractéristique de se tenir parfaitement droit sur le bout de ses pieds postérieurs, en maintenant son équilibre grâce à sa queue qui forme ainsi une sorte de trépied. Il arrive souvent qu'un groupe de suricates prennent cette position simultanément, pressés ensemble et regardant dans la même direction, comme des banlieusards qui attendent l'autobus. Leur expression sérieuse et la manière dont leurs pattes pendent devant eux les font ressembler à des enfants qui posent timidement devant un photographe ou à des patients tout nus dans les bureaux des médecins et qui tentent modestement de se couvrir le sexe.

Ce fut ce que je pus voir en un seul regard, des centaines de milliers de suricates – plus encore, un million – se tournant vers moi au garde-à-vous, comme s'ils disaient « Oui, monsieur désire? » Bien sûr, un suricate debout mesure au plus quarante-cinq centimètres, ce n'était donc pas la taille de ces créatures qui coupait le souffle, mais plutôt leur nombre infini. Je restai planté sur place, muet. Si je semais la panique parmi un million de suricates, le chaos serait indescriptible. Mais leur intérêt à mon endroit ne dura pas. Après quelques secondes, ils reprirent ce qu'ils faisaient avant mon arrivée, soit grignoter des algues ou fixer l'eau des étangs. Le fait de voir autant d'êtres se pencher en même temps me rappela l'heure de la prière dans une mosquée.

Les animaux ne semblaient pas ressentir de peur. Tandis que je descendais de la crête, aucun ne s'enfuit ou ne manifesta la moindre tension en ma présence. Si je l'avais voulu, j'aurais pu en toucher un, j'aurais même pu en prendre un dans mes mains. Je n'en fis rien. J'entrais simplement dans ce qui était sûrement la plus grande colonie de suricates du monde, l'une des expériences les plus étranges, les plus splendides de ma vie. Il y avait une clameur incessante dans l'air. C'étaient leurs geignements, leurs gazouillis, leurs babils et leurs aboiements. Leur nombre était si grand et les modulations de leur agitation collective telles que le bruit venait et partait comme un vol d'oiseaux, parfois très fort, tournoyant autour de moi, puis diminuant rapidement jusqu'au silence à mesure que les suricates les plus rapprochés de moi se taisaient, tandis que d'autres, plus loin, reprenaient le concert.

Ils n'avaient pas peur de moi, était-ce que moi je devais donc avoir peur d'eux ? La question me traversa l'esprit. Mais la réponse – qu'ils étaient inoffensifs – devint d'emblée évidente. Pour m'approcher d'un étang, autour duquel ils étaient massés serrés, je dus les repousser du pied pour ne pas en écraser un. Ils acceptèrent mon irruption sans s'en sentir offensés et me firent une place, comme une foule docile. Je sentais de petits corps de fourrure tiède autour de mes chevilles pendant que je scrutais un étang.

Tous les étangs avaient la même forme circulaire et à peu près la même dimension – une douzaine de mètres de diamètre. Je m'attendais à ce qu'ils fussent peu profonds. Je ne vis qu'une eau profonde et limpide. En fait, les étangs me paraissaient des abysses. Aussi loin de la surface que je pouvais voir, leurs parois étaient formées d'algues. De toute évidence, la strate supérieure de l'île était très épaisse.

Je ne pouvais rien voir qui expliquât la curiosité attentive des suricates et j'aurais peut-être laissé tomber dès lors la résolution de ce mystère n'eut été des *ourouk-wourouk* qui éclatèrent autour d'un étang tout près. Des suricates sautaient et bondissaient dans un état de grande effervescence. Tout à coup, par centaines, ils *plongèrent* dans l'étang. Ils se poussaient et se bousculaient à qui mieux mieux tandis que ceux qui venaient de l'arrière tentaient d'atteindre le bord de l'étang. La frénésie était générale ; même des tout-petits cherchaient à s'approcher de l'eau, retenus avec difficulté par leur mère ou leur gardien. Je regardais, incrédule. Je n'avais pas affaire à des suricates ordinaires du désert du Kalahari. Ces derniers ne se comportent pas comme des grenouilles. De toute évidence, ces suricates-ci étaient une sous-espèce qui s'était développée d'une fascinante et surprenante manière.

En posant les pieds avec précaution, je m'avançai vers l'étang, où j'arrivai à temps pour voir nager des suricates – véritablement nager – et rapporter des poissons à la douzaine, et pas rien que de petits poissons. Certains étaient des daurades qui auraient été des banquets somptueux sur le bateau de sauvetage. Elles étaient énormes à côté des suricates. Je ne comprenais absolument pas que de si petites bêtes puissent attraper de tels poissons.

C'est quand je les vis haler les poissons hors de l'étang, en démontrant un esprit d'équipe impressionnant, que je remarquai quelque chose de curieux : tous les poissons, sans exception, étaient déjà morts. Fraîchement morts. Les suricates sortaient des poissons morts qu'ils n'avaient pas tués eux-mêmes.

Je m'agenouillai au bord de l'étang, écartant bon nombre de suricates mouillés et excités. Je touchai l'eau. Elle était plus froide que je ne l'aurais cru. Un courant amenait de l'eau froide d'en dessous. Je pris un peu d'eau dans le creux de mes mains et j'en bus une gorgée.

C'était de l'eau douce. Cela expliquait la mort des poissons – car, bien sûr, si vous placez un poisson d'eau salée dans de l'eau douce, il va rapidement enfler et mourir. Mais qu'est-ce que des poissons de haute mer faisaient dans des étangs d'eau douce ? Comment y étaient-ils parvenus ?

J'allai à un autre étang en me faufilant entre les suricates. C'était aussi un étang d'eau douce ; le suivant, également, et le quatrième de même.

Ils étaient tous d'eau douce. D'où pouvait bien venir une telle quantité d'eau douce ? La réponse était évidente : des algues. Les algues dessalaient l'eau de mer naturellement et continuellement, ce qui expliquait que leur centre fût salé tandis que leur surface extérieure était humide d'eau douce : elle suintait l'eau douce. Je ne me demandai pas pourquoi l'algue faisait cela, ni comment, ni où allait le sel. Mon esprit arrêta de se poser ce genre de question. Je m'en réjouis simplement et je bondis dans l'un des étangs. J'eus du mal à rester à la surface de l'eau ; j'étais encore faible et j'avais peu de gras pour m'aider à flotter. Je me tenais au bord de l'étang. Je ne saurais décrire avec des mots l'effet que me fit une baignade dans une eau pure, propre, sans sel. Après avoir séjourné aussi longtemps en mer, ma peau était comme du cuir et mes cheveux étaient longs, emmêlés et aussi soyeux qu'un papier attrape-mouche. Je sentais que même mon âme avait été grugée par le sel. Alors sous les yeux d'un millier de suricates, je me fis tremper, laissant l'eau douce dissoudre chaque cristal de sel qui avait altéré tout mon corps.

Puis les suricates regardèrent ailleurs. Comme un seul homme, ils se tournèrent dans la même direction exactement au même moment. Je sortis de l'eau pour voir ce qui se passait. C'était Richard Parker. Il confirma ce dont je me doutais, que ces suricates vivaient depuis de si nombreuses générations sans prédateurs que toute notion de distance sécuritaire, ou tout simplement de fuite ou bien de peur, avait génétiquement disparu. Richard Parker se déplaçait parmi eux, semant meurtres et pagaille, dévorant un suricate après l'autre, le sang coulant de sa gueule, et eux, côte à côte avec un tigre, sautaient sur place comme pour crier « Mon tour ! Mon tour ! Mon tour ! ». J'allais revoir cette scène de nombreuses fois. Rien ne pouvait distraire les suricates de leur petite vie passée à fixer les étangs et à grignoter les algues. Que Richard Parker rôdât furtivement avant de bondir sur eux à la façon magistrale d'un tigre et avec un tonnerre de rugissements, ou qu'il traînât à ne rien faire, cela leur était totalement indifférent. Ils ne se laissaient pas décontenancer. La docilité était de rigueur.

Il tuait au delà de ses besoins. Il tuait des suricates qu'il ne mangeait pas. Chez les animaux, le besoin de tuer est différent du besoin de manger. De passer si rapidement d'une aussi longue période sans proies à une pareille surabondance faisait éclater violemment son instinct réprimé de chasseur.

Il était loin. Il n'y avait pas de danger pour moi. Pas pour le moment, en tout cas.

Le lendemain matin, après son départ, je nettoyai le bateau. Il en avait grand besoin. Je ne vais pas décrire de quoi avait l'air l'accumulation de squelettes humain et animaux, mélangés à d'innombrables restes de poissons et de tortues. Toutes ces ordures dégoûtantes et immondes passèrent par-dessus bord. Je n'osai pas descendre jusqu'au plancher de la chaloupe de peur de laisser une trace tangible de ma présence à Richard Parker, et il me fallut travailler à l'aide de la gaffe depuis la toile goudronnée ou, depuis le côté du bateau, en me tenant dans l'eau. Ce que je ne pus enlever avec la gaffe – les odeurs et les taches – je le lavai à grande eau.

Ce soir-là, il réintégra ses quartiers propres sans commentaires. Il avait dans la gueule un certain nombre de suricates morts qu'il dévora pendant la nuit.

Je passai les jours suivants à manger et à boire, à me baigner, à observer les suricates, à marcher, à courir, à me reposer et à reprendre mes forces. Grande source de bonheur, je parvins à courir en douceur et tout naturellement. Ma peau guérit. Mes douleurs et mes souffrances disparurent. En deux mots, je revins à la vie.

J'explorai l'île. J'essayai d'en faire le tour en marchant, mais j'abandonnai le projet. Je crois qu'elle avait de dix à douze kilomètres de diamètre, par conséquent une circonférence d'une trentaine de kilomètres. Ce que j'en vis laissait supposer que les caractéristiques des côtes tout autour de l'île ne changeaient pas. La même verdure éblouissante partout, la même crête, la même inclinaison entre la crête et l'eau, le même répit dans la monotonie : un arbre chétif qui poussait ici ou là. En explorant les côtes, je découvris un phénomène extraordinaire : les algues, et partant l'île elle-même, changeaient de hauteur et de densité selon la température. Les jours très chauds, le tissu d'algues se resserrait et devenait plus dense, et l'île croissait en hauteur ; la montée vers la crête était plus accentuée et la crête elle-même plus élevée. Ce n'était pas un phénomène rapide. Seule une période de chaleur prolongée sur plusieurs jours pouvait le provoquer. Mais c'était indubitable. Je pense que la conservation de l'eau expliquait ce phénomène : exposer une moins grande surface des algues aux rayons du soleil.

Le phénomène inverse – le relâchement de l'île – était plus rapide, plus dramatique, et les raisons en étaient plus évidentes. Dans de tels cas, la crête baissait, et la plate-forme continentale, pour l'appeler ainsi, s'étendait, et les algues le long de la côte se desserraient tellement que j'avais tendance à m'y prendre les pieds. Ce relâchement venait d'un ciel couvert ou, plus vite encore, d'une mer agitée.

J'ai connu une violente tempête pendant que j'étais sur l'île ; après cette expérience, je n'aurais pas hésité à y demeurer pendant le pire ouragan. C'était un spectacle impressionnant que d'être assis dans un arbre et de voir des vagues géantes se précipiter sur l'île, comme pour grimper jusqu'à la crête et déchaîner vacarme et chaos – puis constater que chaque vague se dissipait comme si elle était tombée dans un sable mouvant. À ce point de vue, l'île tenait de Gandhi : elle résistait en ne résistant pas. Chaque vague se perdait sans fracas dans cette île, rien qu'avec un peu d'écume et d'éclaboussures. Une vibration qui traversait le sol et des vaguelettes sillonnant la surface des étangs étaient les seules indications du passage sous-jacent d'une onde puissante. Et elle passait, ça, on peut le dire : sur le côté de l'île à l'abri du vent, des vagues considérablement réduites émergeaient à la surface et poursuivaient sur leur lancée ; c'était une chose bien étrange à voir que ces vagues qui *quittaient* la côte. La tempête et les secousses sismiques mineures qu'elle causait ne dérangeaient en rien les suricates. Ils poursuivaient leur petite routine comme si les éléments n'existaient pas.

Par ailleurs, la désolation complète de l'île était plus difficile à comprendre. Je n'ai jamais vu une écologie aussi réduite à sa plus simple expression. Dans l'air, il n'y avait aucune mouche, aucun papillon, aucune abeille, aucun insecte de quelque ordre que ce soit. Les arbres n'abritaient pas d'oiseaux. Les plaines ne cachaient pas de rongeurs, pas de larves, pas de vers, pas de serpents, pas de scorpions ; il n'y poussait aucun autre arbre, ni de buissons, ni d'herbes, ni de fleurs. Les étangs ne contenaient aucun poisson d'eau douce. La côte n'accueillait aucun roseau, aucun crabe, aucune langouste, aucun corail, aucun grain de sable, aucune roche. À l'exception unique et remarquable des suricates, il n'y avait pas la moindre parcelle de matière étrangère, organique ou inorganique, sur l'île. Tout était vert brillant, algues et arbres.

Les arbres n'étaient pas des parasites. C'est ce que j'ai découvert un jour, alors que j'avais mangé tellement d'algues au pied d'un petit arbre que j'en avais dénudé les racines. J'ai vu qu'elles ne suivaient pas leur propre chemin à travers les algues, mais qu'elles s'y joignaient, qu'elles devenaient algues. De deux choses l'une : ou bien ces arbres vivaient dans une relation symbiotique avec les algues, dans un rapport donnant, donnant bénéfique à chacun des deux, ou bien, plus simple encore, ils faisaient partie intégrante des algues. Je serais porté à croire que cette dernière possibilité était la bonne, car les arbres ne semblaient donner ni fleurs ni fruits. Je ne crois pas qu'un organisme, quelle que soit l'intimité de la symbiose dans laquelle il est engagé, abandonne une partie aussi essentielle de la vie que la reproduction. L'envie de soleil qu'avaient les feuilles, comme en témoignaient leur abondance, leur largeur et le verdoiement intense de leurs pigments de chlorophylle, me laissait soupçonner que les arbres avaient comme seule fonction de générer de l'énergie. Mais ce n'est qu'une hypothèse.

Et il y a une dernière observation que j'aimerais faire. Elle s'appuie sur une intuition plus que sur une information concrète. La voici : l'île n'était pas une île dans le sens conventionnel du terme – c'est-à-dire une petite masse terrestre ancrée dans le fond de l'océan – mais plutôt un organisme qui flottait librement, une boule d'algues de proportions gigantesques. Et j'ai l'idée que les étangs atteignaient les côtés sous-marins de cette immense masse ondoyante, s'ouvrant ainsi sur l'océan, ce qui expliquerait la présence autrement inexplicable de daurades et d'autres poissons de haute mer dans ces étangs.

Cela mériterait une recherche bien plus approfondie, mais j'ai malheureusement perdu le bout d'algue que j'avais rapporté.

Tout comme je revenais à la vie, il en allait de même pour Richard Parker. À force de s'empiffrer de suricates, il gagna du poids, sa fourrure redevint lustrée et il regagna sa saine apparence d'antan. Il maintenait son habitude de revenir au bateau de sauvetage en fin de journée. Je faisais toujours en sorte d'y être avant lui et je marquais copieusement mon territoire avec de l'urine pour qu'il n'oublie pas qui était qui, et qu'est-ce qui appartenait à qui. Mais il repartait à l'aube et s'aventurait plus loin que moi ; comme l'île était partout la même, je restais en général dans une seule région. Je le voyais très rarement pendant la journée. Et je devins nerveux. Je voyais de quelle manière il labourait l'écorce des arbres avec ses griffes – de grands sillons dans les troncs. Et je commençai à entendre son grondement sourd, son cri *aaonh* somptueux comme de l'or ou du miel mais aussi terrifiant que le plus profond d'une mine dangereuse ou que mille abeilles en colère. En soi, ce n'était pas tant qu'il se cherchât une femelle qui me préoccupait, c'était qu'il se sentît assez à l'aise sur l'île pour souhaiter y faire des petits. Je craignais que, dans ces nouvelles circonstances, il ne tolérât pas la présence d'un autre mâle sur son territoire, surtout son territoire nocturne, spécialement si ses appels restaient sans réponse, comme ils allaient le rester.

Un jour, je marchais dans la forêt. Je marchais vigoureusement, perdu dans mes pensées. Je passai près d'un arbre – et je faillis me heurter à Richard Parker. Nous avons tous les deux sursauté. Il rauqua et se dressa sur ses pattes postérieures, me dominant de toute sa hauteur, ses grandes pattes prêtes à me rosser. Je restai figé sur place, paralysé de peur et de choc. Il retomba sur ses pattes et s'éloigna. Quand il eut fait trois ou quatre pas, il se retourna, se dressa une fois de plus, et cette fois-ci il grogna. Je continuai de rester fixe comme une statue. Il poursuivit sa route quelques pas encore et répéta sa menace une troisième fois. Convaincu que je ne constituais pas un danger, il s'en alla d'un pas tranquille. Aussitôt que j'eus repris mon souffle et cessé de trembler, je portai le sifflet à mes lèvres et courus après lui. Il était déjà assez loin, mais pas hors de ma vue. J'étais maintenant un bon coureur. Il se retourna, me vit, se replia sur lui-même – puis il partit comme une flèche. Je sifflais aussi fort que je le pouvais, en espérant que le son l'atteindrait où qu'il soit, aussi loin que le cri d'un tigre esseulé.

Cette nuit-là, tandis qu'il reposait juste en dessous de moi, j'en vins à la conclusion qu'il fallait que j'entre en piste une fois de plus.

La principale difficulté, quand il s'agit de dresser les animaux, c'est qu'ils réagissent soit par habitude, soit par instinct. Le raccourci que peut prendre l'intelligence pour établir de nouveaux rapports qui ne sont pas instinctifs est à peu près absent chez les animaux. Par conséquent, pour imprimer dans l'esprit d'un animal le réflexe artificiel que s'il fait un certain geste, par exemple se rouler sur lui-même, il en tirera une friandise, peut être atteint seulement par un nombre infini de répétitions. C'est un processus lent qui tient autant de la chance que du travail ardu, surtout si l'animal est un adulte. J'utilisai mon sifflet jusqu'à l'épuisement de mon souffle. Je me frappai la poitrine de mes poings jusqu'à ce qu'elle fût couverte de bleus. Je criai «Hep! Hep! Hep!» – mon ordre en tigre pour dire «Fais-le!» – des milliers de fois. Je lançai vers lui des centaines de morceaux de suricates que j'aurais fort bien pu manger moi-même. L'apprivoisement des tigres n'est pas chose facile. Ils sont beaucoup moins flexibles dans leur configuration mentale que bien d'autres animaux qu'on entraîne habituellement dans les cirques et les zoos – les otaries, par exemple, ou les chimpanzés. Mais je ne veux pas exagérer mes mérites pour ce que j'ai réussi à faire avec Richard Parker. Ma chance, la chance qui m'a sauvé la vie, était que non seulement il était un jeune adulte, mais un jeune adulte flexible, un animal oméga. Je craignais que les conditions sur l'île ne jouent contre moi, qu'avec une telle abondance de nourriture et d'eau dans un espace aussi grand, il pût se détendre et devenir plus confiant en lui-même, ce qui aurait diminué mon influence sur lui. Mais il resta tendu. Je le connaissais assez pour le sentir. La nuit, dans la chaloupe, il était agité et bruyant. J'attribuai cette tension au nouvel environnement que représentait l'île ; n'importe quel changement, même positif, augmente la tension chez un animal. Quelle que fût la cause, le stress auquel il était soumis continuait de se manifester par une disponibilité à l'obéissance ; plus encore, il ressentait le *besoin* d'obéir.

Je l'entraînai à bondir à travers un cerceau que j'avais tressé avec de fines branches. C'était un exercice simple de quatre sauts. Chacun lui faisait gagner un morceau de suricate. Tandis qu'il marchait pesamment vers moi, je tenais d'abord le cerceau au bout de mon bras gauche, à peu près à un mètre du sol. Quand il avait sauté à travers, et au moment où il terminait sa course, je prenais le cerceau de ma main droite et, le dos tourné, je lui commandais de revenir et de sauter à travers encore une fois. Pour le troisième bond, je m'agenouillais sur le sol et je tenais le cerceau au-dessus de ma tête. C'était une expérience particulièrement éprouvante pour les nerfs de le voir courir vers moi. Je n'ai jamais cessé de craindre qu'il ne s'attaquât à moi plutôt que de sauter. Heureusement, il sauta chaque fois. Après quoi je me levais et lançais le cerceau pour qu'il roulât comme une roue. Richard Parker était censé le suivre et le traverser une dernière fois avant qu'il ne tombât. Il n'a jamais été très bon pour réussir cette dernière partie du numéro, soit parce que je n'arrivais pas à bien lancer le cerceau ou parce qu'il le frappait maladroitement. Mais à tout le moins il courait vers l'anneau, ce qui se trouvait à l'écarter de moi. Il était toujours ébahi quand le cerceau tombait. Il le regardait intensément, comme s'il s'agissait d'un autre grand animal avec lequel il avait couru et qui s'était affaissé soudainement. Il s'en approchait en le reniflant. Je lui lançais sa dernière friandise et je m'éloignais.

Je quittai finalement le bateau de sauvetage. Il me semblait absurde de passer mes nuits dans un tel réduit avec un animal qui commençait à avoir des besoins d'espace, alors que je pouvais avoir toute une île à moi. Je décidai que la chose la plus sûre serait de m'installer dans un arbre, le soir venu. L'habitude de Richard Parker de dormir sur le bateau la nuit n'était pas une règle inflexible à mes yeux. Ce ne serait pas une bonne idée de me trouver hors de mon territoire, endormi sur le sol et vulnérable, s'il décidait, même une seule fois, de faire une balade nocturne.

Alors un beau jour je quittai le bateau en emportant le filet, une corde et quelques couvertures. Je cherchai un bel arbre à la limite de la forêt et lançai la corde par-dessus la branche la plus basse. Ma condition physique était telle alors que je n'eus aucune difficulté à me servir de mes bras pour grimper dans l'arbre. Je trouvai deux solides branches qui étaient au même niveau et proches l'une de l'autre, et j'y attachai le filet. Je revins à mon arbre en fin de journée.

Je venais tout juste de finir de plier mes couvertures pour en faire mon lit quand je perçus un brouhaha parmi les suricates. Je regardai. Je repoussai des branches pour mieux voir. Je scrutai jusqu'à l'horizon de tous les côtés. C'était indubitable. Les suricates abandonnaient les étangs – en fait, toute la plaine – et se précipitaient vers la forêt. Toute une nation de suricates était en marche, le dos courbé et les pieds indistincts tant ils bougeaient vite. Je me demandais quelle surprise additionnelle me réservaient ces animaux quand je remarquai avec consternation que ceux qui arrivaient de l'étang le plus proche de moi entouraient mon arbre et s'étaient mis à y grimper. Le tronc disparaissait sous une vague de suricates déterminés. Je pensais qu'ils venaient m'attaquer, que c'était la raison pour laquelle Richard Parker dormait à bord du bateau : pendant la journée, les suricates étaient dociles et inoffensifs, mais la nuit, de leur poids collectif, ils écrasaient impitoyablement leurs ennemis. J'étais apeuré et indigné. Survivre aussi longtemps dans une chaloupe de sauvetage avec un tigre du Bengale de deux cents kilos pour mourir en haut d'un arbre aux mains de suricates d'un kilo me semblait une tragédie trop injuste et trop ridicule à supporter.

Or ils ne me voulaient aucun mal. Ils grimpèrent jusqu'à moi, sur moi, autour de moi – et au delà de moi. Ils s'installèrent sur toutes les branches de l'arbre. Celui-ci devint littéralement *enduit* de suricates. Ils envahirent même mon lit. Et la même scène se répétait aussi loin que je pouvais voir : ils se hissaient dans tous les arbres. La forêt entière devenait brune, un automne tombé en un rien de temps. Collectivement, tandis qu'ils détalaient en masses pour occuper les arbres encore inoccupés plus loin dans la forêt, ils faisaient plus de bruit qu'une troupe d'éléphants à la débandade.

La plaine, entre-temps, devenait vide, inhabitée.

D'un lit superposé partagé avec un tigre à un dortoir surpeuplé de suricates – me croira-t-on si je dis que la vie est pleine de surprises ? Je me débattais entre les suricates pour trouver ma place dans mon propre lit. Ils venaient se blottir contre moi, pas un pouce carré d'espace ne fut laissé libre.

Ils s'installèrent et cessèrent de pousser des cris et de geindre. Le silence tomba sur l'arbre. Nous nous sommes endormis.

Je me réveillai à l'aube couvert de la tête aux pieds par une couverture de fourrure vivante. Quelques bébés suricates avaient découvert les parties les plus chaudes de mon corps. Ils formaient un collier serré et humide autour de mon cou – et ce devait être leur mère qui s'était installée si confortablement le long de ma tête – tandis que d'autres s'étaient logés dans mon entrecuisse.

Ils abandonnèrent l'arbre aussi rapidement et brusquement qu'ils l'avaient envahi. La même chose se passa dans chacun des arbres des alentours. La plaine se remplit de suricates et les bruits caractéristiques de leur quotidien recommencèrent. L'arbre semblait vide. Et je me sentais moi-même un peu vide. J'avais aimé l'expérience de dormir avec ces petits animaux.

Je commençai à dormir dans l'arbre tous les soirs. Je vidai le bateau de sauvetage des objets utiles qui s'y trouvaient et je m'installai une jolie chambre à coucher en haut de l'arbre. Je m'habituai aux égratignures involontaires infligées par les suricates qui passaient sur mon corps. Ma seule plainte serait que certains animaux installés plus haut faisaient parfois leurs besoins sur moi.

Une nuit, les suricates me réveillèrent. Ils bavardaient et frémissaient. Je m'assis et regardai dans la même direction qu'eux. Le ciel était dégagé et la lune était pleine. Le sol avait perdu sa couleur. Tout brillait de manière étrange, dans des nuances de noir, de blanc et de gris. C'était l'étang. Des formes argentées apparaissaient, venant d'en dessous et troublant la surface argentée de l'eau.

Des poissons. Des poissons morts. Ils flottaient à la surface, venus des profondeurs. L'étang – souvenez-vous qu'il faisait douze mètres d'un côté à l'autre – se remplit de toutes sortes de poissons morts jusqu'à ce que l'eau ne fût plus noire mais plutôt argentée. Et de la façon dont la surface continuait d'être agitée, c'était évident qu'il y avait encore des poissons qui arrivaient.

Quand un requin mort apparut doucement, les suricates furent pris d'un énervement total et se mirent à crier comme des oiseaux tropicaux. L'hystérie atteignit les arbres des environs. C'était assourdissant. Je me demandai si je n'allais pas bientôt voir des poissons tirés et hissés dans les arbres.

Pas un seul suricate ne descendit vers l'étang. Aucun ne fit le moindre geste en ce sens. Leur seule réaction fut d'exprimer fortement leur frustration.

La scène me parut sinistre. Il y avait quelque chose de dérangeant dans tous ces poissons morts.

Je me recouchai, tentant de me rendormir malgré le chahut des suricates. Aux lueurs de l'aube, je fus tiré de mon sommeil par le raffut qu'ils faisaient en descendant en trombe de l'arbre. En bâillant et en m'étirant, je regardai vers l'étang qui avait été la source d'une telle agitation pendant la nuit.

Il était vide. Ou presque. Mais ce n'était pas le fait des suricates. Ils étaient tout juste en train de plonger pour récupérer ce qu'il restait.

Les poissons avaient disparu. J'étais interloqué. Peut-être que je regardais le mauvais étang? Non, non, c'était bien celui-là. Étais-je bien sûr que ce n'étaient pas les suricates qui avaient vidé l'étang ? Tout à fait. Je ne les imaginais quand même pas en train de tirer un requin entier hors de l'eau, pas plus que de le transporter sur leur dos pour disparaître avec lui. Est-ce que ça pouvait être Richard Parker ? En partie, peut-être, mais pas tout un étang en une nuit.

C'était le mystère total. J'avais beau fixer intensément l'étang profond et ses contours vert foncé, aucune explication ne me venait de ce qui était arrivé aux poissons. La nuit suivante, je regardai, mais aucun poisson n'émergea à la surface de l'étang.

La solution de ce mystère vint un peu plus tard, depuis les profondeurs de la forêt.

Les arbres étaient plus grands au centre de la forêt et plus rapprochés les uns des autres. Le sol était dégagé, car il n'y avait toujours aucun sous-bois, mais au-dessus la voûte était si dense que le ciel était pour ainsi dire caché ou, en d'autres mots, le ciel était d'un vert intense. Les arbres étaient si près les uns des autres que leurs branches partageaient le même espace ; elles se touchaient et s'entrelaçaient tellement qu'il était difficile de distinguer un arbre d'un autre. Je remarquai que ces arbres-là avaient des troncs intacts et lisses, sans aucune des innombrables et minuscules marques créées sur les écorces par l'ascension des suricates. J'en devinai facilement la raison : les suricates pouvaient voyager d'un arbre à un autre sans avoir à descendre ou à monter. J'en trouvai pour preuve des arbres, à la périphérie de la forêt, dont l'écorce avait été pour ainsi dire déchiquetée. Ces arbres étaient sans doute les portes d'entrée de la cité arborescente suricatéenne, plus animée que Calcutta.

C'est là que je trouvai l'arbre. Ce n'était pas le plus grand de la forêt, il n'était pas situé juste en son milieu, pas plus qu'il n'était remarquable de quelque manière. Il avait de belles branches parallèles les unes aux autres, c'était tout. Il aurait offert un excellent point de vue pour observer le ciel ou la vie nocturne des suricates.

Je peux vous dire exactement quel jour j'ai trouvé cet arbre : ce fut le jour qui précéda mon départ de l'île.

Je le remarquai parce qu'il semblait porter des fruits. Alors qu'ailleurs la voûte de la forêt était uniformément verte, ces fruits formaient un contraste noir sur le fond vert. Les branches qui les tenaient étaient tordues d'étranges façons. Je regardai intensément. Toute une île couverte d'arbres stériles – sauf pour un. Et encore, pas tout un. Les fruits ne poussaient que dans une petite partie de l'arbre. Je pensai que j'avais peut-être trouvé l'équivalent pour une forêt d'une reine chez les abeilles, et je me demandai si cette algue allait toujours m'étonner avec ses étrangetés botaniques.

Je voulais goûter au fruit, mais l'arbre était trop haut. Alors je revins avec une corde. Si l'algue était délicieuse, quel goût aurait donc le fruit ?

J'attachai la corde à la branche la plus basse de l'arbre et, rameau par rameau, branche par branche, j'atteignis le petit et précieux verger.

Vus de près, les fruits étaient d'un vert terne. Ils avaient à peu près la forme et la dimension d'une orange. Chacun était au milieu d'un réseau de brindilles qui étaient enroulées autour de lui – pour le protéger, je supposai. Comme je m'approchais, je pus constater un autre usage pour ces réseaux de branches légères : l'appui. Les fruits n'avaient pas seulement une tige mais des douzaines. Leur surface était émaillée de tiges qui les reliaient aux autres brindilles. Ces fruits doivent être lourds et juteux, pensai-je. Je m'approchai.

J'avançai la main et en saisis un. Je fus déçu de sa légèreté. Il ne pesait rien, pour ainsi dire. Je tirai dessus, l'arrachant de ses tiges.

Je m'installai confortablement sur une robuste branche, le dos au tronc de l'arbre. Au-dessus de moi, se déployait un toit ondoyant de feuilles vertes qui laissaient passer des rayons de lumière. Tout autour, jusqu'où portait ma vue, s'étendait le méandre des rues sinueuses et tortueuses d'une grande ville suspendue. Une brise douce circulait entre les arbres. J'étais extrêmement curieux. J'examinai le fruit.

Ah, comme je rêve que ce moment n'ait jamais eu lieu ! Car sans lui, j'aurais pu vivre pendant des années – et, pourquoi pas, pour le reste de ma vie – sur cette île. Rien, pensais-je alors, ne pourrait jamais m'amener à retourner au bateau de sauvetage, aux souffrances et aux privations que j'y avais subies – rien! Quelles raisons aurais-je bien pu avoir de quitter l'île? Est-ce que tous mes besoins physiques n'y étaient pas comblés? N'y avait-il pas plus d'eau douce que je n'en boirais de toute ma vie? plus d'algues que je ne pourrais en manger? Et quand je ressentais le besoin de varier mon alimentation, plus de suricates et de poissons que je ne pourrais en désirer? Et si l'île flottait et se déplaçait, est-ce qu'elle ne pourrait pas aller dans la bonne direction? N'était-il pas possible qu'elle fût un navire végétal qui m'amènerait à bon port? Entre-temps, est-ce que je n'avais pas ces gentils suricates pour me tenir compagnie? Et est-ce qu'il ne me fallait pas encore travailler à améliorer le quatrième bond de Richard Parker? La pensée de quitter l'île ne m'avait pas traversé l'esprit une seule fois depuis mon arrivée. Cela faisait plusieurs semaines déjà – je ne saurais dire exactement combien – et il allait y en avoir bien d'autres. J'en étais certain.

Comme je me trompais.

Si ce fruit avait un germe, c'était le germe de mon départ.

Le fruit n'était pas un fruit. C'était une dense accumulation de feuilles collées ensemble en une balle. Les douzaines de tiges étaient des douzaines de tiges de feuilles. À chaque tige sur laquelle je tirais, je pelais une feuille.

Après un certain nombre de couches, j'arrivai à des feuilles qui avaient perdu leur tige et étaient collées à plat sur la balle. J'utilisai mes ongles pour saisir leur rebord et les arracher, couche après couche, comme les peaux d'un oignon. J'aurais pu tout simplement déchirer le « fruit » – c'est toujours le nom que je lui donne, faute de mieux –, mais je choisis de satisfaire ma curiosité de manière circonspecte.

Il diminua de la taille d'une orange à celle d'une mandarine. J'avais les genoux couverts de minces, fines pelures de feuilles, tout comme les branches au-dessous de moi.

Sa taille était maintenant celle d'un ramboutan.

J'ai encore des frissons dans le dos quand j'y pense.

Puis la taille d'une cerise.

Et alors apparut une indescriptible perle, au cœur d'une huître verte.

Une dent humaine.

Une molaire, pour être précis. À la surface tachée de vert et percée de petits trous.

Le sentiment d'horreur m'envahit lentement. J'eus tout le temps d'explorer les autres fruits.

Chacun contenait une dent.

L'une était une canine.

Une autre, une prémolaire.

Puis ici une incisive.

Et là une autre molaire.

Trente-deux dents. Une dentition humaine complète. Pas une dent ne manquait.

Puis je compris.

Sans crier. Je crois que l'horreur hurle seulement au cinéma. Je tremblai simplement et je quittai l'arbre.

Je passai une journée en plein désarroi, à soupeser les alternatives. Aucune n'était bonne.

Cette nuit-là, au lit dans mon arbre habituel, je fis une expérience pour tester mon hypothèse. Je saisis un suricate et le laissai tomber de la branche.

Il poussa un cri en traversant l'air. Quand il toucha le sol, il se mit immédiatement à courir pour revenir vers l'arbre.

Avec une innocence caractéristique, il revint à sa position près de moi. Et il commença à lécher vigoureusement ses pattes. Il semblait très anxieux. Il haletait très fort.

J'aurais pu m'en tenir à cela. Mais je voulais faire l'expérience moi-même. Je descendis dans l'arbre et saisis la corde. J'y avais fait des nœuds pour grimper plus facilement. Quand j'arrivai au pied de l'arbre, j'approchai mon pied à un pouce du sol. J'hésitai.

Je me laissai tomber.

Au début, je ne sentis rien. Tout à coup, une douleur aiguë me traversa le pied. Je criai. Je pensai tomber par terre. Je réussis à saisir la corde et à me soulever du sol. Je frottai violemment la plante de mes pieds contre le tronc de l'arbre. Cela aida, mais pas assez. Je remontai jusqu'à ma branche. Je trempai mes pieds dans le seau d'eau près de mon lit. J'essuyai mes pieds avec des feuilles. Je pris le couteau et je tuai deux suricates et j'essayai de soulager la douleur avec leur sang et leurs viscères. Mes pieds brûlaient toujours. Ils brûlèrent toute la nuit. Entre la douleur et l'anxiété, je n'ai pas pu fermer l'œil.

L'île était carnivore. Cela expliquait la disparition des poissons dans les étangs. L'île attirait les poissons d'eau salée dans ses tunnels souterrains – comment, je ne sais pas ; peut-être que les poissons étaient aussi gourmands d'algues que moi. Ils étaient pris au piège. Est-ce qu'ils perdaient leur sens de l'orientation ? Est-ce que les ouvertures vers la mer se refermaient ? Est-ce que la salinité de l'eau changeait de manière si progressive qu'il était déjà trop tard quand les poissons s'en rendaient compte ? Quoi qu'il en fût, ils se retrouvaient pris au piège dans l'eau douce et ils mouraient. Quelques-uns flottaient vers la surface des étangs, c'étaient les restes qui nourrissaient les suricates. La nuit, par un phénomène chimique inconnu de moi mais évidemment neutralisé par la lumière du soleil, les algues prédatrices devenaient très acides et les étangs devenaient des cuves d'acide qui digéraient les poissons. C'était la raison pour laquelle Richard Parker revenait au bateau tous les soirs. C'était la raison pour laquelle les suricates dormaient dans les arbres. C'était la raison pour laquelle je n'avais jamais rien vu d'autre que des algues sur l'île.

Et cela expliquait les dents. Une pauvre âme perdue était arrivée en ces lieux terribles avant moi. Combien de temps avait-il – avait-elle ? – passé ici ? Des semaines ? Des mois ? Des *années* ? Combien de tristes heures dans cette ville arborescente en seule compagnie des suricates ? Quels rêves d'une vie heureuse anéantis? Quels espoirs détruits? Combien d'échanges et de dialogues accumulés qui n'auront jamais été dits? Combien de solitude endurée? Quelle désespérance assumée? Et après tout ça, qu'est-il resté? Qu'en reste-t-il?

Rien qu'un peu d'émail, comme de la petite monnaie dans sa poche. La personne a dû mourir dans l'arbre. De quelle maladie? D'une blessure? De la dépression? Combien de temps faut-il à une âme brisée pour tuer un corps qui a nourriture, eau et gîte? Les arbres étaient carnivores aussi, mais ils avaient un degré d'acidité bien plus bas, au point d'être sans danger pour quelqu'un qui voulait y passer la nuit tandis que le reste de l'île bouillonnait. Mais une fois que la personne fut morte et eut cessé de bouger, l'arbre dut s'envelopper lentement autour d'elle et digérer son cadavre, jusqu'à ce que les os lessivés de leurs éléments nutritifs eussent disparu. Avec le temps, même les dents se seraient dissoutes.

Je regardai les algues tout autour. L'amertume jaillit en moi. La merveilleuse promesse qu'elles offraient pendant la journée était remplacée dans mon cœur par toute la trahison à laquelle elles s'activaient pendant la nuit.

Je murmurai: «Il ne reste que des dents! Des DENTS!»

Le matin venu, ma grave et triste décision était prise. Je préférais me lancer à l'aventure et périr à la recherche de ma propre espèce, plutôt que de vivre une demi-vie solitaire de confort physique et de mort spirituelle sur cette île meurtrière. Je remplis mes contenants d'eau douce et je bus comme un chameau. Je mangeai des algues toute la journée jusqu'à ce que mon estomac ne pût en prendre davantage. Je tuai et écorchai autant de suricates que pouvait en contenir le casier et le plancher du bateau de sauvetage. Je recueillis du poisson mort de la surface des étangs. Avec la hachette, je tranchai une grande masse d'algues et j'y fis passer un câble que j'attachai au bateau.

Je ne pouvais pas abandonner Richard Parker. Le laisser derrière aurait équivalu à le tuer. Il ne survivrait pas à la première nuit. Seul dans mon bateau de sauvetage au couchant, je saurais qu'il était en train de brûler vif. Ou qu'il s'était lancé à la mer et s'y noierait. J'attendis son retour. Je savais qu'il ne serait pas en retard.

Quand il fut à bord, je nous poussai au large. Pendant quelques heures, le courant nous maintint près de l'île. Les bruits de la mer me dérangeaient. Et j'avais perdu l'habitude du roulis et du tangage du bateau. La nuit passa lentement.

Au matin, l'île était partie, tout comme la masse d'algues que nous avions traînée. Sitôt la nuit tombée, l'acide de l'algue avait dissout le câble.

La mer était agitée, le ciel gris.

CHAPITRE 93

Je me lassai de mon infortune, aussi absurde que la météo. Mais la vie s'accrochait à moi. Le reste de cette histoire est tout de peine, de douleur et de résistance.

Ce qui est élevé abaisse, et ce qui est bas élève. Je vous le dis, si vous étiez dans une situation désespérée comme celle où je me trouvais, vos pensées aussi s'élèveraient. Plus on est dans l'abîme, plus notre esprit veut s'envoler. Quoi de plus naturel que, démuni et désespéré comme je l'étais, livré à une souffrance implacable, je me sois tourné vers Dieu?

CHAPITRE 94

Au moment de toucher terre, plus exactement au Mexique, j'étais si faible que j'eus à peine l'énergie d'en être heureux. L'approche fut très difficile. La chaloupe faillit chavirer dans le ressac. Je lançai les ancres flottantes – ce qui en restait – pleinement déployées pour nous maintenir perpendiculaires aux vagues, et je les tirais par leur filin aussitôt que nous commencions à chevaucher une vague. De cette manière, en déployant et en rappelant les ancres, nous avons surfé jusqu'au rivage. C'était dangereux. Mais nous avons saisi une vague juste au bon moment et elle nous a portés sur une longue distance, au delà des grands murs d'eau qui s'affaissaient. J'ai rappelé les ancres une dernière fois, et nous avons été poussés le reste du chemin. Le fond du bateau grinça en glissant sur le sable et s'arrêta.

Je me laissai descendre sur le côté. J'avais peur de lâcher prise, peur de me noyer dans moins d'un mètre d'eau, si près de la délivrance. Je regardai devant moi pour voir quelle distance il me restait à franchir. Ce regard me donna l'une des dernières images de Richard Parker, car c'est à ce moment précis qu'il bondit par-dessus moi. Je vis son corps à la prodigieuse vitalité s'étirer dans l'air au-dessus de moi, un fugace arc-en-ciel habillé de fourrure. Il tomba dans l'eau, les pattes postérieures écartées vers le dehors, la queue dressée et à partir de là, en quelques bonds, il atteignit la plage. Il avança vers la gauche, ses pattes labourant le sable mouillé, puis il changea d'idée et fit demi-tour. Il passa directement devant moi en se dirigeant vers la droite. Il ne me regarda pas. Il courut environ cent mètres le long du bord de l'eau avant de prendre vers l'intérieur. Sa démarche était gauche et maladroite. Il tomba plusieurs fois. À la limite de la jungle, il s'arrêta. J'étais sûr qu'il allait se tourner vers moi. Il allait me regarder. Il allait aplatir ses oreilles. Il allait rauquer. D'une manière ou d'une autre, il allait mettre un terme à notre relation. Il n'en fit rien. Il se limita à fixer son regard sur la jungle. Et alors Richard Parker, compagnon de mon tourment, être terrible et féroce qui m'avait maintenu vivant, fit trois pas et disparut de ma vie pour toujours.

J'eus du mal à me rendre jusqu'à la plage et m'affaissai sur le sable. Je regardai tout autour. J'étais vraiment seul, orphelin non seulement de ma famille, mais maintenant de Richard Parker et peut-être même aussi, pensai-je, de Dieu. Bien sûr que je ne l'étais pas. Cette plage si douce, si ferme et si vaste, était comme la joue de Dieu, et quelque part deux yeux brillaient de plaisir et une bouche souriait de me trouver là.

Après quelques heures, un membre de ma propre espèce me trouva. Il partit et revint avec un groupe. Ils étaient six ou sept. Ils s'approchèrent de moi en se couvrant le nez et la bouche de leurs mains. Je me demandais ce qui leur arrivait. Ils me parlèrent dans une langue étrange. Ils tirèrent le bateau de sauvetage sur le sable. Ils me transportèrent. Ils m'arrachèrent des mains le morceau de viande de tortue que j'avais apporté du bateau et ils le jetèrent.

Je pleurais comme un enfant. Ce n'était pas la forte émotion d'avoir survécu à mon épreuve, même si elle avait été grande. Ce n'était pas non plus la présence de mes frères et sœurs, même si cela aussi était bouleversant. Je pleurais parce que Richard Parker m'avait abandonné sans cérémonie. Quelle terrible chose que de bâcler un adieu. Je suis une personne qui croit en la façon de faire, dans l'harmonie de l'ordonnance du monde et des êtres. Quand nous le pouvons, nous devons donner aux choses une forme qui ait un sens. Par exemple, je me demande si vous pourriez raconter mon histoire, avec tous ses soubresauts, en cent chapitres exactement, pas un de plus, pas un de moins. Je vais vous dire, il y a un aspect du diminutif de mon nom que je déteste vraiment, et c'est la façon dont ce chiffre se poursuit à l'infini. Il est important dans la vie de clore les choses comme il faut. Ce n'est qu'à ce moment-là qu'on peut se détacher de quelque chose. Sans cela, il vous reste des mots qu'il aurait fallu dire, mais que vous n'avez jamais prononcés, et votre cœur est lourd de regrets. Cet adieu raté me blesse encore aujourd'hui. J'aimerais tellement lui avoir jeté un dernier regard sur le bateau de sauvetage, l'avoir provoqué un peu pour saisir son attention; j'aimerais lui avoir dit – oui, je sais, c'était à un tigre, mais enfin – puis j'aimerais lui avoir dit: «Richard Parker, c'est terminé. Nous avons survécu. Peux-tu le croire? Je te dois une plus grande reconnaissance que je ne saurais te l'exprimer. Je n'y serais pas arrivé sans toi. Je tiens à te le dire formellement: Richard Parker, merci. Merci de m'avoir sauvé la vie. Et maintenant, va où tu dois aller. La plus grande partie de ta vie, tu as connu la liberté limitée d'un zoo; tu vas maintenant connaître les limites de la liberté de la jungle. Je t'y souhaite la meilleure chance du monde. Méfie-toi de l'Homme. Il n'est pas ton ami. Mais j'espère que tu te souviendras de moi comme d'un ami. Je ne vais jamais t'oublier, ça, c'est sûr. Tu seras toujours avec moi, dans mon cœur. Qu'est-ce que ce sifflement? Ah, notre bateau a touché le sable. Alors adieu, Richard Parker, adieu. Que Dieu t'accompagne. »

Les gens qui m'ont trouvé m'ont amené à leur village, et là, des femmes m'ont donné un bain et m'ont frotté si fort que je me suis demandé s'ils savaient que ma peau était naturellement brune, et non celle d'un garçon blanc très sale. J'ai tenté d'expliquer. Elles faisaient oui de la tête et elles souriaient et elles continuaient de m'astiquer comme si j'étais le pont d'un navire. Je pensais qu'elles allaient m'arracher la peau. Mais elles m'ont donné à manger. Délicieuse nourriture. Une fois que j'eus commencé à manger, je ne pouvais plus m'arrêter. Je pensais que je ne cesserais jamais d'avoir faim.

Le lendemain, une voiture de police est venue et m'a amené à un hôpital, et c'est la fin de mon histoire.

J'ai été comblé par la générosité de ceux qui m'ont secouru. Des gens pauvres m'ont donné vêtements et nourriture. Des médecins et des infirmières ont pris soin de moi comme si j'avais été un poupon prématuré. Des fonctionnaires mexicains et canadiens ont ouvert toutes les portes pour moi, tant et si bien que, depuis la plage mexicaine jusqu'au foyer de ma mère adoptive et aux salles de classe de l'Université de Toronto, je n'ai eu qu'à franchir un long corridor accueillant. À toutes ces personnes, je tiens à exprimer ma plus profonde gratitude.

TROISIÈME PARTIE

Hôpital Benito Juárez
Tomatlán, Mexique

M. Tomohiro Okamoto, de la Direction des Affaires maritimes du ministère japonais des Transports, maintenant à la retraite, me dit que lui et son jeune collègue de l'époque, M. Atsuro Chiba, se trouvaient à Long Beach, en Californie – le port à conteneurs le plus important de la côte ouest américaine, près de Los Angeles – pour une tout autre affaire quand ils furent informés qu'on avait rapporté l'échouage, sur la côte mexicaine, près de la petite ville de Tomatlán, d'un seul survivant du bateau japonais Tsimtsum, disparu corps et biens sans laisser de trace dans les eaux internationales du Pacifique plusieurs mois plus tôt. Leur ministère leur avait ordonné d'aller prendre contact avec le survivant et de tenter de faire la lumière sur le sort du navire. Ils achetèrent une carte du Mexique et cherchèrent où se trouvait Tomatlán. Malheureusement pour eux, un pli dans la carte traversait la Baja California ainsi que le nom, imprimé en petits caractères, de Tomatán, petite ville côtière. M. Okamoto était convaincu qu'il avait lu Tomatlán. Comme c'était à moins de la moitié du chemin à l'intérieur de la Baja California, il décida que le moyen le plus rapide de s'y rendre serait d'y aller en voiture.

Ils partirent dans leur voiture louée. Quand ils arrivèrent à Tomatán, huit cents kilomètres au sud de Long Beach, et constatèrent que ce n'était pas Tomatlán, M. Okamoto décida qu'ils poursuivraient leur route jusqu'à Santa Rosalia, à deux cents kilomètres plus au sud, et prendraient le transbordeur pour franchir le golfe de Californie jusqu'à Guaymas. Ce bac était en retard et lent. Et à partir de Guaymas, il y avait encore mille trois cents kilomètres jusqu'à Tomatlán.

La route était mauvaise. Ils eurent une crevaison. Leur voiture tomba en panne et le mécanicien qui la répara en profita pour faucher en secret quelques pièces, en leur substituant des pièces usagées pour le remplacement desquelles ils eurent à rembourser la compagnie de location de voitures et qui causèrent un deuxième incident mécanique sur le chemin du retour. Le deuxième mécanicien les fit payer trop cher. M. Okamoto m'avoua qu'ils étaient très fatigués quand ils arrivèrent à l'hôpital Benito Juárez à Tomatlán, ville qui n'est pas du tout en Baja California mais à cent kilomètres au sud de Puerto Vallarta, dans l'État de Jalisco, à peu près à la hauteur de la ville de Mexico. Ils avaient voyagé sans arrêt pendant quarante et une heures. «Nous travaillons toujours fort», écrivit M. Okamoto.

Lui et M. Chiba parlèrent avec Piscine Molitor Patel en anglais pendant près de trois heures, enregistrant leur conversation. Les extraits qui suivent sont du verbatim de la conversation. Je suis reconnaissant à M. Okamoto de m'avoir obtenu copie de la bande magnétique et de son rapport final. Pour clarifier les choses, j'ai indiqué qui parle quand ce n'est pas tout de suite évident. Les sections imprimées dans une police différente ont été dites en japonais, que j'ai fait traduire.

CHAPITRE 96

«Bonjour, monsieur Patel. Mon nom est Tomohiro Okamoto. Je viens de la Direction des affaires maritimes du ministère japonais des Transports. Voici mon adjoint, Atsuro Chiba. Nous sommes venus vous voir au sujet du naufrage du cargo *Tsimtsum*, dont vous étiez un passager. Est-ce que nous pourrions nous entretenir avec vous?

– Oui, bien sûr.

– Merci. C'est très gentil à vous. Atsuro-kun, tout ceci est nouveau pour toi, alors sois attentif et tente d'apprendre.

– Oui, Okamoto-san.

— Est-ce que le magnétophone est en marche?

— Oui.

— Bien. Ah, je suis si fatigué! Pour fin de dossier, nous sommes le 19 février 1978. Numéro de dossier 250663. Objet: disparition du cargo Tsimtsum. Êtes-vous installé confortablement, monsieur Patel?

— Oui, merci. Et vous?

— Nous sommes tout à fait à l'aise.

— Vous êtes venus directement de Tōkyō?

— Nous étions à Long Beach, en Californie. Nous sommes venus en voiture.

— Vous avez fait bon voyage?

— C'était une promenade splendide. Nous avons fait un voyage superbe.

— Le mien a été effroyable.

— Oui, nous avons parlé à la police avant de venir ici et nous avons vu le bateau de sauvetage.

— J'ai un peu faim.

— Voulez-vous un biscuit?

— Oh, oui!

— Tenez.

— Merci!

— Il n'y a pas de quoi. Ce n'est qu'un biscuit. Eh bien, monsieur Patel, nous nous demandions si vous voudriez bien nous raconter ce qui vous est arrivé, le plus en détail possible.

— Oui, je serais heureux de le faire. »

CHAPITRE 97

L'histoire.

CHAPITRE 98

M. Okamoto : « Très intéressant. »

M. Chiba : « C'est toute une histoire.

– *Il nous prend pour des imbéciles.* Monsieur Patel, nous allons faire une pause un instant et revenir, d'accord ?

– Parfait. J'aimerais avoir un autre biscuit.

– Oui, bien sûr. »

M. Chiba : « *Il en a déjà pris plusieurs et la plupart, il ne les a pas mangés. Ils sont juste là, sous son drap.*

– *Donne-lui-en un autre. Nous devons l'amadouer.* Nous revenons dans quelques minutes. ».

CHAPITRE 99

M. Okamoto : « Monsieur Patel, nous ne croyons pas votre histoire.

– Je m'excuse… ces biscuits sont bons, mais ils ont tendance à s'émietter. Je suis étonné. Pourquoi pas ?

– Ça ne tient pas.

– Que voulez-vous dire ?

– Les bananes ne flottent pas.

– Pardon ?

– Vous avez dit que l'orang-outan était arrivé sur une île de bananes.

– Oui, c'est vrai.

– Les bananes ne flottent pas.

– Oui, elles flottent.

– Elles sont trop lourdes.

– Non, elles ne le sont pas. Tiens, essayez vous-même. J'ai justement deux bananes ici. »

M. Chiba : « *D'où viennent-elles ? Qu'est-ce qu'il cache d'autre sous son drap ?*

M. Okamoto : « *Zut.* D'accord, ça ira.

– Il y a un lavabo juste là.

– Laissons tomber.

– J'insiste. Remplissez d'eau ce lavabo, mettez-y ces bananes et nous verrons bien qui a raison.

– Nous aimerions poursuivre.

– J'insiste.»

[Silence]

M. Chiba: «*Qu'est-ce qu'on fait ?*»

M. Okamoto: «*J'ai l'impression que nous allons encore passer une bien longue journée.*»

[Bruit d'une chaise qu'on déplace. Bruit lointain d'eau qui jaillit d'un robinet.]

Pi Patel: «Qu'est-ce qui se passe? Je ne peux pas voir d'ici.»

M. Okamoto [voix distante]: «Je remplis le lavabo.

– Y avez-vous mis les bananes?»

[Voix distante] «Non.

– Et maintenant?»

[Voix distante] «Elles sont dedans.

– Et?»

[Silence]

M. Chiba: «*Est-ce qu'elles flottent ?*»

[Voix distante] «*Elles flottent.*

– Et alors, est-ce qu'elles flottent?»

[Voix distante] «Elles flottent.

– Qu'est-ce que je vous disais?»

M. Okamoto: «Oui, oui. Mais ça prendrait bien des bananes pour supporter le poids d'un orang-outan.

– Ça en a pris. Il y en avait près d'une tonne. J'en suis encore malade quand je pense à toutes ces bananes qui se sont éloignées et ont été gaspillées alors qu'elles étaient à portée de la main.

– C'est regrettable. Maintenant, au sujet de…

– Est-ce que je peux récupérer mes bananes, s'il vous plaît?»

M. Chiba: «*Je vais les chercher.*»

[Bruit d'une chaise qu'on déplace.]

[Voix distante] « *Regardez-moi ça. Elles flottent vraiment.* »

M. Okamoto : « Et cette île d'algues sur laquelle vous dites être tombé par hasard ? »

M. Chiba : « Voici vos bananes. »

Pi Patel : « Merci. Et alors ?

— Excusez ma franchise, nous ne voulons surtout pas vous blesser, mais vous ne vous attendez pas vraiment à ce que nous vous croyions, n'est-ce pas ? Des arbres carnivores ? Une algue qui mange du poisson et qui produit de l'eau douce ? Des rongeurs aquatiques qui habitent dans des arbres ? Ces choses-là n'existent pas.

— Seulement parce que vous ne les avez pas vues.

— C'est vrai. Nous croyons ce que nous voyons.

— Christophe Colomb aussi. Qu'est-ce que vous faites quand vous êtes dans l'obscurité ?

— Votre île est botaniquement impossible.

— Dit la mouche juste avant d'être emprisonnée par une plante attrape-mouche.

— Pourquoi est-ce que personne d'autre ne l'a jamais vue ?

— C'est un grand océan traversé par des navires pressés. Je voyageais lentement, observant de près.

— Aucun scientifique ne vous croirait.

— Ce sont ceux-là même qui ont rejeté Copernic et Darwin. Est-ce que les scientifiques ont fini de découvrir de nouvelles plantes ? Dans le bassin de l'Amazone, par exemple ?

— Pas des plantes qui contredisent les lois de la nature.

— Que vous connaissez par cœur ?

— Assez bien pour distinguer le possible de l'impossible. »

M. Chiba : « J'ai un oncle qui connaît beaucoup de choses en botanique. Il vit à la campagne près de Hita-Gun. Il est un expert en bonsaïs. »

Pi Patel : « En quoi ?

— En bonsaïs. Vous savez, les bonsaïs sont de petits arbres.

— Vous voulez dire des arbustes ?

– Non, je veux dire des arbres. Les bonsaïs sont des arbres petits. Ils font à peine plus d'un demi-mètre de haut. Vous pouvez les porter dans vos bras. Ils peuvent être très vieux. Mon oncle en a un qui a plus de trois cents ans.

– Des arbres de trois cents ans qui mesurent un demi-mètre et que vous pouvez porter dans vos bras ?

– Oui. Ils sont fragiles. Il faut en prendre bien soin.

– Qui a entendu parler de ces arbres ? Ils sont botaniquement impossibles.

– Mais je peux vous assurer qu'ils existent, monsieur Patel. Mon oncle…

– Je crois ce que je vois. »

M. Okamoto : « Un moment, s'il vous plaît. Atsuro, avec tout le respect dû à ton oncle qui vit à la campagne près de Hita-Gun, nous ne sommes pas ici pour discuter gentiment de botanique.

– J'essaie simplement d'être utile.

– Est-ce que les bonsaïs de ton oncle mangent de la viande ?

– Je ne pense pas.

– As-tu jamais été mordu par l'un de ses bonsaïs ?

– Non.

– Alors, les bonsaïs de ton oncle ne nous sont pas utiles. Où en étions-nous ?

Pi Patel : « Aux grands arbres de pleine taille fermement enracinés dans le sol dont je vous parlais.

– Mettons-les de côté pour l'instant.

– Ça pourrait être difficile. Je n'ai jamais essayé de les soulever et de les déplacer.

– Vous êtes drôle, monsieur Patel. Ha ! Ha ! Ha ! »

Pi Patel : « Ha ! Ha ! Ha ! »

M. Chiba : « Ha ! ha ! ha ! Ce n'était pas si drôle que ça. »

M. Okamoto : « Continue de rire. Ha ! Ha ! Ha ! »

M. Chiba : « Ha ! Ha ! Ha ! »

M. Okamoto : « Et au sujet du tigre, nous avons des doutes aussi.

– Que voulez-vous dire?

– Nous avons des difficultés à y croire.

– C'est une histoire incroyable.

– Justement.

– Je ne sais pas comment j'ai survécu.

– Ça a manifestement été pénible.

– Je prendrais un autre biscuit.

– Il n'y en a plus.

– Qu'est-ce qu'il y a dans le sac?

– Rien.

– Puis-je voir?»

M. Chiba: «*C'est notre repas qui s'en va.*»

M. Okamoto: «À propos du tigre…»

Pi Patel: «Horrible affaire. Très bons sandwichs.»

M. Okamoto: «Oui, ils semblent délicieux.»

M. Chiba: «*J'ai faim.*

– On n'en a rien retrouvé. C'est un peu difficile à croire, n'est-ce pas? Il n'y a pas de tigres dans les Amériques. S'il y avait un tigre sauvage quelque part par là, ne pensez-vous pas que la police aurait fini par en entendre parler?

– Il faut que je vous parle de la panthère noire qui s'est évadée du zoo de Zurich en hiver.

– Monsieur Patel, le tigre est un animal sauvage incroyablement dangereux. Comment auriez-vous pu survivre sur un bateau de sauvetage avec un tel animal? C'est…

– Ce que vous ne réalisez pas, c'est qu'aux yeux des animaux sauvages nous sommes une espèce extrêmement étrange et menaçante. Nous les remplissons de peur. Ils nous évitent le plus qu'ils peuvent. Il a fallu des siècles pour calmer la peur chez certains animaux dociles – on appelle ça la *domestication* –, mais la plupart ne peuvent pas dominer leur peur, et je crains bien qu'ils n'y arrivent jamais. Quand des animaux sauvages se battent contre nous, c'est par pur désespoir. Ils attaquent quand ils pensent ne pas avoir d'autre issue. C'est leur dernier recours.

– Sur une *chaloupe*? Allons donc, monsieur Patel, c'est trop difficile à croire!

– Trop difficile à croire? Qu'est-ce que vous savez de ce qui est difficile à croire? Vous voulez des choses difficiles à croire? Je vais vous donner des choses difficiles à croire. C'est un secret de Polichinelle parmi les directeurs de zoo de l'Inde qu'en 1971, Bara, une ourse polaire, s'est échappée du zoo de Calcutta. On n'en a plus jamais entendu parler, ni par la police, ni par les chasseurs, ni par les braconniers, ni par qui que ce soit d'autre. On suppose qu'elle vit librement sur les rives de la rivière Hugli. Faites attention si vous allez à Calcutta, mes chers messieurs: si vous avez une petite haleine de sushi, vous allez peut-être le payer cher! Si vous preniez la ville de Tōkyō et la tourniez à l'envers pour la secouer, vous seriez ébahis de voir tous les animaux qui en tomberaient: blaireaux, loups, boas constrictors, dragons de Komodo, crocodiles, autruches, babouins, cabiais, sangliers, léopards, lamantins, ruminants innombrables. Il n'y a aucun doute dans mon esprit que des girafes et des hippopotames redevenus sauvages vivent à Tōkyō depuis des générations sans que qui que ce soit les ait jamais vus. Vous devriez regarder un jour ce qui colle aux semelles de vos chaussures quand vous marchez dans les rues de la ville et aller le comparer avec ce qui se trouve sur le sol des cages du zoo de Tōkyō – puis lever les yeux! Et vous pensez pouvoir trouver un tigre dans une jungle mexicaine! C'est risible, tout simplement risible. Ha! Ha! Ha!

– Il y a peut-être des girafes et des hippopotames redevenus sauvages qui vivent à Tōkyō et une ourse polaire qui vit librement à Calcutta. Nous ne croyons tout simplement pas qu'il y avait un tigre qui vivait dans votre bateau de sauvetage.

– L'arrogance des gens de la grande ville! Vous accordez à vos métropoles tous les animaux du Paradis terrestre et vous refusez à mon petit hameau un simple tigre du Bengale!

– Monsieur Patel, s'il vous plaît, calmez-vous.

– Si vous trébuchez sur la question de ce qui est crédible, à quoi sert votre vie? Est-ce que l'amour n'est pas difficile à croire?

– Monsieur Patel…

– Laissez-moi tranquille avec votre politesse! L'amour est difficile à croire, demandez à n'importe quel amoureux. La vie est difficile à croire, demandez à n'importe quel scientifique. Il est difficile de croire en Dieu, demandez à n'importe quel croyant. Quel est votre problème face à ce qui est difficile à croire?

– Nous sommes tout simplement raisonnables.

– Et moi donc! J'ai fait usage de ma raison à chaque instant. La raison est excellente pour se nourrir, se vêtir, se loger. La raison est la meilleure boîte à outils. Il n'y a rien comme la raison pour maintenir les tigres à distance. Mais si on est excessivement raisonnable, on risque de jeter tout l'univers par la fenêtre.

– Calmez-vous, monsieur Patel, calmez-vous. »

M. Chiba: «*La fenêtre? Pourquoi est-ce qu'il parle de la fenêtre?*

– Comment puis-je me calmer? Vous auriez dû voir Richard Parker!

– Oui, oui.

– Immense. Des dents grosses comme ça! Des griffes comme des cimeterres!»

M. Chiba: «*Qu'est-ce que des cimeterres?*»

M. Okamoto: «*Chiba-san, au lieu de poser des questions stupides sur le vocabulaire, pourquoi ne te rends-tu pas utile? Ce gringalet est un dur à cuire! Fais quelque chose!*»

M. Chiba: «Oh, regardez! Une tablette de chocolat!»

Pi Patel: «Splendide!»

[Long silence]

M. Okamoto: «*Comme s'il n'avait pas déjà volé tout notre repas. Bientôt, il va nous demander du tempura.*»

[Long silence]

M. Okamoto: «Nous nous éloignons de la raison de cette enquête. Nous sommes ici à cause du naufrage d'un cargo. Vous en êtes le seul survivant. Et vous n'étiez qu'un passager. Vous n'avez aucune responsabilité pour ce qui s'est passé. Nous…

– Le chocolat, c'est si bon!

– Notre intention n'est pas de déposer une plainte en justice contre vous. Vous êtes la victime innocente d'une tragédie maritime. Nous tentons seulement de déterminer pourquoi et comment le *Tsimtsum* a coulé. Nous avons pensé que vous pourriez nous y aider, monsieur Patel. »

[Silence]

«Monsieur Patel? »

[Silence]

Pi Patel: «Les tigres existent, les bateaux de sauvetage existent, les océans existent. Sous le prétexte que ces trois choses ne se sont jamais rassemblées dans votre expérience étroite et limitée, vous refusez de croire que c'est possible. Et pourtant, la vérité vraie est que le *Tsimtsum* les a rassemblés et puis a sombré. »

[Silence]

M. Okamoto: «Et ce Français?

– Que voulez-vous dire?

– Deux aveugles dans deux bateaux de sauvetage différents qui se rencontrent dans le Pacifique – la coïncidence semble un peu exagérée, non?

– Tout à fait.

– Nous croyons que ce n'est pas très plausible.

– C'est comme gagner à la loterie, et pourtant il y a toujours quelqu'un qui gagne.

– Nous trouvons que c'est *extrêmement* difficile à croire.

– Moi aussi, j'ai trouvé ça.

– *Je disais bien qu'il fallait prendre une journée de repos.* Vous avez parlé de nourriture?

– Oui, nous en avons parlé.

– Il savait beaucoup de choses sur la nourriture.

– Si on peut appeler ça de la nourriture.

– Le cuisinier sur le *Tsimtsum* était français.

– Il y a des Français partout dans le monde.

– Peut-être que le Français que vous avez rencontré était le cuisinier.

– Peut-être. Comment le savoir ? Je ne l'ai jamais vu. J'étais aveugle. Puis Richard Parker l'a mangé tout rond.

– C'est bien commode.

– Pas du tout. C'était horrible et ça empestait. Par ailleurs, comment expliquez-vous les os de suricates dans le bateau de sauvetage ?

– Oui, il y avait les os d'un petit animal…

– Plus d'un !

– … de *quelques* petits animaux dans le bateau de sauvetage. Ils ont dû venir du navire.

– Nous n'avions pas de suricates au zoo.

– Nous n'avons aucune preuve que c'étaient des os de suricates. »

M. Chiba : « Peut-être que c'étaient des os de bananes ! Ha ! Ha ! Ha ! Ha ! Ha !

– Atsuro, la ferme !

– Je m'excuse, Okamoto-san. C'est la fatigue.

– Tu fais honte à notre ministère !

– Vraiment navré, Okamoto-san. »

M. Okamoto : « Ça aurait pu être les os d'un autre petit animal.

– C'étaient des suricates.

– Ou peut-être des mangoustes.

– Les mangoustes du zoo n'ont pas été vendues. Elles sont restées en Inde.

– Ce pourraient être des animaux nuisibles venus du cargo, comme des rats. Les mangoustes sont très communes en Inde.

– Des mangoustes comme animaux nuisibles sur un cargo ?

– Pourquoi pas ?

– Qui ont nagé, un bon nombre d'entre eux, contre vents et marées, dans l'océan Pacifique jusqu'au bateau de sauvetage ? C'est un peu difficile à croire, ne croyez-vous pas ?

– Moins difficile à croire que certaines des choses que nous avons entendues depuis les deux dernières heures. Peut-être que les mangoustes étaient déjà dans la chaloupe, comme le rat que vous avez mentionné.

– Étonnant, le nombre d'animaux dans cette chaloupe.

– Vraiment étonnant.

– Une vraie jungle.

– Oui.

– Ces os étaient des os de suricates. Faites-les authentifier par un expert.

– Il n'en restait pas beaucoup. Et il n'y avait pas de têtes.

– Je m'en suis servi comme appât.

– Ce n'est pas sûr qu'un expert pourrait indiquer si ce sont des os de suricate ou des os de mangouste.

– Trouvez un zoologiste médico-légal.

– D'accord, monsieur Patel! Vous gagnez. Nous ne pouvons expliquer la présence d'os de suricates, si c'est ce dont il s'agissait, sur le bateau de sauvetage. Mais ce n'est pas notre propos ici. Nous sommes ici parce qu'un cargo japonais, propriété de la Oika Shipping Company, arborant le drapeau panaméen, a fait naufrage dans le Pacifique.

– Je ne l'oublie jamais, pas un instant. J'y ai perdu toute ma famille.

– Nous en sommes navrés.

– Pas autant que moi. »

[Long silence]

M. Chiba : «Qu'est-ce qu'on fait maintenant?»

M. Okamoto : «Je ne sais pas.»

[Long silence]

Pi Patel : « Voulez-vous un biscuit? »

M. Okamoto : « Oui, c'est gentil. Merci. »

M. Chiba : « Merci. »

[Long silence]

M. Okamoto : « C'est une belle journée. »

Pi Patel : « Oui, ensoleillée. »

[Long silence]

Pi Patel : « C'est votre première visite au Mexique? »

M. Okamoto : « Oui, c'est la première.

– Moi aussi.»

[Long silence]

Pi Patel: «Alors, vous n'avez pas aimé mon histoire?»

M. Okamoto: «Au contraire, nous l'avons beaucoup aimée. N'est-ce pas, Atsuro? Nous allons nous en souvenir longtemps.»

M. Chiba: «Sûrement.»

[Silence]

M. Okamoto: «Mais aux fins de notre enquête, nous aimerions savoir ce qui s'est réellement passé.

– Ce qui s'est réellement passé?

– Oui.

– Alors vous voulez une autre histoire?

– Heuu… non. Nous voudrions savoir ce qui s'est réellement passé.

– Est-ce qu'un récit ne devient pas forcément une histoire?

– Heuu… en anglais, peut-être. En japonais, une histoire inclurait un élément *inventé*. Nous ne voulons aucune invention. Nous voulons nous en tenir aux faits, *the straight facts*, comme on dit en anglais.

– Est-ce que le recours aux mots pour raconter quelque chose – que ce soit en anglais ou en japonais – ce n'est pas déjà une sorte d'invention? Est-ce que le fait de regarder ce monde n'est pas déjà un peu une invention?

– Heuu…

– Le monde n'est pas seulement ce qu'il est. C'est aussi ce que nous en comprenons, non? Et en comprenant quelque chose, nous lui ajoutons quelque chose, n'est-ce pas? Est-ce que cela ne fait pas de la vie une histoire?

– Ha! Ha! Ha! Vous êtes très intelligent, monsieur Patel.»

M. Chiba: «*Qu'est-ce qu'il raconte?*»

M. Okamoto: «*Je n'en ai aucune idée.*»

Pi Patel: «Vous voulez des mots qui reflètent la réalité?

– Oui.

– Des mots qui ne contredisent pas la réalité?

– Exactement.

– Mais les tigres ne contredisent pas la réalité.

– Ah, s'il vous plaît, assez de tigres.

– Je sais ce que vous voulez. Vous voulez une histoire qui ne va pas vous surprendre. Qui va confirmer ce que vous savez déjà. Qui ne va pas élever votre regard, ni vous faire voir plus loin ou différemment. Vous voulez une histoire plate. Une histoire immobile. Vous voulez du factuel sec et sans levain.

– Heuu…

– Vous voulez une histoire sans animaux.

– Oui !

– Sans tigres et sans orangs-outans.

– C'est ça.

– Sans hyènes et sans zèbres.

– Sans ces animaux.

– Sans suricates et sans mangoustes.

– Nous n'en voulons pas.

– Sans girafes et sans hippopotames.

– Nous allons nous boucher les oreilles avec les doigts !

– Alors j'ai bien compris. Vous voulez une histoire sans animaux.

– Nous voulons une histoire sans animaux qui va expliquer le naufrage du *Tsimtsum*.

– Donnez-moi un instant, s'il vous plaît.

– Bien sûr. *Je pense qu'on y arrive enfin. Espérons que ce qu'il va dire aura du sens.* »

[Long silence]

« Voici une autre histoire.

– Bon !

– Le cargo a coulé. Il a fait un bruit comme un monstrueux rot métallique. Des choses sont montées à la surface, puis elles ont disparu. Je me suis retrouvé à me débattre dans l'océan Pacifique. J'ai nagé dans la direction du bateau de sauvetage. Ce fut la nage la plus difficile de ma vie. J'avais l'impression de ne pas bouger.

J'avalais continuellement de l'eau. J'étais transi. Je perdais rapidement mes forces. Je n'y serais jamais arrivé si le cuisinier ne m'avait pas lancé une bouée de sauvetage et ne m'avait pas tiré vers le bateau. Je suis monté à bord et je me suis effondré.

» Nous avons été quatre à survivre. Maman s'est accrochée à un gros régime de bananes et a atteint l'embarcation. Le cuisinier était déjà à bord, tout comme le marin.

» Il mangeait les mouches. Le cuisinier, je veux dire. Nous étions dans le bateau depuis moins d'une journée ; nous avions de l'eau et de la nourriture pour des semaines ; nous avions un attirail de pêche et des alambics solaires ; nous n'avions aucune raison de croire que nous ne serions pas secourus rapidement. Et pourtant, il était là, à se lancer les bras en l'air pour attraper des mouches et à les manger goulûment. Dès le départ, il avait une sainte peur de la faim. Il nous traitait de fous et d'idiots parce que nous ne partagions pas son banquet. Nous étions choqués et dégoûtés, mais nous ne le manifestions pas. Nous étions très polis quant à cela. Nous ne le connaissions pas et c'était un étranger. Maman souriait et faisait non de la tête et levait la main pour refuser. C'était un homme dégoûtant. Sa bouche était un dépotoir. Il a aussi mangé le rat. Il l'a coupé et l'a fait sécher au soleil. Moi – je vais être honnête – j'en ai mangé un petit morceau, tout petit, quand maman avait le dos tourné. J'avais tellement faim. C'était une telle brute, ce cuisinier, hypocrite et désagréable.

» Le marin était jeune. En fait, il était plus vieux que moi, probablement le début de la vingtaine, mais il s'est cassé la jambe en sautant du navire et sa souffrance le transformait en enfant. Il était très beau. Il n'avait aucun poil sur le visage et un teint clair, brillant. Ses traits – le visage large, le nez plat, les yeux bridés – étaient si élégants. Je trouvais qu'il ressemblait à un empereur de Chine. Sa souffrance était terrible. Il ne parlait pas du tout anglais, pas un seul mot, ni même *yes*, *no*, *hello*, *thank you*. Il ne connaissait que le chinois. Nous ne pouvions pas comprendre un seul mot de ce qu'il disait. Il devait se sentir extrêmement seul. Quand il pleurait, maman lui tenait la tête sur ses genoux et je tenais sa main. C'était très, très triste. Il souffrait et nous ne pouvions rien faire pour l'aider.

» Sa jambe droite avait une mauvaise fracture à la cuisse. L'os sortait de la chair. Il criait de douleur. Nous avons installé sa jambe du mieux que nous avons pu et nous nous sommes assurés qu'il mangeait et buvait. Mais sa jambe s'est infectée. Même si nous en drainions le pus chaque jour, ça a empiré. Son pied est devenu noir et enflé.

» C'était l'idée du cuisinier. Quelle brute c'était, celui-là ! Il nous imposait ses vues. Il murmura que le noir violacé allait se répandre et qu'il ne pourrait survivre que si on amputait sa jambe. Comme l'os était brisé à la cuisse, il suffirait de couper dans la chair et de placer un tourniquet. J'entends encore ses murmures diaboliques. Il allait réaliser l'opération pour sauver la vie du marin, dit-il, mais il faudrait que nous nous chargions de le maîtriser. La seule anesthésie serait la surprise. Nous nous sommes lancés sur lui ; maman et moi tenions ses bras tandis que le cuisinier s'asseyait sur sa bonne jambe. Le marin se tordait et criait. Il respirait à un rythme saccadé. Le cuisinier mania le couteau rapidement. La jambe tomba. Immédiatement, maman et moi avons relâché notre prise et nous sommes écartés. Nous pensions qu'en cessant de le retenir, il arrêterait de se débattre. Nous croyions qu'il allait rester allongé tranquille. Pas du tout. Il s'assit immédiatement. Ses cris étaient d'autant plus impressionnants qu'ils étaient incompréhensibles. Il criait et nous le fixions, cloués sur place. Il y avait du sang partout. Pire encore, il y avait le contraste entre les mouvements frénétiques du pauvre marin et l'immobilité complète de sa jambe au fond du bateau. Il regardait constamment sa jambe comme s'il la suppliait de revenir. Finalement, il retomba sur le dos. Nous nous sommes dépêchés. Le cuisinier a replié la peau sur l'os. Nous avons enveloppé le moignon dans un morceau de tissu et attaché une corde au-dessus de la blessure pour arrêter le saignement. Nous l'avons installé le plus confortablement possible sur un matelas de gilets de sauvetage et nous l'avons gardé au chaud. Je pensais que tout cela ne servait à rien. Je ne pouvais croire qu'un être humain puisse survivre à tant de douleur, à une telle boucherie. Pendant toute la soirée et la nuit, il a gémi et sa respiration était rauque et inégale. Il avait des crises de délire agité. Je m'attendais à ce qu'il meure dans la nuit.

» Il s'est accroché à la vie. À l'aube, il était encore vivant. Il perdait conscience, puis il revenait à lui. Maman lui donnait de l'eau. Mon regard se porta sur la jambe amputée. J'en eus le souffle coupé. Dans toute la commotion, elle avait été mise de côté et oubliée dans l'obscurité. Un liquide s'en était écoulé et elle paraissait plus mince. Je me servis d'un gilet de sauvetage comme d'un gant ; je soulevai la jambe.

» "Qu'est-ce que tu fais ? demanda le cuisinier.

» – Je vais la jeter par-dessus bord, répondis-je.

» – Ne fais pas l'idiot. Nous allons l'utiliser comme appât. C'était justement la raison."

» Il sembla regretter ses derniers mots au moment même où il les prononçait, car sa voix s'affaiblit rapidement. Il se détourna.

» "*Justement la raison* ? demanda maman. Que voulez-vous dire par là ?"

» Il fit semblant d'être occupé.

» La voix de maman s'éleva. "Êtes-vous en train de nous dire que nous avons coupé la jambe de ce pauvre garçon non pas pour lui sauver la vie mais pour obtenir de l'*appât pour pêcher* ?"

» Silence de la brute.

» "Répondez-moi !" cria maman.

» Comme une bête acculée, il leva les yeux et lui lança un regard furieux. "Nos provisions baissent, gronda-t-il. Nous avons besoin de plus de nourriture, sinon nous allons mourir."

» Maman lui rendit son regard. "Nos provisions ne vont pas s'épuiser. Nous avons quantité de nourriture et d'eau. Nous avons un grand nombre de paquets de biscuits qui vont nous servir jusqu'à notre sauvetage." Elle saisit le contenant de plastique dans lequel nous placions les rations de biscuits entamées. Il lui parut étonnamment léger et les quelques miettes qu'il contenait firent un petit bruit. "Quoi!" Elle l'ouvrit. "Où sont les biscuits? Le contenant était plein hier soir!"

» Le cuisinier détourna le regard. Moi aussi.

» "Vous n'êtes qu'un monstre égoïste! s'exclama maman. La seule raison pour laquelle nous allons manquer de nourriture, c'est parce que vous vous gavez!

» – Il en a pris aussi", dit-il en penchant la tête de mon côté.

» Les yeux de maman se tournèrent vers moi. Mon cœur s'effondra.

» "Piscine, est-ce vrai?

» – C'était la nuit, maman. J'étais à moitié endormi et j'avais tellement faim. Il m'a donné un biscuit. Je l'ai mangé sans y penser…

» – Rien qu'un?" ricana le cuisinier.

» Ce fut au tour de maman de détourner le regard. Sa colère sembla s'éteindre. Sans ajouter un seul mot, elle retourna s'occuper du marin.

» J'espérai son emportement, son indignation. J'espérai sa punition. Tout sauf ce silence. Afin de me trouver près d'elle, je me mis à arranger les gilets de sauvetage pour améliorer le confort du marin. Je murmurai: "Je regrette, maman, je regrette." Mes yeux débordaient de larmes. Quand j'ai levé le regard, elle pleurait aussi. Mais elle ne m'a pas regardé. Son regard était vague, perdu quelque part dans sa mémoire.

» "Nous sommes seuls, Piscine, nous sommes tout seuls", dit-elle sur un ton qui détruisit tous mes espoirs. De toute ma vie, je ne me suis jamais senti aussi esseulé qu'à ce moment-là. Nous étions dans le bateau de sauvetage depuis deux semaines et nous étions rudement mis à l'épreuve. Il devenait de plus en plus difficile de croire que papa et Ravi avaient survécu.

» Quand nous nous sommes retournés, le cuisinier tenait la jambe par la cheville au-dessus de l'eau pour qu'elle se draine. Maman plaça sa main sur les yeux du marin.

» Il mourut en silence, la vie s'étant écoulée de lui comme le liquide de sa jambe. Le cuisinier le mit en pièces rapidement. La jambe n'avait pas été un bon appât. La chair morte était trop putréfiée pour tenir à l'hameçon ; elle se dissolvait dans l'eau. Rien ne se perdait dans les mains de ce monstre. Il coupa tout, y inclus la peau du marin et chaque pouce de ses intestins. Il prépara même ses parties génitales. Quand il en eut fini avec son torse, il passa aux bras et aux épaules et à sa jambe. Maman et moi étions secoués d'horreur et de douleur. Maman hurla au cuisinier : "Comment pouvez-vous faire cela, espèce de monstre ? Où est votre humanité ? N'avez-vous donc aucune décence ? Qu'est-ce que ce pauvre garçon vous avait fait ? Monstre ! Monstre !" Le cuisinier lui répondit avec une incroyable vulgarité.

» "Couvrez-lui au moins le visage, pour l'amour de Dieu !" implora ma mère. C'était insupportable de voir ce beau visage, si noble et si serein, à côté d'un tel spectacle. Le cuisinier se lança sur la tête du marin et devant nos propres yeux il le scalpa et en arracha le visage. Cela nous fit vomir, maman et moi.

» Quand il eut terminé, il jeta la carcasse par-dessus bord. Peu après, il étendit des bandes de chair et des morceaux d'organes à sécher au soleil partout sur le bateau. Nous reculions d'horreur. Nous essayions de ne pas regarder. La puanteur persistait.

» Quand le cuisinier se trouva près de maman, elle le gifla, une gifle à pleine main, à toute force, qui remplit l'air d'un claquement sec. Cela venant de ma mère, j'en restai bouche bée. Et c'était héroïque. C'était un geste d'indignation et de pitié et de peine et de bravoure. Un geste fait à la mémoire de ce pauvre marin. C'était pour sauver sa dignité.

» J'étais médusé. Le cuisinier aussi. Il resta debout sans bouger, sans dire un mot, tandis que maman le regardait fixement. Je remarquai qu'il ne soutint pas son regard.

» Nous nous sommes retirés vers notre partie du bateau. Je suis resté près d'elle. J'étais rempli d'un mélange d'admiration exaltée et d'une peur misérable.

» Maman gardait l'œil sur lui. Deux jours plus tard, elle le vit le faire. Il essayait d'être discret, mais elle s'aperçut qu'il portait la main à la bouche. Elle cria : "Je vous ai vu ! Vous venez d'en manger un morceau ! Vous avez dit que c'était pour l'appât ! Je le savais. Espèce de monstre ! Espèce d'animal ! Comment pouvez-vous ? C'est un *humain* ! Il est de votre propre espèce !" Elle s'attendait peut-être à ce qu'il ait honte, à ce qu'il crache ce qu'il avait dans la bouche et éclate en sanglots et s'excuse. Elle avait tort. Il continua de mâcher. En fait, il leva la tête et, de façon manifeste cette fois, se mit le reste du morceau dans la bouche. "Ça goûte le porc", grommela-t-il. Maman manifesta son indignation et son dégoût en lui tournant violemment le dos. Il en mangea une autre bande et murmura : "Je me sens déjà plus fort." Il s'appliqua à continuer à pêcher.

» Chacun avait son bout du bateau de sauvetage. C'est étonnant de voir comme la volonté peut construire des murs. Des journées entières passaient comme s'il n'était pas là.

» Mais nous ne pouvions pas l'ignorer complètement. C'était une brute, mais une brute avec un sens pratique. Il était habile de ses mains et il connaissait la mer. Il était plein de bonnes idées. C'est lui qui eut l'idée de construire un radeau pour qu'on pêche plus facilement. Si nous avons survécu, c'est grâce à lui. Je l'aidais du mieux que je le pouvais. Il avait un sale caractère, il passait son temps à crier après moi et à m'insulter.

» Maman et moi n'avons rien mangé du corps du marin, pas le plus petit morceau, malgré ce que cela nous coûtait en faiblesse, mais nous avons commencé à manger ce que le cuisinier tirait de la mer. Ma mère, végétarienne depuis toujours, réussit à se convaincre de manger du poisson et de la tortue crus. Ce fut extrêmement difficile pour elle. Elle n'a jamais vraiment dominé sa répugnance. Ce fut plus facile pour moi. Je découvris que la faim améliorait le goût de n'importe quoi.

» Quand votre vie a bénéficié d'un sursis, il est impossible de ne pas ressentir quelque chaleur à l'endroit de la personne à qui vous le devez. C'était palpitant quand le cuisinier tirait à bord une tortue ou pêchait une grosse daurade. Cela nous faisait largement sourire et quelque chose irradiait notre poitrine des heures durant. Maman et le cuisinier parlaient de manière civilisée, allaient même jusqu'à faire des blagues. Lors de certains couchers de soleil spectaculaires, la vie à bord du bateau était presque belle. En de tels moments je le regardais – eh oui – avec tendresse. Avec affection. Je nous imaginais grands amis. C'était un homme grossier même quand il était de bonne humeur, mais nous faisions semblant de ne pas le remarquer, y inclus en nous-mêmes. Il disait que nous arriverions à une île. C'était notre principale espérance. Nous nous fatiguions les yeux à balayer l'horizon pour trouver une île qui n'est jamais apparue. C'est à ces moments-là qu'il volait de la nourriture et de l'eau.

» L'océan Pacifique, plat et infini, se dressait autour de nous comme un mur immense. Je ne croyais pas que nous arriverions à en faire le tour.

» Il l'a tuée. Le cuisinier a tué ma mère. Nous étions affamés. J'étais faible. Je n'ai pas pu agripper une tortue. C'est à cause de moi que nous l'avons perdue. Il m'a frappé. Maman l'a frappé à son tour. Il a retourné son coup. Elle s'est tournée vers moi et m'a dit : "Va-t'en !" en me poussant vers le radeau. J'ai sauté pour l'atteindre, pensant qu'elle allait y venir avec moi. Je suis tombé dans l'eau. J'ai réussi à me hisser sur le radeau. Ils se battaient. Je n'ai fait que regarder. Ma mère se battait contre un homme adulte. Il était méchant et musclé. Il la prit par le poignet et tordit celui-ci. Elle lança un cri perçant et tomba. Il bondit sur elle. Le couteau apparut. Il le dressa en l'air. Le couteau retomba ; quand il remonta – il était rouge. Il monta et retomba plusieurs fois. Je ne pouvais pas la voir. Elle était au fond du bateau. Je le voyais seulement lui. Il s'arrêta. Il leva la tête et me regarda. Il lança quelque chose dans ma direction. Un filet de sang me raya le visage. Aucun fouet n'aurait pu m'infliger un coup plus douloureux. Je tenais la tête de ma mère dans mes mains. Je la laissai tomber dans l'eau. Elle coula dans un nuage rouge, sa tresse comme une traîne. Des poissons firent des cercles autour d'elle jusqu'à ce que la longue ombre grise d'un requin la croisât et qu'elle disparût. Je levai le regard. Je ne pouvais voir le cuisinier. Il se cachait au fond du bateau. Il apparut quand il lança le corps de ma mère par-dessus bord. Sa bouche était rouge. L'eau frémit de poissons.

» Je passai le reste de la journée et la nuit suivante sur le radeau, à le fixer du regard. Pas un seul mot ne fut prononcé. Il aurait pu couper le câble qui reliait le radeau au bateau. Mais il ne l'a pas fait. Il me gardait là, comme une mauvaise conscience.

» Au matin, sous son regard, je tirai sur la corde et je montai à bord du bateau de sauvetage. J'étais très faible. Il ne dit rien. Je gardais le silence. Il attrapa une tortue. Il m'en donna le sang. Il la charcuta et déposa les meilleurs morceaux pour moi sur le banc du milieu. Je mangeai.

» Puis nous nous sommes battus et je l'ai tué. Il n'y avait aucune expression sur son visage, ni de désespoir, ni de colère, ni de peur, ni de douleur. Il abandonna. Il se laissa tuer, même si ce ne fut pas sans se battre. Il savait qu'il était allé trop loin, même par rapport à ses normes bestiales. Il était allé trop loin et il ne voulait plus vivre. Mais il n'a jamais dit "Je m'excuse." Pourquoi nous accrochons-nous à nos comportements indignes ?

» Tout le temps, le couteau était en pleine vue sur le banc. Nous le savions tous les deux. Il aurait pu l'avoir dans sa main dès le début. C'est lui qui l'avait placé là. Je l'ai pris. Je l'ai frappé dans l'estomac. Il a fait une grimace, mais il est resté debout. J'ai retiré le couteau et je l'ai enfoncé une fois de plus. Le sang ruisselait. Et pourtant, il ne s'écroulait toujours pas. En me regardant dans les yeux, il leva légèrement la tête. Voulait-il dire quelque chose par là ? J'en conclus que si. Je le poignardai dans la gorge, à côté de la pomme d'Adam. Il tomba comme une pierre. Et mourut. Il n'a rien dit. Il n'a eu aucun dernier mot. Il n'a fait que cracher du sang. Un couteau possède un pouvoir dynamique horrible ; une fois en mouvement, il est difficile à arrêter. J'ai poignardé le cuisinier plusieurs fois. Son sang apaisait mes mains gercées. Son cœur m'a donné beaucoup de mal – tous ces conduits qui y étaient connectés. J'ai réussi à l'extirper. Il avait très bon goût, bien meilleur que la tortue. J'ai mangé son foie. J'ai découpé de grands morceaux de sa chair.

» Cet homme était l'incarnation du mal. Pire encore, il a su trouver le mal en moi – l'égoïsme, la colère, la sauvagerie. Je dois vivre avec ça.

» La solitude a commencé. Je me suis tourné vers Dieu. J'ai survécu. »

[Long silence]

«Est-ce que c'est mieux? Est-ce qu'il y a des éléments que vous trouvez difficiles à croire? Quelque chose que vous voudriez que je change? »

M. Chiba: «*Quelle horrible histoire.*»

[Long silence]

M. Okamoto: «*Le zèbre et le marin taïwanais se sont tous les deux cassé une jambe, as-tu remarqué?*

– *Non.*

– *Et l'hyène a arraché la patte du zèbre tout comme le cuisinier a coupé la jambe du marin.*

– *Ohhh, Okamoto-san, vous en voyez, des choses.*

– *Le Français aveugle qu'ils ont rencontré dans l'autre bateau, n'a-t-il pas admis avoir tué un homme et une femme?*

– *Oui, en effet.*

– *Le cuisinier a tué le marin et sa mère.*

– *Très impressionnant.*

– *Les deux histoires se chevauchent.*

– *Alors le marin taïwanais, c'est le zèbre, sa mère, c'est l'orang-outan, le cuisinier, c'est... l'hyène – ce qui veut dire qu'il est le tigre!*

– *Oui. Le tigre a tué l'hyène – et le Français aveugle – exactement comme lui, il a tué le cuisinier.*»

Pi Patel: «Avez-vous une autre tablette de chocolat? »

M. Chiba: «Oui, tout de suite!

– Merci.»

M. Chiba: «Mais qu'est-ce que ça veut dire, Okamoto-san?

– Je n'en ai aucune idée.

– Et puis l'île? Qui sont les suricates?

– Je ne sais pas.

– Et les dents? De qui étaient les dents dans l'arbre?

– Je ne sais pas. Je ne suis pas à l'intérieur de la tête de ce garçon.»

[Long silence.]

M. Okamoto: «Veuillez m'excuser de vous demander cela, mais est-ce que le cuisinier a dit quoi que ce soit sur le naufrage du *Tsimtsum*?

– Dans cette autre histoire-ci?

– Oui.

– Non, il n'a rien dit.

– Il n'a fait aucune allusion à ce qui aurait précédé l'aube du 2 juillet et qui pourrait expliquer ce qui est survenu?

– Non.

– Rien sur la mécanique ou la structure?

– Non.

– Rien sur d'autres bateaux ou d'autres choses dans la mer?

– Non.

– Il ne pouvait absolument pas expliquer le naufrage du *Tsimtsum*?

– Non.

– A-t-il pu dire pourquoi aucun signal de détresse n'avait été envoyé?

– Et s'il y en avait eu un? Selon mon expérience, quand un minable, lamentable rafiot tout rouillé fait naufrage, à moins qu'il ait la chance de transporter du pétrole, de grandes quantités de pétrole, assez pour détruire tout un écosystème, tout le monde s'en fiche et personne n'en entend parler. On est laissé à soi-même.

– Quand la compagnie Oika a réalisé que quelque chose n'allait pas, il était trop tard. Vous étiez trop éloignés en mer pour qu'on puisse recourir au sauvetage par avion. Les bateaux qui circulaient dans la zone ont été informés de garder l'œil ouvert. Ils ont rapporté n'avoir rien vu.

– Et pendant qu'on y est, ce n'était pas rien que le bateau qui était lamentable. L'équipage était un groupe renfrogné, hostile, grand travailleur quand les officiers étaient là mais inactif dès qu'ils n'y étaient pas. Les marins ne parlaient pas un mot d'anglais et ils ne nous étaient d'aucune assistance. Quelques-uns d'entre eux empestaient l'alcool dès le milieu de l'après-midi. Qui peut imaginer ce que ces imbéciles ont pu faire? Les officiers…

– Que voulez-vous dire par là?

– Par quoi?

– *"Qui peut imaginer ce que ces imbéciles ont pu faire?"*

– Je veux dire que peut-être dans un moment de folie alcoolique certains d'entre eux ont libéré les animaux. »

M. Chiba: « Qui avait les clés des cages?

– Papa les avait. »

M. Chiba: « Alors comment est-ce que les membres de l'équipage auraient pu ouvrir les cages s'ils n'avaient pas les clés?

– Je ne sais pas. Ils ont probablement utilisé des pinces à levier. »

M. Chiba: « Pourquoi auraient-ils fait ça? Pourquoi est-ce que qui que ce soit souhaiterait libérer un animal dangereux de sa cage?

– Je ne sais pas. Qui peut comprendre les mécanismes de l'esprit d'un ivrogne. Tout ce que je peux vous dire, c'est ce qui est arrivé. Les animaux n'étaient pas dans leurs cages. »

M. Okamoto: « Excusez-moi. Vous avez des doutes sur les aptitudes de l'équipage?

– De bien grands doutes.

– Avez-vous pu constater que l'un des officiers était sous l'effet de l'alcool?

– Non.

– Mais vous avez vu certains membres de l'équipage être sous l'effet de l'alcool?

– Oui.

– Est-ce que les officiers se sont comportés d'une manière qui vous a paru compétente et professionnelle?

– Ils avaient peu à voir avec nous. Ils ne s'approchaient jamais des animaux.

– Je veux dire quant à la façon de mener le bateau.

– Comment le saurais-je? Pensez-vous que nous prenions le thé avec eux chaque jour? Ils parlaient anglais, mais ils n'étaient pas plus sympathiques que l'équipage. Ils nous donnaient l'impression que nous n'étions pas les bienvenus dans la salle commune, et c'est tout juste s'ils nous adressaient un mot durant les repas. Ils se parlaient en japonais, comme si nous n'étions pas là. Nous n'étions qu'une humble famille indienne avec une charge encombrante. Nous avons fini par manger ensemble, par nous-mêmes, dans la cabine de papa et maman. "L'aventure nous interpelle!" avait dit Ravi. C'est ce qui rendait la chose tolérable, notre sens de l'aventure. Nous passions le plus clair de notre temps à pelleter des excréments et à rincer des cages et à donner à manger tandis que papa jouait au vétérinaire. Aussi longtemps que les animaux allaient bien, nous allions bien. Je ne sais pas si les officiers étaient compétents.

– Vous avez dit que le navire gîtait à bâbord?

– Oui.

– Et qu'il y avait une inclinaison de la proue vers la poupe?

– Oui.

– Alors le bateau a coulé en commençant par la poupe?

– Oui.

– Pas par la proue?

– Non.

– Vous en êtes certain? Il y avait une inclinaison de l'avant du navire vers l'arrière du navire?

– Oui.

– Est-ce que le bateau a frappé un autre navire?

– Je n'ai pas vu d'autre navire.

– Est-ce qu'il a frappé un autre objet?

– Pas que j'aie vu.

– Est-ce qu'il s'est échoué?

– Non, il a coulé corps et biens.

– Vous n'avez pas remarqué de problèmes mécaniques après votre départ de Manille?

– Non.

– Est-ce qu'il vous a semblé que les marchandises du cargo étaient bien arrimées?

– C'était la première fois que je mettais les pieds sur un navire. Je ne sais pas de quoi a l'air un cargo dont les marchandises sont bien arrimées.

– Vous croyez avoir entendu une explosion?

– Oui.

– D'autres bruits?

– Des milliers.

– Je veux dire des bruits qui pourraient expliquer le naufrage.

– Non.

– Vous avez dit que le bateau avait coulé rapidement.

– Oui.

– Pouvez estimer le temps que ça a pris?

– C'est difficile à dire. Très rapidement. Je dirais moins de vingt minutes.

– Et il y avait beaucoup de débris?

– Oui.

– Est-ce que le bateau a été frappé par une vague exceptionnelle?

– Je ne crois pas.

– Mais il y avait une tempête?

– La mer me semblait agitée. Il y avait du vent et de la pluie.

– Quelle hauteur avaient les vagues?

– Elles étaient hautes. Huit, neuf mètres.

– En fait, c'est plutôt modeste.

– Pas quand vous êtes dans un bateau de sauvetage.

– Oui, bien sûr. Mais pas pour un cargo.

– Peut-être qu'elles étaient plus hautes. Je ne sais pas. Le temps était assez mauvais pour me donner une peur bleue, c'est tout ce que je sais.

– Vous avez dit que le temps s'était amélioré rapidement. Le bateau a sombré et tout de suite après il y a eu une superbe journée, c'est bien ce que vous avez dit?

– Oui.

– On dirait qu'il ne s'est agi que d'une bourrasque.

– Ça a coulé le navire.

– C'est ce que nous nous demandons.

– Toute ma famille est morte.

– Nous le regrettons.

– Pas autant que moi.

– Alors qu'est-ce qui est arrivé, monsieur Patel? Nous nous interrogeons. Tout était normal et soudain...

– Et soudain le normal a coulé.

– Pourquoi?

– Je ne sais pas. C'est vous qui devriez me le dire. C'est vous, les experts. Mettez votre science à contribution.

– Nous ne comprenons pas. »

[Long silence]

M. Chiba : «*Et maintenant?*»

M. Okamoto : «*Nous laissons tomber. L'explication du naufrage du Tsimtsum se trouve au fond du Pacifique.*»

[Long silence]

M. Okamoto : «*Bon, c'est réglé. On s'en va.* Eh bien, monsieur Patel, je pense que nous avons tout ce dont nous avons besoin. Nous vous remercions beaucoup de votre coopération. Vous avez été très, très utile.

– Je vous en prie. Mais avant que vous partiez, j'aimerais vous demander quelque chose.

– Oui?

– Le *Tsimtsum* a coulé le 2 juillet 1977.

– Oui.

– Et je suis arrivé sur les côtes du Mexique, le seul survivant humain du *Tsimtsum*, le 14 février 1978.

– C'est bien cela.

– Je vous ai raconté deux histoires sur les 227 jours d'intervalle.

– Oui, c'est ce que vous avez fait.

– Aucune n'explique le naufrage du *Tsimtsum*.

– En effet.

– Ni l'une, ni l'autre histoire ne fait une différence quant aux faits, en ce qui vous concerne.

– C'est vrai.

– Vous ne pouvez pas prouver quelle histoire est vraie et quelle histoire est fausse. Il faut que vous preniez ma parole.

– Je suppose.

– Dans les deux histoires, le navire coule, toute ma famille meurt et je souffre.

– Oui, c'est bien vrai.

– Alors dites-moi, puisqu'il n'y a aucune différence quant aux faits, en ce qui vous concerne, et que vous ne pouvez apporter aucune preuve dans un sens ou dans l'autre, quelle histoire préférez-vous? Quelle est la meilleure histoire, l'histoire avec des animaux ou l'histoire sans animaux? »

M. Okamoto : « C'est une question intéressante... »

M. Chiba : « L'histoire avec des animaux. »

M. Okamoto : « *Oui.* L'histoire avec des animaux est la meilleure histoire. «

Pi Patel : « Merci. Et il en va ainsi de Dieu. »

[Silence]

M. Chiba : « *Qu'est-ce qu'il vient de dire?* »

M. Okamoto : « *Je ne sais pas.* »

M. Chiba : « *Oh, regardez, il pleure.* »

[Long silence]

M. Okamoto : « Nous allons faire bien attention en conduisant le long de la route de retour. Nous ne voulons pas rencontrer Richard Parker. »

Pi Patel : « N'ayez crainte, vous ne le rencontrerez pas. Il est caché là où vous ne le trouverez jamais. »

M. Okamoto : « Merci de nous avoir accordé votre temps, monsieur Patel. Nous vous en sommes reconnaissants. Et nous sommes vraiment navrés pour ce qui vous est arrivé.

– Merci.

– Qu'est-ce que vous allez faire maintenant ?

– Je suppose que je vais aller au Canada.

– Pas en Inde ?

– Non. Pour moi, il n'y a plus rien là-bas. Rien que de tristes souvenirs.

– Naturellement. Vous savez que vous allez recevoir de l'argent de la compagnie d'assurance.

– Ah.

– Oui. Oika entrera en communication avec vous. »

[Silence]

M. Okamoto : « Nous devons partir. Nous vous faisons nos meilleurs vœux, monsieur Patel. »

M. Chiba : « Oui, bonne chance.

– Merci. »

M. Okamoto : « Au revoir. »

M. Chiba : « Au revoir. »

Pi Patel : « Voulez-vous quelques biscuits pour la route ? »

M. Okamoto : « Ce serait gentil.

– Tiens, prenez-en trois chacun.

– Merci. »

M. Chiba : « Merci.

– De rien. Au revoir. Dieu soit avec vous, mes frères.

– Merci. Et qu'il vous accompagne aussi, monsieur Patel. »

M. Chiba : « Au revoir. »

M. Okamoto : « *Je crève de faim. Allons manger. Tu peux éteindre l'appareil.* »

CHAPITRE 100

M. Okamoto, dans la lettre qu'il m'a envoyée, se souvenait que l'interrogatoire avait été «difficile et mémorable.» Il se rappelait que Piscine Molitor Patel était «très mince, très résistant, très brillant».
Voici les éléments essentiels de son rapport:

Le seul survivant n'a pu éclairer les raisons du naufrage du Tsimtsum. Il semble que le bateau ait coulé très vite, ce qui pointerait vers une avarie importante de la coque. La présence d'une grande quantité de débris appuierait cette hypothèse. Mais la raison précise de l'avarie est impossible à déterminer. On n'a rapporté aucune perturbation climatique majeure au quadrant cette journée-là. Les appréciations du survivant quant au temps sont des impressions et sont peu fiables. Tout au plus, le climat a pu être un facteur. La cause était peut-être interne au navire. Le survivant croit avoir entendu une déflagration, impliquant une défaillance mécanique majeure, peut-être l'explosion d'une chaudière, mais ce n'est qu'une spéculation. Le navire avait vingt-neuf ans (Chantiers navals Erlandon and Skank, Malmö, 1948), il avait été remis en état en 1970. Le stress imposé à la structure par le climat ajouté à la fatigue du métal sont des possibilités, mais restent hypothétiques. Aucun autre incident impliquant un navire n'est rapporté dans la zone ce jour-là; une collision avec un autre navire est donc peu plausible. Une collision avec une épave ou des débris est possible, mais impossible à vérifier. Une collision avec une mine flottante pourrait expliquer l'explosion, mais elle paraît fantaisiste, en plus d'être très improbable, car le naufrage a commencé à la poupe, ce qui signifierait que l'explosion y a fort probablement eu lieu aussi. Le survivant a émis des doutes sur la compétence de l'équipage mais n'avait pas de commentaire à faire sur les officiers. La Oika Shipping Company déclare que toutes les marchandises à bord du cargo étaient parfaitement licites et elle n'est au courant d'aucun problème concernant les officiers ou l'équipage.

La raison du naufrage est impossible à déterminer sur la base de l'information disponible. Procédure d'assurance normale pour Oika. Aucune action ultérieure nécessaire. Recommandation de clore le dossier.

Par ailleurs, l'histoire du seul survivant, M. Piscine Molitor Patel, citoyen indien, est une étonnante histoire de courage et d'endurance dans des circonstances extraordinairement difficiles et tragiques. D'après l'expérience de cet enquêteur, son histoire est sans pareille dans l'histoire des naufrages. Bien peu de naufragés peuvent prétendre avoir survécu en mer aussi longtemps que M. Patel, et aucun en compagnie d'un tigre du Bengale adulte.

GARANT DES FORÊTS
INTACTES

Cet ouvrage composé en Minion corps 10,5 sur 12,5
a été réimprimé en novembre deux mille dix
sur les presses de Transcontinental (Québec), Canada.